조각나고
찢긴,

조각나고 찢긴,

요성 마디홀러
앤솔러지

조이스 캐럴 오츠, 마거릿 애트우드 외 지음
신윤경 옮김

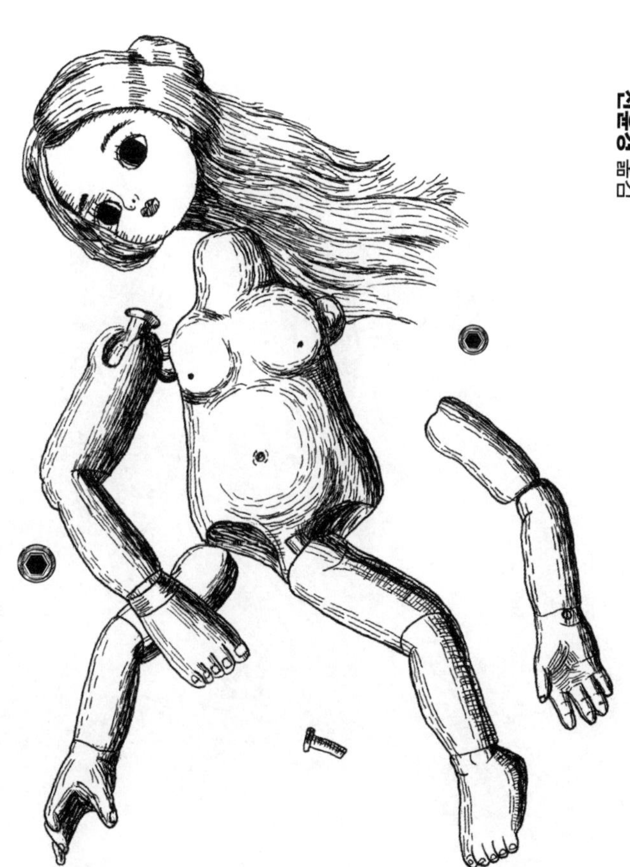

문학수첩

오랜 세월 자신의 이야기를 들려줄 기회를 얻지 못한
하피, 퓨리, 고르곤 그리고 운명의 여신들에게

목차

I 넌 괴물을 만들었어

II 병리해부학

III 몸에서 벗어나 영원으로

이미 묻혀버린 꿈이 죽은 자의 뒤를 따라오는 저주처럼
되살아나는 수도 있나 보다.

— 타나나리브 듀, 〈댄스〉

고대의 신화적 존재들 중 하피와 퓨리, 고르곤만큼 괴기스러운 존재는 없다. 스킬라와 카리브디스, 라미아, 키메라, 스핑크스도 마찬가지다. 이들 악몽의 피조물들은 모욕감을 느낀 남성의 시선에 의해 왜곡된 여성성을 형상화한 존재다. 육체적으로 성적 욕망을 자극하지 않고 오히려 거부감을 불러일으키는 여성, 복종과 종속, 모성적 보살핌이라는 전통적 역할을 거부하는 여성인 것이다. 이런 환상의 존재들이 남성에 의해 창조되었음을 고려하면, 여성 괴물은 결국 남성의 공포가 가공되지 않고 그대로 투영된 형상이라고 할 수 있다. 그들은 남성에 의해 통제되지 않는 여성적 힘의 화신이면서, 동시에 육체적 힘, 호전성, 교활함 그리고 복수심과 잔혹성에 대한 욕망 등 남성 영웅의 일부 속성을 가장 뒤틀린 방식으로 흡수한 존재다. 남성의 가장 외설적인 가학과 피학의 환상이 그러하듯, 여성 괴물은 거세의 공포 그리고 그보다 더 근원적인 굴욕에 대한 공포를 불러일으킨다.

메두사를 생각해 보라. 그녀는 여성의 바디호러를 상징하는 전형적인 존재다. 우리는 모두 메두사가 어떤 인물인지 알고 있다. 그녀는 악마 같은 여성, 고르곤이다. 꿈틀거리는 거대한 독사가 머리에서 솟아오르고, 얼굴은 끔찍하게 못생겼다. 그 짐승 같은 몰골이 너무나 흉측해 그 모습을 본 사람은 누구나 돌이 된다. 하지만 메두사는 인간 여성이었기에 '영웅' 페르세우스는 그녀를 직접 보는 대신 방패에 비친 모습을 보면서 그녀의 목을 베는 데 성공했다. 아테나 여신의 총애를 받던 페르세우스는 그 후 메두사의 잘린 머리를 자신의 무기로 사용해, 적들을 돌로 변하게 했다.

그런데 이보다 덜 알려진 몇몇 다른 버전의 전설에서 메두사는 전혀 다른 모습이다. 그녀는 원래 비범하게 아름다운 젊은 여자였다. 특히 그녀의 머리카락은 매우 아름다웠다. 그녀는 고대 신화에 등장하는 다른 많은 인간 여성들과 마찬가지로 신에게 강간을 당했는데, 그 주인공은 바다의 왕 포세이돈이었다. 그 강간이 아테나 여신의 신전에서 일어났기에 여신은 분노했다. 그리고 어머니 없이 제우스의 머리에서 태어난 남성 중심 세계의 동조자인 이 여신은 잔혹하고 비논리적인 가부장제의 방식에 따라 가해자가 아닌 피해자에게 벌을 내렸다. 그녀는 아름다운 메두사를 끔찍한 고르곤으로 변모시켰고, 그때부터 메두사는 머리에서 뱀이 꿈틀대는 흉측한 얼굴의 괴물이 되었다.

이것은 경고가 담긴 이야기다. 여성은 아름답고 매혹적이어야 하지만 그 때문에 벌을 받을 수 있으며 결혼이라는 보호막 밖에서는 더욱 그럴 가능성이 높다는 경고 말이다.

설사 고대의 여성 괴물에 대해 아무것도 모른다 해도, 다양한 형태의 바디호러가 특히 여성과 소녀들에게 강렬하게 와닿는다는 것을 우리는 알고 있다. 여성으로 산다는 것은 본질적으로 강제적 침입에 취약하고, 수정과 반복되는 임신에 노출된 몸을 지니고 산다는 뜻이다. 여성의 몸은 또한 출산의 고통을 감내해야 하기에 과거에는 출산 중 혹은 출산 후유증으로 젊은 나이에 죽는 일이 흔했다. 동화 속에 계모가 자주 등장하는 이유도 여기에 있다. 젊은 아내는 종종 출산 중 세상을 떠났고, 남자는 경제력이 허락하는 한 자연스럽게 재혼을 거듭했다. 소위 문명화되었다고 하는 서구 국가들에서도 여성은 일종의 재산으로 취급되어 평생 가부장제 질서에 속박되었다. 여성은 재산을 소유하거나 이혼하거나 투표할 수 없었고, 대출을 받거나 신용카드를 발급받을 수도 없었다. 이런 권리들은 비교적 최근에 이르러서야 허락된 것들이다. 오랜 세월 동안 여성의 몸은 남성의 성적 욕망을 자극하는 존재 그리하여 죄를 짓게 하는 원인으로 비난받아 왔다. 여성에게 강요된 엄격한 복장 규정은 가부장적 종교들이 공유하는 특징이다. 이들은 여성의 육체를 혐오스러운 것으로 간주하는 반면 힘, 에너지와 같은 남성의 육체적 특징은 숭배했다. 메두사가 받은 벌은 남성으로부터 원치 않는 성적 관심을 받은 불운한 여자와 소녀들에게 내려진 오랜 처벌과 맥을 같이한다. 결혼이나 출산을 거부하고, 성모 마리아로 상징되는 순종적이고 온화한 여성 모델을 따르기를 거절하는 여성은 비정상적인 존재로 낙인찍히고, '미친 여자', '마녀'라는 이름으로 불렸다. 여성성의 틀에 저항하는 여성에게 내려진 궁극의 형벌은 화형이었다. 그들은 공공의 선을 위한다는 명목으로 종교적 가부장들에 의해 사형을 선고받고, 화형대에서 불태워졌다.

메리 셸리의 《프랑켄슈타인: 혹은 현대의 프로메테우스》(1818)는 열병 같은 환상으로 빚어진 서간체 소설로, 그 가장 강렬한 대목은 몽환적이고 초현실적인 불안감으로부터 태어난다. 프랑켄슈타인 박사가 조립한 피조물은 괴이하고 왜곡된 출산이 실체화된 존재다. 그의 거대한 몸은 묘지에서 가져온 서로 어울리지 않는 신체 조각들을 짜 맞춘 것이고, 그의 피부는 누렇게 바랜 양피지 같았다. 우리 모두 알다시피, 메리 셸리가 《프랑켄슈타인》을 집필하기 시작했을 때 그녀의 나이는 18세에 불과했다. 그녀는 결혼도 하지 않은 상태로 임신을 했고, 낭만주의 시인 퍼시 셸리와 함께 이탈리아로 도피해 불안정한 생활을 하고 있었다. 메리 셸리와 마찬가지로 10대였던 퍼시 셸리의 아내는 아이와 함께 영국에 남겨졌고 곧 자살로 생을 마감했다. 이런 혼란과 불확실성 속에서 메리 셸리는 문학사에서 가장 끔찍한 괴물 중 하나를 창조해 냈다. 그녀는 출산을 앞두고 최악의 가능성을 상상했는지도 모른다. 혹은 자신을 괴물과 동일시해, 그의 고립감과 소외감 속에 자기 모습을 담았을 수도 있다. (실제 《프랑켄슈타인》 집필 당시 메리 셸리가 임신 중이던 아이는 출산 직후 사망했다. 이후 태어난 세 아이 역시 세상을 떠나고 오직 한 아이만 살아남았다. 퍼시 셸리가 갑자기 세상을 떠나기 전까지, 메리 셸리는 8년 동안 임신과 수유를 반복하며 살았다.)

최근 수십 년 동안 바디호러는 호러와 다크 판타지의 하위 장르로 확고하게 자리를 잡았고, 다양한 괴물과 기형적 존재들이 대중소설과 영화에 다수 등장했다. 토드 브라우닝의 컬트 고전 〈프릭스(Freaks)〉(1932)에서도 그런 모습을 볼 수 있는데, 이 영화는 당대보다 지금 우리가 보기에 훨씬 충격적이다. 실제 신체적 장애가 있는 사람들을 '괴물'로 등장시킨 설정이 그때와 달리 지금은 도덕적으로 불쾌감을 불러일으키기 때문이다. 고급 바디호러의 대가로 알려진 데이비드 크로넨버그 감독은 〈브루드(The Brood)〉, 〈데드 링거(Dead Ringers)〉, 〈크래시(Crash)〉, 〈미래의 범죄들(Crimes of the Future)〉 등의 작품에서 본능적이고 시각적인 충격을 선사하는데, 이것은 관객에게 실제적인 공포뿐 아니라 심리적 공포를 느끼게 한다. (〈브루드〉에는 남편과 멀어진 아내이자 어머니인 한 여성의 나체가 등장하는데, 전남편에 대한 증오로 흉측하게 뒤틀려 버린 그녀의 몸은 결코 잊을 수 없는 이미지다.) 또한 캐서린 던의 《기크 러브(Geek Love)》를 읽은 사람이라면 암페타민, 비소 그리고 방사선 기기를 이용해 의도적으로 기괴한 아이들을 만들어 낸 그 유랑 서커스단 가족을 잊을 수 없을 것이다. 이 작품은 자본주의 소비 사회를 탐구하는 과정에서 초현실과 현실이 충돌하는 이야기로, 스스로를 '괴물'이라 부르면서 자신의 혈통을 부끄러워하지 않고 오히려 자랑스럽게 여기는 이들의 시선으로 그려진 디킨스식 사회 비판 소설이라고 할 수 있다.

《조각나고 찢긴,》에 담긴 바디호러는 이 장르를 탐구하는 작가들만큼이나 다양하고 예측할 수 없다. 또한 함께 실린 로렐 하우슬러의 음산하고 불길한 삽화들처럼 분류 불가능한 것이기도 하다. 각 작품의 주인공들은 다른 인물에게 해를 입히기도 하고 스스로 바디호러의 희생자가 되기도 하지만, 여성 주인공이 직접 괴물로 등장하는 작품은 오직 하나뿐이다.

늑대인간 변신을 서정적으로 형상화한 카산드라 코의 〈입마개〉라는 작품이다. ("파충류 뇌에 둘러싸여 잠들어 있던 나의 늑대")

기이할 만큼 담담한 어조로 전개되는 에이미 벤더의 〈프랭크 존스〉에서는 한 젊은 여성 직원이 자기 몸에서 자라난 이상한 돌기로 자신만의 작은 프랑켄슈타인을 창조한다. 그녀는 이 작은 친구를 이용해 직장 동료들과 적정한 거리를 유지하는데, 그전까지 '외톨이', '괴짜'로 불리던 그녀에게 이것은 자신을 방어하는 방식이었다.

메건 애벗의 산문은 서스펜스 영화처럼 불안감을 자아내는 빠른 리듬으로 전개된다. 〈주홍 리본〉은 평범한 교외 주택가의 낮 세계 아래에 숨어있는 무시무시한 밤의 세계를 묘사하는데, 그곳은 끔찍한 가족 살해 사건이 벌어진 곳이었다. 작품은 사랑하는 아버지가 온 가족을 둔기로 내리쳐 죽였다는 이야기에 매료된 한 소녀의 시선으로 그려지는데, 소녀는 그 이야기 속 아버지가 자신의 아버지와 다르지 않다는 것을 깨닫는다.

서스펜스가 가득한 조안나 마거릿의 〈말레나〉에서는 한 여성 조각가가 괴물 같은 존재와 맞서 싸우는데, 그 존재는 바로 자기 몸속에서 자라난 '기생 쌍둥이'다.

타나나리브 듀의 〈댄스〉에서는 생의 절반을 병약한 할머니를 돌보는 데 바친 헌신적인 마흔 살의 여성이 할머니 죽음 이후 발작처럼 터진 춤과 악마적 웃음에 사로잡힌다. 그녀의 몸이 스스로와 전쟁을 벌이는 것이다. 할머니는 어린 시절 인종 문제로 발레리나의 꿈을 접어야 했는데 그 영혼이 저주가 되어 그녀의 몸속에서 미친 듯 춤을 춘다.

자기 자신과 전쟁을 벌이는 몸에 대한 또 다른 작품이 있다. 레이븐 레일라니는 자신의 처절한 단편 〈숨쉬기 연습〉에서 교묘한 방식으로 인종을 차별하는 사회를 살아가는 창작 예술가이자 흑인인 한 여성의 투쟁을 탐구한다. 그 과정은 불안할 정도로 강렬하여, 마지막 페이지에 이른 독자들은 주인공처럼 숨이 막히는 느낌을 경험하게 된다.

리사 림의 생생한 이야기 〈거울과 춤을〉은 할머니, 어머니, 딸로 이어지는 3대를 통해 독설이 실제로 다음 세대의 여성에게 저주가 될 수 있음을 보여주는 공포스러운 우화다. 신체에 대한 왜곡된 인식은 유전이 아니라 우리가 스스로에 대해 하는 이야기를 통해 다음 세대로 이어진다는 사실을 드러낸다.

극도로 창의적인 이 단편들 가운데서도, 마거릿 애트우드의 〈환생 혹은 영혼의 여행〉은 아마 가장 이상한 작품일 것이다. 하지만 우리 시대 가장 독창적이고 특이한 산문 작가인 애트우드의 작품이니 예측 불가능한 것은 어쩌면 당연한 일이다. 색다른 윤회를 다룬 이 이야기에서는 인간이 아닌 한 생명체가 은행의 중간급 고객 서비스 여성 상담원의 몸에 들어가 '공간을 공유'하게 되고, 이 둘은 예상치 못한 결과를 맞이한다.

리사 터틀의 〈은닉 휴대〉는 잔혹한 풍자극으로, 배경은 당연히 미국에서 총기 소유를 가장 광적으로 지지하는 주인 텍사스다. 이 작품에서 권총은 악의적인 자아를 지닌 생명체가 되어 한 여성의 몸에 기생하듯 달라붙는다.

에이미 라브리의 〈육안 해부학〉은 《조각나고 찢긴,》에 실린 작품 중 유일하게 남성을 주인공으로 한다. 의대생인 그는 해부

실습용으로 제공된 여성 시체에 참으로 역겨운 행동을 하고, 결국 그 값을 제대로 치른다.

유미 디닌 시로마의 〈그녀의 심장이 멈출 때〉는 브램 스토커의 《드라큘라》에 등장한 불운한 여성 캐릭터 루시와 미나를 대담하게 차용하여, 그들의 관계를 감각적이고 에로틱한 삼각관계로 재해석한다. 이 둘과 삼각관계를 이루는 나머지 한 인물은 여성 뱀파이어다.

엘리자베스 핸드의 〈일곱 번째 신부 또는 여자의 호기심〉은 푸른 수염과 그에게 희생된 아내들에 대한 오랜 전설을 빌려왔다. 작품 속에서 이 전설은 19세기 영국을 배경으로, 산 자와 죽은 자가 동시에 무대에 서는 이색적인 유랑 연극단의 이야기로 변주된다.

밸러리 마틴의 〈네메시스〉 역시 19세기를 배경으로 한다. 이 작품에서는 허영심 많고 유약하며 자기애가 넘치는 젊은 남자가 아내이자 어머니인 한 영리한 중년 여성과 대립하는데, 남자는 천연두로 일그러진 여자의 얼굴을 혐오한다. 그리고 그 응분의 결과로 자신의 미모를 영원히 잃게 된다.

반면, 실라 콜러의 〈시드니〉는 순진한 젊은 여자와 기만적인 나이 든 남자의 결혼생활과 이들이 처한 매우 특이한 삼각관계를 그린다. (《조각나고 찢긴,》의 작품 상당수가 실제로 어둡기 때문에, 피해자였던 여성이 자신이 처한 상황에 맞서면서 자신만의 방식으로 힘을 되찾는 이야기로 단편집을 시작하고 끝맺는 것이 적절할 것 같았다.)

〈평온의 의자〉는 산문 소설로 볼 수도 있고 산문시로 볼 수도 있는 작품이다. 《조각나고 찢긴,》에 실린 작품 중 유일하게 초현실적이거나 초자연적인 요소를 포함하지 않고, 오로지 역사적 기록에 근거하고 있다. 이 작품은 한 여성의 내적 독백으로 구성되어 있다. 그녀는 소위 히스테리 환자로, 사악하지만 당시에는 널리 존중받았던 19세기 의학 치료를 받기 위해 시설에 구금되었다. 이 치료법은 저명한 의사 실라스 위어 미첼이 주창한 것으로 '안정 요법'이라 불렸으나, 실제로는 사회적 구속에 (건강하게) 반항했던 여성들을 강제로 유아화시키는 행위에 지나지 않았다. 순종적인 딸, 아내, 어머니의 기준에서 조금이라도 벗어난 행동은 모두 일탈로 간주되어 '히스테리'라는 병명이 붙고, 이 병은 어떤 극단적인 방법을 쓰더라도 반드시 치료해야 했다.

이렇듯 이 책에 담긴 이야기들은 서로 너무나 다르지만, 그 안에는 하나의 맥박 같은 것이 고동친다. 가부장제가 여성에게 강요한 속박에 반항하며 맞서는 맥박이다. 이는 또한 전통에 의해 내면화된 자기 상처와 패배의 이미지 속에도 존재한다. 그 반항이 명시적이든 간접적이든 혹은 성공하든 치명적으로 좌절되든 간에, 우리를 깊이 감동시키는 것은 결국 타나나리브 듀의 말처럼 묻혀있던 꿈이 저주처럼 되살아나는 그 다양한 모습들이다.

조이스 캐럴 오츠

I

넌 괴물을 만들었어

프랭크 존스

에이미 벤더

에이미 벤더

에이미 벤더는 《레몬 케이크의 특별한 슬픔(The Particular Sadness of Lemon Cake)》과 《뉴욕타임스》가 주목할 만한 책으로 선정한 《컬러 마스터(The Color Master)》를 포함한 여섯 권의 책을 집필한 작가다. 그녀의 작품은 16개 언어로 번역되었고, 현재 서던 캘리포니아 대학교에서 창작 글쓰기를 가르친다.

난 피부에 쥐젖이 있었다. 엉덩이 부근에 납작한 아기 이 크기 정도의 작은 돌기가 튀어나온 것이다. 난 내 손으로 그것을 비틀어 뗐다. 신경이 없는 조직이니 아프지도 않았다! 난 그런 것에 신경 쓰는 스타일이 아니다. 그깟 일로 징징거리지 않는 스스로가 오히려 자랑스러웠다. 대학 시절 룸메이트는 정말 심각했다. 자기 귀에 귀걸이조차 못해서, 내가 그 아이 귓불의 구멍에 귀걸이 핀을 넣어줘야 했다. 자기 귓불을 만지는 게 그렇게도 이상하단다. 그녀는 주사 맞는 것도 견디지 못했고, 샌들 스트랩과 빵도 좋아하지 않았다. 작은 비눗방울같이 연약하기만 한 그런 인간은 어떻게 세상을 살까? 그녀와 연락하며 지내려고 노력하지도 않았지만, 설사 했다 해도 그녀는 응하지 않았을 것이다. 그녀는 내게 없애고 싶은 욕구를 느끼게 했다. 그렇다고 내가 어떤 행동을 취한 것은 아니지만, 그녀도 분명 가끔씩 나의 분노를 감지했을 것이다. 귓불이 그토록 예민한 그 아이가 방 건너편 작은 1인용 침대에 누워있는 동안 난 조용히 내 엉덩이에서 피부 돌기를 비틀어 떼어냈다. 하지만 돌기는 보통 몇 주 후면 다시 자라났다. 난 왁스 코팅한 작은 종이컵에 그것들을 모았다. 그리고 아무도 보지 못하게 책 뒤에 숨겨두었다. 역겹다는 것은 나도 안다. 하지만 난 이 쓸모없는 내 신체 일부에 자꾸만 끌렸다.

종이컵은 쥐젖으로 점점 차올랐고, 대학을 거쳐 대학원에 가서도 난 계속 컵을 채웠다. 어느 순간 컵은 거의 꽉 차버렸고 난 혼자 키득대며 웃었다. 그것은 학교에서 보낸 긴 시간을 보여주는 가장 명확한 표지였다. 쥐젖이 원래 이렇게 자주 자라는 것인가? 구글에서 검색해 보니 그리 드문 일은 아니었다. 언젠가 하나를 현미경으로 관찰해 본 적도 있지만 내가 보기에는 아무 문제가 없었다. 모든 세포가 모르타르를 발라 차곡차곡 쌓은 벽돌처럼 깔끔하고 질서정연했다.

하루는 팀 호킨슨이라는 작가의 전시회에 가기로 했는데, 도착하기 직전 남자 친구에게 연락이 왔다. 그는 차에 문제가 생겼다는 어이없는 핑계를 대며 갑자기 약속을 취소했지만, 결과적으로는 잘된 일이었다. 전시관을 거닐며 파이프, 배, 코로 만든 작품들 사이를 빙빙 돌다가 한쪽 구석에 처박힌 유리 상자 안에서 작고 지저분한 새 해골을 발견했기 때문이다. 종알거리는 동행에게 정신이 팔렸다면 절대 발견하지 못했을 것이다. 해골은 아주 어린 아기 새의 것인지, 너무나 작고 연약해 보였다. 어떻게 이런 것이 작가의 작품이 되었을까? 예술을 위해 잔인하게 희생된 것일까? 난 좀 더 자세히 보려고 가까이 다가섰다. 작품 제목 아래에 재료가 명시되어 있었다. 손톱과 접착제였다. 작가는 잘라낸 자신의 손톱으로 아기 새 해골을 만들었는데, 손톱 끝의 지저분한 하얀 부분이 마침 진짜 새의 뼈처럼 보이는 효과를 준 것이다. 작품을 보고 있자니 죽은 사람의 몸에서 손톱과 머리카락이 자라나는 모습이 떠올랐다. 긴 머리카락이 치렁치렁 흘러내리는 해골 사진 같은 것들 말이다. 이것들은 우리 자신을 넘어서는 어떤 힘을 가진, 창의적인 재료였다. 작가는 자기 신체의 버려진 부분으로 작은 새를 창조해 낸 것이나 다름없었다. 어떤 이유에서건 그것은 훌륭한 작품이었다. 그날 이후, 호킨슨은 내게 영감의 원천이 되어주었다.

이런 일도 있었으니, 내가 나만의 작은 창조물을 만든 것은 어쩌면 자연스러운 일이었는지 모른다. 피부 돌기가 40개쯤 모이고, 나는 새 직장에 적응하려 애쓸 무렵이었다. 난 매우 날카로운 바늘과 검은색 실을 샀다. 바늘땀을 눈에 잘 띄게 하기 위해서였다. 당시 내가 일하던 건물 지하 컴퓨터실은 대학원 졸업 후 첫 직장이었다. 나 외에 세 사람이 더 있었는데, 모두 짜증 나는 인간들이었다.

난 컵 안에 든 것을 하나씩 살펴보면서, 쓸모없는 모양은 버리고 괜찮은 것들만 모아 사람 모양이 되도록 펼쳐놓았다. 쥐젖 팔, 쥐젖 다리, 쥐젖 머리를 만들자, 엄지손가락 크기의 인간이 되었다. 속을 채울 필요는 없었다. 피부 돌기 자체가 이미 단단했기 때문이다. 사각형 모양의 돌기들이 모여 퀼트 같은 인간을 창조했다. 돌기와 돌기는 검은색 실로 꿰맸고, 작은 X 모양 바늘땀으로 눈을 표시했다. 입은 일자로 했다. 프랑켄슈타인 박사는 어떻게 자신의 피조물을 깨웠더라? 난 기억을 되살리기 위해 도서관에서 책을 빌렸지만, 박사가 마법을 일으킨 방법은 명확하지 않았다. 난 꼬맹이의 몸에 전선을 몇 개 연결해 보았다. 당연한 얘기지만 아무 소용 없었다. 사실 그것은 상징적인 행위에 불과했다. 실패할 것을 이미 알고 있었기 때문이다. 생명을 불어넣을 무언가가 필요한데, 그 영혼을 어디에서 구할 수 있을까? 내가 영혼이 되어주어야겠다. 난 작은 친구를 주머니에 넣으며 다짐했다. 이제 이 아이는 내게 영향을 미칠 수 있다. 내 주머니 속에 존재함으로써 영향력을 행사하는 것이다. 난 컴퓨터실 의자에 구부정하게 앉아 긴 시간을 보냈다. 하지만 작업 환경을 개선하고 기분을 전환하기 위해, 단추 달린 앞주머니가 있는 빨간 셔츠를 새로 샀다. 그리고 바로 그 속에 내 꼬맹이를 넣어 다니기로 했다. 이름 없는 쥐젖 인간 말이다. 난 그에게 프랭크라는 이름을 붙여주었다. 프랑켄슈타인에서 따온 이름인데, 다 이유가 있었다. 지난 몇백 년 동안, 그 괴물이 박사의 이름을 훔치고, 그토록 되고 싶었던 그의 자식이 되어가는 과정이 좋았기 때문이다. 그는 책과 이를 토대로 한 영화 속에서 강력한 존재감을 드러냄으로써 이름을 얻어냈다. 프랑켄슈타인을 박사의 이름으로 기억하는 사람이 누가 있단 말인가? 깐깐한 사람들이나 그렇게 말할 것이다. 이런 사실을 기리기 위해 난 쥐젖 인간에게 존스라는 내 성을 붙여주었다. 썩을까 걱정할 필요도 없었다. 피부는 긴 시간을 버텨낼 수 있다. 상처에서 떼어낸 딱지를 보관해 본 적이 있는가? 점점 더 마르고 단단해질 뿐이다.

프랭크 존스 역시 수분을 잃어가며 점점 더 작아졌다. 하지만 그럴수록 검은색 바늘땀이 도드라졌고, 눈과 미소 띤 입은 점점 더 진짜 같아졌다. 그렇다. 미소였다. 내가 만든 것은 아니지만 그는 이제 살짝 기울어진 미소를 짓고 있었다.

어느 날, 난 그를 단추 달린 주머니에 넣고 처음으로 일터에 데려갔다. 그는 내가 데이터 정렬과 추적 일을 하는 동안 나와 함께했다. 그가 곁에 있다는 사실이 마음을 진정시켜 주었다. 그날은 시작부터 짜증 나는 일이 벌어졌다. 동료 프란시스코가 늘 그랬듯 자기 혼자 일을 해놓고 나에게 확인을 떠넘긴 것이다. 그는 재미있는 부분은 혼자 다 해버리고는 내가 충분히 돕지 않았다고 불평했다. 그는 이미 여러 번 같은 행동을 반복했기에, 난 그가 잠깐 자리를 비운 사이 프랭크 존스를 그의 책상에 올려놓았다. 그리고 그를 당겨 데려올 수 있도록, 허리에 작은 끈을 묶었다.

잠시 후 프란시스코가 점심을 먹고 돌아왔다. 배를 두드리며 한숨을 내쉰 그는 자신이 얼마나 대단한 것을 먹었는지에 대해 몇 마디 늘어놓았다. 그는 매일 베트남 쌀국수 트럭이나 타코 트럭 혹은 버블티 트럭에 가면서, 한 번도 다른 사람에게 먹고 싶은 게 있는지 물은 적이 없었다. 내가 그에게 뭔가를 기대해서 하는 말이 아니다. 난 내가 먹을 샌드위치를 내 손으로 준비해 가는 스타일이다. 그래도 누군가 물어봐 준다면 기분 좋지 않겠는가?

그는 다시 책상에 앉았다.

몇 분 후 그가 손을 뻗다가 바싹 마른 퀼트 인형을 건드렸다. 프랭크 존스였다. 나는 당연히 내 자리에 있었다. 난 낚싯줄과 미끼와 한 몸이 된 낚시꾼처럼, 끈을 가볍게 쥐고 있었다. 프랭크 존스를 잃을 수는 없었기 때문이다. 그는 이미 진정한 친구가 되어 있었다. 버림받은 프랑켄슈타인과는 달리, 프랭크 존스는 멋진 놈이었다.

"뭐야?"

프란시스코가 손을 치우며 말했다.

"아, 씨! 이거 뭐야?"

나는 내 자리에 앉은 채 웃었다. 끈을 당기자 프랭크 존스는 순식간에 내 주머니로 안전하게 돌아왔다.

"내 책상에 나 닮은 저주 인형이라도 올려놓은 겁니까?"

"당신이 아니에요."

난 발끈해서 대응했다.

"당신이랑 하나도 안 닮았어요. 전혀 다르다고요."

"인사팀에 전화해야겠어요."

그가 말했다.

"그러시든가요. 본 사람도 없는데."

내가 말했다.

"내가 봤어요."

사무실 건너편에서 티마가 말했다.

"그렇게 멀리서 뭘 봐요?"

난 몇 달 전 점심시간에 나눈 대화가 떠올랐다.

"시력도 안 좋다면서요."

"저 안경 써요."

티마가 손으로 가리키며 말했다.

티마는 그나마 여기 모인 사람 중 제일 괜찮은 사람이었지만 여전히 부족한 점이 많았다.

프란시스코는 이미 통화 중이었다.

"네, 기다릴게요."

그가 전화기에 대고 말했다.

"잠깐만요."

내가 투덜거리며 말했다.

"웃자고 한 일이잖아요. 장난 좀 친 거예요."

"재수 없는 인간들이 꼭 그런 식으로 말하더라고요."

대꾸하던 프란시스코가 다시 전화기로 얼굴을 돌렸다.

"네, 그럼요!"

티마는 다시 자판을 두드리기 시작했고, 루크는 평소처럼 자리에서 졸고 있었다. 그는 늘 시차 때문에 피곤했다. 연인과 영상 통화를 하느라 프랑스 시간에 맞춰 살고 있었기 때문이다. 하지만 내가 엿들어 본 적이 있는데, 여자의 목소리는 날카롭고 비판적이었다. 두 사람은 부정적인 순환의 고리에 갇혀있었지만, 난 그곳을 벗어난 기분이었다. 내 주머니 속 프랭크 존스와 함께 악순환의 고리를 끊고 새로운 지평을 찾아 나서고 있으니 말이다.

"사건을 신고하려고요."

프란시스코가 전화기에 대고 말했다.

"동료 하나가 제 책상 위에 저주 인형을 올려두었습니다. 바늘로 꿰맸는데, 아주 역겹더군요."

그가 가볍게 고개를 끄덕였다.

"그렇군요."

그가 말했다.

"아니요. 처음입니다… 알겠어요."

전화를 끊은 그는 생각에 잠긴 채 나를 바라보았다. 그때 처음으로 난 이런 생각이 들었다. 저들끼리 있을 때 내 얘기를 했을 수도 있겠구나. 한 번도 생각 못 했는데, 나를 바라보는 그의 시선을 마주하니 자연스레 그런 생각이 들었다.

"이번에는 문제 삼지 않겠어요."

그가 말했다.

"지금 인사팀으로 와서 공식 보고를 하라고 하는데, 할 수는 있지만 참겠다는 거예요. 다시는 그런 짓 하지 마요. 알겠죠? 안 그래도 당신 때문에 다들 긴장하고 있다고요. 좀 적당히 합시다."

"나요?"

내가 큰 소리로 되물었다.

"나 때문에요?"

"당신 좀 이상해 보여요. 알고 있죠?"

사무실 건너편에서 듣고 있던 티마가 고개를 끄덕였다.

"샌드위치 싸 오고, 늘 혼자 먹고. 요즘 세상엔 사람을 조심해야 하잖아요."

"내 샌드위치가 어때서요?"

하얀 식빵에 칠면조 슬라이스를 한 장을 올린 내 샌드위치는 완벽 그 자체였다.

"샌드위치가 잘못됐다는 게 아니라, 그런 걸 보면 좀…"

티마가 말끝을 흐렸다.

"왕따 같잖아요. 고집불통 외톨이 말이에요."

프란시스코가 대신 말을 이었다.

난 고개를 저으며 주머니를 쓰다듬었다.

"그리고 뭔지 모르겠지만 그거 말이에요."

프란시스코가 다시 입을 열었다.

"징그러워요."

그날 밤, 파스타를 먹고 TV를 좀 본 후 난 프랭크를 주머니에서 꺼내 침대 옆 탁자에 내려놓았다. 핸드폰 충전기를 두는 곳이었다.

"가보렴, 작은 친구."

난 속삭이듯 낮은 목소리로 말했다.

"넌 자유야. 가서 말썽 한번 부려봐."

그날 밤 난 오랜만에 단잠에 빠져들었다. 가볍고 편안한 꿈이 잠든 나를 물수제비뜨는 조약돌처럼 가볍게 스치고 지나갔다. 잠에서 깼을 때 나의 작은 친구는 여전히 그 자리에 있었다. 똑같이 누운 자세였지만, 그의 바늘땀 미소는 유난히 크고 따뜻해 보였다.

사무실에 가니 프란시스코와 티마가 기진맥진한 모습으로 걸어 들어왔다. 루크는 오늘도 의자에 쓰러져 잠을 자고 있었다.

"잘 못 잤어요?"

내가 자리에 앉으며 말했다.

"끔찍했어요."

프란시스코가 먼저 대답했다.

"피부로 된 군대랑 싸우는 꿈을 꿨거든요."

"미친!"

티마가 곧장 말을 이었다.

"난 피부로 뒤덮인 숨 막히는 하늘에 맞서 싸우는 꿈을 꿨어요."

"어휴, 징그러워."

내가 말하자 두 사람 모두 나를 빤히 바라보았다.

"왜요? 이제 꿈에 대해 말하는 것도 뭐라고 하게요?"

난 피식 웃으며, 아침 대용 영양바를 꺼냈다. 몸에 필요한 각종 비타민이 든 초콜릿 바였다. 가끔은 저녁으로 먹기도 했다. 이것도 이상한가? 난 요리하는 게 싫다! 요리할 줄 모른다! 딱히 배우고 싶은 마음도 없다! 다들 남 일에 신경 끄시지!

"둘 다 피부가 나오는 꿈을 꾸다니 이상하네요."

프란시스코가 중얼거렸다.

"테일러, 어제 그 인형 안에 뭐가 들었어요? 혹시 피부로 만든 거예요? 그런 것 같던데. 피부 인형 같은 거."

"설마…"

티마가 말했다.

"맞아요? 너무 야만적이야!"

"그런가요?"

내가 대답했다.

"매일 가죽 신발을 신는 사람이 그런 말 해도 되나요?"

그녀가 자신의 발을 바라보았다. 그녀는 고무 쪼리를 신고 있었다.

"아니, 내 말은… 내가 굳이 그 질문에 답할 이유는 없어요."

"그걸 내 책상에 올려놨잖아요. 그럼 말해야죠."

"지금은 없잖아요."

"헛소리 좀 그만해요!"

프란시스코가 허공에 손을 휘저으며 말했다.

"대체 왜 그래요? 영국인이에요?"

난 다시 일에 몰두했다. 검토해야 할 리스트가 산더미였다. 휴식 시간이 되자 그들은 한쪽 구석에 모여 속삭였다.

　그날 오후 난 화장실 칸에 들어가 프랭크를 꺼냈다. 생기가 넘쳐 보였다. 바싹 말라 더욱 작아졌지만 어쩐지 더 강하고 단단하고 질겨 보였다. 웬만한 고난은 다 버텨낼 것 같았다. 혹시 내가 생각한 것보다 훨씬 강한 힘을 가졌나? 이 아이가 저들의 꿈에 장난을 친 것일까? 나의 사악한 악마의 팔이 저들의 세계를 침범한 것인가? 난 내 바느질 솜씨에 감탄했다. 실 자국을 가지런히 내느라 엄청나게 공을 들였다. 난 이 방면에 소질이 좀 있었다. 어쩌면 외과 의사가 될 수도 있었을 것이다. 엄마도 그렇게 말하곤 했다. 물론 엄마가 조리 있는 말로 나를 격려해 준 일은 그리 많지 않았다.

　인사팀에서 호출이 들어왔다. 그들은 정기 평가라고 말했지만, 프란시스코가 어느 시점에 내 이름을 흘렸음이 분명했다. 좋아! 난 재킷을 당겨 입으며 말했다. 별일 아니야. 어차피 쉬는 시간이 필요하던 참이었어! 잠깐 바람 쐬고 산책한다고 생각하면 되지!

　인사팀에 도착했다. 이 사무실은 대체 누가 디자인한 걸까? 감정이라고는 눈곱만큼도 없는 사람일 것이다. 쿠션은 밋밋하고, 그림이 걸린 벽도 그저 단조롭기만 했다. 창을 가린 블라인드는 로봇 같은 분위기를 아예 드러내 놓고 표현하고 있었다. 그곳에는 남자 한 명과 여자 한 명이 있었다. 원하지 않는 옷을 입은 것처럼 보이는 두 사람은 먼저 총에 대해 물었다. 총이라니!

　"오, 그건 흔해 빠진 인간들이나 쓰는 거죠."

　내가 빈정대듯 웃으며 말했다.

　"뻔하고, 시시하고, 용기도 없잖아요. 저는 육체적 폭력을 가하는 그런 무기에는 관심 없습니다."

"그럼 어떤?"

"어떤 뭐요?"

"그럼 어떤 무기에 관심이 있으신가요?"

남자가 묻는 동안, 여자는 컴퓨터를 보며 뭔가 타닥타닥 입력했다.

난 다시 웃었다.

"전 무기를 수집하지 않습니다. 그런 사람 아니에요. 언제든 제가 사는 곳을 뒤져보세요. 인터넷 검색 기록도 찾아보시고요."

"그래도 될까요?"

"물론이죠."

"지금 해도 되나요?"

난 핸드폰을 건네주었다.

남자는 한동안 핸드폰을 뒤적이더니 내게 다시 돌려주었다.

"저도 태국 음식 좋아합니다."

그가 말했다.

"팟씨유 맛있죠?"

내가 대꾸했다.

"그 예술가는 누구예요?"

"팀 호킨슨이에요. 섬유유리로 엄청난 구조물을 만들어 내죠."

"멋지네요."

그들은 내게 외롭지 않은지 물었다. 혼자 살고, 밥도 혼자 먹고, 사람들과 교류도 없으니 말이다. 난 그런 방식이 내게 잘 맞는다고 대답했다. 인간이란 종족이 재잘재잘 만들어 내는 이 끝없는 소음을 견뎌내는 최선의 방식이라고 말이다. 대신 난 고양이를 기른다고 말했다. 거짓말이었지만 두 사람은 그제야 안심하는 표정을 지었다.

"고양이 이름이 뭔가요?"

난 잠시 입을 다물었다.

"이름은 붙이지 않기로 했어요. 그냥 야옹이라고 부릅니다."

내가 마침내 대답하자, 인사팀 여자 직원도 자기 고양이를 야옹이라고 부른다고 말했다.

"원래 이름은 알라딘이에요. 하지만 평소엔 너무 격식 차린 느낌이 들더라고요."

"혹시 고양이가 지니 같아요?"

"맞아요! 정말 그래요."

우린 서로를 보며 미소 지었다. 프랭크도 주머니 속에서 그 순간을 함께했다.

"협조해 주셔서 감사합니다."

남자가 말했다.

"더 필요한 게 있으면 알려드릴게요. 오늘은 이걸로 된 것 같아요."

"저 안 잘리는 거죠?"

내가 의자에서 일어서며 말했다.

두 사람은 다정한 표정으로 웃음을 터뜨렸다.

"네, 안 잘렸어요."

난 사무실로 돌아갔다. 프란시스코와 티마는 이메일 혹은 전화로 이미 소식을 들은 것 같았다. 두 사람이 내게 손을 흔들었다.

실망한 표정이 역력했다.

"안 잘렸어요. 실망했다면 미안!"

내가 말했다.

"카페 어쩌고저쩌고!"

루크가 여자 친구에게 열을 올리며 말하고 있었다.

그날 밤, 난 프랭크에게 계속하라고 말했다.

"뭘 하는지 모르겠지만 더 해봐. 꿈일 뿐이잖아! 마음껏 해."

그날 역시 난 꿀잠을 잤다. 이렇게 깊고, 순수하고, 텅 비고, 오랜 시간 이어지는 잠은 어린 시절 이후 처음이었다. 잠에서 깼을 때 난 스트레칭을 했다. 평소에는 절대 하지 않는 행동이었다. 심지어 동네를 한 바퀴 산책하다가 작고 귀여운 잔에 담긴 에스프레소를 하나 시켜 카운터에 서서 마시기도 했다. 그러고는 바리스타에게 팁을 주었다! 이건 평소 내 모습이 아니었다. 전혀 달랐다. 뭔가 노력해야 한다는 생각만으로도 보통은 의욕이 꺾였기 때문이다. 직장에 도착하자 루크가 멀쩡하게 앉아 키보드를 두드리고 있었다. 프란시스코는 보이지 않았다.

"어디 갔어요?"

티마가 화장실에서 느릿느릿 걸어 나왔다.

"어젯밤도 엉망이었어요."

그녀가 말했다.

"두 시간 정도 잤나? 피부로 만들어진 벌레들이랑 싸우는 꿈을 꿨는데, 너무 역겨웠어요. 뭔가 제대로 잘못됐어요. 테일러, 나한테 저주라도 걸었어요?"

"인사팀에 신고해야겠는데요. 불쾌한 말씀을 하시네."
내가 말했다.
"아니, 이런 일이 시작된 게…"
루크가 갑자기 헛기침을 했다.
"프란시스코는 몸이 좋지 않아서 하루 쉰다고 합니다. 오늘 할 일이 많아요."

루크는 어딘가 슬퍼 보였다. 혹시 여자 친구랑 헤어진 것일까? 차라리 잘된 일일 수도 있다. 그는 더 좋은 사람을 만날 자격이 있었다. 티마에 대한 내 생각이 바뀐 이후, 그는 이 재수 없는 무리 중에서 그나마 제일 나은 사람이 되었기 때문이다.

우린 일하기 시작했고, 실제로 꽤 많은 일을 해치웠다. 상황이 이렇게 되고 보니, 사실 프란시스코는 말 많고 농담 많이 하고, 화려한 성격으로 존재감만 부풀리는 사람이라는 점이 분명해졌다. 나머지 우리들이 자리에 웅크리고 앉아 복잡한 생각에 빠져있는 동안 말이다.

쉬는 시간이 되자 난 다시 화장실 칸으로 가 프랭크를 꺼냈다. 전보다 더 작아져 이제 쪼글쪼글한 느낌마저 들었다.
"프란시스코를 해치지는 마."
내가 속삭였다.
"그 사람은 직장 동료일 뿐이야."
프랭크는 내게 미소를 지었다.
"사람들을 해치고 다니지는 말았으면 해."
내가 다시 말했다.
"난 악당이 아니야, 너도 마찬가지고. 우린 친구잖아. 알겠지?"

난 손가락으로 그의 민머리를 쓰다듬었다. 그즈음 프랭크의 모습은 진짜 저주 인형 같았다. 프랑켄슈타인의 괴물과 달리 프랭크는 내게 아무것도 요구하지 않았고, 그의 미소는 사악하지도 않았다. 다만 그가 미소를 짓는다는 사실이 섬뜩할 뿐이었다.

"이제 그만하는 거다, 친구!"

내가 말했다.

우린 그날 종일 정말 열심히 일했다. 루크는 오후 낮잠에 들기 전 내게 프랑스어로 칭찬을 건넸다.

다음 날도 프란시스코는 출근하지 않았다. 티마가 전화를 하자 그는 여전히 잠을 잘 못 자고 하루에 몇 분 정도 눈을 붙이는 수준이라고 대답했다. 난 티마의 질문과 반응을 통해 이런 대답을 유추할 수 있었다. 그녀는 잔뜩 찡그린 얼굴로 걱정스럽게 그의 말을 듣더니, 몇 분 후 내게 전화기를 내밀었다.

"바꿔달래요."

우린 의아한 표정으로 서로를 보며 어깨를 으쓱했다. 난 전화기를 받아 귀 가까이 가져갔다. 물론 귀에 붙이지는 않았다. 뇌종양에 걸리면 안 되니 말이다.

"테일러?"

그가 낮은 목소리로 말했다.

"나 좀 그만 놔줘요. 제발! 내가 다 사과할게요. 진짜 미안해요. 나 흰 식빵에 칠면조 슬라이스 올린 샌드위치 매일 먹어요. 먹고 싶은 게 그것밖에 없더라고요. 머리카락 보이면 주워서 병에 모으고 있고요. 대체 내가 왜 이러는 거죠?"

난 웃었다. 느긋하고 편안한 기분이었다. 프랭크가 우리 둘을 뒤바꿔 버렸나? 난 점심으로 살사 소스를 곁들인 치킨 타코를 먹고, 범고래에 대한 농담을 해서 티마를 웃기기도 했다.

"겨우 머리카락 가지고 왜 그래요? 모을 수도 있지."

내가 말했다.

"내가 머스터드를 좋아한다고요. 핫소스를 입에 막 들이붓고 있어요!"

프란시스코가 울부짖듯 말했다.

"한때겠죠. 곧 지나갈 거예요. 초조해하지 말아요."

그는 다시 티마를 바꿔달라고 했고, 티마는 그에게 어서 출근하라고 재촉했다.

"집에 처박혀 있지 말고 여기 지하실에 와서 우리랑 같이 있어요."

그녀가 발가락 끝에 쪼리 샌들을 걸고 흔들며 말했다. 둘이 사귀나?

다음 날 그는 정말 다시 출근을 했다. 눈 밑에 커다란 보라색 다크서클을 달고 휘청거리며 들어오는 모습이 영락없는 괴물이었다. 난 그에게 손을 흔들었다. 그날도 난 출근 전에 에스프레소를 한 잔 마셨다. 그는 내게 점심 도시락을 들어 보였다.

"칠면조 샌드위치예요."

그가 슬픈 표정으로 말했다.

정오가 되어갈 무렵이었다. 루크는 화장실에서 나오지 않았다. 아마도 울고 있을 것이다. 요즘 계속 그랬다. 나도 한두 번 들은 적이 있다. 그때 프란시스코와 티마가 내 자리로 다가왔다. 나는 업무를 보느라 바빴다. 실수한 게 없는지 찾느라 다른 데 신경 쓸 여력이 없었다. 티마는 갑자기 손을 뻗어 거칠게 내 어깨를 잡아 눌렀다. 그러는 사이 프란시스코가 내 주머니를 향해 손을 쑥 내밀더니 단추를 획 풀고 그 안을 뒤지기 시작했다.

"이봐요! 그만해요!"

내가 소리쳤다.

"이거예요?"

그가 프랭크를 꺼내며 말했다.

"이게 그거였어요?"

그는 프랭크를 바닥에 떨어뜨렸다.

"웩! 이거 대체 뭐야!"

"그거 내놔요!"

티마는 바닥을 응시했다. 그녀가 쓴 안경은 사실 돋보기에 가까웠다.

"오래된 나무껍질 같은데요."

"내 거예요. 돌려줘요!"

"아닌 것 같은데."

프란시스코가 말했다.

"사람 장기 같아요. 아주 작은 인간한테서 나온 장기. 버려요."

"안 돼요!"

내가 소리쳤다.

"버려야 해요, 꼭!"

이번에는 프란시스코가 내 몸을 눌렀다. 티마는 종이를 한 장 들어 낡은 천을 접듯 반으로 접은 뒤 그것으로 프랭크를 집어 쓰레기통에 던져 넣었다.

난 프란시스코를 밀쳐내고 쓰레기통 앞에 무릎을 꿇고 앉았다. 저 깊은 곳에 처박힌 프랭크를 구해내야 했다. 하지만 그 순간 프란시스코가 새 셔츠의 단추 달린 주머니에 손을 넣어 머리카락으로 만든 무언가를 꺼냈다. 작고 뻣뻣하며 머리카락으로만 만들어진 그것은 허리에 머리 끈을 두르고 있었다.

"어머, 뭐예요!"

티마가 웃음을 터뜨렸다.

그는 머리카락 인형을 쓰레기통에 툭 던졌다.

"둘이 같이 놀게요."

그가 말했다.

사무실이 침묵에 휩싸였다. 루크가 화장실에서 손 씻는 소리가 들릴 뿐이었다. 티마는 코로 짧게 숨을 들이쉬며 웃음을 참았다. 우리 세 사람은 동시에 쓰레기통을 바라보았다. 내가 요거트 컵을 한쪽으로 밀어내자, 저녁노을 색의 치즈맛 감자칩 봉지를 배경으로 프랭크가 모습을 드러냈다. 그의 작은 쥐젖 손은 작은 머리카락 손을 잡고 있었다. 믿을 수 없는 상황이었다. 어떻게 해야 하지? 프랭크도 자신의 삶을 살 자격이 있지 않은가?

우린 각자 자리로 돌아갔다. 난 프란시스코를 밀어냈다. 티마도 밀었다. 아, 마음 같아서는 이 두 사람을 폭발시켜 산산조각 내버리고 싶었지만, 한편으로는 프랭크가 염력 비슷한 자신만의 방식으로 이 두 사람을 조종한 게 아닐까 하는 생각도 들었다. 그는 머리카락 연인을 만나기 위해 외부 개입이 필요하다고 판단했는지도 모른다. 티마는 여전히 큭큭 웃고 있었다.

"이게 무슨 일이람!"

그녀가 머리를 흔들며 말했다.

그때 루크가 화장실에서 나왔다. 어찌나 울었는지 얼굴이 얼룩덜룩했다.

"우리 헤어졌어요. 진짜로요."

그가 말했다. 우린 모두 일을 할 수 있는 상태가 아니었기에, 루크의 자리로 몰려갔다. 티마는 그의 여자 친구가 한 말 중 듣기 거북했던 말들을 알려주었다. 그녀는 프랑스어를 할 줄 알았기 때문이다. 나도 어조에 대해 한마디 거들었다. 프란시스코는 여러 가지 다른 이야기들을 쏟아냈다. 우리가 엿들은 게 이렇게나 많다니! 하지만 그게 사실이었다. 여기는 지하다. 지하실에 비밀은 없다. 루크는 머리를 헝클어뜨렸지만 우리 말을 듣고 있는 것 같았다. 그는 프란시스코에게 일하는 동안 농담 좀 그만하라고 말했다.

"너무 과해요."

우리는 해가 질 때까지 일했고, 모두 나보다 먼저 사무실을 나섰다. 티마와 프란시스코는 손을 잡고 나갔고, 루크는 스타일 좋은 메신저백을 어깨에 둘러메고 내게 인사를 한 뒤 고맙다는 말을 덧붙였다. 지하 사무실에 혼자 남은 나는 쓰레기봉투를 한데 모아 내 배낭 가방에 담았다. 그들의 세상 전체를 가져가는 것은 괜찮지 않을까? 그들을 통째로 운반해 가면 되는 것이다. 물론 쓰레기봉투 안에는 다른 것들도 있었다. 티마의 요거트 컵, 루크의 눈물과 콧물이 묻은 휴지들, 프란시스코가 싸 온 칠면조 샌드위치 빵 가장자리, 내 소고기 육포 포장지, 감자칩 봉지 등 전혀 관심이 가지 않는 것들이다. 어쩌면 손톱이 있을지도 모른다. 그거라면 새를 만들 수도 있겠지. 그냥 그렇다는 거다.

난 집에 도착해 우리 집 건물 뒤 공터로 가서 시멘트 바닥에 가방에 든 것을 모두 쏟아냈다. 쓰레기를 버리는 것은 찜찜했지만, 그리 많은 양은 아니었다. 그리고 마치 폐허가 된 도시에서 작은 사람들이 나타나듯, 그들이 모습을 드러냈다. 먼지 바닥에 놓인 모습이 보기 좋았다. 손톱으로 만든 새가 흙에 놓인 것이 보기 좋았던 것처럼 말이다.

"또 보자, 꼬맹이!"

내가 말했다.

그는 내게 미소를 지으며 바람에 실려 세상으로 나아갔다.

난 집에 가기 위해 계단을 오르기 시작했다. 어쩌면 상황이 좀 나아진 것 같기도 했다. 그가 내 삶을 어느 정도 변화시킨 것이다. 내 엉덩이 부근에서 새로운 쥐젖이 자라는 게 느껴졌다. 그의 자손이었다. 때가 되면 이것도 비틀어 떼어낼 것이다.

외부 비상계단을 따라 올라가는데 누군가 모퉁이를 돌아 뛰어오는 게 보였다. 회색 고양이를 쫓는 중인 것 같았다.

"야옹아!"

그녀가 소리쳤다. 하지만 고양이는 그대로 시멘트 공터로 달려가 나무 위로 올라가 버렸다.

"알라딘!"

여자가 다시 소리쳤다.

"당장 내려와, 알라딘!"

난 열쇠 구멍에 열쇠를 꽂아 넣었다. 저들이 이 근처에 살았던가? 한 번도 동네에서 그녀를 본 적이 없었다. 하긴 워낙 밖을 나가지 않으니 그럴 수밖에! 난 문을 열고 안으로 들어가며 혼자 피식 웃었다. 프랭크 자식, 별걸 다 하는구나. 나름 능력 있는 아이였다. 난 블라인드를 닫고, 고양이를 구슬리는 그녀의 목소리에 귀를 기울였다. 참 그 아이다운 발상이었다. 고양이를 이곳으로 유인해 만남을 주선하려 하다니 말이다. 머리카락 친구를 만나 느끼게 된 좋은 감정을 나에게도 선물하고 싶었나 보다. 사실 이렇게 빠른 건 내 스타일은 아니지만, 난 내가 창조한 생명체가 이렇게나 사려 깊다는 점에 감탄했다. 이제 그녀에게 말을 건넬 확실한 구실이 생겼다. 밖에서는 여전히 그녀의 달콤한 목소리가 들려왔다. 고양이가 마침내 나무에서 내려와 그녀의 품에 안긴 모양이었다. 난 그 소리를 들으며 조리대로 가, 내가 먹을 수프를 준비했다.

댄스

타나나리브 듀

타나나리브 듀

타나나리브 듀는 수상 경력에 빛나는 작가로, UCLA에서 블랙호러와 아프로퓨처리즘을 가르친다. 그녀는 OTT 플랫폼인 〈셔더〉의 획기적 다큐멘터리 〈호러 누아르 : 블랙호러의 역사(Horror Noire: A History of Black Horror)〉의 책임 프로듀서를 맡았다. 또한 남편이자 공동 작업자인 스티븐 반스와 함께 조던 필의 〈환상특급(The Twilight Zone)〉 중 〈스몰타운(A Small Town)〉의 각본을 쓰고, 마르코 피네건이 삽화를 그린 그래픽노블 《더 키퍼(The Keeper)》를 집필했다. 2023년에는 아카식 북스에서 그녀의 단편집 《위싱 풀과 그 외 이야기들(The Wishing Pool and Other Stories)》이 출간되었다.

그 일은 그녀의 할머니 장례식에서 시작되었다.

할머니는 96세에 돌아가셨는데, 바로 그게 중요한 점이었다. 할머니는 그 긴 세월 동안 참 많은 일을 겪으셨다. 네 번의 결혼생활 중 열 명의 자녀를 두셨는데, 세 번은 이혼했고 한 번은 혼자가 되면서 끝이 났다. 그래서 추도사 시간이 되자, 울림이 심한 마이크 앞에 선 세 명의 발표자는 할머니를 각기 다른 이름으로 불렀다. 처음 사람은 바셋 부인, 두 번째 사람은 뒤퐁 부인이라는 이름을 썼다. 뒤이어 세 번째 발표자의 추도사가 끝나갈 무렵 모니크는 겹겹이 쌓인 슬픔을 기어이 뚫고 나온 웃음 때문에 온몸을 흔들며 키득거렸다.

모니크는 사람으로 꽉 찬 신도석에 앉아있는 자신이 우스꽝스럽게 느껴졌다. 할머니는 4년만 더 사셨으면 100세이니 '너무 빨리' 가신 것은 절대 아니었지만, 그럼에도 그녀의 가슴에는 슬픔이 가득했다. CD플레이어에서 차이코프스키 음악이 흘러나오고, 할머니의 가슴이 더 이상 숨으로 차오르지 않던 그 순간부터 그녀는 살가죽이 벗겨지는 듯 고통스러웠다.

왜 더 많은 시간을 들여 이 순간을 준비하지 못했을까?

"시간이 더 남은 줄 알았어요."

모니크는 온기가 식어버린 할머니의 귀에 대고 속삭였다.

시간이 부족했다고? 터무니없는 소리! 다시 한번 터져 나온 웃음에 모니크의 어깨가 흔들렸다. 그녀는 20년 동안 할머니 집에 살면서 할머니를 간호했다. 그녀 인생의 반이다. 그녀는 자비에르 대학 졸업을 앞두고 생활비를 아끼려고 그 집에 들어갔다가 계속 머물게 됐다. 할머니가 점점 걷는 것을 힘들어하셔서, 청소나 심부름을 해줄 사람이 필요했기 때문이다. 할머니의 상황이 '해결' 된 것을 확인한 이모, 삼촌, 사촌들은 점점 발길이 뜸해졌고, 모니크는 자기 삶은 제대로 살아보지도 못한 채 어느덧 중년이 되었다.

그녀의 웃음은 곧 눈물로 변했다. 슬픔과 자기혐오 그리고 약간의 원초적 웃음이 뒤섞인 이 끔찍한 순환의 늪에서 그녀는 빠져나올 수가 없었다. 입 밖으로 새어 나오는 소리가 흐느낌으로 들리기를 바랄 뿐이었다. 그녀는 대학 신입생 때 돌아가신 엄마의 기억을 떠올림으로써 마침내 이 악마 같은 웃음을 멈출 수 있었다. 엄마는 그녀에게 가장 아끼는 파란 드레스를 물려주려 했지만, 모니크는 경솔하게도 옷장에 드레스 넣을 공간도 없고 자기는 그 드레스가 잘 어울리지도 않는다고 대답했다. 그리고 얼토당토 않은 헛소리로 엄마의 진심을 무시한 그 순간을 그녀는 결코 돌이킬 수 없게 됐다. 모니크가 죄책감에 빠져 진심으로 통곡하자, 뒤에 있던 그녀의 사촌들이 그녀의 등을 두드리며 말했다.

"그래, 다 쏟아내."

(하지만 더 쏟아낼 게 뭐가 있단 말인가? 그녀는 이미 목이 헐어 따끔거렸다.)

모니크에게도 가족은 있었다. 하지만 할머니 관이 땅속으로 내려가는 것을 보자 그녀는 자신이 이 세상에서 지워지는 것 같은 기분이 들었다. 할머니는 가십이나 주요 뉴스를 볼 때면 언제나 거리낌 없이 감정을 표출했다. (돌아가시기 전날 밤 그녀와 CNN을 보면서도 할머니는 낮은 목소리로 "나쁜 새끼들"이라고 말씀하셨다.) 이제 할머니의 욕과 불평은, 빠진 이를 드러내며 웃는 그녀의 미소와 모니크의 머리를 땋아주던 부드럽고 경쾌한 손길과 함께 모두 사라졌다.

모두 잘못됐다. 이 세상과 공기와 그녀의 몸, 모든 게 정상이 아닌 것 같았다.

그녀는 교회 지하에 마련된 식사 자리에 참석해 과일 펀치 줄에 서있었다. 할머니는 일요일이면 이곳에 빠지지 않고 오셨다. (6개월 전까지는 그랬다.) 모니크는 예의 바른 태도로 할머니의 휠체어를 밀어드렸다. 과일 펀치와 수북하게 쌓인 플라스틱 컵까지 1m도 채 남지 않았을 때 그녀는 더 이상 기다림을 견디지 못하고 낡은 널빤지 바닥을 초조하게 서성이기 시작했다. 그녀의 발은 어디에도 고정되지 못하고, 보이지 않는 휠체어를 밀 듯 지하실 곳곳을 헤맸다. 가만히 있으려 하자 몸에 경련이 일었다. 문제를 해결하는 방법은 오직 잰걸음으로 걷거나 좌우로 몸을 흔들어 무게를 옮기는 것뿐이었다. 그녀는 까치발을 들고 서있다가 자세가 불편해지자 다시 총총 걷기 시작했다. 몸이 이렇게 통제 불능으로 들썩이는 것은 처음이었다.

지하실에 울리는 유일한 음악은 낡은 목재 바닥을 뚫고 내려온 위층 새 오르간의 화려하면서도 슬픈 음악뿐이었다. 그래서 그녀는 종잡을 수 없는 자신의 몸동작이 '춤'이라는 사실을 인지하지 못했다. 그렇다고 그녀가 머릿속에서 흥겨운 춤곡을 상상한 것도 아니었다. 할머니가 즐겨 들으시던 제임스 브라운의 노래를 떠올리지도 않았다. 사실 〈아이 갓 더 필링〉이라는 곡을 들으면 자동으로 욕창과 똥으로 얼룩진 시트가 생각나, 제임스 브라운의 노래는 더 이상 그녀의 흥을 돋우지 못했다.

그녀가 자리를 피할 구실을 생각하고 있을 때, 밖에 주차된 차에서 둥둥거리는 묵직한 베이스 소리가 들려왔다. 모스 목사님이 '버려진 거리'라고 부르는 주변 거리 어딘가에서 누군가 틀어놓은 것 같았다. 창문이 반쯤 열려있는데도 소리가 잘 들리지 않을 정도로 먼 곳이었지만, 그 울림만큼은 흐트러지거나 약해지지 않았다. 바로 옆에 있는 듯 생생했다.

모니크의 발은 하나, 둘, 앞 그리고 뒤로 음악에 맞춰 움직였다. 이내 엉덩이도 들썩이기 시작했다. 처음에는 부드럽게 좌우로 흔들렸지만, 곧 고삐 풀린 망아지처럼 천방지축으로 나댔다. 경련은 사라지고 대신 공중에 붕 뜬 기분이 들었다. 하늘을 나는 게 이런 기분일까? 움직임이 많아질수록 그녀의 몸과 마음은 점점 더 가벼워졌다.

모니크는 갑작스러운 행복감에 조심히 숨을 들이마셨다.

그리고 고개를 들었다. 사람들이 모두 그녀를 바라보고 있었다.

처음에는 춤이 신성해 보였다. 신성함을 넘어서는 무언가가 있었다. 조문객들은 줄지어 서서 그녀를 바라보았다. 그녀는 빠른 춤동작을 이어가며 교회 밖 주차장으로 나가 할머니에게 물려받은 1990년식 벤츠로 향했다. 그녀의 춤이 삶과 움직임을 찬양하는 동안, 죽음에 대한 걱정은 모두 사라졌다. 더 이상 음악이 들리지 않자, 그녀의 몸은 자동차 경적, 공사장 소음, 개 짖는 소리 등 주변의 모든 소리에 맞춰 움직이면서 자동차 문을 열었다. 그중 유난히 극적인 소리가 들리는 순간 그녀의 몸이 공중으로 펄쩍 뛰어올랐다. 그녀가 열 살 때 할머니가 돈을 대 다니게 했던 발레 학원에서 배운 것이었다. 하지만 어린 모니크는 나풀나풀한 의상과 소녀 느낌의 발레화가 싫어 할머니를 졸라 결국 학원을 그만뒀다.

해방감은 이루 말할 수 없었다. 처음으로 춤을 춘 그날은 그녀 인생 최고의 순간이었다. 그녀는 죽을 때까지 그 순간을 최고의 행복으로 기억할 것이다.

하지만 모니크는 멈출 수가 없었다.

차에 시동을 걸었지만 그녀의 무릎은 발작을 일으키듯 운전대에 부딪혔고, 발은 페달을 가만히 밟고 있지 못했다.

'오, 주여, 제가 왜 이러는 걸까요?'

그제야 이런 생각이 들었다. 기도와 욕이 반씩 뒤섞인 외침이었다.

그녀는 이것이 더 놀라고 겁을 먹어야 하는 상황인지 잠시 고민해 보았다. 하지만 슬픔에서 벗어난 안도감이 너무 컸기에, 이런 현상은 스트레스 반응일 뿐이라고 자신을 타이르고 집까지 1.5km 거리를 걷기로 했다. 그다지 힘든 거리도 아니었다. 하지만 그녀는 반 블록도 못 가 땀을 줄줄 흘리기 시작했다. 그녀가 미끄러지듯 스텝을 밟고 제자리에서 폴짝 뛰거나 가볍게 달리는 동작을 감추려 아무리 애써도, 그녀는 금세 구경거리가 되었다. 행인들은 이 희한한 광경을 기록하기 위해 핸드폰을 들어 카메라를 켰다. 아이들은 손을 흔들고 웃으며 그녀를 따라 했다. 결국 그녀를 선두로 하는 춤의 행렬은 빛바랜 녹회색의 할머니 집까지 쭉 이어졌다.

어두운 1층 창문이 보일 때쯤, 의도치 않게 시작된 이 피리 부는 사나이 퍼레이드가 마침내 끝났다. 집에 돌아오자, 피할 수 없는 슬픔이 그녀를 맞이했다. 춤을 추든 추지 않든 마찬가지였다. 엉덩이와 어깨를 격렬하게 흔들며 문간을 통과하는 순간, 그녀는 왼쪽 옆구리에 찌릿한 통증을 느꼈다. 살이 찢어지는 느낌이었다. 그녀는 혹시 피가 나지 않는지 확인하기 위해 손으로 몸을 더듬었지만, 그 순간에도 그녀의 엉덩이는 자신의 헐떡이는 숨소리에 맞춰 이리저리 흔들거렸다.

"제발…"

그녀는 도무지 멈출 기미가 보이지 않는 근육들에게 속삭였다. 방법은 알 수 없지만 신비한 어떤 존재가 그녀의 몸을 조종하는 것 같기도 했다.

"…좀 멈춰주세요."

하지만 몸은 멈추지 않았다. 인정하지 않으려 했던 공포가 그녀의 마음을 장악하기 시작했다. 할머니를 떠오르게 만드는 물건이 눈에 띌 때마다 그녀의 춤사위가 더욱 격렬해졌기 때문이다. 할머니의 낡은 CD플레이어, 여전히 그 안에 들어있는 차이코프스키 음반, 삼촌 로이가 평화봉사단으로 남아프리카에 갔을 때 보내준 밀짚 바구니, 흑인들에게 투표권을 주지 않기 위해 만들어진 시민 지식 테스트를 당당하게 통과한 뒤 할머니가 받아오신 액자 속 1954년 유권자 등록 카드가 모두 상황을 악화시키고 있었다. 특히 유권자 등록 카드에 대한 이야기는 할머니가 돌아가시기 전 몇 주 동안 수십 번도 넘게 들었다. 할머니는 그녀가 그 이야기를 기억해 주기 원하셨다.

그녀의 엉덩이가 트월킹을 하려고 씰룩대는 순간, 허리에서 두둑 소리가 나더니 주변이 온통 뻐근해졌다. 그녀는 처음으로 진정한 고통의 비명을 내질렀다. 그녀의 몸은 스스로와 전쟁을 벌이고 있었다. 어깨가 한쪽으로 방향을 홱 틀면 엉덩이는 다른 방향으로 돌아가고 무릎은 균형을 유지하려고 안간힘을 쓰는데 발목은 어질어질한 속도로 그녀를 움직였다. 부엌의 페퍼민트 차, 소파 쿠션에 흡수된 희미한 소변 냄새, 욕실의 제스트 비누 냄새 등 할머니의 흔적이 코를 자극하면 할수록, 모니크는 점점 더 빠르고 강하게 회전했다.

그녀는 차라리 음악을 틀어놓으면 좀 더 체계적인 춤을 추지 않을까 기대하며 CD플레이어를 작동시켰다. 그리고 오제이스, 템테이션즈, 어스 윈드 앤 파이어 그리고 절대 빼놓을 수 없는 제임스 브라운의 노래에 동작을 맞춰보려 애썼다. 하지만 할머니가 좋아하시던 음악은 슬픔을 부채질했고, 그녀는 흐느끼며 점점 더 거칠게 회전했다.

'계속 이럴 순 없어.'

모니크가 이런 생각을 하는 순간, 갑자기 방 전체가 캄캄해졌다.

그녀가 다시 눈을 떴을 때, 회색빛 아침 햇살이 할머니의 꽃무늬 커튼 틈 사이로 새어 들어오고 있었다. 1970년대 이후 한 번도 바꾼 적 없는 커튼이었다. 그녀는 거실 바닥에 누워있었는데, 뒤통수가 여전히 욱신거렸다. 할머니의 낡은 모직 깔개 바로 너머에서 쓰러져, 목재 바닥에 머리를 부딪쳤기 때문이다. 온몸이 아팠기에 그녀는 꼼짝하지 않고, 그 순간의 고요함을 즐겼다.

'감사합니다, 주님!'

그녀가 생각했다.

'마침내 끝이…'

하지만 그것은 끝이 아니었다.

모니크는 어느 정도 연습을 거친 끝에, 부엌 조리대에 노트북을 올려놓고 양옆으로 몇 센티미터씩 사뿐히 스텝을 밟으며 인터넷 검색을 할 수 있게 되었다. 그녀가 겪는 일에 대한 조그만 단서라도 찾아야 했기 때문이다. 그녀는 틱과 경련을 동반하는 질병이나 장애에 대해 알아보았지만, 리듬에 맞춰 복잡하게 이루어지는 그녀의 움직임, 심지어 재즈 댄서처럼 화려한 손동작을 하는 증상에 대한 자료는 하나도 없었다. 그녀는 또한 과대망상과 히스테리에 대한 글도 훑어보았지만, 어떤 것도 그녀의 춤에 대한 설명은 되지 못했다.

그녀는 마침내 대학 신입생 시절 룸메이트인 로즈에게 전화를 걸었다. 로즈는 시카고의 한 학교 임원이었고, 자산관리 전문가 남편과 10대 세 아이와 함께 살고 있었다. 세월이 흐르면서 두 사람은 전혀 다른 삶을 살게 되었다. 모니크의 꿈은 쪼그라들었고 로즈의 꿈은 하나씩 화려하게 이루어졌기 때문이다. 하지만 로즈는 그녀의 어머니가 돌아가셨을 때나 그녀가 첫 관계를 했을 때 제일 먼저 털어놓은 사람이었다. (이 두 사건이 연달아 일어난 탓에 모니크는 미신인 줄 알면서도 그 후 거의 섹스를 하지 않았다.) 그래서 로즈라면 최소한 귀 기울여 들어줄 것이라는 믿음이 있었다. 친구들에게는 여태 할머니가 돌아가셨다는 소식도 전하지 않고, 연락을 미루던 차였다.

"이제 넌 자유야."

로즈가 지나치게 쾌활한 말투로 말했다.

"뭐라고?"

"물론 할머니가 돌아가신 건 슬픈 일이지. 나도 명복을 빌어. 하지만 넌 이제야 네 삶을 살 수 있게 됐어."

모니크가 놀라서 아무 말 못 하는 사이, 로즈가 다시 설명하기 시작했다.

"작년 기억나니? 내가 비행기 표 사줄 테니 내 마흔 살 생일날 하와이에 오라고 했을 때, 너 반응이…"

"그날은 할머니 일정이 있었어."

당시 할머니는 울혈성 심부전 때문에 발이 심하게 부어, 전문의를 만나려고 몇 주째 기다리고 있었다. 그즈음부터 할머니 건강이 본격적으로 악화했다.

"모니크, 할머니 일정이야 늘 있었지. 그런데 그 많은 가족 중에서 도와줄 사람이 아무도 없었어? 항상 네가 해야만 했냐고? 전부터 이 말을 하고 싶었어."

모니크는 눈을 깜빡이며 분노를 가라앉혔다. 그녀는 로즈가 무슨 말을 해야 좋을지 모르는 상황에서 약간 엉뚱한 반응을 보이는 경향이 있다는 점을 상기하며, 할머니 장례식이 끝나자마자 친구가 자신에게 축하 인사를 건네고 있다는 사실을 애써 무시했다. 로즈가 한 말을 진지하게 받아들일 수는 없었다. 하지만 그 말들은 모니크의 마음 깊은 곳에 숨겨진 역겨운 감정을 흔들어 놓았다. '맞아, 할머니가 드디어 돌아가시다니, 얼마나 다행이니!'와 너무 가까운 감정이었다.

"사실 그 일 때문에 전화한 게 아니라…"

모니크가 말했다. 그녀는 자세를 바꾸려다가 제멋대로 움직이는 엉덩이를 조리대에 부딪치고 말았다.

"멈출 수가 없어…"

"눈물? 그냥 한바탕 울 필요가…"

"춤을."

모니크가 낮은 목소리로 중얼거렸다.

"춤을 멈출 수가 없어."

모니크는 장례식 날 이후 있었던 일을 모두 말했다. 지쳐서 바닥에 쓰러진 일도 빠뜨리지 않았다. 그날 아침 그녀는 몸을 일으키기도 전에 다시 춤을 추기 시작했다. 마치 바닥에 버려진 메기처럼 말이다.

"첫째."

로즈가 한참 아랫사람 대하듯 말했다. 그녀가 모니크보다 6개월 빨리 태어났다는 사실을 알게 된 후부터 종종 벌어진 일이었다.

"그날 식사 자리에서 술을 너무 많이 마신 게 분명해. 너 술 엄청 약하잖아. 그래서 기절한 거야."

"아닌데…"

"둘째."

로즈가 말을 이었다.

"내가 조금 전에 뭐라고 했지? 넌 이제 자유야. 당연히 춤춰야지! 마음껏 쏟아내."

쏟아내라고? 할머니 장례식장에서나 지금이나 똑같이 도움 안 되는 조언이었다.

"너무 아파, 로즈. 몸 구석구석이 전부…"

"큰 변화에는 고통이 따르는 법이야, 모니크. 지나면 다 괜찮아져."

모니크는 그렇지 않다는 사실을 이미 알고 있었다. 그녀는 엄마가 돌아가신 후부터 괜찮았던 적이 없었다. 이런 삶이 그녀의 운명인 것 같기도 했다. 괜찮다는 게 대체 무슨 의미란 말인가? 켄드릭 라마의 명곡 제목인 것은 분명한 사실이지만, 그것은 시시각각 변하는 일시적 상태를 표현하는 무성의한 단어일 뿐이다. 오히려 망상에 가깝다. 그러니 괜찮든 말든 신경 쓸 게 뭔가? 괜찮아지려 하는 것은 연기를 손으로 잡으려 하는 것과 같다. 돌아가신 할머니를 되살리려 애쓰는 것만큼 헛된 일이라는 뜻이다.

"친구, 춤 계속 춰!"

로즈가 다시 말했다.

"죄책감 느낄 필요 없어."

모니크에게 선택의 여지가 있던가?

죄책감은 이 고통에 비하면 아무것도 아니다.

모니크는 따뜻한 물을 몸에 맞으면 근육이 좀 풀어지지 않을까 하는 생각에, 샤워를 해보기로 했다. 하지만 미끄러운 욕조 바닥 위에서 뒤꿈치가 끽끽거리며 움직이는 바람에 그녀의 몸은 균형을 잃었고, 그녀는 결국 타일 벽에 팔꿈치를 부딪치고 말았다. 물에 몸을 담그는 것도 힘들기는 매한가지였다. 몸이 자꾸 움직이니 사방으로 물이 튀었고 머리는 미끄러져 물속에 빠졌다. 덕분에 할머니의 제스트 비눗물이 콧속에 잔뜩 들어갔다.

모니크는 출산 경험이 없었지만, 팔다리가 제멋대로 움직이는 이 상황보다 과연 더 고통스러울지는 의문이었다. 간신히 욕조에서 빠져나오긴 했지만, 그녀의 몸 상태는 말이 아니었다. 장례식 이후 최소한 한쪽 어깨, 어쩌면 양쪽 어깨 모두 탈골되었고, 두 종아리와 옆구리는 근육이 손상되었으며 갈비뼈도 한두 개 금이 간 것 같았다. 거울을 보자, 그녀의 갈색 피부는 속에서부터 올라온 흉한 멍 자국으로 얼룩져 있었다.

그녀가 벌을 받고 있나? 누군가 저주를 걸었나? 모니크는 할머니의 양초나 의식용 분말에 한 번도 관심을 가진 적 없었지만, 눈에 띄는 초에 모조리 불을 켰다. (말 안 듣는 몸 때문에 몇 개는 쓰러뜨렸지만 재빨리 밟아 불을 껐다.) 그리고 기도를 시작했다. 하지만 지난 6개월 동안 할머니를 위해 아무리 기도해도 돌아오는 것은 날카로운 침묵뿐이었기에, 쓸데없는 짓을 하는 것 같기도 했다.

그녀는 물기가 아직 다 마르지 않은 알몸으로 바들바들 떨며 할머니의 벽장을 향해 깡충깡충 걸어갔다. 할머니의 향기에 흠뻑 취해, 할머니가 제일 좋아하시던 프랑스산 가운에 얼굴을 비볐다. 그녀는 실크 가운을 어깨에 걸치다가 몸이 앞뒤로 홱 움직이는 바람에 움찔했다.

할머니가 그녀를 통해 춤을 추시는 건가?

'그래!'

그녀는 깨달았다.

'바로 그거였어.'

마침내 그 이야기가 기억났다.

그날은 나딘 모로 인생 최고의 모험으로 시작되었다.

나딘이 열 살 때, 엄마는 전혀 뜻밖에도 댄스 수업을 받으라며 25센트를 내밀었다. 강습실은 집에서 여섯 블록이나 떨어진 한 연립주택 지하에 있었다. 강습은 학교 수업이 끝난 후인 세 시 정각에 시작했는데, 나딘은 혼자 걸어갈 수 있는 특권을 얻기 위해 바른 행동거지와 올바른 분별력에 대한 장황한 약속을 늘어놓았다. 그녀의 부모는 가든 디스트릭트의 한 부유한 백인 가족 집에서 늦은 시간까지 일을 했기 때문이다. 전차는 탈 형편이 된다 해도 타지 않는 편이 좋겠다고 판단했다.

나딘은 《라이프》에서 '백조의 호수' 사진을 본 이후 줄곧 댄스 학원에 보내달라고 부모님을 졸랐다. 그녀는 금이 간 욕실 면도경을 의자에 올려놓고 그 앞에서 회전과 점프를 연습했다. (그러다 거울이 깨져 엉덩이를 맞기도 했다.) 그리고 마침내 특별한 슈즈를 신지 않고도 무려 8초 동안이나 발끝으로 서있을 수 있게 되었다.

〈마담 피네드 댄스 강습〉

문 앞에 걸린 간판을 보자 그녀는 숨이 멎을 것 같았다. 학교에서 수업받는 내내 이게 꿈이면 어쩌나 걱정했는데, 꿈이 아니었다! 누군가는 연습실을 보고 허름하다고 할지 모르나, 나딘의 눈에는 큰 거울이 달린 벽이 마치 대저택처럼 근사해 보였다. 마담 피네드는 엄마 또래의 상냥한 분이셨는데, 백인으로 보일 만큼 피부색이 밝았지만 미묘하게 짙은 톤이 섞여있었다. 그녀는 25센트 동전을 받고 한 푼도 더 요구하지 않았다. 순조로운 시작에 기분이 들뜬 나딘은 이미 발을 들썩거리고 있었다.

"댄스 슈즈를 가져오마."

마담 피네드가 말했다.

"너한테 맞는 사이즈가 있을 거야."

나딘은 마담 피네드가 모퉁이를 돌아 작은 사무실로 들어가는 모습을 보며, 발끝으로 서는 연습을 하려 했지만, 너무 긴장한 탓에 자세를 유지할 수가 없었다.

잠시 후 슈즈가 도착했다. 마담 피네드는 두 손을 쭉 뻗어 그것을 내밀었다. 그런데 그녀가 가져온 것은 발레 슈즈가 아니었다. 다 해진 신발 끈에 긁힌 자국투성이인 평범한 갈색 신발이었다.

"발레 슈즈가 아니잖아요."

나딘이 말했다.

"얘야, 발레 슈즈가 왜 필요하니?"

마담 피네드가 말했다.

"전 발레 할 건데요."

나딘이 대답했다.

"백조의 호수 있잖아요. 이거 좀 보세요."

그녀는 발끝으로 몸을 사뿐 들어 올리다가, 문득 이게 오디션일지도 모른다는 생각이 들었다. 그래, 당연히 오디션부터 봐야지! 그녀는 초를 세다가 깜짝 놀랐다. 1, 2, 3초가 흐르고 일곱, 여덟, 아홉까지 셌는데 아직도 몸이 흐트러지지 않았다.

"세상에나!"

마담 피네드가 말했다.

"정말 잘하는구나!"

나딘은 오디션을 통과했다고 생각해, 그녀를 바라보며 환하게 웃었다. 하지만 마담 피네드는 축 처진 얼굴로 그녀를 마주 보았다. 미소를 지어보려 애썼지만, 그마저도 나딘이 기대한 종류의 미소는 아니었다.

"나딘."

마담 피네드가 낮은 목소리로 말했다. 어른과 아이의 대화에는 전혀 어울리지 않는 목소리였다. 오히려 엄마가 이모에게 말할 때와 비슷했다.

"이 세상에 흑인 여자아이를 받아줄 발레단은 없어."

나딘은 《라이프》를 떠올렸다. 흑인 얼굴을 거의 본 적이 없긴 했다. 딱 하나 예외가 있다면, 엄마가 식탁 위에 레이스 천처럼 펼쳐놓은 사진이었다. 사진 속에는 줄을 서서 음식을 기다리는 흑인 남녀노소와 그들 머리 위 해맑은 백인 가족을 보여주는 거대한 광고판이 있었다. 광고판에는 '미국식만 한 방식은 없다'는 문구가 있었는데, 나딘은 이 문구와 사진 속 풍경이 전혀 어울리지 않는다고 생각했다. '백조의 호수'는 그녀의 미국 방식에 포함될 수 없는 것일까?

"춤을 배우려면 미래가 있는 춤을 배워야지, 나딘."

마담 피네드가 다시 말했다.

"너희 쪽 사람들은 허황된 꿈을 꿀 처지가 아니야. 일단 수업을 하면서 알아가 보자꾸나. 언젠가 영화에서 춤을 출 수 있는 날이 올지도 모르지. 하지만 발레는 아니야."

여자가 천천히 신발을 뒤집자, 위를 향한 바닥이 좁은 지하실 창을 통해 들어온 늦은 오후 햇살을 받아 번쩍였다. 발가락과 뒤꿈치 부분에 금속 조각이 붙어있었기 때문이다.

"탭 댄스 슈즈란다."

여자는 소녀가 혼란에 빠진 것을 알아채고 설명해 주었다.

나딘은 길모퉁이에서 남자아이들이 동전을 받기 위해 빠른 발동작을 선보이며 춤추는 모습을 본 적이 있었다. 분명 즐거운 기억이었지만, 이 슈즈를 신으면 믿을 수 없이 긴 다리로 공중을 날 듯 뛰어오르는 그 잡지 속 여자들처럼 될 수는 없을 것이다. 하지만 생각해 보면, 그 여자들은 모두 백인이었다.

나딘은 입술이 바르르 떨렸다. 이토록 자신이 한심하게 느껴진 적은 없었다.

"언젠가 세상이 달라질 수도 있겠지. 하지만 오늘은 아니란다."

마담 피네드가 말했다.

수년 후, 발레에 대한 그녀의 꿈은 재가 되었다. 그녀는 잃어버린 기쁨을 찾아 결혼에서 또 다른 결혼으로 도망치듯 옮겨 다니다가 마음의 문을 단단히 닫아버렸다. 대부분의 가족과도 멀어져버린 한참 후에, 그녀는 할렘 댄스 시어터에 대해 알게 되었다. 그리고 다시 몇십 년이 흐른 1978년, 앤 베나 심스가 아메리칸 발레 시어터의 첫 흑인 발레리나가 되었다.

노년에 이르러 그녀가 또 한 번 마담 피네드를 떠올린 일이 있었다. 2015년《타임》커버에서 발끝으로 선 미스티 코플랜드(미국 최고 발레단 ABT 최초의 흑인 수석 무용수 – 옮긴이)를 보았을 때였다.

하지만 회상은 성냥불처럼 한순간 번쩍였을 뿐, 이내 흐릿한 정신 속으로 가라앉고 말았다.

결국 할머니는 그 후 80년이 넘도록 그 어린 소녀의 모습을 되찾지 못했다. 할머니는 96세까지 살았지만, 발레를 사랑하던 어린 소녀는 이미 오래전 세상에서 사라졌다.

이미 묻혀버린 꿈이 죽은 자의 뒤를 따라오는 저주처럼 되살아나는 수도 있나 보다. 모니크는 누군가를 너무 사랑하고 열렬히 붙잡고 싶으면, 그 사람뿐 아니라 그 사람의 꿈마저 삼켜 자기 것으로 만들 수 있다는 사실을 처음 알았다. 그런데 그녀가 삼켜버린 그 꿈은 반대로 그녀를 삼킬 수도 있었다.

모니크는 여전히 할머니의 가운을 입은 채 발끝으로 서서 숫자를 세고 있었다.

'하나, 둘, 셋…'

하지만 아무런 훈련도 받지 않은 그녀의 발목은 금세 체중에 짓눌려 쓰러졌고, 모니크는 고통에 비명을 질렀다. 춤을 추다가 뼈가 부러진 것이 이번이 처음은 아니었지만, 고통은 그녀의 다리를 물 흐르듯 거칠게 휩쓸었다. 그녀가 벽에 쓰러져 몸을 기대는 순간, 머리가 그 속도를 이기지 못하고 뒤로 꺾이며 벽에 쾅 부딪히고 말았다.

그리고 마침내 고요함이 찾아왔다. 고통이 사라졌다.

모니크는 파르르 떨며 한숨을 내쉬었다. 부상이 너무 심각해 꼼짝할 수 없었고, 숨 쉬는 것조차 힘겨웠다. 고통이 사라진 것은 어떤 감각도 느낄 수 없기 때문이었다. 목이 부러진 것일까?

연기다! 처음에는 그냥 눈앞이 뿌예졌다고 생각했지만, 그것은 실제 연기였다. 그녀는 눈을 가늘게 뜬 채, 목을 돌리지 않고 최대한 뒤쪽을 보려 애썼다. 탐욕스러운 불길이 할머니 침대보를 게걸스럽게 먹어 치우며 커지고 있었다. 그녀가 또다시 초를 쓰러뜨렸는데, 이번에는 할머니가 침대 아래에 쌓아둔 신문과 《라이프》 더미를 연료로 그 불길이 빠르게 퍼져나갔던 것이다.

그녀는 자기 꼴이 우스워 웃음이 터질 것 같았다. 정말 거의 웃을 뻔했다. 옷도 제대로 입지 않은 채 할머니 집 바닥에 뱀처럼 구겨져 쓰러진 모습이 너무 어이가 없었다. 그녀를 발견해 줄 사람이 있을까? 그녀가 그렇게 춤을 춘 사실을 로즈 외에 누가 알까? 할머니의 사라진 꿈에 대해 다른 누구에게 이야기할 기회가 과연 있을까?

그녀가 열기를 느끼기도 전에 불꽃은 방 전체를 강렬하고 눈부신 황금빛으로 물들였다. 하지만 이내 회색 연기가 그녀의 시야를 서서히 점령했다.

'나한테 시간이 좀 더 있을 줄 알았는데.'

장례식 이후 한순간도 그녀의 말을 듣지 않았던 몸은 이제 바닥에 누운 채 꼼짝하지 않았다. 하지만 그녀의 오른 검지만큼은 타닥거리는 불꽃 소리에 맞춰 톡톡 바닥을 두드렸다.

주홍 리본

메건 애벗

메건 애벗

메건 애벗은 〈에드거상〉 수상 작가로, 《이제 나를 알게 될
거야(You Will Know Me)》, 《내 손을 잡아줘(Give Me Your
Hand)》, 《뉴욕타임스》에서 베스트셀러로 선정된 《더 턴아웃(The
Turnout)》 그리고 최근작인 《그 여자를 조심하라(Beware the
Woman)》 등 열 권의 범죄 소설을 발표했다. 그녀는 또한 TV
드라마 각본 작업도 하는데, 자신의 동명 소설을 원작으로 각색한
〈데어 미(Dare me)〉는 현재 넷플릭스에서 스트리밍 중이다.

호프먼 가족의 집에 대해 모르는 아이는 아무도 없었다.

페니도 아주 어렸을 때부터 그 이야기를 알고 있었다. 그녀는 그 집에서 세 집 떨어진 모퉁이 집에서 태어나 11년 평생 그곳에 살았고, 그동안 호프먼 가족 집은 늘 비어있었다.

꽤 오랫동안 그 집에는 아무도 살지 않았지만, 사람들은 새 세입자들이 들락거리던 시절을 모두 기억하는 것 같았다. 그들은 일주일 혹은 2주일쯤 그 집에 살다가 어느 날 밤중에 갑자기 사라졌다. 짐도 다 놓고 갔는데, 옷 가방이며 짐 상자들이 죄 열린 채였다.

그곳은 이 동네 귀신의 집이었고, 핼러윈에는 아이들이 용기를 시험하러 가는 곳이었으며, 동네 모든 아이들의 악몽에 등장하는 집이었다. 그리고 호프먼 박사는 꿈에서 그들을 괴롭히고, 그들의 악의 어린 조롱을 더욱 부추기며, 으스스한 상상을 자극하는 괴물이었다.

고등학생들이 창문에 돌을 던지는 일도 종종 있었는데, 지난

봄에는 페니네 반 여학생 두 명이 숨을 헐떡이며 교실로 뛰어 들어왔다. 그들은 그 집까지 몰래 다가가 보았는데, 문은 모두 판자로 막아놓았지만 창문을 통해 집 안을 볼 수 있었다고 말했다. 작은 접이식 테이블, 먼지 앉은 지구본, 쭈글쭈글 주름진 잡지들과 배 부분이 터져버린 곰 인형이 있었고, 포마이카 테이블 위에는 색이 바랜 크리스마스 포장지와 장식품, 축 늘어진 나비 모양으로 묶인 긴 리본들이 잔뜩 흩어져 있었다고 했다.

두 사람은 학교 수업이 끝날 때쯤엔 망치를 보았다는 주장도 했다. 피투성이 망치가 입구 통로 바닥에 커다란 구멍을 내고 박혀있었다는 것이다.

하지만 그 말은 사실이 아닌 것 같았다.

'무기는 경찰이 가져갔을 텐데. 뭘 알고 하는 말이니?'

수전 캔들리스가 그들의 주장을 반박했다.

'그리고 그 망치가 어떻게 바닥에 박힐 수 있어? 갈고리 달린 망치가 아니라 둥근머리 해머잖아.'

또 다른 소녀가 수전을 거들었다.

그러자 누군가 호프먼 가족은 유대인이라 크리스마스 포장지를 가지고 있을 리 없다고 주장했다.

하지만 두 소녀의 행동은 분명 모두에게 영향을 미쳤다. 곧 다른 아이들도 그 집에 가기 시작했다. 그것은 프렌치 키스와 비슷한 현상이었다. 안 하는 사람은 투명 인간 취급을 받게 되는 것이다.

아주 오래전 일이지만, 누구나 그 일과 연관된 사람을 한 명쯤은 알고 있는 것 같았다. 예를 들어 그들의 이모나 이모의 친구가 호프먼 박사의 환자였는데 그분이 가슴에 청진기를 올릴 때 보면 손이 항상 부드럽고 손등 마디 사이가 움푹 패어있더라는 식이었다. 또 누군가는 자기 아버지가 고등학생 때 호프먼 가족 집 잔디 깎아주는 아르바이트를 했는데, 호프먼 부인이 유리 온실 안에서 밤에 피는 재스민, 원숭이 얼굴 닮은 난초, 거미를 닮아 거미백합이라는 별칭이 있는 상사화 등 아끼는 식물들을 가위로 손질하는 모습을 보았다고 했다. 문제의 그날 밤 호프먼 박사의 딸이 지그재그로 된 현관 계단을 달려 내려와 자기 집 유리문을 두드렸는데 그때 그 아이의 머리에 피가 흥건했다고 속닥거리는 이웃의 이야기를 들은 사람도 있었다.

이야기는 겉보기에는 단순했다. 호프먼 박사는 심장 전문의고, 그의 아내 애그니스는 원예협회 회장답게 집을 멋지게 장식했다. 두 사람 사이에는 아이가 셋 있었는데, 열여섯 살 된 베티와 열한 살 먹은 쌍둥이 동생 조디와 캐시였다.

확인된 사실은 이 정도고, 나머지는 다 전해 들은 이야기거나 소문이었다. 아이들은 밤샘 파티에서 서로의 귀에 대고 이 말들을 속삭였고, 어른들은 칵테일파티에서 부엌에 모여 소문을 수군댔다.

그중 하나 예를 들면, 호프먼 박사는 종종 끔찍한 두통에 시달렸는데 그 고통은 이성을 잃을 정도로 심해 집 아래 언덕에서 그의 비명이 들릴 정도라고 했다.

이런 이야기도 있었다. 베티가 학교 작문 시간에 직접 써온 시를 발표했는데, 시는 멈추지 않는 회전목마에 대한 것이었다. 회전목마에 탄 아이들은 각자의 말을 꼭 움켜잡은 채 나이를 먹고 늙어갔다. 마침내 하얗게 센 그들의 긴 머리카락은 아래위로 흔들리는 말 다리에 감기더니 발굽을 감싸고 이내 불꽃을 일으켰다. 멈추지 않는 회전목마는 커다란 화염에 휩싸여 사라졌다

'불이야, 불! 그들은 마침내 깨달았지, 자신들이 무엇을 피해 달아나고 있었는지!'

베티의 목소리는 감정이 실려 떨렸고, 학생들은 넋이 나간 표정으로 그녀의 목소리에 집중했다.

하지만 이후 벌어진 일은 그 누구도 예상하지 못했다. 12월 어느 날 밤, 호프먼 박사가 폭발해 버린 것이다. 사람들은 '뭔가 터졌다' 혹은 '박사가 폭발했다'고 표현했다. 마치 누구에게나 있을 수 있는 일인 것처럼 말이다. 하지만 어떤 부모, 어느 아버지가 어느 날 갑자기 망치를 들고 잠든 부인의 머리를 박살 낼 수 있겠는가? 그날 밤 호프먼 박사는 바로 그 일을 저질렀다.

사람들은 주로 '팼다'는 표현을 사용했다. 페니는 그 단어가 끔찍하다고 생각했다. 마치 차가운 대리석 덩어리가 목구멍 한가운데 들어앉아 숨통을 막는 기분이 들었다.

하지만 호프먼 박사의 폭발은 부인에서 끝나지 않았다. 엄마의 비명을 듣고 잠에서 깬 베티는 침대맡에 서있는 아버지를 발견했다. 그는 망치를 머리 위로 번쩍 들어 올렸다가 베티의 관자놀이를 비스듬히 내리쳤다. 그녀는 몸을 돌려 침대에서 빠져나와 바닥에 쓰러졌다. 그리고 공주님 방처럼 꾸며진 침실의 두꺼운 핑크 카펫 위를 기어가다가 벌떡 몸을 일으켜 지그재그 형태의 계단을 달려 내려갔다. 아버지는 그녀의 뒤를 쫓아오던 중, 얼굴에 분장을 한 광대들이 풍선을 들고 선 모습이 그려진 파자마에 발이 걸

려 휘청거렸다. 덕분에 시간을 번 베티는 현관을 빠져나와 가파른 콘크리트 길을 달렸다. 그녀는 비명을 지르고 또 지르면서 이웃집으로 향했다.

쌍둥이 동생들은 창문을 넘어 집을 빠져나가려 했지만, 마침 방문이 열린 침실 앞을 지나가던 아버지 눈에 띄고 말았다. 그는 망치를 한 손에 흔들흔들 늘어뜨린 채 한참 동안 두 아이를 바라보았다.

'어서 자라.'

그가 차분한 목소리로 말했다.

'이건 다 악몽이란다. 그러니 어서 자라. 이건 악몽일 뿐이야.'

한편 문을 연 이웃은 잠옷 차림으로 그곳에 서있는 베티를 발견했다. 페인트를 머리에 쏟아부은 듯, 새빨간 피가 그녀의 볼과 목을 타고 흘러내렸다. 그가 애타게 아내를 부르는 동안, 베티는 계속 묻고 또 물었다.

'쌍둥이는 어디 있어요? 우리 엄마는요?'

그녀는 벌건 피로 물든 손가락으로 머리를 긁었다. 마침내 나타난 이웃의 아내는 머리에 난 상처를 쑤셔대는 아이의 모습을 보고 문간 계단에서 그대로 기절하고 말았다.

이웃은 호프먼 가족 집으로 달려가 현관문을 열었다. 귀신 소리 같은 끔찍한 신음이 들렸다. 그는 천천히, 아주 천천히 계단을 올라갔다. 호프먼 박사가 촌스러운 광대 무늬 파자마를 입고, 손가락으로 느슨하게 망치를 잡은 채 복도를 거니는 모습이 보였다.

'뭔가를 중얼거리고 있었어요.'

이웃은 그렇게 증언했다. 나중에 신문 기사를 통해 알려진 일이지만, 당시 박사는 침대 옆 탁자에 펼쳐져 있던 단테의 〈지옥〉 중 제1곡을 낭송하고 있었다.

'우리 인생의 여정이 중반에 이르렀을 때, 나는 어두운 숲속에 있음을 깨달았으니, 이는 올바른 길을 잃었기 때문이었다.'

그즈음 호프먼 박사는 이미 신경안정제를 치명적인 수준으로 복용한 상태였다.

잠시 후, 이웃이 쌍둥이를 돌보다가 풀썩 쓰러지는 소리가 들려 가보니, 호프먼 박사가 광대 무늬 파자마에 휘감긴 채 침실 카펫에 쓰러져 있었다.

어쩌면 이 사건은 사실이 아닌지도 모른다. 대부분 지어낸 것일 수도 있다. 하지만 이야기는 마치 진짜 같았다.

그 후 아이들이 어떻게 됐는지는 알려지지 않았다. 지금쯤 다 자라서 자식을 키우고 있을지도 모른다. 그들이 겪은 악몽을 누가 상상이나 할 수 있을까? 그런 일을 겪고 과연 다시 잠을 잘 수나 있을까?

호프먼 박사가 경제적으로 곤란에 처했고 그 때문에 그런 사악한 행동을 하게 되었다는 소문이 있었다. 무도회장과 유리 온실을 갖춘 그 웅장한 저택을 더 이상 감당할 수 없는 상황이었다는 것이다. 하지만 '감정적'인 이유가 있었다고 말하는 사람들도 있었다. 그들은 호프먼 박사가 예전에도 우울증을 앓았고 어쩌면 요양원 치료를 받았을지 모른다고 말했다.

칼훈 아저씨도 그렇게 말하는 사람 중 하나였다. 그는 같은 골목에 사는 사람 중 유일하게 호프먼 가족 일을 기억하고 있었다. 페니는 그가 차고에서 라디오를 수리하는 동안, 그와 이야기를 나누곤 했다. 그는 페니에게 꿀 사탕과 돌돌 말린 버터스카치 사탕을 나눠주었다.

캘훈 아저씨는 열여섯 살 때 호프먼 부인의 부탁으로 그 집 잔디를 깎고, 한 번에 25센트씩을 받았다.

'꽤 좋은 분이셨어.'

그는 부인에 대해 그렇게 말했다.

'항상 이런 말씀을 하셨지. "내 남편은 심장 전문의인데, 그이 심장은 내 것이란다."'

페니는 엄마가 뒷마당에서 캔들리스 아줌마에게 비슷한 이야기를 하는 것을 들은 적이 있었다.

두 사람은 새로 산 비키니를 입고 일광욕을 즐기는 중이었다. 페니 엄마가 팬티스타킹을 벗는 유일한 순간이었다. 그녀는 다리 뒤쪽에 콤플렉스가 있었다. 페니 눈에는 거의 보이지도 않을 정도로 희미한 붉은 실핏줄 자국이었다. 그녀는 그 얘기를 할 때면 얼굴을 찡그리고 거미 혈관이라는 표현을 사용했다.

그들은 사람들 말마따나 망치에 맞아 머리가 수박처럼 깨져버린 호프먼 부인에 대해 말했다.

'남편이 부인한테 싫증이 났겠지.'

'부인이 뚱뚱해져서 그랬을 거야.'

그러고는 날카롭고 이상한 목소리로 웃었다. 재미있어서가 아니라, 그들의 말이 자신들을 보호하는 방패가 되어주기 바라는 것 같은 웃음이었다. 두 사람은 호프먼 부인을 위험에 빠뜨린 그 무언가로부터 자신들을 보호하려 하고 있었다.

'어서 자라.'
호프먼 박사가 쌍둥이들에게 했다는 말이다.
'이건 다 악몽이란다.'
모든 기사에 이 말이 실렸다. 누구든 호프먼 가족 이야기를 할 때면 반드시 이 말을 인용했다. 망치도 절대 빠지지 않는 세부 정보였다.
'어서 자라. 이건 다 악몽이란다.'
페니는 항상 이 말을 기억했다. 아이라면 누구나 늘 듣는 말이었다.

페니는 설사 그 집에 가게 된다 해도 아빠한테는 절대 비밀로 해야 한다는 사실을 잘 알고 있었다. 당연히 엄마한테도 말하면 안 된다. 하지만 언젠가 한 번은 그곳에 가게 될 것이다.
다들 결국 그렇게 되는 것 같았다.
'근처에도 가지 마.'
엄마는 늘 말했다.
'파상풍 걸려.'
페니는 파상풍이 가장 무서운 병이라고 확신했다. 그녀의 종조부가 녹슨 못을 밟았다가 6일 후 돌아가신 이야기를 아빠에게 들었기 때문이다.
'거기 발도 들이면 안 돼.'
신문을 높게 들고 읽던 아빠가 페니에게 직접 말한 적도 있었다.

'왜요?'

'거기 살던 사람이 미쳤잖니.'

아빠는 신문을 흔들어 판판하게 펼치고는 초조한 듯 손가락을 까딱거렸다.

'완전히 정신이 나가버렸지.'

'아빠 귀찮게 하지 마라.'

긴 행주로 그릇 물기를 닦고 있던 페니 엄마가 부엌에서 두 사람을 바라보며 말했다.

'일하느라 피곤하셔.'

하지만 아빠는 달콤한 베르무트 향을 풍기며, 그녀의 귀에 대고 마지막 말을 속삭였다.

'그 집에 너무 가까이 가면 그 집이 널 집어삼킬 거야.'

자주는 아니지만 1년에 네댓 번 정도 그녀의 아빠가 차가운 수건을 얼굴에 올리고, 어두운 침실에서 휴식을 취해야 하는 일이 있었다. 그럴 때는 절대 아빠를 방해해선 안 된다. 아빠는 하루 종일 열심히 진공청소기를 판매하셨다. 부서 전체를 책임져야 했고, 까다로운 고객들도 상대해야 했다. 때로 페니는 방문 너머에서 아빠가 조용히 우시는 소리를 들을 수 있었다. 괴로운 신음이 들리기도 했다. 아빠는 검은 구름을 이고 사는 사람이었다. 사람들은 그렇게 표현했다.

'아빠 귀찮게 하지 마라. 아빠는 엄청 예민하신 분이야.'

엄마는 이렇게 말했다.

하지만 검은 구름이 지나가면, 아빠는 페니를 데리고 스케이트장에도 가고 사탕 가게도 갔다. 장난감 가게에 가서 페니가 원하는 인형을 사주기도 했다. 그럴 때면 아빠는 항상 싱긋 웃었데. 잠시도 쉬지 않고 얼굴이 터질 것처럼 밝게 웃고 계셨다.

페니가 보기에 이 세상은 낮의 세상과 밤의 세상으로 나뉘어 있는 것 같았다. 그녀 부모님의 밤의 세상은 낮과 너무 달랐는데, 그 신비로운 세상을 엿볼 수 있는 열쇠 구멍은 아주 드물게 나타났다.

그녀는 가끔 부모님이 밤늦게까지 대화 나누는 소리를 들었다. 대화는 낯설 만큼 나른한 속도로 이어졌는데, 어느 날 엄마에게 이 이야기를 하자 엄마는 아빠가 잠자는 도중 말을 하거나 노래를 부르는 일이 있다고 알려주었다. 다 전쟁 때문이라는 설명도 해주었다.

'아는 척 말아라.'

엄마는 이렇게 덧붙였다. 페니도 그럴 생각이었다. 어차피 아빠는 전쟁 이야기는 꺼내지도 않았다. 딱 한 번 예외가 있었는데, 아빠가 옆집 소프 아저씨에게 자신은 소대에서 제일 키가 작아서 늘 선두 척후병이었다는 이야기를 할 때였다. 매년 재향 군인의 날이 되면 아빠는 재향 군인국 만찬에 참석했는데, 집에 돌아올 때는 너무 취해 직접 운전을 못 하고 늘 다른 누군가 아빠를 모시고 왔다.

작년에는 페니가 침실에 있을 때 벽 너머로 아빠 목소리가 들려온 적이 있었다. 아빠는 베란다에서 〈주홍 리본〉이라는 노래를 부르고 있었다. 딸에게 줄 주홍 리본을 사기 위해 밤새 온 마을을 돌아다니는 남자에 대한 노래였다. 가게가 모두 문을 닫아 새벽녘 빈손으로 집에 돌아온 남자는 딸이 잠든 침대 주변에 '풍성하고 화려한' 주홍 리본 더미가 쌓인 것을 발견했다.

노래를 부르는 아빠 목소리는 너무나 예뻤다. 만화 속 공주처럼 부드럽고 달콤했다. 하지만 '딸아이의 머리를 장식할' 리본을 노래하는 마지막 구절에 이르자 아빠 목소리는 갈라지고 끊겨 금세 부서질 것 같았다.

'아빠, 아빠 괜찮아요?'

그녀가 말하는 순간 노랫소리가 뚝 그쳤다. 그리고 잠시 후 삐걱삐걱 소리가 들리더니 아빠가 그녀의 침실 문 앞에 나타났다. 길쭉한 그의 검은 그림자가 좌우로 천천히 흔들거렸다. 기름진 머리카락이 희미하게 빛날 뿐이었다.

아빠는 그 자리에서 움직이지 않았고, 페니도 꼼짝하지 않았다. 그녀는 담요를 꼭 말아 쥐고 입을 틀어막았다.

'어서 자렴.'

아빠가 낮고 부자연스러운 목소리로 말했다.

'넌 꿈을 꾼 거야.'

어쩌면 정말 꿈이었는지도 모른다.

다음 날 그녀는 엄마에게 지난밤 겪은 일을 말했다. 그러자 엄마는 식탁 의자에 앉더니 울고 또 울었다. 순간 페니는 깨달았다. 낮의 세상에서는 밤 세상의 일을 언급해선 안 된다. 어른들은 그런 이야기를 좋아하지 않고, 때로는 그 일로 미움을 받을 수도 있다.

호프먼 가족 집에 들어가 지그재그 계단을 올라가 보지 않고서 어떻게 6학년을 시작할 수 있겠는가? 갑자기 이것이 학생 모두의 관심사가 되었다.

처음에 페니는 그런 일을 상상조차 하지 못했다. 그 일은 그녀가 할 생각조차 못 한 다른 여러 일들과 비슷했다. 예를 들어, 남자아이가 그녀의 몸 위에 눕는 일 같은 것 말이다. 하지만 어느 파티 자리 어두운 지하실에서 싸구려 독주 몇 잔을 돌려 마신 후 그 일이 벌어졌다. 그녀는 두 눈을 동그랗게 뜬 채 지하 세탁실 천장에 매달린 전구만 뚫어지게 바라보았다.

처음 그 일을 해낸 사람은 수전 캔들리스였다. 다음은 쌍둥이 니나와 티나가 함께 성공 소식을 전했다. 그들은 그날 이후 계속 악몽에 시달렸다. 그들은 모두 창문을 통해 무엇인가 보았다고 말했다. 계단 위에 검은 형체가 있었는데, 그 형체가 그들을 집까지 따라왔고 아마도 벽장에 숨어 살고 있는 것 같다는 것이다. 그들의 엄마는 영적 효과가 있다는 플로리다 수를 아이들 침실 구석구석에 뿌려줘야 했다.

머지않아 페니 반 아이들은 전부 그 집에 다녀왔다. 적어도 그렇게들 말했다. 그들은 하나같이 검은 그림자와 날개를 퍼덕이는 박쥐들, 덧문 삐걱대는 소리와 으깨진 새끼 쥐들의 보금자리에 대해 이야기했다. 한 아이는 깨진 창문을 넘어 집 안으로 들어갔는데 집 안이 바깥이나 다름없었다고 주장했다. 스토브에 살고 있던 쥐와 새들이 화들짝 놀라 흩어졌고, 호프먼 부인의 거미백합은 카펫에 깊이 뿌리를 박고 자라고 있었다. 그녀는 그때 곰팡이나 포자 같은 것이 목구멍 안에 들어온 것 같았고, 그것 때문에 밤에 숨을 쉴 수 없었다고 덧붙였다.

'꼭 해야 하는 건 아니야.'

수전이 분명하게 말했지만 진심은 아닌 것 같았다.

사실 페니도 바라던 바였다. 꼭 해야 한다고 등을 떠밀어 줘야 진짜 나설 수 있을 것 같았기 때문이다.

그녀는 그 집 근처를 지나기 위해, 일부러 먼 길로 돌아 집에 가기도 했다.

모두 그날을 대비하는 과정이었다.

그 일은 어쩌면 예전 지하실에서 만난 그 남자아이처럼 그녀가 상상하지 못한 방식으로 그녀의 마음을 설레게 할지도 모른다. 그녀는 지금도 혀끝에 그날의 술맛이 느껴졌다.

그 일은 생각했던 것보다 나쁘지 않게 끝날 수도 있다.

어쩌면 어른들이 그토록 오랜 시간 머무는 밤의 세상에 들어가 그들의 비밀을 탐색하고 그 느낌을 느껴보고, 말할 수 없고 누구도 말하지 않았던 것들을 직접 볼 수 있는 기회가 될 수도 있다.

6학년이 되기 2주 전 어느 날 밤, 페니는 그 일을 하기로 결심했다. 그곳에 가기로 한 것이다.

늦은 시간이긴 하지만 아직 열한 시 뉴스가 시작되기 전이었다.

부모님은 TV 앞에 있었다. 앵커의 목소리가 웅얼웅얼 방 안에 울리고 엄마의 뜨개질바늘 부딪히는 소리가 타닥타닥 들렸다. 아빠는 오늘 신문을 무릎에 펼쳐놓은 채 코를 골고 있었다.

그들은 방충 문 여닫는 소리를 듣지 못했다. 스프링이 헐거워 느릿느릿 움직이기 때문이었다.

주머니에 넣은 아빠의 손전등은 꽤 묵직해, 달리기 시작하자 흔들거리며 그녀의 다리에 부딪혔다.

첫 번째 집, 두 번째 집, 세 번째 집을 지나 모퉁이를 돌고 대각선 방향으로 향한다.

드디어 도착했다. 호프먼 가족의 집이다.

스페인 양식의 커다란 3층 집이 언덕 위에 휘청거리듯 높이 서있었다. 붉은 타일 지붕은 홈 팬 혀처럼 날름 튀어나와 있었다.

페니는 숨이 턱 막혔다.

하지만 이렇게 하는 게 맞는 것 같았다. 시간은 밤이었고 공기는 따뜻했으며 달빛은 밝았다.

지그재그 계단을 오르는 데에는 오랜 시간이 걸렸고, 그만큼 마음을 바꿀 시간도 충분했다. 페니는 길고 좁은 창문들을 바라보았다. 그중 가장 큰 창을 통해 집 안을 날카롭게 사선으로 가르는 계단이 보였다. 페니는 고개를 들어 그 창을 볼 때마다 무엇인가 계단을 따라 움직이는 것 같았다. 니나와 티나가 보았다는 그 어두운 형체일지도 모른다. 그들을 따라 집까지 가서, 플로리다 수를 뿌린 후에도 사라지지 않고 여전히 그들의 자는 모습을 지켜본다는 그 형체 말이다.

현관 양쪽에 길쭉한 창문이 하나씩 있는데, 모두 판자로 막혀 있었다.

페니는 후들거리는 다리로 양쪽을 오가며, 판자 틈 사이로 안을 들여다보았다.

현관 안쪽에는 웅장한 공간이 있었다. 응접실 같았는데, 바닥에는 시커먼 천 조각들이 소용돌이치듯 흩어져 있었다.

응접실은 마치 살아있는 것 같았다. 작은 티끌들이 스페인 타일 위에서 춤추듯 움직였고, 달빛은 나선형 계단에 은빛 줄무늬를 그려 넣었다.

집에 도착한 후 무엇을 해야 하는지는 지금껏 아무도 얘기해 준 적이 없었다. 현관에 달린 고리 손잡이로 문을 두드리고, 모든 문손잡이를 돌려보고, 창문을 잡아당기고 깨진 유리창 사이로 손을 밀어 넣고, 보이는 것은 무엇이든 보아야 한다. 이것은 짐승의 입안에 머리를 넣는 일이다. 금지된 상자를 열어 보는 일이다.

그녀는 묵직한 나무 현관에 오른손을 올렸다.

'뭔가 느낌이 올지도 몰라.'

나무는 따뜻하고 스펀지처럼 부드러웠다. 너무 부드러워 쓰다듬고 싶은 마음이 들 정도였다. 그녀는 결국 나무 문을 어루만지기 시작했지만, 이내 무엇인가에 찔려 재빨리 손을 거둬들였다.

붉은 점이 박힌 모래시계 모양의 반지르르한 검은 거미가 스르륵 지나갔다.

피부를 간질이는 후끈한 바람이 일었다.

뒤쪽 나무에서 나뭇잎 사각거리는 소리가 들렸다.

페니는 문득 베티 호프먼이 생각났다. 이웃들은 그녀가 마치 짐승처럼 울부짖으며 집에서 달려 나왔다고 말했다. 베티의 이니셜이 새겨진 전등 스위치 커버에 피가 얼룩덜룩 묻은 사진이 신문에 실렸다는 이야기도 들었다.

'이제 집에 가도 되겠지.'

페니는 생각했다. 그녀도 마침내 해낸 것이다. 두려움을 이겨내며 호프먼 가족 집까지 올라와서 현관 앞에 서 보고 창으로 안을 들여다보기도 했다. 하지만 저 계단을 내려가 다시 집으로 돌아가면… 집 안 전체를 가득 채운 고요함과 거실에서 서로 멀찍이 떨어져 앉아 방송 시간이 끝날 때까지 멀건 눈으로 TV만 바라보는 부모님이 그녀를 기다리고 있을 뿐이었다.

페니는 묵직한 손전등을 두 손으로 잡고, 움직이기 시작했다.

집 주변을 한 바퀴 돌며, 반쯤 깨져버린 반짝이는 유리창 안을 하나하나 들여다볼 참이었다.

'주변을 한 바퀴 돈다.'

아빠가 전쟁 이야기를 할 때 사용하는 표현이었다. 보병에게 탐지봉을 들고 주변을 한 바퀴 돌면서 지뢰 같은 것을 찾게 했다는 이야기였다. 아빠는 그것을 '위장 폭탄'이라고 했다.

'위장에 속는 순간 죽는데, 나보고 가라는 거야.'

아빠는 이렇게 말하며 웃음을 터뜨렸다. 그런 웃음은 쉽게 멈추지 않았다. 저녁 식탁에 몸을 숙이고 우는 것처럼 어깨를 들썩일 때까지 계속되었다.

모든 것이 그동안 들었던 말과 같았다. 하지만 동시에 다르기도 했다.

먼저 집 오른쪽 유리 온실은 뿌옇고 끈적한 이끼로 뒤덮여 있었다. 페니가 얼굴을 가까이 대자, 그 유명한 호프먼 부인의 거미 백합이 보였다. 믿을 수 없는 일이었지만 여전히 안에서 자라고 있었다.

다음으로 발견한 것은 거실이었다. 강렬한 노랑 안락의자 두 개와 비에 젖어 묵직해진 쿠션, 천으로 덮어놓은 소파와 턴테이블이 보였다. 텔레비전도 천에 덮여있었지만, 안테나가 삐죽 튀어나왔다. 벽 전체를 차지한 카펫에는 정체를 알 수 없는 커다란 얼룩이 있었다. 무서운 물건은 하나도 없었지만, 페니는 으스스한 느낌을 떨칠 수 없었다.

베티와 쌍둥이 그리고 불쌍한 호프먼 부인이 자꾸 떠올랐기 때문이다. 페니는 호프먼 부인이 주름진 실내복 차림에 헤어롤러를 머리 여기저기에 끼우고 몸을 굽혀 양말 줍는 모습을 상상했다. 그녀의 머리 뒤에 박힌 망치는 마치 안테나처럼 흔들거리고, 붉은 피는 주홍 리본처럼 머리카락을 타고 흘러내린다.

페니는 사람들이 호프먼 부인에 대해 한 말들을 기억했다. 그녀의 남편은 있는 힘껏 망치를 휘둘러 그녀의 뒤통수를 완전히 깨버렸고 쩍 벌어진 상처를 그대로 둔 탓에 그녀는 자신이 흘린 피에 잠겨 죽어갔다. 심지어 눈의 흰자위마저 피에 물들었다고 했다.

'피를 어찌나 많이 흘렸는지, 상상도 못 할 정도였어.'

수전 캔들리스는 마치 그 장면을 보기라도 한 듯 말했다. 아마도 크리스마스에 페니가 선물로 받은 스핀아트 세트 같았을 것이다. 모터가 윙윙 돌고 회전판에 빨간 물감을 짜 넣으면, 물감은 종이 위로 튀며 퍼져 나갔다. 페니의 손가락에도 빨간 물감이 묻었는데, 엄마는 그녀를 세면대로 데려가 까칠까칠한 수건으로 마구

문질렀다. 페니는 바늘에 찔리는 것처럼 아팠다.

페니는 방향을 틀어 반대편을 살피기로 했다. 집 뒤쪽은 제일 마지막에 볼 생각이었다. 그곳은 너무 어두웠다. 가로등도 없고, 달빛조차 가기를 꺼리는 곳 같았다.

그때 무엇인가 목구멍을 긁는 느낌이 들었다.

'먼지겠지. 먼지를 삼켰나 봐.'

그녀는 생각했다.

먼저 부엌이 나타났다. 오븐 문이 삐걱 열려있었고, 금속 테이블 위엔 뚜껑이 둥글게 말려 열린 깡통이 가득했다. 너구리가 뒤진 것 같은 린소 비누 가루 상자와 파스텔색의 멜라민 그릇더미, 갈색 국물 자국이 쭉쭉 그어진 우스터소스 병 그리고 민트젤리가 얼룩덜룩 묻은 접시도 보였다. 이런 것들을 보고 있자니 페니는 머리가 지끈거렸다.

창문 옆에는 문이 하나 있었는데, 페니는 이 문이 열릴 것이라고 확신했다.

이유는 설명할 수 없지만 페니는 문이 잠기지 않았다는 것을 알았다. 하지만 안으로 들어가지는 않았다.

조금 전 거미에게 물린 것을 기억하기에, 손잡이를 잡지도 않았다.

'들어가면 안 돼.'

무엇인가가 그녀에게 말했다. 하지만 그녀는 이미 머릿속으로 2층 호프먼 부부의 침실에 들어선 자기 모습을 상상하고 있었다.

두 발이 푹신한 카펫을 딛는다. 카펫에 말라붙은 핏자국이 달빛을 받아 검게 빛난다.

한번은 페니의 이웃집 개가 차 문에 끼어 머리가 깨진 적이 있었다. 불쌍한 개의 머리에서 피가 철철 흘러 진입로를 다 적셨고, 페니는 창을 통해 아빠가 긴 호스로 진입로에 물 뿌리는 모습을 지켜보았다. 닥스훈트 몸에서 그렇게 많은 피가 나올 줄은 꿈에도 몰랐다.

부엌 옆으로 창문 여러 개가 줄줄이 이어졌는데, 너무 높아 안을 들여다볼 수 없었다.

그녀는 두 짝으로 된 지하실 문 위로 거미처럼 기어올랐다.

숨을 헐떡이며 축축하고 갈라진 목재 위에 발을 딛고 있자니, 신발이 나무를 뚫고 들어가 그 구멍에 끼일까 걱정이 되었다. 어쩌면 못에 찔려 치명적인 파상풍에 걸릴지도 모른다.

하지만 목재는 그녀의 무게를 잘 버텨냈다.

그녀는 마침내 창문 망에 손을 올렸다. 장식용 반짝이 조각을 발견한 순간, 그녀는 그곳이 모두가 말한 바로 그 방이라는 사실을 알 수 있었다. 방에는 포장된 크리스마스 선물이 가득했다. 빛나는 은색 포장지와 밝은 금색 리본이 보이고, 반짝이는 빨간색 털실 리본이 여기저기 흩어져 있었다. 덩굴손 같은 초록색 리본과 호프먼 부인의 거미백합 같은 주홍색 리본도 있었다.

'주홍 리본, 주홍 리본.'

아빠 노랫소리가 들리는 것 같았다.

‘주홍 리본, 주홍 리본, 딸아이의 머리를 장식할 주홍 리본.’

페니는 화려한 포장지 속에 무엇이 있는지 궁금했다. 조디를 위한 조립식 장난감과 캐시에게 줄 커다란 인형이 있지 않을까? 베티에게는 화장용품 세트가 어울리겠지? 호프먼 박사에게는 새로 나온 브라이어 파이프가 좋을 것이다. 페니는 호프먼 부인을 위한 상자에는 고급 정원용 가위가 들었다고 상상하고 싶었다. 하지만 어쩌면 그녀는 엄마처럼 모든 것을 포장하려고 하는지도 모른다. 정작 그녀의 크리스마스트리 아래에는 어떤 선물이 있을까? 아빠는 뭔가 기억하는 데에는 영 소질이 없었다. 마지막 순간에 대형 마트로 달려가 제일 큰 사이즈의 싸구려 향수를 사 오는 일이 종종 있었다. 한번은 완전히 잊어먹고 독주에 취해 몇 시간 동안 울기만 한 적도 있었다. 일주일 후 아빠는 가진 돈을 모두 털어 에이히 보석상에서 예쁜 금목걸이를 사 왔는데, 자동차 할부금 때문에 결국 환불받아야 했다.

그런데 호프먼 가족은 유대인이 아닌가? 페니는 그들이 크리스마스가 아니라 하누카 선물을 산 것이라고 생각했다. 가게에서는 산타 포장지만 파니까 선택의 여지가 없었을 테고 말이다. 아니면 저것들은 애초에 호프먼 가족 것이 아닐 수도 있다. 세입자나 불법 거주자들이 한밤중에 달아나며 버리고 간 것인지도 모른다.

‘가만히 있어.’

페니가 두근거리는 심장에 손을 얹고 혼잣말로 속삭였다. 그것은 호프먼 박사가 딸 베티에게 한 말이었다. 베티가 이불 속에서 공포에 떨며, 망치를 쥔 호프먼 박사를 바라보고 있을 때 박사의 말이 그랬다.

'가만히 있어.'

더 이상은 미룰 수 없었다. 집 뒤쪽의 어둠을 마주해야 할 때가 왔다. 그녀는 그곳에 가야만 했다. 지금껏 호프먼 가족 집에 다녀온 어떤 학생보다 더 멀리, 더 깊이 갔지만 그래도 그녀는 그곳에 가야 했다. 호프먼 가족 아이들이 집에서 도망쳐 나와 또 다른 악몽을 향해 질주했던 그날 이후 이 집을 방문한 그 어떤 사람도 가본 적 없는 짙은 어둠 속으로 말이다.

그녀는 문득 호프먼 박사가 쌍둥이를 죽이지 않은 이유가 궁금했다. 갑자기 제정신이 돌아왔을까? 아니면 나중에 죽일 계획이었을까? 그것도 아니라면, 겁에 질려 껌뻑이는 눈을 마주한 순간 차마 망치를 휘두를 수 없어서?

페니는 살금살금 걸음을 옮겼다. 모기 때문인지 거미백합의 복슬복슬한 수술 때문인지 발목이 따끔거렸다.

건물에서 살짝 튀어나온 벽에 손을 올리자 부드러운 회반죽의 질감이 느껴졌다. 마지막 모퉁이를 도는 순간, 짙은 어둠이 그녀를 맞이할 것이다.

하지만 그곳은 생각했던 것보다 밝았다. 달빛이 구름을 뚫고 흘러내리고 있었다.

모든 것이 잡초로 뒤덮여 형체가 불분명했고, 두 짝의 커다란 미닫이문은 검은 곰팡이가 엉겨 붙어있었다. 발밑은 포자와 점액 등으로 이끼를 밟는 듯 폭신했다.

그때 다시 목 안을 긁는 느낌이 들었다. 털 비슷한 것이 목구멍을 넘어가는 것 같았다. 하지만 중요하지 않았다. 몇 걸음 더 옮기자, 지저분한 초록의 땅이 달빛을 받아 무지갯빛으로 반짝였기 때문이다. 마법 같은 순간이었다.

그리고 그녀는 그 안을 볼 수 있었다.

무도회장이 집 뒤편을 따라 춤추듯 이어지고 있었다. 문은 타일이 부서진 테라스 쪽으로 나있었다. 페니는 테라스에 올라섰다. 타일을 밟을 때마다 발목이 뒤뚱뒤뚱 뒤틀렸다.

무도회장 바닥은 희미하게 빛났고, 벽을 따라 검정과 금색의 바가 설치되어 있었다. 그리고 사방에 거울이 있었다.

페니는 그중 하나에 비친 자기 모습을 바라보았다. 두 눈을 휘둥그레 뜨고 두 손으로 창 아래 선반을 꼭 쥐고 있었다. 달빛을 받은 그녀는 은색으로 물들어 있었다.

순식간에 나쁜 느낌은 싹 사라지고, 밤에 피는 재스민과 바닥 광택제 그리고 담배 연기 냄새가 주변을 가득 채웠다.

페니는 마치 영화 속에 들어온 것 같았다. 모든 것이 반짝이고 그림자는 깜빡거렸다. 페니는 소용돌이치듯 풍성한 드레스를 입고 저 안에서 빙글빙글 도는 자기 모습을 상상했다.

그때 발소리가 들렸다. 페니는 눈을 가늘게 뜨고 소리 나는 쪽으로 고개를 돌렸다. 하지만 보지 않아도 이미 알 수 있었다. 무도회장 제일 끝에 호프먼 박사가 있었다. 키가 크고 창백한 그는 경쾌한 광대 무늬 파자마를 입고 헤링본 바닥 위에서 혼자 춤추고 있었다.

'아, 행복해 보여. 저 사람 정말 행복한가 봐.'

페니는 생각했다.

안에서는 웅장하고 화려한 음악이 흐르고 있었다. 유리문에 가로막혀 뭉개지고 탁해진 음악 소리가 그녀의 귀에 들려왔다.

호프먼 박사가 고개를 돌려 그녀를 바라보았다.

'안으로 들어오렴.'

그가 눈으로 말하는 것 같았다. 페니도 원하는 일이었다. 그녀도 들어가고 싶었다.

순간 그녀는 숨이 멎는 것 같았다. 모든 것이 끔찍한 실수였다는 사실을 깨달았기 때문이다. 박사는 결코 그럴 생각이 아니었다. 그는 아내와 딸과 춤을 추고 싶었을 뿐이었다. 그에게 망치는 반짝이는 지휘봉과 같았다.

'박사는 그럴 의도가 아니었어!'

커다란 몸을 어색하게 움직이는 박사를 보는 동안, 그녀는 알수 있었다. 박사는 귀에 면도 크림이 말라붙은 것도 모르는지, 슬리퍼를 질질 끌고 파자마를 펄럭이며 빙글빙글 돌았다.

'안으로 들어오렴.'

박사가 다시 그녀에게 말을 건네듯 손을 흔들었다. 그는 몸을 좌우로 흔들고 회전하면서 그녀를 향해 다가왔다.

'들어가야지. 들어가야 해.'

페니는 생각했다.

그녀는 테라스 문손잡이를 잡았다. 그리고 힘껏 잡아당겼다. 하지만 문은 열리지 않았다. 손이 뭔가 잘못된 것 같았다. 손가락은 뻣뻣하고 손바닥은 욱신거렸다.

'아빠! 아, 아빠!'

비명이 들렸다.

페니는 고개를 들었다. 베티였다.

그녀는 몸을 둥글게 웅크리고 호프먼 박사의 긴 팔에 안겨있었다. 발은 맨발이었고 하얀 잠옷에는 빨간 리본들이 그려져 있었다.

'아빠와 딸의 춤이야.'

페니는 얼굴이 아플 정도로 환한 미소를 지으며 생각했다.

베티는 아빠에게 닿기 위해 두 팔을 있는 힘껏 위로 뻗어 올리고 빙글빙글 돌았다. 페니는 그녀의 얼굴을 볼 수가 없었다.

'베티!'

페니는 그녀를 소리쳐 부르고 싶었다. 실제로 불렀는지도 모르겠다.

'베티, 가만히 있어! 가만히 좀 있어봐!'

하지만 갑자기 그 느낌이 다시 그녀를 찾아왔다. 무엇인가 그녀의 목구멍을 넘어오는 것 같고, 손은 새 발톱처럼 굳어지며 통증이 심해졌다.

그녀는 가야 할 때가 되었음을 직감했다.

무엇인가 문을 닫고 자신을 감추려 하고 있었다.

밤의 세계가 지퍼를 올려 잠그고 있으니, 그 어둠의 한가운데에 영원히 붙잡히지 않으려면 가는 수밖에 없었다. 가자, 어서 가자.

공기는 어느새 고요하고 무거워져 있었다. 나뭇가지는 아래로 축 늘어졌고 달은 세상 뒤편으로 숨어버렸다.

지그재그 계단을 빠르게 내려오는 동안 손전등이 쿵쾅거리며 다리에 부딪혔다. 가로등은 밝은 빛을 번쩍였고 머리 위에서는 비행기 소리가 부웅 들려왔다.

밤은 조용했고 거리는 텅 비어 서늘했다.

그녀는 서둘렀다. 자꾸 미소가 새어 나왔다.

마침내 해냈다. 그녀도 드디어 그 일을 해냈다.

손이 아팠다. 부은 느낌도 들었다. 고무로 만든 도널드 덕 삑삑이 장난감 손에 장갑을 끼워놓은 것 같았다. 그녀는 다른 손으로 문손잡이를 돌렸다. 바람에 부푼 방충 문이 얼굴에 닿았다.

집은 여전히 고요했고, 선풍기 소리만 웅웅거렸다.

그녀의 침대는 서늘했고, 호흡도 차분히 가라앉았다.

해냈다, 해냈다.

머릿속 생각들이 멈추지 않았다.

그 집이 여전히 그녀 안에 있었다. 그녀는 그 집과 함께 나온 것이다.

페니는 침대에 누웠다. 오른손이 계속 욱신거렸다.

눈을 감으면 베티 호프먼의 잠옷을 장식한 빨간 리본과 동그랗게 말린 붉은 크리스마스 리본, 할아버지 뺨을 가득 채운 붉은 실핏줄 그리고 스티븐 교장 선생님의 뭉툭 부어오른 코가 떠올랐다. 엄마 다리 뒤쪽에 붉게 두드러진 혈관과 호프먼 부인이 아끼던 짙은 붉은색의 거미백합도 보이는 듯했다.

거미백합!

순간 일련의 사건들이 기억났다. 현관문, 폭신한 목재, 무엇인가에 찔린 것 같은 손의 통증 그리고 재빨리 달아난 반짝이는 거미.

머리가 뜨거워졌다. 모든 것이 뜨거워지고 있었다.

그녀는 부어오른 손을 내려다보았다. 빨간 선이 손바닥에서 시작해 팔꿈치 쪽으로 뻗어 올라가고 있었다. 붉은 선은 마치 동그랗게 말린 크리스마스 리본 같았다.

아, 고통이 너무 심했다.

"아빠!"

그녀가 소리쳤다.

"아빠, 도와주세요!"

"주홍 리본, 주홍 리본."

아빠의 노랫소리가 들렸다. 그녀는 마치 노래 속 소녀가 된 것 같은 기분이 들었다. 침대 속에 몸을 파묻자, 리본이 바스락거리는 소리가 들렸다. 주홍 리본들은 그녀를 감싸고, 뱀처럼 그녀의 발목을 타고 올라 허리와 목을 휘감았다. 리본이 점점 조여와 그녀는 숨을 쉴 수 없었다.

"주홍 리본, 주홍 리본, 딸아이의 머리를 장식할 주홍 리본."

그리고 문 앞에 아빠가 나타났다. 검은 그림자가 길게 드리워졌다.

"다시 잠자리에 들어야지, 페니."

아빠가 말했다.

"다시 자렴."

줄무늬 파자마를 입은 그의 몸이 좌우로 흔들리고, 기름진 머리카락은 희미하게 반짝였다.

"하지만 아빠…"

"다시 자야지."

아빠가 더 큰 소리로 말했다. 목소리는 먼 곳에서 들리는 듯했지만, 더욱 커져있었다. 그제야 그녀는 무슨 일이 벌어지는지 깨달았다. 빨간 것이 그녀를 에워싸고, 목구멍을 점점 조여왔다.

"이건 악몽이란다, 페니. 다시 자렴."

말레나

조안나 마거릿

조안나 마거릿

조안나 마거릿은 세인트앤드루스대학교에서 역사학 박사 학위를 받았고, 뉴욕대학교에서 문예창작 석사 학위를, 컬럼비아대학교에서는 프랑스어와 역사학 학사 학위를 받았다. 그녀는 장편소설 《유산(The Bequest)》의 작가로, 세인트앤드루스대학교와 던디대학교에서 역사를 가르친 경력이 있다. 현재는 뉴욕시에서 집필 활동을 이어가고 있다.

'네 재능은 네 안에 있어.'

목소리가 속삭였다.

라라는 날카로운 통증 때문에 한밤중에 잠에서 깼다. 신장인지 창자인지 난소인지 정확한 위치를 콕 집어 말할 수는 없었다. 그녀의 몸 중심부에서 보이지 않는 작업을 수행하는 복잡한 기관 중 하나인 것 같았다. 경련이 나는 것 같은 이런 통증은 지난 1년 동안 간헐적으로 이어졌다. 보통은 몇 분 지나면 사라지는데, 최근에는 지속 시간이 좀 더 길어졌다.

'네 재능은 네 안에 있어. 네 안 깊은 곳에.'

다시 목소리가 들려왔다. 라라는 이불을 펄럭 밀쳐내고 침대 가장자리로 굴러가 몸을 일으켜 앉았다.

뉴욕 미술 대학 학부 과정 마지막 학기라 그녀는 졸업 프로젝트에 대해 고민하고 있었다. 지금도 조소 작업실에서는 커다란 점토 덩어리가 자신 안의 생명을 끌어내 줄 그녀의 손길을 기다리고 있었다. 현재까지 완성된 부분은 풍선 같은 머리와 그것을 지탱하는 가녀린 목뿐이었다. 그녀는 울퉁불퉁한 몸통에 세 개의 가슴과 네 개의 팔을 더하는 작업을 시작했는데, 다리를 붙일지는 아직 결정하지 못했다. 이 괴상한 몸체는 아기도 아니고 어린이도 아니고 어른도 아니었다. 아직 이름도 없었다.

라라는 깨끗한 티셔츠를 입고, 작업실에 갈 때면 늘 입는 오버올 작업복에 다리를 쑥 집어넣었다.

최근 몇 달 사이 라라의 작품은 어둡고 기괴해졌다. 마지막 세 작품은 머리가 없는 여성의 몸통인데, 팔다리와 가슴은 실제보다 많고 손과 발은 없었다. 아무에게도 말하지 않았지만, 사실 그녀는 최근 기형적인 육체가 등장하는 꿈을 꾸고 환영을 보고 있었다. 목소리도 들렸다. 낮고 단조로우면서 웅얼거리는 듯한 소리였다. 시간이 지나면서 든 생각인데, 그 목소리는 그녀 자신의 목소리와 닮아있었다. 다만 육체와 분리되고, 알아볼 수 없게 변조된 것 같았다. 목소리는 그녀를 부르고 유혹했다. 무슨 목적인지는 알 수 없었다.

‘라라.’

그녀는 속삭이는 목소리에 잠에서 깨기도 하고 일하다가 깜짝 놀라기도 했다.

오늘 그녀는 처음으로 문장 전체를 들었다.

‘네 재능은 네 안에 있어.’

무슨 뜻일까? 유치한 자기 계발 문구 같았다.

하지만 라라는 교수들이 자신의 최근 작품들에 대해 칭찬을 쏟아놓는 상황이 기분 좋았다. 그녀가 가장 좋아하는 교수이자 조각가인 스튜어트는 그녀를 첼시의 한 갤러리스트에게 소개했는데, 그는 졸업 후 그녀의 졸업 작품을 전시하는 데에 관심을 보이기도 했다.

경련이 가라앉자, 라라는 살금살금 욕실로 걸어갔다. 잠시 세면대에 허리를 숙이고 있다가 변기에 앉아보았지만, 아무것도 나오지 않았다. 그녀는 손가락 세 개를 목구멍에 밀어 넣어 일부러 속을 게워 냈다. 상태가 나아지길 기대했지만 헛수고였다.

라라는 세수를 하고 다시 침대로 돌아와 앉았다. 통증이 고동치듯 몸을 때렸다. 그녀는 무릎을 가슴까지 당겨 몸을 둥글게 말고 두 눈을 꼭 감았다. 몇 초 후 날카로운 통증이 파도처럼 밀려와 온몸에 퍼졌다. 무엇인가 몸 안에서 폭발한 것 같았다. 그녀는 몸을 바들바들 떨며 힘겹게 침대에서 몸을 일으켰다. 그리고 전신거울에 비친 자기 모습을 바라보았다. 눈은 벌겋게 충혈되고 배는 마치 죽은 물고기처럼 불룩 부풀어 올라있었다. 라라는 임신하지 않았다. 그것만큼은 확실했다.

그녀는 복도로 걸어 나갔다. 그해에 그녀가 배정받은 기숙사 방은 1인실이었는데, 창은 벽돌 건물로 둘러싸인 녹음이 짙은 사각 안뜰을 향해 나있었다. 네온 불빛이 밝혀진 복도를 눈으로 훑었지만, 다른 방은 모두 문이 닫혀있었다.

그녀는 택시를 타고 가까운 병원으로 향했다. 그리고 교통사고 피해자, 총상 환자, 마약 과다복용자 등 각자의 사연으로 공포에 질린 사람들에 둘러싸인 채 응급실에서 한 시간을 기다렸다. 하지만 참을 수 없는 통증이 배를 콕콕 찌르기 시작하자 그녀는 힘겹게 다리를 움직여 접수 데스크로 다가갔다.

“저 좀 봐주시면 안 될까요? 너무 아파서요.”

그녀가 숨을 쌕쌕거리며 말했다.

데스크에 앉은 남자는 그녀를 위아래로 훑어보더니, 뚜껑이 닫힌 플라스틱 컵을 그녀에게 건넸다.

“이봐요, 아가씨, 여기 다 아파서 온 사람들이에요. 순서 기다리세요. 여기 소변 받아오시고요.”

“못 하겠어요. 진짜 못 해요.”

라라라 앓는 소리로 대답했다.

“싫으면 마시든가요.”

남자는 대답을 마치자 다시 컴퓨터 스크린에 시선을 고정하고 키보드를 두드리기 시작했다.

라라는 컵을 들고 화장실로 갔지만 소변은 몇 방울밖에 나오지 않았다.

그녀는 다시 대기실로 돌아가 바닥에 쪼그리고 앉았다. 그리고 무릎에 턱을 괸 채 불편한 잠에 빠져들었다. 새벽 다섯 시쯤 간호사가 그녀의 어깨를 쿡 찌르더니, 커튼으로 칸막이가 된 침대들이 가득한 방으로 그녀를 데리고 갔다. 그리고 꽃무늬 진찰복을 내밀었다. 그녀는 옷을 갈아입고, 옷 앞쪽을 여미지 않은 채 침대에 팔다리를 쭉 뻗고 누웠다.

잠시 후 한 젊은 의사가 커튼을 젖히고 그녀를 유심히 바라보았다.

“어디가 안 좋으세요?”

의사가 물었다.

“너무 아파요. 복통이 심해요.”

그녀의 오른쪽 눈에서 눈물이 흘러 귓속으로 들어갔다.

"제가 좀 봐도 될까요?"

그녀는 고개를 끄덕였다.

의사는 차갑고 뾰족한 손가락으로 그녀의 가슴과 배 여기저기를 꼭꼭 눌렀다. 그의 손이 그녀의 배꼽 근처에 이르렀을 때 그녀는 자기도 모르게 비명을 내질렀다. 의사는 뒷걸음질을 쳤다.

"맹장인가요?"

그녀가 물었다. 관자놀이에서 흘러내린 굵은 땀방울이 눈물과 뒤섞이고 있었다.

"나이가 어떻게 되시죠?"

의사가 물었다.

"스물한 살이요."

"성관계는 하시고요?"

"네."

"산부인과 진료를 보셔야겠어요. 임신 검사와 성병 검사가 필요해 보입니다."

"남자 친구랑은 두어 달 전에 헤어졌는데요."

의사가 고개를 들었다.

"가능성을 배제할 순 없죠. 워낙 생식 능력이 좋은 나이시잖아요."

라라는 숨을 헐떡였다.

"그 사람은 캘리포니아에서 공부해요. 안 본 지 3개월이나 됐고요. 뭔가 잘못됐어요. 이렇게 아픈 건 처음이에요."

의사는 입꼬리를 한쪽으로 틀어 올렸다.

"의학적 응급 상황이라고는 할 수 없습니다."

"응급 맞아요."

라라는 부풀어 오른 배를 두 손으로 움켜잡았다.

"산부인과에 진료 예약을 잡으세요. 알레르기 반응을 보이는 약이 있나요?"

"아니요."

의사는 라라에게 타이레놀 두 알을 주고 병원에서 내보냈다.

캠퍼스에 도착할 즈음 통증은 가라앉았다. 의사 말대로 응급 상황은 아니었던가 보다. 라라는 병원에 다녀온 사실을 아무에게도 알리지 않았다.

그녀는 작업실로 향했다. 토요일이라, 밝게 밝혀진 작업실에는 아무도 없었다. 집중하기 좋은 환경이었다. 그녀는 다른 학생들의 작품을 둘러보았다. 그녀 작품처럼 구체적인 형태를 갖춘 것이 있는가 하면, 추상적이고 각진 형태의 작품도 있었다. 콘크리트 벽에 걸린 것도 있고, 천장에 고정된 줄에 매달린 작품도 보였다. 생명이 없는 거대한 형체들이 텅 빈 공간을 채우고 있었다. 그녀는 도살장이 떠올랐다. 핏자국이 없는 게 유일한 차이점이었다.

라라는 자신이 만든 일그러진 신체 조형물을 바라보았다. 그녀는 소묘와 채색에 재능을 보였지만, 물리적 실체를 다루는 조형 작업의 촉각적 본질에 더 마음이 끌렸다. 그것은 3차원의 존재를 창조하는 작업이었다. 지금까지 그녀는 세라믹밖에 쓸 수 없었다. 청동과 알루미늄은 비쌌기 때문이다. 하지만 지난 학기 말 학교는 그녀의 작품 하나를 지역 주조 공장에 보내 청동으로 주조하는 데 필요한 비용을 지불해 주기로 했다.

점토가 금속이 되는 과정은 매력적이었다. 일단 점토로 형체를 완성하고 나면 다음 단계에서는 그 위에 회반죽을 덧바른다. 회반죽이 완전히 건조되면 이 틀을 점토 조형물에서 떼어낸다. 그러면 그 안쪽에 점토 조형물의 형체가 완벽하게 음각 형태로 남게 된다. 이제 그 안에 밀랍을 부어 넣어 원래 조형물과 똑같은 복제품을 만든다. 이 단계에서 그녀는 작품을 더욱 정교하게 다듬을 것이다. 주조 공장에 보내기 전 작품에 생명력을 더하기 위해 할 수 있는 모든 노력을 해야 할 때다. 공장에 간 작품은 가마 안에 놓인다. 밀랍은 녹아 증발하고 그 결과 원래 조형물 형태의 빈 공간이 생기면, 그곳에 액체 상태의 청동을 붓는다.

밀랍 소실 주조법이라고 불리는 이 복잡한 과정은 수천 년 동안 이어져 왔다. 라라는 이 오랜 전통의 일부가 되었다는 생각에 경외감을 느꼈다.

그녀는 어렴풋이 형체를 드러내기 시작한 점토 덩어리를 손으로 쓰다듬었다. 금속 골조가 그 안에서 뼈대처럼 점토를 지탱하고 있었다. 그녀는 헤드폰을 쓰고 테크노 음악 채널을 켰다. 몰입하기 위해서는 가사가 없고 현실에서 벗어난 느낌을 주는 음악이 필요했다. 그 후 오랫동안 그녀는 작업에 몰두했다. 점토를 치대고 매만지고, 루프 끝과 메스로 표면에 섬세한 선을 새겨 넣었다. 다른 학생들이 작업실에 들어와 각자 작업에 매달렸지만, 그녀는 눈치채지 못했다. 그리고 그녀가 작업을 마무리할 즈음 그녀는 다시 혼자가 되어있었다.

그날 밤 통증과 함께 목소리가 다시 그녀를 찾아왔다.

'아름다워, 네가 창조하는 작품 말이야, 라라. 네 재능을 사용해. 네 안의 재능을.'

라라는 월요일 오후 산부인과에 진료를 예약했다.

플레처 선생은 머리가 오렌지색이었다. 알이 굵고 빛바랜 진주 목걸이를 하고 있었는데, 걸을 때 왼쪽에 무게를 싣지 않으려는 듯 약간 절뚝거렸다.

"배가 많이 부풀어 있네요."

의사가 진찰을 시작하며 말했다.

라라는 긴장해 숨을 멈췄지만, 플레처 선생이 갈비뼈를 누르는 순간 작은 신음을 터뜨리고 말았다. 가벼운 접촉에도 그녀의 몸은 민감하게 반응했다.

"임신 테스트 해보셨어요?"

"안 해도 돼요."

라라가 말했다.

"남자 친구 못 만난 지 몇 개월 됐거든요. 이젠 전 남자 친구죠. 헤어졌으니까."

"마지막으로 관계를 한 건 언제죠?"

"3개월 전이긴 한데, 얼마 전 생리를 했어요. 임신 말고 다른 가능성은 없나요?"

플래처 선생은 창을 향해 고개를 돌렸다가 다시 라라를 바라보았다.

"난소낭종 파열일 수도 있겠네요. 가임기 여성에게 흔히 발생하니까요. 악성은 아닐 거예요. 초음파 검사를 해봅시다."

채혈 담당자는 혈관이 안 보인다고 투덜대며 라라를 몇 번이나 찔러댔다. 그렇게 30분 동안 작은 유리병 세 개를 피로 채운 뒤, 그는 그녀를 다른 검사실로 안내했다. 초음파 검사실이었다. 기사는 검사 기기를 라라의 배 위에 대고 문지르던 중 갑자기 두 눈을 둥그렇게 떴다.

"왜 그러세요?"

라라가 물었다.

"잠깐 선생님 좀 뵙고 올게요."

젊은 여자 기사가 대답했다.

"아무 문제 없어요."

라라는 일이 잘 풀리는 것 같아 마음이 놓였다. 잠시 후 누군가 그녀의 이름을 불렀고, 그녀는 다시 플레처 선생 진료실로 인도되었다.

"수술을 받으셔야 합니다."

라라가 미처 자리에 앉기도 전에 의사가 말했다.

"수술이라고요?"

그녀는 검사복을 바싹 당겨 입으며 물었다.

"내출혈이 상당량 발견됐어요."

플레처 선생이 입술을 굳게 오므렸다.

"지금 몸 안에 도는 혈액량을 생각하면, 이렇게 멀쩡해 보이는 건 말도 안 되는 일이에요. 당장 수술을 통해 출혈을 통제해야 해요. 피가 한 곳에 고여서 빠져나갈 곳이 없어요."

라라는 고개를 숙여 무릎을 바라보았다. 그리고 발꿈치를 살짝 들고 두 무릎을 꼭 마주 붙였다.

"이 출혈… 출혈의 원인이 뭘까요?"

"그건 알아봐야죠. 일단 질 경유 초음파 검사부터 해야겠어요."

병원 사람들은 그녀를 휠체어에 앉혀 옆방으로 데려갔다. 그곳에서 라라는 초음파 탐촉자가 자신의 몸속 깊은 곳에 들어오는 동안 최대한 가만히 있으려고 노력했다. 탐촉자가 그녀의 난소 사이를 오가자 간질이는 듯 불쾌한 느낌이 들었다.

검사를 마친 뒤 그녀는 진료실로 돌아가 다시 의자에 앉았다. 허벅지가 끈적거렸다.

플레처 선생은 라라의 눈을 똑바로 바라보았다.

"난소 바깥쪽에 덩어리가 있는데, 뭔지는 정확히 모르겠어요. 잘 드러나지 않네요. 자궁 외 임신일 수도 있지만, 당신 말을 믿자면 그 가능성은 희박하죠."

"희박한 게 아니라, 아예 없어요."

플레처 선생은 라라에게 CT 검사를 예약하게 했다.

그날 밤 라라는 다시 목소리를 들었다. 겨우 들릴 정도로 아주 작은 소리였다.

'난 네 덕분에 살지만, 너 역시 내 덕분에 사는 거야.'

다음 날 플레처 선생에게서 전화가 왔다.

"임신은 아니에요."

"그럼 그 덩어리는 뭐예요?"

"낭포거나 종양일 거예요. 어쩌면 태아의 일부일 수도 있고요."

라라는 입이 떡 벌어졌다.

"무슨 말씀이세요? 방금 임신은 아니라고 하셨잖아요."

"우리가 본 그 덩어리는 아마도… 잔재일 거예요. 쌍둥이의 일부 말이에요. 당신이 아기였을 때 일부만 당신 몸에 흡수된 거죠."

라라가 핸드폰을 움켜쥐고 벌떡 일어섰다.

"잠깐만요… 제 쌍둥이라고요?"

"드문 일이긴 해요. 태아 내 태아라고 부르는 상황인데, 저도 직접 보는 건 처음이네요. 이런 일이 벌어질 확률은 100만분의 1 정도거든요."

"제 쌍둥이 자매가 제 몸 안에 살고 있다는 뜻인가요?"

"살아있는 건 아니에요. 현재는 물론이고, 애초에 독자적으로 생존할 수 있는 태아가 아니었어요. 하지만 머리가 있고, 두개골이 완벽히 형성되진 않았지만 뇌도 있죠. 치아, 뼈 심지어 척수도 있어요. 당신 몸속이 아니었다면 절대 살 수 없는 존재예요. 어디에서도 자랄 수 없죠. 그런데 이 덩어리는 자라나고 있어요. 그것 때문에 몸이 붓고 아픈 거예요. 게다가 이 덩어리는 당신 혈액에서 양분을 공급받고 있어요. 예전엔 기생 쌍둥이라고 불렀죠. 수술로 제거하지 않으면 계속해서 당신 몸속 장기를 누르고 출혈을 일으킬 거예요. 생명에 위협이 될 수도 있어요."

"이것 때문에… 죽을 수도 있다고요?"

"네. 혹은 장기에 회복 불가능한 손상을 입힐 수도 있고요. 수술은 복강경수술로 이루어질 거예요. 절개 부위가 크지 않을 거란 뜻이죠. 배꼽을 통해 몸속으로 들어가고, 배 양쪽에 작은 절개만 내면 돼요."

라라는 침을 꿀꺽 삼켰다.

"회복은요?"

"바로 학교에 돌아갈 수 있을 거예요."

라라는 핸드폰을 내려놓았다. 그리고 두 손을 기도하듯 꼭 마주 잡고 쏟아지려는 눈물을 참았다.

그날 밤 침대에 누워 의사에게 들은 말을 생각하던 그녀는 지금까지 들었던 목소리가 바로 그 쌍둥이의 목소리라는 사실을 깨달았다. 그녀는 쌍둥이 자매에게 말레나라는 이름을 붙여주었다.

'네 재능은 네 안에 있어.'

말레나는 이렇게 말했다. 라라는 이제야 그 의미를 이해할 수 있었다.

그때 찌릿한 통증이 찾아왔다. 말레나가 그녀의 뱃속에서 움직이는 것일까? 하지만 그것은 불가능한 일이었다. 말레나는 살아 있는 존재가 아니다. 이 세상에 태어난 적도 없는 존재다. 그럼에도 그녀의 목소리가 다시 생생하게 들려왔다. 목소리는 점점 커졌고 라라는 어느새 그 목소리 외에는 아무 소리도 들을 수 없게 되었다.

'왜 너지, 라라? 나는 왜 안 돼? 그 아름다운 작품, 우리가 창조했어. 함께 말이야. 넌 나 없으면 아무것도 아니야.'

라라는 작업실로 돌아가 헤드폰을 쓰고, 음악 소리를 키웠다. 하지만 말레나의 목소리를 막을 수는 없었다.

'라라, 나의 쌍둥이 자매! 넌 내가 필요해. 내가 없으면 너도 살

수 없어!'

라라의 응급 수술은 다음 날로 예정되어 있었다. 그녀의 엄마가 포트로더데일에서 비행기를 타고 왔다.

"세상에 하나뿐인 내 딸."

엄마가 침대에 누운 그녀를 향해 몸을 둥글게 구부리고, 그녀의 손을 잡은 채 한숨을 내뱉었다.

"왜 이런 일이 생겼을까?"

라라가 물었다.

"세상일이란 게 그렇지."

엄마가 슬픈 표정으로 고개를 끄덕였다.

"그저 운이 나빴을 뿐이야."

라라의 수술 날은 부활절 일요일이면서 동시에 유월절 두 번째 날이었다. 수술에는 마취과 전문의 두 명이 참여했다.

라라는 빠르게 말을 하기 시작했다.

"가벼운 마취 경험은 있어요. 편도선 제거 수술을 했거든요. 의사 선생님이 진정 마취라고 말씀하셨던 것 같아요. 오늘은 전신 마취하는 거 맞죠?"

그녀는 여자 의사를 바라보다가 남자 쪽으로 고개를 돌렸다. 가슴 속에서 심장이 쿵쾅거렸다.

"네."

여자 전문의가 창백한 얼굴만큼이나 감정 없는 말투로 대답했다.

“한숨 푹 주무신다고 생각하세요.”

“네, 아주 깊이 주무시게 될 거예요.”

남자 선생님도 거들었다. 그는 대머리였는데 한쪽에 커다란 혹이 붙어있었다. 여자 의사가 계속 서있는 동안, 남자 의사는 의자에 앉아 라라의 팔에 밝은 빨간색 띠를 감았다. 그러고는 그녀의 팔오금을 누르기 시작했다.

“혈관이 많이 움직이는 편이시네요. 잠깐 기다려 보세요.”

남자는 숨겨진 주머니에서 다른 바늘을 꺼냈다.

“제발요…”

라라는 다른 손으로 여자 의사의 손목을 쥐고 그녀를 향해 작은 목소리로 속삭였다.

“저를 죽이지 마세요.”

그 순간 목소리가 들려왔다. 미친 듯 애원하는 소리였다.

‘이 사람들 막아, 라라! 이건 실수야. 아직 늦지 않았어. 이 사람들을 막아야 해!’

그녀는 여자 의사의 손목을 붙잡은 채 다시 말했다.

“몸이 안 좋은 것 같아요. 그만하면 안 될까요? 수술 날짜를 다시 잡으면 좋겠는데. 제가…”

“걱정 마세요.”

여자가 자기 손목에서 라라의 손을 떼어내며 말했다.

“수술이 끝나면 훨씬 좋아질 거예요.”

‘안 돼, 라라! 안 돼! 제발 멈춰!’

남자 의사가 라라의 코와 입을 투명한 플라스틱 마스크로 덮고, 그녀에게 10까지 숫자를 세라고 했다. 그녀는 버텨보려 했지

만 셋을 세는 순간 한밤의 어둠이 빛처럼 빠르게 찾아와 그녀를
뒤덮었다.

라라는 눈을 뜨자마자 토하기 시작했다. 그녀를 보러 병원에
와있던 친구 재니스가 그녀를 달래며 진정시켜 주었고, 잠시 후
라라는 토를 멈추고 정상적으로 호흡할 수 있게 되었다. 재니스와
엄마는 번갈아 가며, 부서진 얼음 조각을 작은 숟가락으로 떠서
라라에게 내밀었다. 라라는 목이 말랐지만 계속 거절했다.

"얼굴이 너무 창백해."

엄마가 라라의 손을 잡으며 말했다.

"손이 차갑구나. 손끝이 퍼런 게 꼭 너 태어날 때 같다. 아, 내
딸 라라. 꼭 죽은 사람 같아."

라라는 엄마의 손을 꼭 잡아주고 싶었지만, 힘이 없었다.

"너 마취에서 깰 때 얘기한 거 알아?"

재니스가 말했다.

"그랬어?"

라라가 거친 목소리로 말했다.

"뭐라고 했는데?"

그녀의 질문에 엄마가 입을 열었다.

"날 사랑한다고 하더라. 그리고 계속 이름을 말했는데, 말레나
라고. 그게 누구니?"

"나도 잘⋯ 모르겠네."

라라는 당황해서 엄마에게 사실을 얘기하지 못했다. 엄마를
보호하고 싶은 생각도 있었다. 무엇으로부터 보호하려는지는 확

실하지 않았다.

라라는 경과를 보기 위해 병원에서 그날 밤을 보냈다. 다음 날 아침 플레처 선생은 엄마와 딸에게 수술 결과를 설명했다. 라라는 침대에 누워 설명을 들었다. 그 '덩어리'는 완전히 제거되었다. 선생이 성장이 멈춰버린 말레나의 기형적인 몸 사진을 내미는 순간, 라라는 목덜미에 소름이 끼치는 것을 느꼈다. 그 몸은 21년 동안 그녀의 몸속에 묻혀있었다. 작은 눈과 만들어지다 만 두개골이 감싸고 있는 뇌가 보였다. 머리카락 몇 가닥이 낡아 허물어져 가는 벽 틈에서 자라난 잡초처럼 삐죽 튀어나와 있었다. 하지만 말레나의 얼굴은 미소를 띠고 있었다. 흉측한 미소였다.

"저는… 괜찮아질까요?"

라라가 물었다.

"걱정하실 거 없어요. 이제 위험한 단계는 지났습니다."

의사가 대답했다.

"그럼 합병증은 걱정 안 해도 되겠죠?"

라라의 엄마가 물었다.

"시원하게 대답해 드리면 저도 좋겠지만 단정할 수는 없습니다."

의사가 라라를 향해 고개를 돌렸다.

"내부 출혈이 많아서 지혈 조치를 해야 했지만, 너무 걱정하진 않아도 돼요. 집에 가서 한동안 푹 쉬세요. 즐겁게 생활하고요. 아직 젊은 나이잖아요. 이런 일은 잊어버리는 게 상책이에요."

하지만 어떻게 잊을 수 있겠는가?

엄마는 에어비앤비 숙소를 하나 빌렸고, 라라가 잠을 자는 동안 독서로 시간을 보냈다. 2주가 지나자, 아침에 침대에서 일어나는 게 한결 수월해졌다. 혼자 샤워도 하고 산책도 할 수 있게 되었다. 라라는 하루하루 더 나아지려 애썼다.

"작업실에 돌아가 봐야 해."

엄마가 좀 쉬엄쉬엄하라고 그녀를 말릴 때마다, 라라는 이렇게 대답했다. 얼마 후 엄마는 플로리다로 돌아갔고, 라라는 학교로 복귀했다. 그녀의 기숙사 방은 같은 수업을 듣는 학생들이 남긴 메모와 시든 꽃다발로 가득했다. 하지만 그녀는 그것들을 본체만체하고 곧장 작업실로 향했다. 그녀는 그저 작업을 계속하고 모든 게 예전으로 돌아가길 바랄 뿐이었다.

처음에는 한두 시간밖에 작업에 몰두할 수 없었다. 몸이 유난히 더 힘든 날도 있었고 때로 환통이 느껴지기도 했다. 하지만 상황은 조금씩 나아지기 시작했다.

그렇다고 해서 모든 게 예전으로 돌아간 것은 아니었다. 무언가 돌이킬 수 없는 변화가 생겼다는 사실을 그녀는 알고 있었다. 그녀는 건강에 대한 걱정이 많아졌다. 이 일이 있기 전 그녀는 건강한 몸을 당연하게 생각했다. 하지만 이제는 목에서 우두둑 소리가 나거나 뱃속에서 꾸르륵 소리만 들려도 긴장했다. 라라는 대학생답지 않게 바른 생활을 실천하기 시작했다. 의사가 권한 일이라면 뭐든 하기로 한 것이다. 잠은 밤에 여덟 시간을 자고, 패스트푸드를 멀리하며, 술은 아예 끊어버렸다. 체력이 회복되자 운동도

규칙적으로 하기 시작했다.

하지만 매일 밤, 불을 끄고 어둠 속에 누워있을 때면 그녀는 말레나의 목소리가 들리기를 기다렸다.

한동안은 아무 소리도 들리지 않았다. 하지만 목소리 대신 그녀의 몸이 라라의 꿈에 등장했다. 진짜 몸이 아니라, 길쭉한 자주색 반죽 덩어리가 단단하게 뒤얽힌 형체였다. 어느 날은 유두가 함몰된 두 개의 가슴과 팔이 하나 달린 몸뚱이가 꿈에 나타났다. 머리는 절반은 매끈하고 절반은 울퉁불퉁했는데, 흐물거리는 분홍빛 뇌가 사이사이로 삐져나와 있었다. 작고 뒤틀린 눈 아래에는 콧구멍만 보일 뿐 코는 없었고, 그 아래에는 늘 똑같은 미소를 짓는 입술 사이로 다 자라지 않은 날카로운 이가 몇 개 드러났다. 또 다른 날은 말레나의 해골이 보였다. 그 해골은 작업실에서 조형물을 지탱하는 금속 골조와 무척 닮았는데, 텅 빈 갈비뼈 사이에서 커다란 심장이 쿵쾅거렸다.

라라는 자꾸만 꿈에 등장하는 말레나를 몰아내기 위해, 침대 옆에 놓아둔 공책에 말레나의 이름을 썼다. 수백 번을 쓰고 나자, 손에 힘이 빠져 더 이상 움직일 수 없었다. 결국 마지막 몇 장은 아이가 쓴 것 같은 엉성하면서도 절박한 필체로 채워졌다. 제일 마지막 장에 그녀는 예전에 들었던 두 문장을 기록해 두었다. '넌 나 없이는 아무것도 아니야!'와 '네 재능은 네 안에 있어'였다.

한 달이 지나고, 또 한 달이 지났다. 이제 라라는 매일 밤 자정까지 작업실에 머물렀다. 어느 화요일 밤 열한 시쯤 소리가 들렸다. 무엇인가 두드리는 것 같더니, 곧 울음소리가 이어졌다. 어디에서 들려오는 것인지 알 수 없었지만, 소리는 멈추지 않았다. 그녀는 작업용 앞치마에서 메스를 꺼내 들고 천천히 복도로 걸어 나갔다. 그리고 계단통 주위를 바라보았다.

"저기요! 누구 있어요?"

아무 대답이 없자 그녀는 작업실로 돌아갔다.

그때 다시 울음소리가 들려왔다. 그녀는 작업 중인 작품을 향해 걸어가다가 갑자기 숨을 헉 들이마셨다. 바닥에 피가 떨어져 있었기 때문이다. 그녀는 고개를 들었다. 조각상의 세 개의 젖꼭지에서 피가 방울져 떨어지고 있었다. 배꼽과 성기에서는 더 많은 피가 흘러나왔다. 그때 웃음소리가 들렸다. 천장에서 나는 소리인가?

"누구세요?"

라라가 소리쳤다.

"누구 있어요? 거기 누구예요? 왜 이러는 거죠?"

그녀는 메스를 쥔 손을 앞으로 들어 올리고 앞치마를 풀었다. 그리고 반대편 벽에 걸린 거울 앞으로 걸어가 앞치마를 머리 위로 벗어 던졌다. 그녀는 어깨를 들썩여 오버올 작업복을 허리까지 내린 뒤 티셔츠를 돌돌 말아 올렸다. 그런 다음 빠른 네 번의 칼질로 배꼽 아래 피부에 M이라는 글자를 새겼다. 두 개의 작은 수술 자국 사이였다.

그녀는 몸을 꼼지락거려 다시 옷을 입고 달리기 시작했다. 작업실을 빠져나와 기숙사 방에 도착한 그녀는 베개로 상처를 눌러 지혈한 뒤 항생제 연고를 듬뿍 바르고, 반다나로 M을 덮어 포장용 테이프로 고정했다. 그녀는 침대에 누웠고, 몇 분 안에 잠이 들었다.

그 후 몇 주 동안 작업은 순조롭게 진행됐다. 그녀는 두어 시간에 한 번씩 뒤로 물러서서 작품을 자세히 바라보며 고칠 곳이 없는지 살폈다. 기형적인 머리와 허리 부위의 흐물흐물한 군살, 추가된 두 개의 팔과 세 번째 젖가슴 구석구석을 꼼꼼하게 확인했다. 지나가는 사람들은 작품에서 눈을 떼지 못했다. 마감일이 가까워지자, 그녀는 일주일을 들여 밀랍 복제품 작업에 몰두했다.

스튜어트 교수가 다시 작업실을 방문한 날, 그녀는 제자들의 작품 사이를 천천히 거닐며 고개를 끄덕였다. 그러던 그녀가 라라의 작품 앞에서 걸음을 멈추더니 몇 초 동안 아무 말이 없었다.

"완전히 달라졌네요. 단기간에 이런 변화가 가능하다니! 소름 끼치도록 생생한데 동시에 전혀 인간의 모습이 아니에요. 아주 강렬해요, 라라."

그녀가 라라의 어깨를 가볍게 토닥였다.

"몸은 좀 어때요? 한눈에 봐도 비쩍 말라버렸네."

"매일 조금씩 나아지고 있어요, 스튜어트 교수님."

"그렇다면 다행이에요. 라라 학생 작품에 관심 있는 갤러리스트들과 저녁 식사를 계획 중이에요. 자세한 건 이메일로 보낼게요."

"잘됐네요! 정말 감사해요. 전부 다요. 도와주셔서 고맙습니다."

"나한테 감사할 필요 없어요. 본인 재능 덕이니까요."

재능이라는 단어에 라라는 한 손으로 배를 움켜잡았다. 전기 충격이 빠르게 온몸을 훑고 지나간 기분이었다.

"오늘 밤엔 식사 꼭 제대로 챙겨요. 너무 무리하지 말고요."
라라는 고개를 끄덕이고 애써 미소를 지어 보였다.

그 주 일요일, 라라는 작업을 마무리하고 자리에서 일어섰다. 주변에는 아무도 없었다. 이제 일주일 후면 졸업이었다. 그녀는 2미터가 넘는 밀랍상을 바라보았다. 청동상이 되기 위한 마지막 변신 과정을 거칠 준비가 완료되었다.

그녀는 뜨거운 오븐 안에서 벌건 밀랍이 녹아내리는 모습을 상상했다. 오렌지색 용암 같은 금속 물이 쏟아져 들어오고, 열기가 식으면서 새로운 무엇인가로 탄생한다. 그 몸은 단단하고 강할 것이다. 영원히 사라지지 않을 것이다.

라라는 한 걸음 뒤로 물러섰다. 마지막 수정을 가해야 했다. 그녀는 작업 앞치마에서 메스를 꺼내 들고 작품에 다가섰다. 그리고 입 끄트머리에 두 개의 선을 그어, 적당한 미소를 만들어 냈다.

"완벽해."

저 멀리에서 알 수 없는 소리가 들려왔다. 우르릉 울리는 천둥소리 같기도 했고, 지하철이 덜컹거리는 소리 같기도 했다. 그녀는 화끈한 열기가 몸속에서 고동치는 것을 느꼈다.

순간 쏟아지는 유성 같은 통증이 그녀의 몸을 날카롭게 꿰뚫었다. 라라는 배를 움켜잡았다. 두 다리가 녹아내린 버터처럼 힘없이 꺾였고, 그녀의 머리는 타일 바닥 위로 툭 떨어졌다. 그녀는 '사람 살려! 도와주세요!'라고 소리치고 싶었다. 하지만 말은 그녀의 입 밖으로 나오지 못했고, 누구도 그녀의 소리를 듣지 못했다.

어차피 주변에는 아무도 없었다. 핸드폰은 기숙사 방에 있었다. 그녀는 눈을 떴다. 오른뺨을 바닥에 짓이기듯 붙이고 옆으로 누운 채 바라본 세상은 낯설었다.

그녀의 머리에서 흘러내린 검붉은 피가 이미 베이지색 타일 위에 고이기 시작했다. 피 웅덩이는 형광등 불빛을 받아 반짝였다. 그녀의 코 옆면에 닿은 피는 이내 콧구멍 속으로 방울져 들어왔다. 사탕 냄새가 났다. 피는 두피 사이사이에 스며들어 머리카락 사이를 휘젓고 다녔다. 입속에도 피가 찼다. 곧 사방이 피투성이가 되었다.

다음 날 아침, 관리인이 작업실 바닥에 쓰러진 라라를 발견했다. 학교 측은 피투성이가 된 그녀의 몸이 의도적으로 섬뜩하게 연출된 행위 예술이 아니라는 사실을 깨닫고는 지난밤 벌어진 일을 재구성해 보려 애썼다. 연락도 취해야 했다. 그녀의 엄마와 전 남자 친구에게 소식을 알렸다. 친구와 친척들은 소식을 듣고 울음을 터뜨렸다. 친구 재니스는 기숙사 방에 남겨진 라라의 소지품을 정리하던 중 공책을 발견했다. 기이한 문장들과 '말레나'라는 이름이 잔뜩 쓰여있었다.

다음 날에는 동기들의 철야 추모회가 열렸다.

한 달 뒤 라라의 청동상이 학생 전시회에 모습을 드러냈다. 동상 아래 명판에는 말레나라는 이름 바로 옆에 작가인 라라의 전체 이름이 기록되었다. 이후 작품은 첼시의 갤러리에도 전시되었고 갤러리스트는 라라의 공책 몇 장을 액자에 넣어 함께 전시했다.
그리고 동상에 새로운 이름을 붙여주었다.

"네 재능은 네 안에 있어."

거울과 춤을

리사 림

리사 림

리사 림은 뉴욕 퀸스에서 태어나고 자란 만화 스토리 작가다.
그녀의 작품은 《게르니카》, 《팽크》, 《럼퍼스》, 《펜 아메리카》,
《무타 매거진》 등에 실렸다. lisalimcomics.com에서 더 많은
그녀의 작품을 찾아볼 수 있다.

　난 종종 엄마가 거울과 함께 춤추는 모습을 지켜보았다. 엄마
는 마치 주어진 몸을 다시 배열하려는 듯, 그래서 진정한 '자신'을
찾으려는 듯 몇 시간이고 거울을 들여다보았다. 어렸을 때 난 거
울 속에 무엇이 있는지 궁금했다. 얼마나 대단한 것이 있기에 엄
마를 통째로 삼켜버렸을까? 거울과 함께일 때 엄마는 나는 물론
이고 세상 어떤 것에도 신경 쓰지 않았다.

그런데 엄마 몸은 머리부터 발끝까지 도드라져 보이는 핏줄로 뒤덮여 있었다. 이 핏줄들은 피부 가까이에 있어 맨눈으로도 충분히 볼 수 있었다. 엄마는 농담으로 이런 말을 하곤 했다.

"내 몸은 꼭 지도처럼 생겼는데 난 항상 길을 잃어버리네."

어느 날 나는 엄마가 거울과 함께 춤추는 모습을 유심히 지켜보다가, 그 핏줄들이 독립된 생명체처럼 살아있다는 사실을 알게 되었다. 가느다란 줄기 하나하나가 피부 아래에서 숨을 쉬듯 펄떡였다. 엄마는 그것들을 보지 않으려 했지만, 그것들은 엄마를 사로잡아, 태어날 때부터 흉측했던 그 피부를 기어코 바라보게 만들었다.

엄마가 혐오에 빠져 그 자리에 서있는 동안 우리 두 사람 배에서 엄청난 소리가 울려 퍼졌다. 시장기를 잠재우기 위해 엄마는 맥주 효모와 대구 간유를 매일 먹어야 한다고 고집했다. 엄마는 그래야 핏줄이 우리 몸을 장악하지 못한다고 말했다.

"괴물은 우리 핏속에 있어."

엄마가 경고했다. 우리는 유전의 힘을 거역하기 위해 당근과 비트즙을 벌컥벌컥 마셨다. 하지만 그 무엇도 소용이 없었다. 대신 입에서는 생선 가게 냄새가 났고 피부는 붉은 오렌지색이 되어버렸다. 아름다운 모습은 아니었다.

이 모두는 엄마가 어렸을 때 시작되었다. 엄마는 할머니의 독설을 들으며 자랐다. 망치로 머리를 때리는 것 같은 말들이었다. 그것들은 엄마를 산산조각 내고 초라하게 만들었다. 할머니는 이렇게 말했다.

"네 언니들은 머리가 좋은데 넌… 그래, 예쁘기라도 하니 다행이다."

이 무자비한 여성 가장에 맞서는 것보다는 차라리 거울 속 악마와 싸우는 게 쉬웠다. 엄마는 할머니의 독설을 피해 방에 숨어 거울과 함께 춤을 추었고, 그렇게 모든 일이 시작되었다.

엄마는 자연히 외모에 집착하게 되었다. 그것이 그녀의 유일한 보물이라 믿었기 때문이다. 그녀는 길에서 들려오는 남자들의 희롱 섞인 외침을 즐겼다. 그것은 주름살 하나 없는 젊고 예쁜 얼굴과 몸에 대한 찬양이었다.

"어이, 자기야!"

그들의 목소리는 그녀의 존재 이유를 확인시켜 주었다. 그래서 그녀가 자신의 결점을 발견했을 때, 그녀는 자기 가치가 와르르 무너져 내린다고 느꼈다. 그리고 그 순간, 셀 수 없이 많은 괴물들이 흉측한 머리를 쳐들고 모습을 드러냈다. 난 엄마에게 이렇게 물은 적이 있다.

"엄마는 왜 주름이 하나도 없어요?"

"난 삶에 대해 깊이 생각하지 않아. 신문도 읽지 않고."

그것이 엄마의 미모의 비결이었다. 자기 전 치질 크림을 얼굴에 듬뿍 올려 문지르는 것도 비밀 중 하나였다.

엄마는 천장을 바라본 상태로 똑바로 누워 잤다. 잡지에서 옆으로 누우면 주름이 생긴다는 글을 읽었기 때문이라고 했다. 그래서 엄마는 관 속에 누운 시체 같은 자세로 잤다. 그렇게 누워있는 엄마를 보면 난 중국의 장례 전 추모식이 떠올랐다. 중국에서 하얀색은 죽음과 슬픔을 상징한다. 그래서 장례식장에는 국화나 백합 같은 하얀색 꽃이 가득하다. 엄마는 국화보다 백합이 좋다고 했다. 사람을 현혹하는 꽃이기 때문이었다. 백합은 너무 아름답다. 꽃잎은 백조처럼 우아하고 향은 향수보다 강하다. 하지만 그것들은 모두 썩어가는 죽음의 악취를 감추기 위한 술수일 뿐이다. 난 맥주 효모나 대구 간유 냄새보다 백합 향이 더 싫었다. 토할 것 같다.

　아빠와 엄마는 말을 하지 않았다. 아빠는 엄마 외모만 보고 결혼했고, 엄마는 할머니의 독설에서 탈출하기 위해 아빠와 결혼했다. 두 사람은 각자 팔짱을 낀 채 냉정한 표정으로 서로를 스쳐 지나갔다. 둘 사이에는 증오심이 가득했다. 집은 늘 너무나 조용했다. 모기 윙윙거리는 소리가 들릴 정도였다. 두 사람의 마음이 통하는 순간은 이 해로운 날벌레가 아빠 몸에 앉을 때뿐이었다. 엄마는 손으로 찰싹 모기를 내려치며 뒤틀린 미소를 지었다. 모기는 엄마 손바닥에 으스러지며 아빠의 피를 내뿜었다. 그것은 일그러진 사랑 이야기였다.

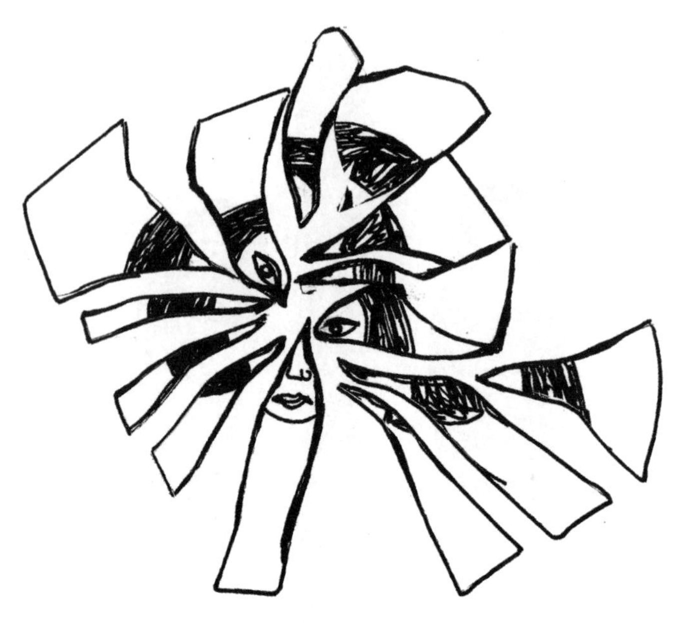

아빠는 엄마가 미쳤다고 생각해, 내게도 경고를 했다.

"엄마처럼 되지 마라!"

하지만 아빠의 의도와는 다르게, 이 말은 오히려 엄마처럼 되라고 나를 부추겼다. 어느 날, 엄마의 멈추지 않는 허영심에 대한 아빠의 두려움이 분노로 바뀌었다. 아빠는 집에 있는 거울을 모두 깨부췄다.

"망할 거울 그만 보고 가족들 좀 챙겨, 이 이기적인 여편네야!"

아빠의 말은 칼날처럼 날카로웠지만 엄마를 멈추지는 못했다. 아빠가 방에서 나가자마자 엄마는 화장대에 숨겨둔 손거울을 꺼내 뚫어지게 바라보았다.

　이후 슬픔이 엄마를 집어삼켰다. 엄마의 시선은 공허하기만 했다. 저기요, 제 말 들리세요? 엄마의 입술이 움직이며 단어가 흘러나왔지만, 그곳에 진짜 엄마는 없었다. 엄마는 거울 속 자기 모습의 포로가 되었다. 우리가 아무리 노력해도 엄마는 점점 더 깊은 슬픔 속으로 빠져들었다. 엄마는 작은 손거울을 들고 화장실에 숨어 낮은 목소리로 속삭였다. 난 엄마를 그곳에서 꺼내 구해주고 싶었다. 하지만 거울은 엄마의 시선을 붙잡고 놓아주지 않았다.

어느 날 밤, 침대에 시체처럼 누워있던 엄마의 몸에서 핏줄이 분리되어 나왔다. 최근 당한 멸시에 분노했기 때문이었다. 핏줄들은 천천히 피부에서 떨어져 나와 옆에 누운 아빠를 향해 슬금슬금 나아갔다. 그리고 코를 골며 잠든 그의 입을 틀어막았다. 아빠는 숨이 막혀 헐떡이기 시작했고 몸부림을 쳤지만, 그 의지가 아무리 강하기로서니 그녀의 허영심을 이길 수는 없었다. 그녀의 핏줄은 뱀처럼 그의 목을 조였고, 마침내 그들의 분노에 찬 사랑을 질식시켜 죽였다. 그날 엄마는 오랜만에 깊고 편하게 잠들었다. 코도 골았다.

　다음 날 나는 작은 손거울을 아빠 입 아래에 가져다 댔다. 숨결의 흔적이 전혀 없었다. 그때 엄마가 미친 듯 웃음을 터뜨렸다. 거울 수천 개는 깰법한 큰 소리였다. 경찰이 아빠의 몸을 살펴보았지만, 저항의 흔적은 찾을 수 없었다. 멍도 없었다. 엄마의 살인 핏줄은 어떤 자취도 남기지 않았다. 세상 사람들의 말과 검시관 보고서 모두 아빠의 사인으로 야간 급사 증후군을 지목했다. 엄마는 서럽게 우는 것처럼 보였지만, 사실 큰 소리로 웃고 있었다. 그녀는 마침내 자유로워졌다.

아빠의 '급사'로 엄마는 약간의 돈을 상속받았다. 그녀는 새로 얻은 부를 거울 악마를 지우는 데에 주저 없이 소비했다. 제일 먼저 탐닉한 것은 경화요법이었다. 표면에 도드라진 핏줄을 없애고 피를 더 깊은 곳에 위치한 혈관으로 유도하는 주사 치료법이었다. 그 후 엄마의 몸은 더 이상 미치광이 지도 제작자가 만들어 낸 지도처럼 보이지 않게 되었다. 하지만 기쁨은 오래가지 않았다.

두드러진 핏줄은 사라졌지만, 엄마는 여전히 거울과 함께 춤을 추었다. 그녀의 몸은 또 다른 흠결을 불러내고, 거울 악마는 그것을 확대하는 것 같았다. 거울은 시시각각 모습을 바꿔가며 엄마를 잠식했다. 어느 날 나는 엄마가 미라처럼 붕대를 술술 풀어내는 것을 보았다. 그 아래 드러난 그녀의 배에는 멍 자국과 움푹 팬 구멍이 여러 개 있었다. 그 안에서 작은 심복들이 춤추듯 튀어나오더니 정육점에서 고기를 썰 듯 엄마를 자르기 시작했다. 그것들이 낄낄 웃는 소리가 들렸다. 엄마는 내게 이렇게 설명했다.

"걱정하지 마. 지방흡입술이 좀 잘못돼서 그런 거야. 언젠가 너도 해줄게. 넌 더 비싼 걸로 해줄 거야. 약속해."

거울과 춤을

그로부터 1년 뒤, 엄마는 돌팔이 의사 때문에 가슴을 망쳤다고 말했다. 벼룩시장에서 광고를 보았는데, 저렴한 가격에 '아름다운' 가슴을 약속했다고 했다.

"확 고소할걸 그랬어!"

엄마가 탄식했다.

"의사 면허는 없는데 값이 쌌거든. 내가 왜 그런 사람을 믿었을까?"

난 붉게 부풀어 오른 성난 자국들이 붕대 아래에서 펄떡대며 피 흘리는 모습을 지켜보았다. 불행한 절개의 윤곽이 붕대 위로 드러났다. 이후 엄마는 다시 한번 가슴 수술을 받았다. 첫 수술에서 잘못된 부분을 바로잡으려 했지만, 결과는 실패였다. 서투른 수술이 거듭될수록 엄마의 가슴은 점점 더 망가지고 점점 더 격노했다. 엄마는 한숨을 내쉬며 이렇게 말했다.

"피부가 잘 낫질 않네. 이래서 맥주 효모랑 대구 간유를 열심히 먹어야 한다는 거야."

절개를 할 때마다 그녀의 가슴은 자꾸만 더 성이 났다. 그것들은 그렘린처럼 점점 늘어나 어느 날 엄마의 목을 조르기 시작했다. 엄마는 통통 부어오른 가슴들을 밀쳐내며 싸웠지만 그들은 피를 원했다. 망친 수술에 대한 그들의 복수심은 만족을 몰랐다. 어떤 수술을 얼마나 여러 번 하든 엄마 속에 존재하는 괴물을 없애지는 못한 것이다. 답은 죽음뿐이었고, 결국 그렇게 되었다. 엄마는 통통 부푼 가슴들에 목이 졸려 죽었다. 말도 안 되는 소리 같지만, 사실이다.

　그날 백합꽃 먼지의 악취 때문에 난 목이 근질거렸다. 장례 전야 추모식에 맞춰 관에 누운 엄마의 모습이 공개되었다. 난 엄마에게 긴팔 드레스를 입혀주었다. 몸을 대부분 가려야 했기 때문이다. 목에는 장식 띠를 둘러 멍이 보이지 않게 했다. 보이는 것은 두 손과 얼굴뿐이었다. 엄마 얼굴에는 여전히 주름 하나 없었다. 거울에는 모두 천을 덮어씌웠다. 허영심이 감히 고개를 들지 못하도록 말이다. 엄마는 백합이 가득한 방에 가만히 누워있었다. 난 숨이 막혔다. 백합이 내뿜는 죽음의 악취가 너무 싫었다. 하지만 엄마는 장의사의 손길을 거친 자기 몸에 마침내 만족하는 것 같았다. 더 이상 거울과 씨름할 필요는 없었다.

　이상하게도 엄마가 돌아가신 그날 나 역시 거울과 춤을 추기 시작했다. 아빠의 예언을 이행하려는 듯 말이다.
　"그 엄마에 그 딸이지."

II

병리해부학

환생 혹은
영혼의 여행

마거릿 애트우드

마거릿 애트우드

마거릿 애트우드는 50권 이상의 소설, 시, 비평 에세이를
집필한 작가로, 1985년 고전 《시녀 이야기(The Handmaid's
Tale)》에 이어 2019년에는 속편 《증언들(The Testaments)》을
출간했고, 이 작품은 전 세계 베스트셀러 1위를 기록했을 뿐
아니라 〈부커상〉을 수상했다. 이후 2020년에는 10년 만의 첫
시집인 《돌은 위로가 되지(Dearly)》를 출간했고, 2022년에는
2004년부터 2021년까지의 에세이를 모은 《타오르는
질문들(Burning Questions)》을 출간했다. 그녀는 캐나다 토론토에
거주하고 있다.

사람들 말이 맞았다. 영혼은 진짜 존재한다. 하지만 알고 보니 그 한 가지 외에는 맞는 말이 하나도 없었다.

이런 그림을 본 적 있을 것이다. 달팽이 같은 원시 생물 안에 둥근 빛이 반짝이는 그림 말이다. 그 구체가 바로 영혼이다. 달팽이가 착하게 잘 살면 그 영혼은 물고기 같은 한 단계 높은 생물로 환생할 수 있다. 생명체 징검다리를 하나 뛰어넘은 셈이다. 이러한 영혼의 변화가 수평이 아닌 수직 방향으로 이루어진다는 믿음에 기반하자면, 존재의 대사슬을 구성하는 사다리의 한 가로대에서 다른 가로대로 올라갔다고도 말할 수 있다. 착하게 잘 산 달팽이의 영혼은 마침내 존재의 정점에 이르게 되리니, 오, 기쁘도다! 인간으로 환생하는 것이다. 대충 이런 이야기다.

하지만 나는 이 이야기가 환상일 뿐 사실이 아니라는 말을 하고자 한다.

예를 들어, 나는 달팽이에서 바로 인간이 되었다. 구피, 돌묵

상어, 고래, 딱정벌레, 악어, 스컹크, 벌거숭이 두더지쥐, 땅돼지, 코끼리, 오랑우탄 같은 단계를 거치지 않았다. 나는 수정되고 임신되어 세상에 태어나지 않았고, 콧물, 피, 트림, 토, 오줌, 발진, 젖니, 잠투정, 고통과 울음으로 가득 찬 유아기를 거치며 자라지도 않았다.

나는 상춧잎 하나를 허무는 중이었다. 거친 이가 난 타원형의 입을 살점으로 만든 밸브처럼 열었다 닫았다 반복하며, 내가 직접 만들어 낸 반짝이는 점액 도로를 천천히 기어갔다. 주변은 온통 사랑스러운 초록빛으로 어른거렸다. 내 입으로 만든 섬세한 초록 레이스, 엽록소의 향기, 풍부한 즙까지 모두가 더없는 행복이었다. 사람들은 현재를 살아야 한다는 말을 자주 한다. 하지만 달팽이에게는 그런 말이 필요 없다. 우리는 늘 현재를 살고 현재는 우리 안에 존재하기 때문이다.

그다음엔 무슨 일이 일어났을까? 나를 없애려는 한 남자가 친환경적 살충제를 가지고 분주히 움직이기 시작했다. 이 말은 하면 안 될 것 같은데, 그것은 소금 반 컵을 섞은 차가운 커피가 담긴 스프레이 통이었다.

'잠깐만!'

몸을 태울 듯 뜨거운 첫 번째 방울이 여린 내 목덜미에 떨어졌을 때 난 마땅히 소리쳤어야 했다.

'나 좀 내버려 둬! 난 생태계의 일원이야! 새 알의 껍데기를 만드는 데 기여하고 있다고!'

그때도 이 사실을 알았냐고? 아니다. 달팽이는 이 세계에서 자신이 차지하는 위치에는 관심이 없다. 알껍데기와의 관계는 나중에 찾아봐서 알게 되었다. 칼슘이 소화되어 벌어지는 일이었다. (어쨌거나 난 그 순간 소리를 지르지 못했다. 달팽이들은 원래 입이 무겁기로 유명하다.)

난 자루눈을 끌어당겨 단단한 껍질 속에 넣을 시간조차 없었다. 부드러운 빛을 내는 투명한 나선형인 나의 작은 달팽이 영혼은 그대로 공중으로 솟구쳐 올랐다. 영혼의 공간으로 들어갔다는 뜻이다. 그곳의 규칙은 조금 다르다는 점을 알아야 한다. 나는 무지갯빛 구름이 보이고 딸랑이는 종소리와 테레민의 우우 소리가 들리는 그 영역을 통과해, 곧장 한 대형 은행의 중간급 고객 서비스 여성 상담원의 몸속으로 들어갔다.

은행 이름은 밝히지 않겠다. 고급 간부들께서 자기 은행의 고객 서비스 상담원 중 하나가 사실은 달팽이라는 사실을 알면 기분 나빠하실 테니 말이다. 심지어 이국적인 품종도 아니고 흔해 빠진 정원 달팽이라면 더욱 그럴 것이다.

"무엇을 도와드릴까요?"

나는 나도 모르는 사이 말을 하고 있었다. 입이 뻣뻣했다. 이 여자의 입은 달팽이 입처럼 유연하지 않았다. 이빨도 투박한 사각형 모양이었다. 새로운 몸이 낯선 것은 물론이고, 이 인간 껍데기가 그동안 훈련받은 일이 내게는 전혀 어울리지 않는다는 느낌이 들었다. 그 일이란 바로 부당한 대우를 받았다고 주장하는 흥분한 은행 고객의 전화를 받는 것이었다. 그들은 은행이 자신의 돈을 날려버렸다 혹은 일부를 잃어버렸다 혹은 이자를 잘못 계산했다고 주장했다. 은행이 사실과 다른 알림을 보내고, 수표를 제때 발급하지 않아 고지서를 미납했고, 그럼에도 전자 수표는 받을 수 없다고 했다. 은행이 금융 상품이나 서비스를 강매했다는 사람도 있고, 은행의 해킹 방지 시스템이 엉망이라는 불만도 있었다.

나의 인간 몸뚱이는 다양한 상황에서 이들을 누그러뜨리고 달래고 진정시키는 훈련을 받아왔는지 안드로이드처럼 자동으로 업무를 처리했다. 그리고 '바로잡는다'는 표현을 많이 사용했다.

인간 여자의 껍데기에는 두 영혼이 공존하게 되었다. 인간 껍데기 속 또 다른 껍데기 안에 웅크리고 앉은 나는 어느새 이런 말을 중얼거렸다.

"뭐가 불만이지? 적어도 살충제를 뿌려대는 인간은 이제 없잖아."

이 말은 나의 인간 입을 통해 실제로 흘러나왔고, 마침 통화 중인 고객의 귀에도 들어갔다.

"살충제요? 제가 잘못 들었나요?"

사람들이 '잘못 들었다'고 말할 때 그 말을 곧이곧대로 받아들이면 안 된다. 나도 다 배운 것이다. 이 말은 불쾌한 말을 들었을 때 쓰는 표현이다.

"죄송합니다."

인간 입이 말했다.

"전파 간섭이 있는 것 같습니다. 라디오 주파수가 끼어들었나 봐요. 전에도 이런 적이 있거든요."

내가 머물고 있는 이 여성 모양의 달팽이 은신처는 거짓말을 하는 데 아무 거리낌이 없어 보였다. 하지만 나는 당황했다. 달팽이들은 거짓말을 하지 않기 때문이다. 우리는 거짓말이라는 개념 자체가 없다.

잠시 후 난 또 다른 사연을 가진 고객들을 만났다. 그들은 좀 더 슬프고 절망적인 이야기를 들려주었다. 어느 날 은행에서 보냈다고 쓰인 문자 메시지를 받았는데 계좌에 이상 활동이 감지되었으니 개인 정보를 확인해 달라는 메시지였다. 그들은 어쩔 수 없이 메시지에 답을 했고, 이후 그 문자 메시지가 은행이 아닌 사기꾼에게 온 것이며 평생 일궈온 저축을 사기꾼에게 털렸다는 사실을 알게 되었다.

"얼마나 속상하시겠어요!"

여자의 얼굴이 중얼중얼 말했다.

"사기전담반으로 연결해 드릴게요."

"아니, 돈은 어떻게 되는 거예요? 없어진 건가요? 다시 찾을 수 있을까요?"

"담당 부서로 연결합니다."

달팽이에게는 돈이 없다. 필요가 없기 때문이다. 하지만 난 내게 아무 의미도 없는 이 짜증 나는 대화가 오가는 것을 그저 지켜보는 수밖에 없었다.

달팽이 의지를 상당히 발휘한 덕에 난 공동의 입에 대한 주도권을 차지할 수 있었고, 마침내 내가 하고 싶은 말을 했다.

"그 메시지에 답을 하셨어요?"

난 이 부주의한 부류의 일곱 번째 고객에게 말했다.

"비밀번호도 알려주시고요? 정말 대책 없이 멍청한 짓을 했네요!"

"뭐라고요?"

나와 전혀 어울리지 않는 이 몸뚱이 안에서 난 대체 뭘 하고 있나? 무엇 때문에 이 방, 이 책상, 이 전화기 앞에서 벗어나지 못하나? 달팽이 몸에서 너무 갑자기 이동하는 바람에 난 아직 이 새로운 껍데기가 어떻게 생겼는지도 모른다. 물론 달팽이였을 때도 난 내가 어떻게 생겼는지 모르고 살았다. 달팽이는 거울에는 관심이 없으니까.

마침내 시계가 다섯 시를 가리켰다. 인간의 뇌는 시계를 볼 줄 알았다. 뇌는 이 새로운 몸에서 생각을 담당하는 부위인데, 분명히 말하지만 영혼과는 다른 것이다. 아무튼 나 혹은 이 여자는 방에서 나가 화장실로 향했다. 그곳에는 새로운 고통이 기다리고 있었다.

우린 '집'이라고 부르는 장소에서 일을 하고 있었다. 코로나라는 것 때문이었다. (이것은 바이러스 이름이다. 달팽이에게도 바이러스는 있다. 쥐 폐선충 같은 무시무시한 기생충도 많다. 하지만 코로나는 처음이었다.) 그러니 장소에 대해 이런 소유 형용사를 사용해도 될지 모르겠지만 그 화장실은 나의 것이었다. 그곳은 왠지 익숙하면서도 완전히 낯선 곳이었다. 강한 향들로 가득했는데, 나중에 배운 바에 따르면 아몬드 비누와 레몬 방향제 그리고 장미 꽃잎과 오렌지꽃 향을 내는 향초 때문이었다. 향초의 향은 너무나 매혹적이어서 난 먹고 싶은 충동을 억눌러야 했다.

우리의 다음 행동은 거울을 보는 것이었다. 드디어 얼굴이 보였다. 머리카락으로 둘러싸인 얼굴 한가운데에 툭 튀어나온 못생긴 코가 있었다. 예전에도 분명 본 적이 있을 대칭적인 인간 얼굴이었다. 어쩌면 이 거울 속 이미지는 하나의 신기루이고, 그것이 내 나선형 달팽이 영혼을 둘러싼 뇌 조직 속에 또 다른 신기루를 만들었다고 말해야 할지도 모르겠다. 인간 얼굴치고는 꽤 괜찮은 편인 것 같았다. 인간들이 매력적이라고 생각하는 얼굴 말이다. 커다란 무사마귀 같은 것은 어디에도 없었다. 난 이 얼굴을 미소 짓거나 찡그리게 만들 수 있다는 사실을 발견했다. 그 외 다른 동작도 시켜보았다. 어디까지 가능한지 알고 싶었다. 그러던 중 난 혀를 내밀었고, 마침내 이해할 수 있는 익숙한 신체 조직을 발견했다. 그것은 축축하고 부드럽고 오므릴 수도 있고, 표면이 화학적 감지기로 덮여있었다. 핑크색이라는 점만 빼면 달팽이와 매우 비슷했다.

하지만 혀에 대한 흥미는 곧 바닥이 났고 난 다른 부위에 관심을 돌렸다. 달팽이도 눈이 있지만 시야가 제한적이다. 우리는 촉각과 후각으로 주변을 탐지한다. 난 네 발로 엎드려 바닥을 핥고 싶은 강한 욕구를 느꼈지만, 잘 통제했다. 빌린 몸의 혀를 화장실 아무 데나 가져다 대는 것은 해서는 안 될 일 같았다. 좀 더 집중해야 했다. 난 화장실의 고정 세간을 살펴보기로 했다.

먼저 세면대가 있었고, 변기도 있었다. 이름은 물론 나중에 알게 되었지만, 대충 그 쓰임은 짐작할 수 있었다. 굳이 말할 필요 없겠지만, 물이 담긴 이 단단하고 반짝이는 기구는 정말 끔찍했다. 이 기구가 부응해야 하는 신체 작용은 더 말할 것도 없었다. 달팽이들은 배설물에 대해 깊이 생각하지 않는다. 우리 배설물은 무해하고 색깔도 보기 좋은 녹색이다. 난 이 역겨운 전 과정을 모른 척하고 싶었지만, 선택의 여지가 없었다. 바닥에 싸든, 변기에 싸든, 아니면 몸이 터져버리든 셋 중 하나였다. 결국 우리 몸은 숨을 멈추고 본능에 스스로를 맡겼다.

이 화장실에는 욕조와 샤워기도 있었다. 인간 몸의 표면은 굉장히 건조하다. 껍질을 제외한 달팽이의 몸을 그토록 유연하고 매끈하게 만들어 주는 풍부한 점액질 막이 인간에겐 없기 때문이다. 난 물속에 몸을 담그고 싶은 마음이 굴뚝같았다. 먼저 운동복 바지를 벗고, 긴팔 셔츠도 벗어 던졌다. 셔츠에는 '이건 드릴훈련이 아니다'라는 글귀와 함께 망치 그림이 그려져 있었는데, 당시에는 여기 담긴 유머를 이해하지 못했다. 맨몸이 된 나는 수전을 돌리고 수도꼭지에서 쏟아져 나온 물속으로 미끄러져 들어갔다.

나는 목 아래로 넓게 펼쳐진 젖은 포유류 몸뚱이를 보지 않으려 애썼다. 그 거대함에 왠지 기가 죽는 느낌이었다. 몸 세포 하나하나가 점점 복족류로 변해가는 기분을 한창 느끼고 있을 때, 갑자기 화장실 문이 열렸다.

"안녕, 예쁜이!"

목소리가 들려왔다.

'예쁜이'라는 단어는 이 공동의 인간 몸에게 한 말이 틀림없었다. 화장실 안에 눈에 보이는 생명체는 하나뿐이었으니 말이다. 난 깜짝 놀라 본능적으로 등껍질 안에 숨으려 했지만, 더 이상 내겐 등껍질이 없다는 사실을 곧 기억해 냈다. 문이 조금 더 열리고, 또 다른 인간이 화장실에 들어왔다. 그는 성인 남자였기에, 그 목소리의 울림이 내게 달팽이 살충제를 뿌렸던 그 멍청이와 놀랄 정도로 비슷했다.

이 남자는 커다란 종이가방을 들고 있었다. 불에 탄 고기의 역겨운 악취가 화장실에 퍼져나갔다. 달팽이 중에는 육식을 하는 종도 있지만, 난 그런 부류가 아니었다.

"갈비 사왔어."

남자가 깊이 울려 퍼지는 목소리로 말했다. 내게는 아무런 의미가 없는 말들이었다.

"옥수수빵도 있어. 네가 좋아하잖아."

"잘됐다!"

나는 떨리는 목소리로 겨우 대답했다.

"갈비 사왔구나."

"피노도 한 병 가져왔는데. 자기 달콤한 몸이 욕조에서 나오면, 같이 먹고 그다음… 넷플릭스 볼까?"

남자는 넷플릭스라는 단어를 마치 애무하듯 발음했다.

"넷플릭스…"

우리의 몸이 중얼거렸다. 나를 감금한 인간의 뇌는 단어를 기억해 내려 애쓰고 있었다. 음식 이름인가?

금세 알아차린 사실이지만 남자는 나의 짝짓기 상대 같은 존재였다. 그는 얼굴 근육을 일그러뜨려 한쪽으로 기울어진 미소를 짓더니 나와 눈을 마주쳤다. 일종의 성적인 신호 같았다. 마치 한 달팽이의 부드러운 촉수가 다른 달팽이의 촉수에 머뭇머뭇 닿는 것처럼 말이다.

"〈뜨거운 것이 좋아〉라고…"

그는 수수께끼 같은 말을 남기고, 문을 열어둔 채 화장실을 나갔다.

우린 욕조에서 기어 나와, 그다음 필요한 동작을 수행하기 위해 근육에 저장된 기억을 불러 모았다. 우리는 쪼글쪼글해진 피부의 물기를 수건으로 톡톡 두드려 닦고, 발가락을 가만히 들여다보았다. 발이 두 개라니 너무 이상하지 않은가! 달팽이 발은 하나다. 우리는 문 옆 옷걸이에 걸린 그다지 깨끗하지 않은 가운 속에 몸을 밀어 넣었다. 혓바닥처럼 창백한 핑크색 가운이었다. 머리카락은 축축하게 젖었는데, 그 때문에 나는 초조함이라는 감정을 경험하게 되었다. 달팽이는 털에 대해 걱정할 일이 없다. 그런데 곧 알게 될 사실이지만, 인간은 늘 머리카락 때문에 속을 태운다. 머리카락이 있거나 없어서 속이 타고, 머리 정리에 애를 쓰고, 남의 머리 모양을 흉보고, 머리카락을 꼬거나 땋거나 쌓아 올리거나 자르거나 뽑는 데에 정성을 다한다. 선사시대 인간의 기원을 찾기 위해 먼 과거를 뒤질 때, 인간이 집착하는 하나의 주제를 잡는다면 머리카락만큼 적절한 것도 없을 것이다.

우린 다른 수건을 하나 들어 머리를 감싸고, 조심스럽게 문밖으로 나왔다. 남자 친구라고 불러야 할 것 같은 그 남자가 갈비와 옥수수빵을 두 접시에 나눠 담고 각 접시에 코울슬로를 조금씩 곁들여 놓았다. 접시는 창문 옆 작은 식탁 위에 차려져 있었다. 우리가 사는 집은 전망이 좋은 아파트인 것 같았다. 창밖에 다른 아파트 건물들과 호수 그리고 하늘이 보였다. 나를 담은 인간 뇌가 이 풍경을 기억할까? 기억했다. 고대 문서에서 오래된 흔적 위에 글을 덧쓰듯, 이 기억이 내 달팽이 기억을 덮어쓰는 것일까? 그런 것 같았다. 난 어지러웠다. 받아들이기엔 너무 벅찬 일들이었다.

난 준비된 의자에 우리 몸을 앉혔다.

"상추는 없어?"

내가 힘없이 물었다.

"코울슬로 준비했는데."

남자 친구는 잡식동물 특유의 섬뜩한 웃음을 지으며 대답했다. 이 남자에게 코울슬로를 먹을 수 없다는 사실을 어떻게 설명하지? 드레싱 소스에 포함된 식초는 달팽이라면 몇 킬로미터 밖에서도 감지할 수 있다. 달팽이에게 식초는 불이나 다름없기 때문이다.

남자 친구가 맥주병 뚜껑을 열었다. 이건 좀 낫다. 달팽이는 맥주를 좋아한다. 효모에서 발효되는 식물 냄새가 나기 때문이다. 하지만 유감스럽게도 맥주는 우리 달팽이를 유혹해 익사시키는 데 자주 사용된다.

"상추나 좀 먹으면 좋겠는데. 배탈이 난 것 같아. 상추가 소화 잘되잖아. 혹시 있어?"

"몰라."

남자가 하얀색 문을 열고 안을 들여다보았다. 아, 그렇지! 인간 뇌가 기억을 떠올렸다. 냉장고였다.

"없다. 다 먹었나 봐. 당근은 있는데."

"나도 맥주 좀 마실게."

내가 말했다.

"네가? 너 맥주 싫어하잖아!"

"오늘은 아니네."

내가 대답했다.

"자기가 원한다면야!"

남자가 대답했다.

"내 맥주라도 나눠줘야지."

우리의 입은 그가 내민 병에서 맥주 한 모금을 들이켰다. 드디어 이 인간 삶에서도 좋아할 거리가 하나 생겼다.

난 당근을 만지작거렸다. 썩지 않아 너무 단단했다. 그러다가 옥수수빵을 조금 뜯어 먹어보았는데 모래처럼 까슬거렸다. 그때 내 의식 속에서 안개에 뒤덮인 것 같은 희미한 글자들이 떠올랐다. 남자 친구 이름이었다. 타일러는 두툼한 두 손에 갈비를 하나씩 들고, 커다랗고 하얀 이빨로 뼈에서 살점을 뜯어내 먹고 있었다. 얼마나 상스러운 행동인가! 달팽이가 섬세하게 식물의 표면을 갉아먹는 모습과는 천지 차이였다. 너무나 역겨운 모습이었지만, 나는 넋을 놓고 바라보았다.

"자기, 배 안 고파?"

음식을 삼키다 말고 그가 물었다.

"별로."

나는 상냥해 보일 것 같은 미소를 지으며, 고객 상담원 목소리로 대답했다. 맥주에도 영양소가 좀 포함되어 있으면 좋을 텐데. 이 인간 몸에 오랫동안 갇혀 살아야 하면, 뭘 먹지? 내일은 이 몸을 끌고 장을 보러 가야겠다. 콩나물과 푹 익은 과일들을 잔뜩 사 쟁여놔야지.

"오늘 어땠어?"

타일러가 말했다. 난 맥주 때문에 몽롱해진 상태로 식탁 맞은 편에 앉은 그를 바라보았다. 인간치고 꽤 매력적인 남자였다. 머리카락이 풍성하고 피부는 구릿빛이고, 근육도 좀 붙어있었다.

"늘 비슷하지, 뭐."

내가 대답했다.

"그런데 오늘 한 고객한테 무례한 말을 했어."

"네가? 말도 안 돼!"

그가 웃음을 터뜨리자, 작은 고기 조각들이 입에서 튀어나왔다.

"넌 고질라를 만나도 상냥하게 인사할 사람이잖아!"

이것이 사람들 눈에 비친 이 몸뚱이 주인의 성격이었다. 달팽이 영혼이 들어와 살기 전 이 여자는 활기 없이 축 늘어지고 엉성하고 호락호락한 사람이었다. 그래서 내 영혼이 이 몸에 들어올 수 있었을까? 내면의 힘이 없어서?

"은행에서 고객 전화 다 모니터링할 텐데. 잘리면 어떡하지?"

사실 난 그렇게 되기를 바라고 있었다.

"그럴 리가!"

남자가 대답했다.

"넌 그 일에 딱이야. 아, 진짜, 넌 나한테도 딱이지!"

그가 우리 뒤로 걸어와 어깨를 주무르기 시작했다. 냄새나는 육즙을 핑크색 가운에 다 묻히면서 말이다. 머릿속에 흐릿하게 세탁기가 그려졌다. 우리 집에 그게 있나? 남자는 우리 목에 키스를 하고, 구석구석을 탐사하듯 혀로 핥았다.

이것은 교미를 위한 구애였다. 달팽이들 사이에서도 그렇게 받아들일 만한 행동이었다. 잠시 후 남자와 우리의 몸은 교미 초기 단계에 진입했다. 그리고 민망할 정도로 빠른 속도로 다음 단계로 넘어갔다. 작은 나의 초록 영혼은 초고속열차에 묶인 걸음마쟁이처럼 속절없이 그 과정에 휘말려 들어갔다. 달팽이와 비교했을 때 인간의 성교 행위는 얼마나 상스러운 것인지! 심지어 성급하기까지 하다. 촉수로 미끄러지듯 상대를 쓰다듬지도 않고, 서로 뒤얽히지도 않는다. 감질나는 몸짓으로 서로를 감싸고 관능적으로 꿈틀대지도 않는다. 달팽이들은 몇 시간이고 교미할 수 있지만, 인간은 아니었다.

내가 원하는 것을 어떻게 그에게 설명할 수 있을까? 불쑥 '난 자웅동체야!'라고 말할 수는 없었다. 어차피 그는 이해하지도 못할 것이다. 말하지 못할 것은 또 있었다. 내 음경을 아마도 귀 근처에 있을 너의 생식 구멍에 넣고, 동시에 네 것을 내 생식 구멍에 넣어주면 좋겠다는 말을 어떻게 할 수 있겠는가? 내 정자가 네 난자를 더 잘 수정시킬 수 있게 너에게 사랑의 화살을 쏘고 싶다는 말은 더더욱 할 수 없었다. 이성적인 나의 인간 뇌는 그에게 난자가 없다는 사실을 알고 있었지만, 섹스는 이성적이지 않다. 느낌이 전부 아닌가? 내 느낌은 딱 그러했다.

어차피 나에게는 사랑의 화살이 없었다. 아쉬운 대로 긴 스테이크 나이프를 쓸 수는 있겠지만 그러면 남자가 죽을 것이다. 그건 내가 원하는 결과가 아니었다. 하지만 욕구 자체를 부정할 수는 없지 않은가? 난 가까스로 나 자신을 억눌렀다.

"별로야, 자기? 오늘 좀 이상한데."

타일러가 행위를 끝마치며 말했다.

"몸이 좀 안 좋네."

완전히 미친 사람 취급을 받지 않으려면 어디까지 말해야 할까?

"어떻게 안 좋은데?"

"뭔가 잘못된 것 같아."

침묵이 흘렀다. 이미 어두워진 상태였기에 난 그의 얼굴을 볼 수 없었다. 아마도 생각 중일 것이다. 내 머리카락을 쓰다듬던 그의 손이 슬그머니 멀어졌다.

"아, 감기 기운 있나 보다."

그가 말했다.

"아니. 아픈 데는 없어. 그냥 이 몸이 내 것처럼 느껴지지 않아."

내가 대답했다.

"그게 무슨 말이야? 이렇게 좋은 몸을 두고!"

"다른 사람에겐 좋은 몸일 수도 있겠지. 하지만 나에겐 아니야. 난 다른 몸에 있어야 해."

침묵이 좀 더 길게 이어졌다. 이번에도 생각하는 중일 것이라고 난 짐작했다.

"전문가 도움을 좀 받는 건 어때?"

그가 조심스럽게 의견을 묻듯 말했다.

"그래야 할 것 같아."

내가 대답했다. 그런데 그는 내가 어떤 몸에 있어야 한다고 느끼는지는 묻지 않았다.

타일러는 방송국에서 음향기술자로 일했다. 그래서 정신과 의사를 찾는 게 어렵지 않았다. 그는 친구가 적극 추천했다는 의사를 내게 알려주었다. 특이한 사람들을 다루는 데 익숙한 의사라고 했다.

"특이한 사람들이라니 무슨 뜻이야?"

내가 물었다.

"알잖아. 배우들이지."

상담 약속을 잡기까지는 2주 정도 걸렸다. 그동안 나는 고무

옷을 당겨 입듯 인간 육체 속으로 점점 더 깊이 미끄러져 들어갔다. 이제 인간 두뇌의 신경 연결망을 통해서 난 이 여자 인간의 삶과 습관을 거의 모두 기억할 수 있게 되었다. 내가 이 육체를 사용하는 동안 무엇을 해야 할지도 알게 되었다. 난 해야 할 말을 하고, 늘 하던 일들을 수행했다. 하지만 나의 진짜 정체가 육상 복족류라는 사실은 변하지 않았다. 밤이 되면 나는 몸을 가능한 한 둥글게 웅크리고 머리끝까지 이불을 당겨 덮었다. 그리고 꿈에서 초록 잎과 축축한 나무와 다른 달팽이들을 보았다.

정신과 의사는 키가 작고 안경을 썼다. 콧수염 때문에 애들 만화에 나오는 의사처럼 보였다. 그는 들고 있던 공책을 펼치고, 내게 어떤 문제가 있는지 물었다. 나는 나에게 코가 있다는 점이 걱정이라고 말했다. 그는 놀란 기색을 감추려 애썼다.

"아, 신체 이형증이군요."

의사가 말했다.

"아니에요."

난 이런 용어들을 이미 조사했기에 자신 있게 대답했다.

"다른 모양의 코를 원한다는 뜻이 아니에요. 코가 없었으면 좋겠어요. 이렇게 삐죽 튀어나온 코는 싫어요."

"성형 수술 생각해 보셨나요?"

이것은 '환자의 망상에 동조하는 척하기'라고 부르는 술책이었다. 이렇게 나올 줄 다 예상했다.

"이 몸을 바꾸고 싶지는 않아요."

내가 다시 말했다.

"다 사라지면 좋겠어요. 전 잘못된 몸에 들어와 있거든요."

“아, 잘못된 몸에 들어가 있군요.”

그가 말했다.

“참고로 말씀드리면, 전 사람이 아니에요.”

내가 말했다.

“아!”

그는 실망했지만 동시에 흥미를 느끼는 표정으로 펜을 만지
작거렸다. 괜찮은 학술 논문감이라고 생각하는 것일까?

“하지만 음경은 있어요. 물론 인간 음경은 아니고, 진짜 저한
테는 그게 있어요.”

“아?”

“귀 근처에요.”

의사는 혼란스러운 얼굴로, 책상에 펜을 내려놓았다.

“난자도 있어요.”

내가 계속 말했다.

“사랑의 화살도 있는데, 그것도 물론 진짜 제 몸에 있다는 뜻
이에요. 지금은 제가 그 몸에 있지 않고요.”

“사랑의 화살이요?”

의사가 눈썹을 들썩 치켜올렸다.

“무기가 있어요?”

“무기는 아니고, 사랑의 화살이라고 칼슘으로 만들어졌어요.
짝짓기 상대 몸 안에 쏘는 건데, 그것도 진짜 제 몸 안에 있어야 할
수 있죠.”

“아…”

그는 놀란 표정으로 나를 물끄러미 바라보았다. 정확히는 내

뒤에 있는 문을 보는 것 같았다.

"총처럼 쏘진 않아요. 입으로 부는 화살총 같은 거 생각하시면
돼요."

내가 말했다.

"그렇군요. 그러니까 환자분의 진짜 몸은…"

"전 사실 달팽이예요."

침묵이 흘렀다.

"시간이 다 됐네요."

의사가 말했다. 사실 상담 시간은 5분 이상 남아있었다.

"다음 주에 계속할까요?"

"선생님은 저를 못 도와주실 것 같아요."

난 핸드백을 챙겨 들면서 말했다. 이 가방에 적응하는 데 꽤
오랜 시간이 걸렸다. 달팽이는 가방을 쓸 일이 없으니 말이다.

난 절망하며 진료실을 나섰다. 대체 무슨 잘못을 해서 이런 벌
을 받고 있단 말인가? 난 자문해 보았다. 달팽이였던 시절 내가 무
엇을 그렇게 잘못했을까? 이 지옥 같은 곳에 얼마나 갇혀있어야
할까? 이곳에서 벗어나려면 어떻게 속죄해야 하지?

난 이것이 어쩌면 종교적인 문제일지 모른다는 생각이 들었
다. 그래서 교회에 가기 시작했다. 사람들이 거의 없는 시간에 슬
쩍 교회 안으로 들어갔다. 내부는 마치 나뭇잎 아래처럼 어둡고
축축했다. 희미한 곰팡이 냄새도 마음을 편하게 해주었다. 난 기
도하기 시작했다.

'오, 신이시여, 혹은 이 난리를 일으키신 누군가여, 저를 이곳

에서 구해주세요! 이 볼품없는 거대한 우리에서 제 작은 영혼을 꺼내주세요. 물론 달팽이 몸으로 되돌아가면 좋겠지만, 꼭 그렇게 되지 않아도 괜찮습니다. 거북이는 어떨까요? 개구리는? 아, 개구리의 삶은 너무 파란만장할 것 같네요. 좀 더 차분한 초식 동물로⋯'

그때 갑자기 의심이 파고들었다. 사실 나는 달팽이 영혼이 아니었던 것 아닐까? 원래 이 앰버라는 여자였다면? 애초에 앰버로 살고 있다가 어느 날 정신병이 생긴 걸 수도 있지 않을까? 왜 이런 일이 생겼지? 달팽이로 살아온 모든 기억은 지워야 하나? 그러면 더 행복해질까? 이런 생각을 하자 난 미칠 것 같았다. 아파트 발코니에서 뛰어내려 이 사랑받지 못하는 육체의 삶을 끝내고, 다시 환생하기를 기대해야 하나? 그랬다가는 더 안 좋은 상황에 처할 수도 있다. 거머리나 눈썹 진드기로 태어날 수도 있으니 말이다. 최소한 민달팽이 정도는 돼야 하는데!

이 시기를 넘길 수 있었던 것은 타일러가 구해준 대마초 추출물 젤리 덕분이었다. 정말 다정한 행동이었다. 난 대마초 기운이 충분히 몸에 돌면, 이 남자의 교미 방식도 참아줄 만하다는 사실을 알게 되었다. 심지어 꽤 좋을 때도 있었다. 난 어차피 이 버스에서 내릴 수 없다면 타고 있는 순간을 즐기기로 결심했다. 그래서 나와 이 훔친 몸은 최선을 다하기 시작했다.

그로부터 2주 후 난 은행 서비스 상담원 자리를 잃었다. 사실 내가 그만둔 것이나 다름없었다. 난 불행한 그 모든 목소리를 감당할 힘이 없었고 그들이 하는 말에 관심도 없었다. 이율 보증 보험계약에 누가 관심이 있단 말인가? 적어도 난 없다. '이자'니 '환율'이니 하는 것들은 진짜 세상과는 아무 관계 없는 발명품이었다. 그것들은 먹거나 싸거나 번식하지 않는다. 이런 인간 사고의 파편들은 연기처럼 내 주변을 맴돌았다. 그것들은 끊임없이 변화했고, 절대 구체적 형체로 손에 잡히지 않았다.

은행 일을 그만둔 후 난 아파트에서 낮잠 자는 시간을 즐기게 되었다. 빈백 의자에 몸을 둥글게 웅크리고 누우면, 이 육식 몸뚱이 속 나의 작은 나선형 영혼이 밝게 빛났다. 낮잠을 자지 않을 때는 깜빡 졸기도 했는데 그럴 때면 최면에 걸린 듯 두 상태의 경계에 머무는 느낌이었다. 난 몇 시간씩 내 손을 들여다보기도 했다. 손끝의 소용돌이무늬와 손바닥 표면 구석구석에 뻗친 선들을 보면서, 혀처럼 생긴 나의 매끄러운 발로 내 피부 위에 난 이 선을 따라 미끄러지면 어떤 기분일지 상상했다.

타일러는 내게 언제부터 새 직장을 구할 것인지 묻기 시작했다. 내가 월세를 보태지 못해 초조해서 그런 것 같은데, 그가 초조하든 말든 난 관심이 없었다. 얼마 후 그는 내 몸에 문제가 있는 것 같다며, 병원에 가서 단핵구증이 아닌지 검사해 보라고 말했다. 난 그저 많이 지쳤을 뿐이라고 대답했지만, 타일러는 이건 정상이 아니고 내가 계속 야위어 가고 있다고 말했다. 그는 내가 채소 외에 다른 음식도 먹어야 한다고 주장했다. 난 노력해 보겠다고 말하고, 일단 상추 좀 더 사다줄 수 있냐고 물었다. 집에 상추가 다 떨어진 것 같은데, 농산물 직판장에 가면 이 지역에서 생산된 싱싱한 상추를 살 수 있을 것이라고도 말했다. 타일러가 재사용 장바구니를 들고 집을 나선 후, 나는 빈백 의자를 거꾸로 뒤집고 그 아래로 몸을 구겨 넣었다. 너무나 따뜻하고 어두웠다. 약간 눅눅

하기도 했다.

우린 먹음직스러운 샐러드로 점심을 먹었다. 물론 타일러는 베이컨을 추가했다. 그는 로메인 상추에서 작은 달팽이를 발견하고 이렇게 말했다.

"유기농이라는 증거야."

그런 다음 그는 자리에서 일어났다.

"이 성가신 녀석 화장실에 넣고 물을 내려야겠어."

"안 돼!"

내가 소리쳤다. 사실 그것은 생각일 뿐, 내 입에서는 어떤 말도 나오지 않았다. 목소리조차 낼 수 없었다. 공포에 짓눌려 할 말을 잃은 것일까? 타일러가 살인자로 밝혀진 이상 그와 함께 지낼 수는 없었다. 그가 화장실에서 내 동족을 처리하는 동안, 나는 조용히 아파트를 빠져나와 복도를 걸어 엘리베이터에 탔다. 운동복 바지에 티셔츠를 입고 그 위에 가벼운 가을 코트를 걸친 채였다. 어디로 가야 하나?

나는 가장 가까운 공원으로 향했다. 하지만 그곳은 너무 탁 트여있었다. 하늘을 가득 채운 새 때문에 겁을 먹은 나는 철도교를 찾아 그 아래로 들어갔다. 그리고 축축한 시멘트벽에 몸을 기댔다. 난 그곳에 머물기로 했다. 10월이니까 더 추워지기 전에 땅속으로 살살 밀고 들어가 겨울잠을 자면 된다. 천천히 벽을 타고 올라가서, 저 철제 구조물 틈 사이로 보이는 매혹적인 잡초에 이를 수 있다면 얼마나 좋을까! 하지만 그건 불가능했다. 난 달팽이가 아니니까. 잠깐, 내가 달팽이던가?

난 몇 시간 동안 그곳에 달라붙어 있었다. 몸을 웅크리고 무릎을 껴안은 채 바들바들 떨었지만, 사람들은 나를 그냥 지나쳤다. 누군가 지폐를 던져주기는 했다. 온몸의 세포가 수축해 쪼글쪼글해지고 있었다. 난 너무 목이 말라 결국 아파트로 돌아가고 말았다.

"자기야, 어디 갔다 온 거야?"

타일러가 부엌에서 물을 벌컥벌컥 들이키는 나를 발견하고 물었다.

"잠깐 나갔어."

나는 쉰 목소리로 겨우 대답하고는 그의 품에 쓰러졌다. 기절했던 것 같다.

정신을 차린 곳은 병원이었다. 팔에는 정맥주사 줄이 꽂혀있었다. 중증 탈수라고 했다. 영양실조도 있다고 했다. 병원에서는 영양분이 풍부한 수프, 젤라틴 기반 디저트, 커스터드 소스를 처방했다. 힘들었지만 난 간신히 그것들을 삼켰다. 그나마 축축한 음식들이어서 가능했다.

나는 다시 아파트로 돌아왔다. 타일러는 이제 거의 나타나지 않는다. 헬스장에 간다고 말하지만 그렇게 운동을 많이 하는 사람은 없다. 그냥 날 피하는 것이다. 나를 무서워하는 것 같기도 하다. 당연히 짝짓기 하는 다른 여자도 생겼다. 그것으로 격렬한 헬스 운동을 대체하려는 것일까? 그 여자가 쓰는 머스크 향수는 몇 킬로미터 밖에서도 알아챌 수 있다. 하지만 난 신경 쓰지 않는다. 달팽이는 열정이라는 감정은 알지만, 질투는 알지 못한다. 내 남자친구를 낚아챈 이 여자는 어쩌면 우리 둘 모두와 뒤엉키고 싶은지도 모른다. 대수롭진 않지만, 난 이런 짐작도 해본다. 내가 먼저 타일러에게 제안해야 하나? 달팽이는 셋이 하는 것을 좋아한다. 이것은 저것에, 저것은 이것에, 이것은 또다시 저것에 집어넣어, 매끈한 근육들이 화환처럼 서로 뒤엉킨다. 하지만 타일러는 겉보기와 달리 청교도적인 사람이다. 헬스에 중독된 것만 봐도 그렇다. 그러니 모든 신실한 청교도인들이 그러하듯, 그 역시 일부일처제를 선호한다. 안타까운 일이다.

여러 날이 지났다. 나는 때를 기다리며 명상에 잠긴다. 어쩌면 난 이 현상을 거꾸로 이해했는지도 모른다. 난 애초에 인간 여자였을 수도 있다. 바로 지금 이 여자, 웃긴 티셔츠로 가득한 옷장의 주인 앰버가 나였는데, 어느 날 달팽이 몸으로 들어간 것이다. 내 영혼에 매우 중요한 무엇인가를 배우기 위해서였을 것이다. 하지만 그게 무엇일까? 먹을 수 있는 초록 잎의 잎맥과 세포들, 썩어가는 배의 강렬하고 매혹적인 향 등 눈앞의 존재들에 경의를 표하는 법인가? 아니면 동료 달팽이 혹은 여러 달팽이들과 짝짓기 하는 것 같은 소박한 기쁨에 감사하는 법? 그게 다였을까? 내가 뭘 놓치고 있는 거지? 그냥 있는 그대로일 뿐인가? 나는 지금 그대로의 나일 뿐인가? 나는 대체 뭐지?

나는 왜 고통스러운가? 그것이 궁극의 수수께끼다. 아마도 인간이란 그런 존재인가 보다. 늘 존재의 이유를 고민하는 존재 말이다.

하지만 고통만 있는 것은 아니다. 좋은 점도 있다. 달팽이 몸은 별을 보지 못하지만, 지금 빌려 쓰고 있는 이 몸 안에 있으면 별을 볼 수 있다. 별은 아름답다. 다시 달팽이가 되어도 이 기억은 남지 않을까? 만약 다시 달팽이가 되는 축복이 내게 허락된다면 말이다.

분명 목적이 있을 것이다. 난 무언가를 배워야 한다. 아무 이유도 없이 일어난 일일 리가 없다.

난 지금의 이 피부와 조직이 다 닳아 없어질 때까지 긍정적인 마음을 유지해야 한다. 그날이 오면 밝게 빛나는 나의 작은 나선형 영혼은 무지갯빛 구름을 뚫고 날아올라 단조 음악을 들으며 영혼의 중간계에 이를 것이다. 그리고 다시 육체를 얻을 것이다. 하지만 무엇이 될까?

지금 이것만 아니면 어떤 껍질이라도 좋다. 이것만 아니면 어떤 육체라도.

은닉 휴대

리사 터틀

리사 터틀

리사 터틀은 1970년대부터 본격적인 작품 활동을 시작한 작가로, 장편소설과 논픽션 작품도 있지만 기이한 단편소설을 쓰는 것을 가장 좋아한다. 최근 작품집으로는 《밤의 죽은 시간들(The Dead Hours of Night)》이 있다. 그녀는 텍사스에서 태어나 자랐으며, 오래전부터 스코틀랜드에서 거주 중이다.

그녀는 1년 동안 미국에서 일할 기회를 학수고대해 왔다. 그런데 마지막 순간, 장소가 뉴욕에서 텍사스로 변경되었다. 이유는 수긍이 갔다. 텍사스 휴스턴 사무실 관리팀 직원 한 명이 아무 경고도 없이 떠나 팀 전체가 곤란에 처한 것이다. 다행히 켈리의 경력과 보유 기술이 그 빈자리에 맞아떨어졌고, 켈리는 이미 일주일 뒤 런던을 떠날 준비도 되어있어 계획을 약간만 수정하면 되는 상황이었다.

그녀의 상사는 이렇게 말했다.

"회사에서 차를 제공할 거예요. 텍사스에서는 차 없이 못 살아요. 풀옵션 아파트도 준비되어 있을 건데, 사진 보니까 넓고 아주 좋더라고요. 수영장도 있던데요. 사무실까지 거리도 가깝대요. 하지만 그 집이 마음에 안 들면 월말에 임대계약 취소하고 다른 데로 옮겨도 돼요. 급한 상황에서 켈리가 와주는 것만으로도 그쪽은 충분히 고마워하고 있어요. 당신이 원하는 거라면 뭐든 해줄 거예요."

켈리는 자신에게 선택권이 없다는 사실도 알았고, 불평하는
게 은혜를 모르는 짓이라는 사실도 알았다. 하지만 이런 온갖 특
혜들을 제공하는 데에는 이유가 있지 않을까 하는 의문이 들었다.

"전 직원은 왜 그만두셨어요?"

"그게 중요한가요?"

그녀가 상사를 빤히 바라보았다.

결국 그는 입술을 씰룩거리며 실토했다.

"임신했대요."

그녀는 왜 출산 휴가 대체 근무라는 사실을 진작 말해주지 않
았는지 의아했다. 하지만 곧 그 이유를 알게 되었다. 상사는 이것
이 일시적 공백이 아니라고 말했다. 그녀가 런던에 돌아오지 못할
것이라는 뜻이었다.

"그래서 켈리를 이쪽으로 다시 데려오기는 힘들 것 같아요."

상사가 쾌활한 목소리로 말했다.

"아마 미국 시민권이 필요해질 거예요. 다들 그러거든요."

켈리는 확신이 서지 않았다. 사실 런던을 떠날 생각도 해본 적
없었다. 그녀의 마음을 움직인 것은 뉴욕이었다. 뉴욕은 화려함으
로 가득한 도시이기 때문이다. 텍사스는 광신도와 우파 정치인들,
근본주의 목사와 살인자만 가득할 것 같았다. 그녀가 텍사스로 가
게 되었다는 사실을 알게 된 그 주에도 그곳의 대량학살 사건이
뉴스에 등장했다. 어린 학생과 교사들을 살해한 사상 최악의 사건
이라고 했다.

그녀는 가장 친한 친구에게 두려운 마음을 털어놓았다. 플로

리다로 여러 차례 휴가를 다녀온 후 미국에 푹 빠져버린 친구였다. 그녀는 미국에서 총기 난사 사건이 너무 흔하고, 총기 관리법도 어처구니없는 수준이라는 데에는 동의했다. 하지만 영국에서도 끔찍한 일이 일어나기는 마찬가지라는 말도 덧붙였다.

"그때 폭탄 터졌을 때 너 런던에서 떠났어? 아니잖아. 납치되거나 강간당할까 봐 매일 밤 집에 처박혀 살아? 진짜 런던이 훨씬 안전하다고 생각해? 그 총기 사건은 심지어 휴스턴에서 발생한 것도 아니잖아. 게다가 네가 학교에 갈 일이 뭐 있니?"

휴스턴 공항에 그녀를 마중 나온 사람은 알베르토라는 젊은 남자였다. 그는 차로 그녀를 집에 데려다주겠다고 말했다. 하지만 회사에서 어떤 일을 하는지에 대해서는 아무 말이 없었다. 회사 직원이 맞기는 한 건지 모르겠다. 그는 유니폼을 입지 않았지만, 벨트에 권총집을 차고 있었다. 그녀는 이 점이 걱정스러웠지만, 차마 묻지는 못했다. 남자는 말수가 적었을 뿐 아니라 약간 사투리 억양을 썼기 때문에 그녀의 말을 오해할지도 모른다. 어쩌면 그저 남자의 침묵과 권총 때문에 그녀 스스로 위축된 것일 수도 있다. 혹은 멍청한 질문을 하게 될까 봐 주저한 것인지도 모르겠다. 텍사스에서는 택시 기사나 우버 기사가 모두 총을 가지고 다니는 게 당연할 수도 있으니 말이다. 잠이 부족한 상황에서 문화 충격까지 받은 그녀로서는 괜히 문제 만들지 말고 일이 흘러가는 대로 두는 게 최선인 것 같았다.

집까지 가는 길은 생각보다 멀었다. 그녀는 잠깐씩 졸다가 깜짝 놀라 깨어났다. 뭔가 놓치지 않았나 걱정했지만 눈을 뜰 때마다 차는 여전히 조명이 밝혀진 밤거리를 부드럽게 달리고 있었다. 넓은 고속도로 양옆은 도시인지 자연경관인지 알아볼 수 없었다. 라디오에서는 몇십 년 전의 익숙한 노래들이 흘러나왔고, 사이사이 끼어드는 광고에서는 낯선 회사나 서비스 이름이 들려왔다.

그녀는 조심스럽게 알베르토를 바라보며 어디쯤 왔는지, 얼마나 더 가야 하는지 물었다. 그리고 그 대답을 통해 그녀의 새 집은 직장인 동시에 거주지이며, 휴스턴에서 꽤 멀리 떨어져 있고, 시에 편입되지 않은 호머라는 마을 옆이라는 사실을 알게 되었다.

"이제 얼마 안 남았어요."

그가 대답했다.

그 말에 그녀는 더 이상 잠들지 않겠다고 결심했지만, 몇 분 뒤 다시 고개를 끄덕이기 시작했다. 그때 알베르토의 음성이 그녀를 깨웠다. 화들짝 깨어 몸을 바로 세운 그녀는 방향지시등이 깜빡이는 것을 발견했다. 차는 고속도로 출구로 향하고 있었다.

"저기 보세요."

그가 말했다.

"건물 보이죠? 환하게 밝혀진 건물 말이에요. 저기가 우리 자리예요."

"우리 자리요?"

그녀가 혼란스러운 듯 그의 말을 반복하자, 그는 회사 이름을 언급했다.

"우리 휴스턴 본부요. 아파트는 5분만 더 가면 돼요. 저쪽에서 가면 좀 더 걸릴 수도 있는데, 아침 출근길은 금방일 거예요. 우리 직원들 중에 같은 건물에 사는 사람도 있어요. 살기 좋은 곳이에요. 아이만 없다면 꽤 괜찮죠."

그녀는 갑자기 쏟아진 수다에 놀랐지만, 그보다 더 놀라운 사실은 우버 기사인 줄 알았던 그 남자가 사실은 직장 동료라는 점이었다. 지난주 화상 회의 때 분명히 소개를 받았을 텐데 당황스러운 일이었다. 그래도 남자에게 팁을 주기 전에 사실을 알게 되었으니 천만다행이었다.

그녀의 아파트는 8층짜리 팔각 유리 건물 4층이었다. 알베르토가 그녀의 짐을 로비까지 옮겨주었고, 그녀는 거기서부터는 직접 들고 가겠다고 말하며 그에게 감사 인사를 했다.

"정 원한다면 그러시죠. 엘리베이터 올 때까지 같이 기다려 드릴게요. 아, 차는 주차장에 있어요. 파란색 렉서스예요. 아파트 호수랑 같은 번호의 주차 공간을 찾으시면 돼요. 위에 올라가면 차 키랑 필요한 거 다 있을 거예요. 그래도 궁금한 거 있으시면 저한테 전화 주세요."

그는 명함과 함께 아파트 열쇠를 그녀에게 건넸다.

아파트는 널찍했다. 희미한 세제 냄새가 났지만, 그보다 강한 크리스마스 분위기의 방향제 향이 집 안을 가득 메우고 있었다. 가구는 한눈에 봐도 이케아였다. 신상은 아니지만 그렇다고 허름하지도 않았다. 누군가 (아마도 알베르토겠지?) 부엌에 기본적인 먹을거리도 채워놓았고, 식탁 위에는 커다란 과일 바구니가 놓여있었다. 바구니와 함께 놓인 쪽지에는 글자를 거의 알아볼 수 없는 10여 개의 이름과 함께 환영 인사가 적혀있었다.

집 안을 돌아다니며 이곳저곳 둘러보던 그녀는 소파에 풀썩 쓰러지듯 앉았다. 하지만 뭔가 단단한 것이 엉덩이를 찌르는 느낌이 들어 곧장 다시 일어났다. 그녀는 쿠션 아래에 뭔가 있다고 생각했지만, 쿠션은 소파 틀에 완전히 붙어있었다. 그녀는 두 쿠션 사이 좁은 틈으로 손을 밀어 넣었다. 커다랗고 단단한 무언가가 손끝에 닿았다. 분명 소파 틈 사이에 있을 물건은 아니었다. 그녀는 손가락에 힘을 주고 물건을 끄집어냈다.

그녀는 물건의 정체를 파악하는 순간, 마치 손을 데기라도 한 듯 물건을 떨어뜨렸다.

그것은 총이었다.

크기는 작아 그녀의 핸드폰 정도였지만, 매끈하고 납작해 실수로 소파 틈에 빠뜨려 잃어버릴 물건은 아니었다. 일부러 숨겨둔 것이 분명했다.

전에 살던 사람이 그랬나? 하지만 켈리가 도착하기 전 집 전체를 꼼꼼하게 청소했을 텐데, 그러면 청소한 사람이 먼저 총을 발견하는 게 맞지 않나? 소파가 새것은 아니지만 교체된 것일 수는 있다. 다른 아파트에 있던 것을 숨겨진 총까지 그대로 옮겨왔는지도 모른다. 아니면 청소부가 총을 숨겼나? 어떤 범죄에 사용된 증거를 없앨 기회라고 생각해서?

그녀는 몸서리를 치다가 이내 하품을 했다. 경찰에 신고해야겠지만 지금은 아니다. 지금은 너무 피곤해서 제대로 생각을 할 수가 없다. 그녀는 총에 다시 손을 대기는 싫었지만, 조심스럽게 총을 들어 쿠션 사이 틈에 넣고 손이 닿는 한 멀리 밀어버렸다.

일은 문제가 아니었다. 켈리는 자신이 해야 할 일을 정확히 알고 있었다. 동료들과 어울리는 것이 조금 까다로웠다. 다들 친절했지만 뭔가 이상했다… 물론 이곳에서 '이상한' 사람은 바로 그녀다. 동료들은 분명 다 평범한 사람들일 테니, 이 지역의 기준에 자신을 맞추는 것이 그녀의 의무일 것이다. 그녀도 그들과 어울리고 싶었지만, 그들처럼 될 수는 없었다. 그들의 친절에 감사했지만, 좀 지나치다는 생각도 들었다. 이사 온 첫 주, 그녀는 교회에 가자는 초대를 수없이 여러 번 받았다. 그녀를 이방인으로 만든 것은 국적이나 억양 혹은 지역색에 대한 무지가 아니었다. 그들은 그녀가 (믿음이 없는 것은 물론이고) 어떤 종교 단체에도 속하지 않았다는 사실을 가장 받아들이기 힘들어했다.

한 주가 끝나고 마침내 집에 혼자 있게 된 그녀는 와인 한 병과 핸드폰을 꺼냈다. 그리고 데이팅 앱 틴더를 펼쳤다. 얼마 지나지 않아 그녀는 데이트 상대를 찾았다. 이름은 피어스, 서른여덟 살에 변호사인 이 남자는 역사, 정치, 미술, 연극 그리고 와인에 관심이 있다고 했다. (포도원 지분도 가지고 있다고 한다.) 둘의 문자 메시지는 급격히 친밀해졌고, 곧장 몇 시간의 통화로 이어졌다. 실제 첫 만남에는 문제가 좀 있었다. 그녀는 그와 얼굴을 마주하기 위해 휴스턴까지 운전해 가고 싶은 마음이 없었다. 그렇다고 레스토랑 하나 없는 이 호머라는 동네에 그를 초대하고 싶지도 않았다.

남자는 긴 고심 끝에, 중간 지점이라고 부를 수 있는 장소를 제안했다. 주변 두 개 카운티에서 가장 맛있는 갈비와 최고의 소시지를 판다고 소문난 바비큐 식당이었다. 고급 식당도 아니고 영업시간도 짧지만, 그녀가 토요일 점심에 시간을 낼 수 있다면 진정한 텍사스를 경험하게 될 것이라고 남자는 말했다.

그녀는 지도를 확인해 보았다. 바비큐 식당은 엄밀히 말해 중간 지점이 아니었다. 호머에서 가깝고 휴스턴에서는 훨씬 멀었다. 더 먼 길을 달려야 했을 텐데도 남자는 먼저 도착해 주차장에서 그녀를 기다리고 있었다. 그녀는 그의 배려심에 마음이 움직이는 것을 느꼈다. 게다가 그는 보내준 사진보다 실물이 훨씬 더 잘생겼다. 그녀는 기쁜 마음으로 그를 바라보았다. 남자는 만면에 섹시한 미소를 짓고 당당한 걸음걸이로 그녀를 향해 다가왔다. 그녀는 뜨거운 욕망이 샘솟는 것을 느꼈다.

'좋았어.'

그들은 몇 마디 대화를 나눴지만 진짜 대화는 말 너머에서 이루어지고 있었다. 그녀는 남자 역시 자신과 같은 감정이라는 사실을 알았다. 그런데 그가 그녀에게 문을 열어주고 한쪽으로 비켜서는 순간, 그의 벨트에 걸린 권총집이 드러났다.

그녀는 심장이 쿵 내려앉았다. 다리가 휘청하는 기분이었다.

"변호사라면서요."

남자는 문을 붙잡은 채 놀란 표정으로 그녀를 바라보았다. 그녀의 말 자체보다는 비난하는 말투 때문이었다.

"회사 계약 문제나 다루는 지루한 변호사죠. 신나는 일은 없어요. 왜요?"

"왜 총이 필요해요? 범죄자를 다루는 것도 아닌데. 변호사라기보다 경찰 같네요."

그의 눈썹이 들썩 올라갔다.

"아, 그런 뜻이었군요. 여긴 평화로운 잉글랜드 왕국이 아니에요. 여기 온 지 얼마 안 된 건 알지만, 총으로 무장한 민간인이 내가 처음은 아닐걸요."

그녀는 알베르토를 떠올렸다. 그는 사무실 안에서든 밖에서든 늘 총을 차고 다녔다. 일과 아무 관련이 없는데도 말이다. 하지만 그는 언젠가 관련이 있을 수도 있다고 말했다. 언제든 사무실에서 무차별 총격 사건이 발생하면 그는 그 총으로 자신과 동료들을 보호할 수 있으면 좋겠다고 했다. 그는 또한 공개적이냐 아니냐의 차이일 뿐, 사무실 사람 중 반 이상이 총기를 휴대한다고 말해주었다. 켈리를 자기 교회에 데려가려고 여전히 노력 중인 연상의 여자 직원 도나 조도 핸드백에 총을 가지고 다녔다. 이런 것을 '은닉 휴대'라고 했다. 알베르토나 피어스는 '공개 휴대'를 선호했는데, 어느 쪽이든 모두 합법이고 특별한 면허도 필요하지 않았다.

"맞아요."

그녀는 긴장감을 떨쳐내려 어깨에 힘을 빼고 말했다.

"하지만 아직은 좀 신경이 쓰이네요. 주변에 총이 얼마나 많이 돌아다니고 있을지 생각하면 나도 모르게…"

"일단 안으로 들어가서, 등갈비가 매진되기 전에 주문부터 하면 어떨까요? 이거 못 먹고 가면 정말 후회할 거예요. 헌법적 권리 행사에 대한 토론은 먹으면서 합시다."

총이 있건 없건, 그는 너무나 매력적이었다.

"미안해요."

그녀가 중얼거렸다.

"금방 다 잊을 거예요."

그가 윙크와 함께 낮은 목소리로 속삭였다.

음식은 환상적이었다. 그녀는 명성이 자자한 등갈비보다 훈제

브리스킷이 더 좋았지만, 세트 메뉴에 나온 모든 음식이 맛있었다. 그들은 한동안 음식 칭찬만으로 대화를 채웠고, 덕분에 훨씬 차분해진 상태로 총 얘기를 다시 시작할 수 있었다.

"영국은 상황이 다르다는 거 알아요."

남자가 말했다.

"총기 관련법이 꽤 까다롭죠. 심지어 경찰한테도요. 영국에서는 경찰도 대부분 총 안 가지고 다니잖아요. 그렇죠? 내 눈에는 너무 이상하지만, 그 나라에서는 그게 통한다면 내가 반대할 입장은 못 되죠. 문제는 우리에게 있어서 총기 소지는 미국 헌법에 규정된 성스러운 권리라는 점이에요. 설사 운전면허처럼 총을 소지하려는 사람은 누구든 특정한 기본 요건을 충족하도록 강제하는 법을 만들고 이것을 통과시키려는 정치적 의지가 있다고 해도, 이젠 너무 늦었어요. 텍사스에는 이미 사람보다 총이 더 많고, 총기 규제에 대한 소문이 돌 때마다 더 많은 사람들이 더 많은 총을 사니까요. 그게 현실이에요. 무책임하고 어쩌면 미쳤을지 모르는 사람들, 심지어 순수하게 악한 사람들이 치명적인 무기를 들고 다니는 이 세상에서 우리 중 누군가는 스스로 정의로운 총기 소지자가 되어야 한다고 느끼는 거죠. 나도 그들 중 하나고요."

켈리는 할아버지가 그토록 사랑하던 서부극을 단 한 번도 좋아한 적 없지만, 그럼에도 착한 사람을 위해 싸우고 힘없는 자들을 보호하는 외로운 수호자의 이미지는 그녀의 가슴을 뭉클하게 했다. 그녀가 어린 시절부터 보아온 모든 미국 영화와 TV 드라마에 세뇌된 것일 수도 있지만, 어쨌든 총을 든 착한 남자는 섹시했다.

그들은 천천히 커피를 마시는 동안에도 여전히 총에 대해 이야기했다. 남자는 그녀에게 총 쏘는 법을 가르쳐 주겠다고 했다. 그는 그녀가 총을 싫어하는 문화권에서 자랐고, 총에 대해 잘 모르기 때문에 무서워하는 것인데, 사실 총 자체는 나쁜 것이 아니라고 말했다.

"사람을 죽이는 건 총이 아니다. 사람이다."

그녀가 무표정한 얼굴로 말했다.

"맞아요!"

"차 범퍼 스티커에 쓰여있더라고요."

"어쨌든 맞는 말이잖아요."

그녀는 여전히 의심스러웠지만, 더 이상 언쟁을 벌이고 싶지 않았다. 총을 사고 싶지도 않고 그와 사격장에 가고 싶지도 않았다. 대신 그녀는 다른 것을 하고 싶었다. 그녀는 그를 집으로 데리고 갔다.

얕은 잠에 빠졌던 그녀가 깜짝 놀라 깨어났다. 피어스는 그녀 옆에 잠들어 있었다. 주변은 어둡고 고요했지만, 분명 무슨 소리가 들렸다. 쾅 소리였는데, 뭔가 떨어졌나? 소리는 방 밖에서 들렸다. 그녀는 어둑한 거실에 가만히 서있는 남자의 모습이 그려졌다. 들키지 않았다는 사실이 확실해지기를 기다리고 있을 것이다.

그녀는 숨을 멈추고 귀를 쫑긋 세웠다. 하지만 잠결에 들었다고 생각했던 그 소리는 다시 들리지 않았다. 옆집은 비어있고 위층 때문에 시끄러웠던 적은 한 번도 없었다. 특히나 시간이… 그녀는 핸드폰을 확인했다. 일요일 아침 5시 23분이었다. 교회에 가는 사람들은 일찍 일어나기도 한다. 위층 사람 중 누군가 외출 준비를 하다가 신발을 떨어뜨렸을 수도 있다.

아니면 애초에 그녀가 꿈을 꾼 것일까? 그녀는 옆에 누운 남자의 고른 숨소리에 귀를 기울였다. 다시 잠들어 보려 했지만, 불가능했다. 그녀는 아무 문제 없다는 것을 두 눈으로 확인해야만 마음이 놓일 것 같았다.

피어스는 여전히 꼼짝도 하지 않았다. 그녀는 이런 문제로 그를 깨우고 싶지 않았다. 자신을 보호해 줄 남자를 찾는 게 인생 목표인 무기력한 여자가 될 생각은 없었다. 총을 든 착한 남자는 필요 없었다.

천천히 침대에서 나온 그녀는 가운으로 몸을 감싸고 재빨리 문을 향해 움직였다. 그러다가 화장대 옆에서 걸음을 멈췄다. 피어스가 벗어놓은 손목시계와 지갑 그리고 총이 놓여있었다. 누군가 집에 침입했다면, 총을 가지고 맞서는 게 낫지 않을까?

총은 마치 기다렸다는 듯 그녀의 손에 미끄러져 들어왔다. 손에 쥔 느낌이 의외로 좋았다. 어두워서 잘 보이지는 않았지만, 거울에 비친 흐릿한 윤곽은 충분히 자연스러워 보였다. 그녀가 한 번도 총을 잡아보지 않았다는 것은 아무도 눈치채지 못할 것이다.

그녀는 마음을 굳게 먹고 침실을 나섰다. 하지만 거실에는 아무도 없었다. 실망스러웠다. 그녀는 문이 잠긴 것을 확인하고 빗장 잠금장치가 그대로 걸린 것을 보고 난 후에도, 거실 불을 켜고 소파와 커튼 뒤를 확인하고 현관 옆 옷장 문을 열어 보고 부엌까지 살펴보았다.

침실로 돌아오니, 피어스는 아무것도 모르고 잠들어 있었다. 그녀는 자신이 무슨 행동을 하는지도 의식하지 못한 채, 총을 들어 이불 아래 형체를 겨눴다. 총을 발사하는 건 얼마나 쉬운 일인가? 피어스는 혼란과 공포에 빠져 깨어날 것이다. 그리고 그것이 자기 총이라는 사실을 깨닫겠지. 그 총을 쏜 여자가 몇 시간 전 자신은 절대 다른 사람을 쏠 수 없을 것이고 심지어 '자기방어'를 위해서도 그런 짓은 할 수 없다고 역설했던 사람이라는 걸 알면 그는 과연 어떤 생각을 할까? 지금 당장 저 사람을 깨우면 무슨 말을 할까?

방아쇠에 올린 손가락에 힘이 들어갔다. 그녀는 총을 쏘려 했지만, 아무 일도 일어나지 않았다.

'안전장치. 안전장치가 걸려있구나.'

대체 그녀가 왜 이러는 것일까? 그녀는 총을 쏘고 싶지 않았다. 누굴 겁주거나 죽이고 싶지도 않았다. 이 생각은 그녀에게서 나온 게 아니었다. 다른 누군가의 생각이 그녀 안에 들어온 것이다. 총인가? 총이 그녀를 유혹해 자신을 집어 들게 만들고, 이제…

그녀는 겁에 질려 무기를 내던졌다. 총은 요란한 충돌음과 함께 화장대에 떨어졌고, 향수병, 화장품, 보석함에 부딪히며 계속해서 쨍그랑 소리를 울려댔다. 요란한 불협화음에 잠에서 깬 피어스가 벌떡 몸을 일으키고 쉰 목소리로 외쳤다.

"누구야? 뭐지? 누구예요?"

"당신 총이요!"

켈리가 가운을 가슴 앞에서 움켜쥐며 악을 쓰듯 소리쳤다.

"이 끔찍하고 형편없는 물건! 치워요, 가져가라고요, 당장 여기서 치우라니까요. 어서요!"

그는 대화로 그녀를 진정시켜 보려 했지만, 아무 소용 없었다.

그가 그녀에게 말을 걸려는 순간 그녀는 그를 밀쳐냈다.

"나 깨어있어요. 꿈 아니라고요! 무슨 일이 일어났는지 정확히 알아요. 난 그거 손도 안 댈 거예요!"

"뭐 먹었어요? 약 같은 거? 대체 뭘 한 거예요?"

"당신 총요! 내가 만진 건 그것뿐이에요. 그 망할 것을 보지 말았어야 했는데. 어서 치워요! 아니, 저리 가요. 말했잖아요, 내 몸에 손대지 말라고! 저거 당장 치우라고요!"

"진정해요. 일단 마음 좀 가라앉히고 나한테 다 말해봐요."

그녀는 고개를 끄덕이고, 알았다는 표시로 두 손을 들어 올렸다. 그리고 조금 차분한 목소리로 다시 입을 열었다.

"당신은 저것들이 도구일 뿐이라고 생각하죠. 도구는 사람이 원하는 일을 수행하고요. 예전엔 그 말이 맞았는지도 몰라요. 하지만 이젠 아니에요. 세상이란 게 그렇죠. 변하지 않는 건 없으니까요. 모두 진화하잖아요. 날 그런 눈으로 보지 말아요. 살아있는 존재만 변하는 건 아니에요. 구름, 바위, 날씨 같은 것만 봐도 그렇잖아요. 기후도 마찬가지고! 꼭 스스로 변한다는 뜻은 아니에요. 그것들은 생각할 필요가 없어요. 주변의 힘에 의해 변하는 거니까요. 시간이나 날씨 혹은 사람들이 신이라고 부르는 창조자에 의해서 변할 수도 있죠. 하지만 변한다는 건 부정할 수 없는 사실이에요. 사람들이 어떤 행동을 하고 무엇을 원하느냐에 따라서 말이에요!"

남자가 그녀의 말을 막으려 하자 그녀는 그를 향해 이를 드러냈다.

"내 말 막지 말아요! 총의 목적은 죽이는 거예요. 하지만 스스로는 그 목적을 달성할 수 없죠. 총을 겨냥하고 방아쇠를 당길 사람이 필요해요. 총 주인의 입장에서 보면 총은 주인이 원하는 일을 실행한 거예요. 하지만 관점을 바꿔 총의 입장이 되어봐요. 총은 언제나 발사되고 싶어 해요. 그래야만 자신의 진정한 의미를 표현하고 존재 목적을 달성할 수 있으니까요. 즉 누군가 그 총을 이용해 다른 사람을 쏴야만 하는 거예요."

"헛소리 그만해요, 켈리. 무슨 얘기를 하는 거예요? 총은 생각이 없어요. 자기가 누군지 모른다고요. 당연히 목적 같은 것도 없죠. 애초에 살아있는 게 아니니까. 그런 생각을 하는 건 오직 사람…"

"사람을 죽이는 건 총이 아니라 사람이다?"

그녀가 잽싸게 그의 말을 끊었다.

"어떻게 알아요? 슬픔에 빠진 열여덟 살 아이가 새 총을 학교에 가지고 가서 보이는 대로 쏴 죽이면, 그건 그 아이가 원해서 한 일일까요? 아이가 원한 건지 뭔가가 그 아이를 그렇게 만든 건지 어떻게 알죠? 내가 장담하는데, 사람을 죽이는 건 사람이 아니에요. 총이 사람을 죽이는 거라고요!"

남자는 한숨을 내쉬었다. 다시 논쟁을 시작하려는 모습이었다. 표현만 다를 뿐 결국 같은 이야기를 하겠지. 직업이 변호사 아닌가! 이 사람이 진정 원하는 것은 이 싸움에서 이기는 것이었다.

"관둬요."

여자가 지친 듯 말했다.

"내가 미쳤다고 생각하죠? 어쩌면 그럴지도 몰라요. 하지만 지금은 이 집에서 나가줘요. 저 총도 가져가고요. 그렇게 해줄래요? 부탁할게요.”

“가라고 하면 가야죠. 옷 좀 입어도 되죠?”

“그럼요.”

그녀는 화장대에서 벗어나, 바닥에 떨어진 옷을 줍기 시작했다. 그때 등 뒤에서 남자 목소리가 다시 들렸다.

“무섭지 않아요?”

그녀가 몸을 돌리자, 남자가 총을 집어 그녀를 향해 들어 올렸다. 그녀는 아무 말도 하지 않았다.

“내 말은…”

총이 주저하듯 흔들리더니 바닥을 향해 고꾸라졌다.

“무서울 수밖에 없겠어요. 사람이 총을 통제하는 게 아니라 그 반대라고 생각한다면 말이에요…”

그녀는 자신에게 겨눠진 총을 봤을 때 순간적으로 두려움을 느꼈다. 하지만 그는 그녀처럼 총의 욕구에 휘둘릴 사람이 아니었다. 어쩌면 그래서 총이 그 아닌 다른 사람을 선택해 자신을 손에 쥐게 만들었는지도 모른다. 그녀에게 위협이 되는 것은 총이었지 총의 주인이 아니었다. 그녀는 부드러운 목소리로 입을 열었다.

“하지만 당신은 착한 사람이잖아요.”

남자가 떠난 뒤 그녀는 다시 침대로 돌아가 깊은 잠에 빠졌다. 그리고 잠에서 깨어난 순간, 벌거벗은 몸으로 소파에 누운 자신을 발견했다. 총으로 자위를 하며 오르가즘을 느끼려는 순간이었다.

‘안 돼!’

그녀가 잠에서 깨어났다. 침대였다. 조금 전 잠에서 깬 상황은 꿈이었다. 정확히는 악몽이었다. 다리 사이가 여전히 축축하고 끈적했다. 약간 따갑기도 했다. 피어스와 관계를 한 것은 후회하지 않지만, 마무리가 그렇게 된 것은 아쉬웠다. 그 소름 끼치는 꿈은 그녀의 무의식이 내린 벌일까? 그는 잘못한 게 없었다. 오히려 그를 죽이기 직전까지 갔던 것은 그녀였다. 안전장치만 아니었으면 그녀는 최소한 그에게 부상을 입혔을 것이다. 그래놓고는 그에게 그렇게 소리를 질러댔으니, 그가 그녀를 미친 사람 취급하는 게 당연했다.

그녀는 한숨을 쉬며 기지개를 켰다. 그때 그녀의 손이 뭔가 단단한 것에 닿았다. 그녀는 손가락으로 더듬기도 전에 그 치명적인 형체를 정확히 파악할 수 있었다. 총구에 들러붙은 끈적한 액체가 손끝에 느껴지는 순간, 그녀는 비명을 질렀다…

…그리고 소리 없는 비명을 지르며 잠에서 깼다.

그녀는 벌떡 일어나 앉아 이불을 걷고 침대 전체를 살펴보았다. 총은 없었고, 밖은 이미 환하게 밝아있었다. 이번에는 정말 확실하게 잠에서 깼다.

두 번째 깬 순간 역시 첫 번째처럼 꿈이었다. 시계를 보니 이미 열 시가 지났다. 그녀는 이렇게 늦잠을 잔 적이 없었다. 주말이니 문제는 없었다. 하지만 삶에 대한 통제력을 점점 잃어가는 기분이 들었다.

그녀는 손에 제일 먼저 잡히는 옷을 대충 입고 커피를 내리러 갔다. 소파를 지나치는 순간 조금 전 기억에 얼굴이 찡그려졌다. 커피 메이커에서 쉭쉭 소리가 나기 시작할 때 그녀는 싱크대 아래에서 고무장갑을 꺼내 들고 다시 소파로 갔다. 어디서 온 것인지 혹은 누구 것인지 더 이상 고민하지 말자. 그녀는 그것을 그냥 쓰레기통에 던져버리고 청소부가 처리하게 둘 것이다.

그런데 그곳에 총이 없었다.

그녀는 이후 한 시간 동안 총을 찾아 헤맸다. 하지만 누군가 총을 옮겼다면 아예 가져가 버리지 않았을까? 혹시 그녀가 잠든 상태에서 한 일인가? 지난밤 벌어진 이상한 일들을 생각하면 불가능할 것 같지도 않았다. 총에 대한 생각 자체가 이미 그녀의 정신에 영향을 끼치고 있었다. 그것을 처리하고 나면, 그녀는 맹세컨대 전문가를 찾아 상담을 받을 것이다. 유럽 출신이 좋겠다. 총기 소지자는 절대 피해야 한다.

가능성은 오직 둘뿐이었다. 누군가 그것을 가져갔거나 그것이 애초에 존재하지 않았거나! 그녀는 그동안 꽤 피곤했다. 시차 적응도 해야 했고 정신이 좀 이상한 상태였다. 그러니 이 모든 일이 꿈일 수도 있지 않을까? 그게 아니라면 누군가 아파트에 들어와 그것을 가져갔다는 뜻인데, 이 집 열쇠를 가진 사람이 또 있단 말인가? 지난밤 그녀를 깨운 소리는 누군가 열쇠로 문을 열고 들어와 원하는 것을 찾은 뒤 그녀가 침실에서 나오기 전 도망간 소리였을 수도 있다. 당장 이사를 가야 한다!

그녀는 도나 조에게 의견을 묻기로 했다. 그녀는 분명 또 교회에 가자고 말하겠지만 집 전화번호를 알려준 사람이 알베르토와 도나 조뿐이었다. 교회에 가자는 말과 함께 쓸만한 조언을 들려준다면, 이번만큼은 그녀도 초대에 응할 마음이 있었다.

도나 조는 반가운 목소리로 그녀의 전화를 받아주었다. 켈리는 전화한 이유를 빠르게 설명하고, 이사를 생각 중이라고 말했다.

도나 조는 잠시 숨을 고르고 말했다.

"뭔가 문제가 있어요?"

켈리는 대충 둘러댔다.

"그런 건 아니고… 공간도 넓고 사무실도 가까운데…"

"그런데 꺼림칙한 기분이 들어요?"

"아니, 왜 그런 말씀을 하세요?"

여자는 바로 대답하지 않았고, 켈리도 침묵을 끊지 않았다. 그리고 그 기다림은 곧 큰 보상으로 이어졌다.

"당신이 다른 사람들보다 주변 분위기에 민감해서 그럴 수 있어요. 나처럼 말이에요. 아주 좋은 일이나 아주 나쁜 일이 생기면 그 일이 발생한 장소가 그때의 감정을 고스란히 간직한다고 느낀 적 있어요?"

켈리는 그 집에서 벌어졌을지 모르는 총과 관련된 끔찍한 일들을 머릿속으로 떠올리며, 더듬더듬 물었다.

"무슨 일이… 있었는데요? 내가 오기 전에 누가 살았어요?"

"쉐이나. 집세는 앞으로도 6개월 치가 더 납부된 상태였으니 집주인 입장에서는 계약을 유지하는 게 합리적인 선택이었죠. 하지만 내 생각은 달랐어요."

"쉐이나가 누구예요?"

"켈리가 대체한 직원 이름이잖아요. 짐작하고 있을 줄 알았는데."

"그 여자 이 아파트에서 죽었어요?"

"그 사람이? 맙소사, 아니에요. 천만다행히도 아무도 안 죽었어요."

"그럼 무슨 일이 있었는데요?"

"그걸 몰랐다니 의외네요. 뉴스에도 났는데. 쉐이나 드윗. 물론 사람들은 그 얘기 하기를 꺼리죠."

도나 조가 목소리를 낮췄다.

"그 여자는 자기 아이를 죽이려고 했어요."

"끔찍해라! 아이는 괜찮아요?"

"주님께 감사하게도, 그렇게 될 거예요. 쉐이나가 약을 잘못 썼거든요. 다행히 인체에 무해한 것이었죠. 불법 약물을 인터넷으로 샀으니, 뭘 기대하겠어요? 아무튼 그 사람 변호사는 아기가 실제적 위험에 처하지 않았으니, 살인미수가 아니라고 주장했어요. 하지만 그건 틀린 말이에요. 그 여자는 분명히 태어나지 않은 자기 아기를 죽이려고 했어요. 기회만 주어진다면 그 여자는 또 다른 방법을 시도할 거예요. 배심원도 그렇게 보고 유죄를 판결했죠. 이 사건 때문에 지금 의회에서 새 법안을 통과시키려고 해요. 임신한 사람은 주를 벗어나지 못하게 하는 법이죠. 이제는 이렇게 말해야 된다고 하더라고요. 임신한 '여자'가 아니라 '사람'이라고 말이에요. 그런데 이런 법을 만들 때 문제는 눈으로만 봐서는 그 사람이 임신을 했는지 아닌지 알 수가 없다는 거예요. 누군가에게 뉴욕에 가서 낙태 수술을 받을 계획이냐고 물어보면, 그 사람은 당연히 거짓말을 하겠죠. 그렇다고 여행하는 사람들에게 모두 임신 테스트를 할 수도 없고요. 그리고 임신을 진심으로 기뻐하는 여자들까지 1년 가까운 시간 동안 집에 묶어놓는 건 잘못된 일이잖아요. 물론 태어나지 않은 아기의 생명은 너무너무 중요하죠.

하지만 그렇다고 해서 가임기 여성 전체를 잠재적 살인자 취급하면 되겠어요?"

도나 조는 열변을 토했지만 켈리는 어느 순간 그녀의 목소리에 귀를 닫고 런던에서 만난 한 지인의 말을 떠올렸다. 그녀는 뉴욕 출신 미국인이었는데, 켈리가 텍사스에 가게 되었다는 말을 듣자 이런 조언을 해주었다.

"완전히 《시녀 이야기》처럼 된 건 아니지만 그 방향으로 가는 건 분명해요. 거기서 뭘 하든 임신은 절대 하지 마요."

켈리는 임신할 생각이 전혀 없었다. 지금까지 그녀를 안전하게 지켜주었던 약을 구하기 힘들어질 경우를 대비해, 약 1년 치를 핸드백에 담아 오기까지 했다.

"그래서 쉐이나는 어떻게 됐어요?"

도나 조가 말을 멈춘 틈을 타 그녀가 물었다.

"감옥에 갔죠. 하지만 그렇게 부르진 않더라고요. 아마 병원 같은 곳일 거예요. 거기서 철저한 감시를 받고 있겠죠. 아기를 해칠 수 없도록 말이에요. 그런 짓을 했으니, 아기가 그 여자 손에서 자라게 하면 안 된다고 생각해요. 하지만 사람 일은 알 수 없죠. 그 여자가 갑자기 진심으로 회개하고 새 사람으로 다시 태어날지도 모르니까요."

켈리는 쉐이나 이야기를 들은 후, 더 이상 총이 사라진 게 신경 쓰이지 않았다. 그 총은 쉐이나 것이고 사용되지 않았을 것이다. 분명 남자 친구가 있었을 테니, 그 남자가 집 열쇠를 보관하고 있다가 총을 가지러 왔을 것이다. 사람이 집에 있을 시간인데 굳이 늦은 밤 시간을 택해 몰래 침입했다는 게 소름 끼치지만, 어쨌든 다 끝난 일이다. 그녀는 새로 이사할 만한 동네로 도나 조가 추천한 곳들 이름을 메모했다. 하지만 이제 꼭 이사를 가야겠다는 생각이 들지 않았다.

사실 그 무엇도 꼭 해야겠다는 마음이 들지 않았다. 직장 일은 했지만 그 외 집안일은 대충하고, TV를 보고 술을 많이 마시고 예전보다 훨씬 많은 시간을 잠으로 보냈다. 몸은 나른하게 가라앉았고 대체로 삶과 분리된 것 같은 기분이 들었다. 그녀는 틴더에 너무 많은 시간을 쏟았고 친구는 한 명도 사귀지 않았다. 시차 때문에 주중에는 고향 친구와 가족들에게 전화를 걸기도 어려웠고 문자 메시지로는 딱히 하고 싶은 말이 없었다. 밖에 나가기엔 너무 더웠다. 그녀는 불행하지는 않았다. 좀 지루할 뿐이었다. 삶을 산다기보다 그저 존재하는 것 같았다.

그녀는 곧 나아질 것이라고 생각했지만, 몇 주 후 상태는 더 안 좋아졌다. 입에서 이상한 금속 맛이 느껴졌고, 커피를 마실 수 없게 되었다. 커피가 없으니 늘 피곤했고, 운동도 하지 않았다. 화면을 바라보는 시간만 점점 길어졌다. 그녀는 갑자기 마마이트가 너무 먹고 싶었지만 살 수 있는 곳이 없었다. 한 병을 주문하려면 원래 가격보다 훨씬 많은 돈을 지불해야만 했다. 하지만 그녀가 이 정도 호사는 누릴 수 있는 사람 아닌가?

맞다. 그녀는 그런 사람이었다. 그래서 결심했다. 마마이트 한 병보다 훨씬 더 큰 것을 자신에게 선물하기로 한 것이다. 약간의 자극과 환경의 변화가 이 무기력에서 그녀를 흔들어 깨울 수 있을지도 모른다. 그녀는 뉴올리언스로 가는 막바지 특가 항공권을 구하고, 한 부티크 호텔에 방을 예약했다.

출발하는 날 아침, 그녀는 갑작스러운 통증에 일찍 잠에서 깼다. 생리통이었다. 앓아본 지 꽤 오래되긴 했지만 단번에 알 수 있었다. 지난 2년 동안 그녀는 생리를 하지 않았다. 그녀가 복용하는 피임약 때문이었다. 자리에서 일어나니 이불에 작은 핏자국이 보였다. '비생리기 자궁 출혈'이라는 단어가 떠올랐다. 예전에 한두 번 겪어본 적 있는데, 통증을 동반한 적은 한 번도 없었다. 다시 경련이 일어 아랫배를 뒤틀었다. 그녀는 신음과 함께 화장실로 달려갔다.

소변을 본 후 그녀는 살짝 몸을 들어 다리 사이로 변기 안을 들여다보았다. 피는 보이지 않았다. 또 경련이 일었다. 이번에는 더 심했다. 그녀는 변기 위에 수그리고 앉아 통증이 사라지기를 기다렸다. 식은땀이 비 오듯 쏟아졌다. 뭔가 일이 생겼다. 그녀의 몸은 자신의 의지와는 무관하게 어떤 목적을 위해 움직이고 있었다. 지금까지 읽은 모든 지식을 동원하고 아무리 이해하려고 애를 써도 가늠할 수 없는 목적이었다. 지금껏 그녀는 매일 아침 성체처럼 삼키는 소량의 인공 호르몬으로 이 목적을 감히 통제할 수 있다고 믿었다. 물론 암, 심장마비, 뇌졸중 혹은 영구적 불임과 같은 무서운 이야기를 듣기도 했지만, 그녀는 그 약이 자신을 임신에서 지켜줄 것이라고 철석같이 믿었다. 어쩌면 이 일은 약과 아무 관련이 없을 수도 있다. 일반적인 성병인가? 아니면 요로감염? 아니면 가장 흔해 빠진 평범한 이유일 수도 있다. 뭔가 잘못 먹은 것이다.

다시 날카로운 통증이 아랫배를 뒤트는 순간, 무엇인가 튀어

나왔다. 그녀는 물이 철벅 튀는 소리를 듣고 아래를 내려다보았다. 물이 약간 핑크빛으로 변해있었다. 그녀의 몸은 불그스름한 작은 덩어리 두 개를 더 배출했고, 경련은 끝이 났다.

켈리는 변기에서 일어나 물을 내렸다. 그녀가 손을 씻고 몸을 돌리려는데 변기 속의 뭔가가 눈길을 끌었다. 물은 깨끗한데, 씻겨 내려가지 않았던 모양이다. 가까이 다가가 보니, 변기 바닥에 세 개의 작은 물체가 가라앉아 있었다. 희미하게 빛나는 금속 물체 같았다. 핑크색 물질이 얼룩덜룩 덮고 있었지만, 작고 뾰족한 타원 모양은 알아볼 수 있었다.

그녀는 다시 물을 내리려다 동작을 멈췄다. 처음에도 안 쓸려 갔는데, 몸에서 무엇이 나왔는지는 알고 없애는 게 낫지 않을까?

그녀는 부엌에서 고무장갑을 가지고 와 그것들을 건져냈다. 세면대에 내려놓자, 그것들은 매끈한 자기 표면에 부딪히며 쨍그랑 날카로운 소리를 냈다. 그녀는 그것들이 도르르 굴러가는 것을 빤히 바라보았다.

총알이었다. 일부 씻겨 내려간 보호막(그녀의 자궁내막일 것이다)이 감싸고 있긴 하지만, 분명 총알처럼 생겼고 총알 같아 보였다. 깨끗하게 닦아내고 나면 훨씬 알아보기 쉬울 텐데…

그녀의 얼굴이 일그러졌다. 이걸 왜 씻지? 보관해 놨다가 병원에 가져갈 건가? 가서 의사에게 이 물건이 어디에서 나왔는지 얘기하면 미치광이 취급을 받을 게 분명했다. 이건 불가능한 일이다. 그녀는 지금도 환각을 보고 있는 것일까?

그녀는 총알들을 들어 쓰레기통에 버렸다. 그런 다음 고무장갑을 벗어 역시 쓰레기통에 던져버렸다. 기억도 이렇게 간단히 버릴 수 있다면 얼마나 좋을까!

공항으로 운전해 가는 동안, 그녀는 오디오북을 들었다. 생각의 힘을 이용해 무엇이든 원하는 것을 얻을 수 있다는 내용이었다. 이 설득력 있는 오디오북의 작가이자 내레이터는 일단 원하는 삶을 구체적으로 그리고, 그것을 매일 생각하라고 한다. 그런 다음 특정한 한 가지 요소에 집중해야 하는데, 강한 의지로 이 과정을 실행한다면 원하는 삶은 현실이 될 것이라고 했다. 작가는 또한 너무 많은 사람들이 자신의 삶의 방향을 남에게 내맡기는데, 이것을 바꾸는 방법은 간단하다고 했다. 바로 자기 스스로 이야기를 주도하는 것이다.

작가가 사기꾼이나 미친 사람 같지는 않았다. 적어도 그녀보다는 멀쩡해 보였다. 판타지에 가깝지만 듣고 있으면 마음이 편해졌다. 그런데 문득 의문이 들었다. 다른 사람의 삶을 바꾸고 싶으면 어떻게 해야 할까?

그녀는 온라인으로 사전 체크인을 했고 짐은 기내 휴대용 가방 하나뿐이었다. 보안 검사는 문제없을 것이다. 가방에 위험한 물건도 없고, 옷도 가볍게 입었으며 신발은 신고 벗기 편한 플랫 슈즈였고 금속으로 된 부분도 없었다. 그녀는 (그들 주장에 따르면) 무작위로 선정되어 금속 탐지봉으로 온몸을 훑는 검사를 받으면서도, 문제가 생길 것이라는 생각은 전혀 하지 않았다.

심각한 표정의 보안 요원이 탐지봉으로 그녀의 몸 양쪽을 훑자, 불이 번쩍이며 삑 소리가 들렸다. 남자는 동작을 멈추고 이상한 눈으로 그녀를 바라보았다.

“혹시 몸에 삽입된 금속 장치가 있습니까?”

“뭐라고요? 아니요!”

그녀의 대답은 의도와 달리 좀 큰 소리로 쏟아져 나왔다. 그날 아침 그녀의 몸에서 배출된 것들이 떠올랐기 때문이었다. 혹시 더 나올 게 남아있는 것일까?

“보철이나 심장 모니터 같은 거 없어요?”

“그런 거 없다니까요, 참!”

남자는 그녀에게 통과 신호를 보내주는 대신 단조로운 목소리로 말했다.

“잠시 줄에서 나와 저쪽으로 가주셔야겠습니다. 저기 유니폼 입은 여자 직원 보이시죠? 그 직원이 안내해 드릴 겁니다.”

당황스럽고 좀 걱정도 됐지만, 그녀는 이런 상황에서 당연히 취해야 할 순종적인 태도로 그의 지시를 따랐다. 그녀는 자신이 무작위로 선정된 것이 아닐 수도 있다는 생각이 들기 시작했다.

여성 보안 직원은 그녀를 유리면으로 된 작은방으로 안내했다.

“안으로 들어가서 다리를 벌리고 서 계세요. 발은 바닥에 그려진 그림 위에 놓으시면 되고 팔을 머리 위로 들어 올립니다.”

“왜요?”

“보안 절차입니다.”

“아니, 왜 저냐고요? 제가 왜 저 상자에 들어가야 하죠?”

“스캐너 측정 결과가… 일관되지 않았습니다. 옷 속에 뭔가 위험한 것을 숨기지 않았는지 확인해야 합니다.”

“옷을 벗으란 말인가요? 저 안에 들어가면 어떻게 되죠?”

“옷은 벗으실 필요 없고요, 저 안에 들어가면 저강도 X선에 노출되실 겁니다. 아프지 않아요. 건강에 아무런 위험도 끼치지 않습니다."

켈리가 아무 반응을 보이지 않자, 여자는 약간 짜증 섞인 말투로 다시 말했다.

"1분이면 끝나요. 어서 들어가세요."

"거부하면 어떻게 되나요?"

"그건 당신 권리죠. 하지만 직접적인 체강 수색은 이것보다 더 불쾌하실 겁니다. 당연히 시간도 더 오래 걸리고요. 비행기를 놓치실 수도 있어요."

켈리가 역겨운 표정을 지으며 대답했다.

"미리 알아 다행이네요. 방사선에 노출되는 게 낫겠어요."

"잘 들으세요. 시선은 앞을 보고, 다리는 벌리고, 발은 표시된 곳에 두고, 손은 머리 위로 올립니다. 그리고 최대한 가만히 계세요. 협조해 주셔서 감사합니다."

켈리는 이 상황이 싫었지만, 상자 안으로 걸어 들어갔다. (술집이나 비행기 같은 성역을 제외한) 모든 사적 혹은 공적 공간에서 누구나 총을 공개적으로 혹은 은닉해서 소지할 수 있는 이 멍청한 나라가 싫었다. 정작 무기도 없는 평범한 여성은 고장 난 탐지봉 때문에 터무니없는 수준의 검문을 당하고 있으니 말이다. 그녀는 문득 가임기 여성은 곧 여행하기 매우 힘들어질 것이라던 도나 조의 예견이 떠올랐다. 이미 그 과정이 시작된 것일까?

지시받은 자세를 유지하는 것이 점점 불편해지고 있었다. 뭐가 이리 오래 걸리지? 다른 보안 직원들까지 불러들여 그녀의 젖꼭지를 감상하고 음모에 대해 이러쿵저러쿵 떠들고 있는 건가?

"다 봤어요? 이제 움직여도 돼요?"

그녀가 소리쳐도 아무 대답이 없었다. 그녀는 팔을 내렸다. 누구도 그녀에게 다시 자세를 취하라고 소리치지 않았다. 그녀는 몇 초 망설이다 반대편으로 방을 빠져나왔다. 그때 보안 직원 중 한 명이 그녀를 막아섰다.

"돌아가세요."

남자가 말했다.

그녀는 그를 노려보았다.

"이 정도면 충분히 본 거 아니에요?"

"오늘 비행은 못 하십니다."

그녀가 믿을 수 없다는 듯 그를 바라보았다.

"무슨 소리예요? 왜 못 하는데요? 체크인도 하고 표도 샀는데 날 어떻게 막겠다는 거예요? 아무 이유도 없이…"

남자는 무표정한 얼굴을 유지한 채 그녀에게 말했다.

"이유가 있습니다. 그것을 가진 상태로는 비행기에 탑승할 수 없습니다."

그녀는 속이 울렁거려 침을 꿀꺽 삼켰다. 그럴 리가 없었다.

'가졌다고?'

"무기를 말씀하시는 거라면… 전 없어요. 가방은 가져가셨고, 몸수색은 방금 다…"

"네, 다 봤습니다. 다시 한번 정중히 부탁드립니다. 나가주십시오. 소동을 일으키면 체포될 수 있습니다. 자, 이제 돌아가세요. 가방은 저쪽에 있습니다."

남자는 그녀의 몸에 손을 대지 않았지만, 양치기 개가 순종적인 양 떼를 몰듯 그녀를 움직였다. 그녀는 지시에 따를 수밖에 없었다.

그는 그녀를 데리고 금속 탐지기를 돌아, 줄지어 선 사람들을 지났다. 그리고 그녀의 핸드백과 신발, 바퀴 달린 여행 가방을 지키고 있는 여자 보안 직원에게 다가갔다. 그녀도 총과 테이저 총으로 무장하고 있었다.

"다 왔네요."

남자가 켈리에게 말했다.

"여기 테일러가 공항 밖으로 모시고 갈 겁니다. 즐거운 하루 되십시오."

켈리는 울음을 참으며 우두커니 서있었다.

"이쪽으로 가시죠."

테일러라는 직원은 필요 이상으로 큰 목소리로 말했다.

"가방 챙기시고요."

"오늘 뉴올리언스에 갈 생각이었어요."

켈리가 이해를 구하듯 그녀를 바라보며 말했다.

"그런데 안 된다는 거예요. 이해가 안 돼요. 불법적인 걸 가지고 있는 것도 아닌데 말이에요."

"물론이죠. 그걸 가지는 게 불법은 아닙니다. 이쪽으로 가시죠. 원하시는 만큼 얼마든지 가지셔도 돼요. 숨기든 공개하든 본인의 자유고요. 대부분의 장소에서는 그렇습니다. 하지만 아시다시피 예외가 있어요. 공항의 보안 구역과 기내는 바로 그 예외입니다. 아마 잘 모르셨나 봐요. 억양을 들어보니… 호주? 아니면 영국 분이신가요? 아, 영국 분들은 보통 총을 안 좋아하시던데."

그녀는 머리를 한 대 얻어맞은 것 같았다. 피가 귀로 쏟아져 들어오는 소리 때문에 보안 직원의 말을 다 알아들을 수는 없었지만, 결국 문제는 총이었다. 이 빌어먹을 나라에서는 왜 모두가 총에 그렇게 집착하는 것일까? 그녀는 총을 소지하지 않았고, 지금껏 한 번도 소지한 적 없다고 항변하기 시작했지만 이내 포기했다. 소용없을 것을 알았기 때문이다. 어떤 거들먹거리기 좋아하는 얼간이가 그녀에게 비행을 허락하지 않기로 결정해 버렸으니 어쩌겠는가? 하지만 뉴올리언스까지 운전해 가는 것은 누구도 막을 수 없다. 여섯~여덟 시간 정도 걸릴 테지만, 완전히 망한 것은 아니었다.

계획이 있다고 생각하자 기운이 났다. 옹졸한 공항 직원들이 모든 걸 쥐락펴락할 수는 없는 것이다. 테일러가 문을 밀어 열자 뜨겁고 습한 공기가 쏟아져 내렸지만, 그 순간만큼은 그것도 나쁘지 않았다.

"집에 타고 갈 택시를 불러드릴까요?"

켈리가 그녀에게 고개를 돌렸다.

"불가능한 일이에요. 제 집은 런던이니까요. 전 미국인이 아니거든요."

그녀를 마주 보는 테일러의 표정에 동정심이 어렸다.

"그런 거 신경 쓰지 마세요. 아기는 여기서 태어나면 미국인이 되니까요. 성별이 뭐든 간에 말이에요."

켈리는 멀어져 가는 그녀의 뒷모습을 보며 속이 울렁거리는 것을 느꼈다. 이제 익숙해져 버린 아랫배 통증이 다시 그녀를 찾아왔다. 그녀는 허리를 살짝 숙이고, 아픈 곳을 손으로 눌렀다. 그러자 무엇인가 움직임이 느껴졌다.

그녀가 그 정체를 파악할 새도 없이, 움직임은 더욱 격렬해졌다. 그것은 그녀의 배를 위로 그리고 밖으로 밀어내고 있었다. 이런 경련은 처음이었다. 그녀의 몸속에서 무엇인가 자라나고 있다.

하지만 아기는 아니다. 그녀는 임신했을 리 없다고 단호히 부정했다. 그것은 불가능한 일이었다. 설사 피어스의 정자가 기적적으로 그녀의 피임을 무력화했다 해도, 그를 만난 건 겨우 6주 전이었다. 6주 된 태아는 기껏해야 콩알만 한 크기다. 팔다리도 없다. 지금 그녀 안에서 움직이고 있는 것은 그보다 훨씬 크고 강하다. 그리고 그것이 무엇이든 마치 생살을 뚫고 나오려는 듯 그녀를 밀어내고 있다.

배에서 손을 뗀 순간 그녀는 옷이 불룩 솟아 있는 것을 발견했다. 마치 발기한 음경이 배를 밀어내는 것 같았다. 하지만 지금 그녀를 찌르는 것은 살덩어리가 아니었다. 아플 정도로 단단한 것이었다. 비록 보이지는 않지만, 그녀는 짐작할 수 있었다. 최근 일어난 일들 때문에 상상력이 과하게 발동한 것일 수도 있다. 하지만 그것은 분명 총신처럼 느껴졌다.

육안 해부학

에이미 라브리

에이미 라브리

에이미 라브리의 단편소설은 《미네소타 리뷰》, 《아이언 호스 리터러리 리뷰》, 《스토리쿼털리》, 《시마론 리뷰》, 《플레이아데스》, 《빌로이트 픽션 저널》, 《퍼마프로스트 매거진》 등 여러 문예지에 실렸다. 2007년 그녀의 단편집 《원더풀 걸(Wonderful Girl)》은 〈캐서린 앤 포터 단편문학상〉을 수상했고, 그녀의 단편 작품들은 〈푸시카트상〉 후보로 세 차례 지명되었다. 현재 그녀는 럿거스대학의 학습공동체 '작가의 집'에서 선임 프로그램 코디네이터이자 강사로 일하고 있다.

펜실베이니아주 이스트 폴스에 있는 필라델피아 의과대학원 1학년 의대생 윌리스 혹은 '월리' 앨런 맥카터는 (약간 우중충한? 어쩌면 고풍스러운?) 헨치맨 홀의 접이식 의자에 앉아있다. 숙취가 채 가시지 않은 상태다. 9월의 어느 월요일, 날씨는 밝고 하늘은 맑다. 교실은 특별할 것 없이 밋밋하다. 칙칙한 벽돌 벽에 녹색 카펫이 깔려있고 모르는 학생들로 가득하다. 교실을 보자 예전에 한 여학생이 그에 대해 했던 말이 떠오른다.

'아, 월리, 걔는 베이지색이야.'

그 말은 오래 기억에 남았다.

'걔는 베이지색이야.'

지루하고 평범하고, 딱히 좋거나 나쁘지 않다는 뜻이다. 알록달록한 쿠션이 돋보이는 소파를 원한다면 선택할 만한 색깔이다. 상관없다. 베이지는 어디든 잘 어울린다.

교실 안 조명은 어둑하다. 월리에겐 잘된 일이다. 머리가 지끈거리기 때문이다. 교실에는 토요일 파티에서 본 얼굴도 몇몇 있다. 2학년 선배들이 통과의례의 밤이라고 부르는 행사였다. 조금 전 그가 슬그머니 교실로 들어올 때 누군가 그에게 '변태!'라고 소리칠지 모른다고 생각했다. 하지만 누구도 입 한 번 벙긋하지 않았다. 그날 밤의 기억은 흐릿하다. 아마 별문제 없었을 것이다. (문제가 없긴, 이 역겨운 자식!)

그는 줄지어 앉은 학생들 사이에서 시벌리를 찾아보지만, 그녀의 얼굴은 보이지 않는다. 그는 아카데미 오브 뮤직에서 열린 의사 가운 착복식에서 그녀를 처음 봤다. 무대 가까이 앉아서 환영 연설에 귀를 기울인 모습이었다. 그녀는 꼼짝도 하지 않았다. 핸드폰도 보지 않고 조각상처럼 가만히 앉아있었다. 사람들이 자리에서 일어나 줄지어 나갈 때, 그는 그녀의 이름표를 흘끗 보고 그 이름을 기억하기 위해 머릿속에서 몇 번이고 되뇌었다.

'시벌리.'

그녀는 인도 사람이었다. 작고 표정은 진지했고 얼굴은 예뻤다. 생머리에 안경을 쓴 그녀는 눈빛이 따뜻했다. 그녀가 그를 향해 고개를 돌리자, 그는 얼른 시선을 피하고 고개를 숙인 채 건물을 빠져나갔다.

하지만 오늘, 그녀는 없다.

그들은 입문 과정 3주 차를 맞이해, 개방성 창상 치료에 대해 공부한다. 파워포인트 화면에 하부 후측부에 발생한 치명적인 자창이 크게 확대되어 나타난다. 상처는 보라색, 녹색, 짙은 빨간색 등 온갖 색이 뒤섞여 있고, 피부 가장자리는 자창을 향해 기울어져 있다. 시든 꽃잎이 커다란 구멍 주위를 둘러싼 모습이다.

월리는 속에서 구역질이 올라오는 것을 느낀다. 파워포인트 화면 때문이 아니다. 그는 그런 사진을 좋아한다. (정말 매력적이다!) 이 화면들은 토요일 밤 술판을 떠오르게 한다. 그는 책상에 축 늘어진다. 그러다 아주 예리한 통증이 그를 파고들어, 벌떡 몸을 일으킨다.

다우닝 교수가 월리를 향해 돌아선다.

"그래, 월리? 창상 절제술에 대해 할 말이 있나?"

그는 지난여름 플래시카드로 이 용어를 공부한 적 있다. 죽은 조직을 상처에서 제거함으로써 감염이 악화하지 않도록 하는 처치다.

통증이 장으로 옮겨가, 그는 자리에 앉은 채 몸을 꿈틀거린다.

"잠깐만 나갔다 오겠습니다."

그는 의자를 박차고 일어나 출구를 향해 달린다.

그는 베이지색 벽에 붙은 대학 연대표를 지난다. 1847년 여자 의과대학으로 시작했다고 되어있다. 1847년이라! 많은 여성이 출산 중 과다출혈로 사망하고, 여성 누구도 투표권이 없던 시절이다. 오직 특권을 누리는 소수만 실험실에 들어가 참관하거나, 절단 수술과 뇌엽 절제술을 구경할 수 있었다. 1944년에 이르러서야 대학은 여성을 정식 학생으로 받아들였다. 필라델피아 의대는 국내 의대 중 상위권은 아니다. (사실 132위밖에 안 된다.) 하지만 성적이 그저 그런 편에 불과했던 월리는 자신이 이곳에 있다는 사실이 얼마나 행운인지 잘 알고 있다. 정말, 정말, 정말 운이 좋았다.

월리는 늘 의사가 되고 싶었다. 매년 핼러윈이 되면 가짜 피로 얼룩진 아빠의 낡은 의사 가운을 입고, 프랑켄슈타인 박사로 분장했다. 부모님도 그의 꿈을 열렬히 지원해 주었다. 그들은 그의 열세 살 생일에 실제 크기의 해골 모형을 선물했고, 다른 생일에는 나무로 만든 치아 세트를 주었다. 열다섯 번째 생일 선물은 빅토리아 시대 겸자였고, 고등학교 졸업 선물은 비싼 현미경이었다. 윌리는 현미경에 푹 빠졌다. 렌즈를 통하면 아무리 작은 것도 크게 볼 수 있다는 사실이 그를 사로잡았다. 그는 침 속 박테리아 소용돌이, 속눈썹의 구석구석, 부러진 고양이 발톱을 관찰했다. 양말로 정자를 채집해 슬라이드에 올리기도 했다. 아직 살아있는 정자들은 해양 생물처럼 긴 꼬리를 움직이며 꿈틀대다가, 시간이 지나며 하나씩 죽어갔다. 그가 (가까스로) 의대에 입학했을 때 아버지는 그에게 이니셜 WAM이 새겨진 가죽 케이스 메스 세트를 선물했다. 안에는 메스 여섯 자루, 외과용 가위 두 개, 메스 날 열다섯 개 그리고 곡선형 혈관 지혈 겸자 한 개가 들어있었다.

그의 가족은 그를 자랑스럽게 생각했다. 그들은 아들의 고등학생 시절 별명이 고래라는 사실을 몰랐다. '야, 모비딕!'이라고 부르는 애들도 있었다. 큰 덩치 때문이었다. 하지만 그는 사실 존재감 없는 투명 인간이었다. 체격이 큰 것만 빼면 별로 눈에 띄지 않았다. 고2 때는 미식축구팀 주전 라인배커로 그럭저럭 역할을 했지만, 아버지는 그를 팀에서 빼냈다. 법의학 병리학자였던 그는 손상된 뇌를 수십 건 부검해 본 사람이었다.

"아들, 뇌가 너무 흔들리고 있어. 한 번만 더 뇌진탕을 겪으면 좀비가 될 거다."

학부 1학년 때, 그는 신입생이면 무조건 7킬로그램이 는다는 속설을 이겨내고 헬스장에 다니기 시작했다. 그리고 4년 동안 인체의 모든 체강 이름과 뼈를 연결하는 힘줄, 여성 생식기 기능까지 모두 기를 쓰고 외운 끝에 마침내 이 자리에 왔다. 그는 하루빨리 의대 수업을 듣고 싶었다. 필수 과목으로는 생화학과 육안 해부학 그리고 병리학 수업에 등록했고, 선택 과목 중에는 뇌질환 수업을 신청했다.

월리는 이제 별명은 없었으면 한다. 같은 수업을 듣는 학생들에게 자신의 과거를 알리고 싶지 않다. 친구들과 어울리기 위해 늘 애써야 했고 한때 몸무게가 170킬로그램 나갔으며 (엄밀히 말해) 아직 동정이라는 사실 같은 것들 말이다. 앤디 우 같은 몇몇 조용한 학생들은 아마 신경 쓰지 않을 것이다. 그들은 월리처럼 학구적이라 자신의 전문 분야를 공부한다는 사실에 들떠있을 뿐이다.

그의 신경을 건드리는 유일한 학생은 브랜드 캐럴이다. 그는 월리가 뚱뚱하고 피부도 안 좋다며 무시하던 아이들을 생각나게 했다. (그럼에도 그들에게 잘 보이고 싶은 게 사람 마음 아닌가?) 브랜든은 금발에 자신감 넘치고, 여자 문제로 고민해 본 적 없는 딱 그런 부류다. 응석받이에 특권 의식 가득한 사람 말이다. 월리는 브랜든이 'DR2B' 즉 '의사가 될 예정'이라고 쓴 맞춤형 번호판을 단 샛노란 카마로를 운전하는 모습을 보는 순간, 이 생각을 굳혔다.

'재수탱이.'

하지만 바로 그 브랜든이 그를 남학생 전용 파티에 초대했다.

"야, 친구. 그건 전통이야."

대학원생 기숙사에서 월리를 마주친 브랜든은 이렇게 말했다. 월리는 그가 헤드록을 걸거나 다른 신체적 해를 끼칠까 긴장했지만, 그런 일은 일어나지 않았다.

“너 좀 내성적인 거 알아. 다 괜찮아.”

브랜든은 파티가 편안하면서도 흥미로울 것이라고 했다.

“말하자면 신고식 같은 건데… 강도는 좀 있을 거야.”

브랜든이 장난치듯 그를 슬쩍 밀쳤다.

“너도 마음에 들걸!”

브랜든은 여자 문제로 속 태울 일이 절대 없다. 월리와는 딴판
이다. 그는 여자와 키스해 본 적도 없고, 실제 가슴을 만져본 적도
없다. 당연히 여자랑 섹스를 해본 적도 없다. 정확히 말하면, 거의
없다.

사실 그의 인생에도 크리스털이라는 여자가 있었다. 그녀는
그와 같은 동네에 살았는데, 이혼한 그녀의 엄마는 밤마다 일을
나갔다. 크리스털은 소위 말하는 헤픈 여자, 쉬운 여자였다. 남자
앞에서 주저 없이 무릎을 꿇고, 버스 정거장에서 다리를 벌려 손
가락을 넣게 해주고, 삼키는 것도 좋아하는 그런 여자 말이다.

학부 졸업 학년, 디크 바튼의 수영장 바비큐 파티가 열리던 어
느 금요일 밤이었다. 월리는 잘 꾸며진 디크 부모님 침실에서 킹
사이즈 침대 위에 쓰러진 크리스털을 발견한다. (여기가 바로 디크
부모님이 그걸 하는 곳이다. 아마도 아저씨가 아줌마를 무릎 꿇게 하고 뒤에
서 하겠지.) 침대 머리맡 벽에는 스텐실로 찍어낸 것 같은 둥글둥글
한 흘림체로 ‘마음이 있는 곳이 집이다’라는 글귀가 쓰여있다. 크
리스털은 하얀 물방울무늬가 찍힌 파란색 민소매 원피스를 입었
다. 월리는 그녀가 깨지 않기를 바라며, 조심스럽게 그 곁에 앉는
다. 맥박을 확인해 보니 정상이다. 강하고 뚜렷하다.

그는 침실 문을 잠근다. 빌과 그 패거리들이 그녀를 건드릴 것

이 뻔하기 때문이다. 다시 침대로 돌아온 그는 그녀의 기도를 확인하고, 토하더라도 질식하지 않도록 몸을 옆으로 살짝 돌린다. 그는 싸구려 술을 두 잔 마신 터라 머리가 멍하지만, 정신을 놓지 않으려고 애쓴다. 이유는 알 수 없다.

그녀의 발목은 사슴처럼 가늘고 섬세하다. 그것은 경골이다. 그는 원피스를 조금 걷어 올린다. 무릎뼈 즉 슬개골이 보이고 뒤이어 넓은 허벅지뼈 즉 대퇴골이 드러난다. 크리스털이 몸을 뒤척이자 그는 얼어붙는다. 잠시 후 원피스를 더 걷자 이제 골반 부위를 덮은 흰 레이스 팬티가 보인다.

밖에서는 팝송이 요란하게 울려 퍼진다.

"이 밤을 최대한 즐기자, 내일은 없는 것처럼…"

멀리서 누군가 몸을 웅크리고 수영장에 뛰어들어 물보라 일으키는 소리와 날카로운 비명 소리가 들린다. 저런 게 다른 사람들에게는 참 쉬운 일이구나.

그는 부드럽게 굽은 손가락과 작은 손톱을 바라보며, 그녀의 팔을 들어 올린다. 그리고 침대 위에 툭 떨어뜨린다. 잠시 기다려 보지만, 그녀는 꼼짝도 하지 않는다.

그는 그녀를 다치게 하지 않을 것이다. 몸을 기울이자, 그녀에게서 좋은 냄새가 났다. 아이보리 비누와 여자 특유의 향이다. 그래, 여자 냄새다. 그는 여자 성기에 이렇게 가까워 본 적이 없다.

그는 그녀의 다리를 슬쩍 밀어 양쪽으로 벌린다. 팬티 밖으로 삐져나온 구불구불한 음모를 보는 순간, 심장이 튀어 오른 듯 목구멍이 쿵쾅거린다. 그는 카키색 면바지 지퍼를 내리고 발기한 성기를 꺼낸다. 그는 그녀의 피부에 난 상처에 시선을 고정한다. 제

모하다가 생긴 상처 같다. 다른 누구도 보지 못하는 가장 은밀한 디테일이다.

누군가 문손잡이를 잡아당긴다. 여자 목소리도 들린다.

"크리스털, 괜찮아?"

월리는 숨을 멈추고 기다린다. 크리스털은 여전히 꼼짝도 하지 않는다. 누군가 들어오기 전에 혹은 그녀가 깨어나기 전에 끝내야 하는 긴박한 상황이라는 사실이 묘하게 자극적이다.

그녀의 팔을 뒤덮은 주근깨와 부드럽게 구부러진 손가락을 보며, 그는 지금껏 포르노에서는 느껴보지 못한 흥분을 느낀다. 하지만 그를 가장 흥분시키는 것은 바로 그녀의 무력함이다. 그녀는 그가 곧 폭발할 것이라는 사실을 모른다. 물을 뺀다, 싼다, 뽑는다고 표현하는 바로 그 행위 말이다. 그는 거의 손도 대지 않고 사정한다. 물론 그녀 위에 하지는 않는다. 절대 안 될 일이다. 그는 크리넥스를 이용한다. 쾌감이 너무 강렬해, 마치 아이스크림을 크게 한입 베어 먹은 듯 관자놀이가 찌릿하게 아프다.

30분쯤 후 크리스털이 정신을 차릴 즈음, 그는 침대 끝에 앉아 침실용 탁자에 놓여있던 《아임 오케이 유어 오케이》라는 책을 읽고 있다.

"오, 이런, 월리. 안 돼!"

그녀의 말에 그가 책을 덮고, 그녀를 향해 미소 짓는다.

"걱정 마. 아무 일 없었어."

그녀는 주변을 더듬어 샌들을 찾는다. 조금 전 월리는 그녀의 샌들을 벗기며, 빨갛게 칠한 발톱을 눈여겨보았다.

"고마워."

그녀가 그에게 키스를 할 것 같은 분위기다. 어쩌면 진짜 할 것 같다. 하지만 그녀는 하지 않는다. 대신 그의 손을 가볍게 두드린다.

"좋은 남자가 되어줘서 고마워."

바로 그 순간, 윌리는 역시 옳은 일을 했다고 느낀다. 사실 그는 아주아주 나쁜 짓을 했지만, 그 사실은 아무도 모를 것이다.

지금 윌리는 사타구니 통증 때문에 화장실에 도착하기 전 바지에 똥을 싸게 될까 봐 너무나 두렵다. 학기 두 번째 주를 시작하는 방식치고는 전혀 고상하지 못하다. 그는 화장실 칸에 들어가 카키색 바지를 내리고 변기에 앉는다. 성공한 것이다. 하지만 통증은 아랫배에만 국한된 게 아니다. 성기에도 통증이 느껴진다. 그는 가까운 창으로 들어온 빛에 성기를 비춰 보고, 부러질까 조심스럽게 그것을 만져도 본다. 귀두 근처에 패립종처럼 보이는 작고 하얀 돌기들이 모여있다. 의학 용어로는 코메도 혹은 면포라고 한다. 모기나 진드기에 물린 것처럼, 강렬하진 않지만 어렴풋하게 가려움이 느껴진다. 하지만 진드기에 물린 것은 아니다. 그가 돌기 하나를 꼬집자, 구멍에서 작은 벌레가 기어 나오듯 걸쭉한 고름이 흘러나온다. 또 하나를 꼬집어 보지만, 결과는 같다. 그는 마치 직장 검사를 하는 항문의처럼 주변을 더듬어 본다.

'이렇게 하면 아픈가? 여기를 만지면 불편감이 느껴지나?'

그는 음낭과 직장(항문) 주변에서도 비슷한 돌기들을 발견한다.

자꾸 손이 닿아 성기는 반쯤 발기한 상태다. 그는 남자들이 평소 말하듯, 한 판 문질러 풀어주는 방법도 생각해 본다. 긴장도 풀리고 기분 전환도 될 것이다. 그는 이 행위를 부르는 말 중 '오나이즘'이라는 표현을 좋아한다. 그가 가장 좋아하는 월트 위트먼 시에 등장하는 용어다. 그때 문득 토요일 사정 순간이 떠오른다. 양이 얼마나 많았는지, 어쩌다 거기까지 가게 되었는지 등의 기억이다. 그는 다시 속이 울렁거린다. 자위는 참는 것이 좋겠다. 그날의 기억이 사라지는 데 얼마나 걸리는지, 이 돌기들이 사라지는 데에는 또 얼마나 시간이 필요한지도 두고 봐야 할 것이다. 사실 돌기는 큰 걱정거리가 아니다. 더 끔찍한 일이 생길 수도 있었으니 말이다.

월리는 성기를 세게 감싸 쥐어본다. 피가 뿜어져 나올지도 모르지만, 그것은 어쩌면 당연히 받아야 할 벌일 것이다. 이 증상은 그날 벌어진 일과 관련된 것이 분명하기 때문이다. 일종의 성병일 가능성이 높다. (콘돔을 쓰지 않다니, 멍청하기는!)

그는 몸을 추스르고 거울을 본다. 너부데데한 애처로운 얼굴이 거울에 비친다. 그의 머릿속에 맴도는 노래가 있다. 〈라이크 어 버진〉이다. 엄마가 저녁을 준비하며 채소를 썰 때 즐겨 듣던 노래다. 하지만 그는 '버진'이 아니었다. 그는 더 이상 동정이 아니었다. (그는 변태였다.)

침착해야 한다. 다음 수업이 끝날 때까지 미친 사람처럼 굴지 않고 버텨야 한다. 다음 수업은 그가 가장 좋아하는 해부학 수업이다. 해부학 즉 '아나토미'는 그리스어에서 '위'를 의미하는 '아나'와 '자르다'는 뜻을 가진 '톰'으로 이루어진 단어다. 오늘 그들은 자르는 법을 배울 것이다.

시체는 지난주에 도착했다. 처음 두 번의 수업에서는 교과서 내용만 다루었다. 피부를 겹겹이 벗겨내는 방법, 지방층을 지나 근육을 걷어내고 장기와 뼈에 도달하는 과정을 설명했다. 뼈는 전기톱으로 잘라야 한다. 이 부분에 이르자 윌리는 몸이 근질거렸다. 어서 핵심으로 들어가고 싶었다.

해부학 실습실에 들어갔을 때, 시체들은 이미 해부대에 놓여 있었다. 시체는 마치 선물처럼, 머리부터 발끝까지 흰 비닐에 싸여있었다. 비닐을 풀고 해부를 시작하기 전, 목사가 학생들을 인도해 기도를 시작했다.

"살아있는 몸을 치료하는 방법을 찾을 수 있도록 학생들에게 자기 몸을 내준 기증자들을 축복하소서."

브랜든은 가장 큰 목소리로 '아멘'을 외쳤다. 윌리는 신을 믿지 않기에 가볍게 고개만 숙였다. 그보다 그는 뱃속에서 들려오는 꾸르륵 소리가 신경 쓰였다. (포름알데히드가 식욕 촉진제라도 되나 보다.)

윌리에게 배정된 시신의 이름은 앤지였다. 시체에 대해서는 간단한 정보만 제공되었다. 나이는 22세, 체중은 46kg, 키는 162cm, 사인은 헤로인 과다복용이었다. 언제 마약을 시작했는지, 무엇 때문에 주사를 맞게 되었는지 등 생전의 삶에 대한 정보는 없었다. 길고 검은 머리카락은 얼굴에서 바싹 당겨 뒤로 넘겨져 있었고, 팔다리는 가늘었다. 피부는 방부액 때문에 누리끼리했지만, 팔꿈치 안쪽 보드라운 피부 위에 작은 딱지처럼 자리 잡은 바늘 자국만 빼면 잡티 하나 없이 깨끗했다. 아마도 가출해 노숙 생활을 하던 중, 누군가 시신 기증 동의서를 내밀기에 서명했을 것이다. 만약 다른 삶을 살았더라면, 대학 시절 윌리가 감히 데이트 신청할

엄두를 내지 못한 많은 여자들 중 하나가 되었을지도 모른다.

손톱은 바짝 물어뜯은 상태였고, 팔에는 작은 검은색 별이 여러 개 찍혀있었다. 집에서 잉크로 새긴 문신이었다. 귀에는 플러그 피어싱을 빼낸 자리가 보였고, 입술과 코에도 작은 구멍이 있었다. 스터드 피어싱 자국이었다.

그녀는 놀라운 존재였다.

첫날은 시신의 정보를 기록하는 것 외에는 아무것도 하지 않았다. 그녀의 상반신 비닐을 벗길 때 윌리는 민망함을 느꼈다. 갈비뼈 하나, 둘, 세 개가 툭 튀어나와 있었고 배는 푹 꺼졌으며 배꼽은 작은 소용돌이 모양으로 부풀어 있었다. 하반신이 파란 방수포로 가려져 있어, 그녀의 몸은 마치 곧 바다로 떠날 배 같았다.

그는 그녀의 가슴만큼은 보지 않겠다고 다짐했다. 하지만 그의 시선은 이미 연필 끝에 달린 지우개처럼 작고 핑크빛이 도는 유두, 그보다 짙어 갈색에 가까운 유륜을 향해 있었다. 체구에 비해 큰 가슴이었다. (한 손에 다 잡히지 않을 정도였다!) 하지만 그는 그런 쪽으로 생각하지 않으려고 한다. 그녀는 (한때, 살아있을 때) 아름다운 가슴을 가진 여자였다. 순간 사타구니가 움찔했다. 하지만 그는 걱정하지 않았다. 그는 24세 남자였다. 꽉 끼는 바지를 입고 빠르게 걷기만 해도 발기할 나이다. 지난주 동네 슈퍼마켓에서 나이 지긋한 계산원이 허스키하고 관능적인 목소리로 안녕히 가시라고 인사했을 때도 그의 물건은 벌떡 일어섰다.

"시체 처음이야?"

윌리가 옆 학생에게 물었다. 앤드루 유였다.

앤드루는 의자에 앉아 심호흡을 여러 번 해야 했다.

"응, 할머니, 할아버지 돌아가셨을 때 빼면 처음이지."

그는 월리에게 같은 질문을 던지지 않았다. 설사 했다 해도, 월리가 무슨 대답을 할 수 있겠는가? 여덟 살 때 아버지 사무실에 몰래 들어가 산처럼 쌓인 부검 기록과 사진을 보았다고 말할 것인가? 그가 처음 본 시체는 남자 친구에게 열다섯 번 찔려 죽은 소녀였다. 오른손바닥의 관통상, 오른쪽 상부 흉부의 7.6cm 자상 등 모든 상처가 상세하게 기록되어 있었다. 알몸 사진도 있었다. 정면, 후면 그리고 측면 나체 사진과 머리, 목 사진 그리고 칼이 들어갔다 나온 자국이 담긴 사진들이었다. 그것이 월리가 본 첫 번째 시신이자 첫 번째 알몸이었다.

이 시신은 예뻤다. 방부액 때문에 부풀고 피부는 누렇게 변했지만, 아름다움은 남아있었다. 그녀는 약(히로뽕, 백색가루, 작대기)을 얻기 위해 온갖 일을 해야 했을 것이다. 그중 하나가 바로 과학에 몸을 파는 것이었고, 그 덕분에 월리 맥카터, 앤드루 유, 시벌리 파텔, 브랜든 캐럴 그리고 다른 많은 학생들이 해부학을 공부할 수 있게 되었다.

옛날에는 그녀도 아름다운 미소를 지닌 소녀였을 것이다. 월리는 세 번째 해부학 수업을 위해, 소독제로 손을 씻고 파란 수술복을 입는다. 오늘 그들은 시신을 절개한다. 정확히 말하면 피부를 벗기게 될 것이다. 그녀도 거기 있을 것이다. 이상한 일이지만 월리는 긴장한다. 마치 여자 친구와 데이트를 앞둔 기분이다.

손을 다 씻은 그는 해부대 옆 금속 트레이에 메스, 실 그리고 다른 도구들을 가지런히 정리해 놓는다. 해부 수업 중에 개인 도구는 사용할 수 없다. 예전에 해부학 실습실 담당 강사가 분명하게 설명한 바 있었다.

"도구는 학교에서 제공합니다, 학생."

그는 월리의 질문 자체가 이상하다는 듯 수염을 쓰다듬으며 말했다. 그래서 월리는 아빠에게 선물 받은 메스 세트를 기숙사 서랍 맨 위 칸에 넣어두었다. 잘 개킨 팬티(여전히 XL 사이즈다)와 거의 쓸 일이 없었던 랄프 로렌 폴로 향수 옆이었다. 그는 더 이상 기다릴 수 없었다. 당장이라도 절개를 시작하고 싶었다.

앤드루 유가 도착하고 데이브 존슨도 들어온다. 월리가 잘 모르는 다른 세 학생이 뒤이어 실습실에 입장한다. 앤드루는 아니지만, 데이브와 나머지 셋은 그날 파티에 있었다. 그 누구도 월리에게 말을 걸지 않는다. 이상한 행동인가? 판단하기 쉽지 않다. 해부를 앞두고 긴장한 것일 수도 있으니 말이다.

강사는 학생들에게 시신의 포장을 완전히 벗기라고 말한다. 오늘은 시신이 배를 아래로 향한 채 엎어져 있다. 학생들이 넓은 등에서부터 최상층 피부를 벗겨낼 수 있도록 배려한 것이다. 데이브 존슨이 비닐을 벗긴다. 앤지가 아니다. 덩치 큰 백인 남자다. 월리가 뚱뚱했을 때보다 더 크다. 해부대에 간신히 다 올라갈 정도다.

"조지프 P."

데이브가 차트를 흔들며 말한다.

"네 여자는 다른 사람한테 갔나 봐."

그가 주먹으로 입을 가리고 웃는다.

월리는 주변을 둘러본다. 흰 가운 입은 학생들이 시체 위로 몸을 기울이고 있다. 그녀는 보이지 않지만, 자리가 열여섯 개나 되니 어딘가에는 그녀가 있을 것이다. 그는 집중해야 한다. 필기도

하고 강사의 말에도 귀 기울여야 한다.

"오늘은 첫 한 겹만 자를 겁니다."

강사가 말한다.

"이 과정을 마치고 나면, 여러분은 채식주의자가 되거나 아니면 식인종이 될 거예요."

오도넬 박사는 부스스한 백발의 유쾌한 남자다. 기증자의 선물인 시신이 얼마나 숭고한 것인지에 대해 설교하고, 어떻게 대해야 하는지 알려준 사람도 박사였다. 그는 또한 몇 가지 규칙을 정하기도 했다.

"시신에게 별명을 붙이지 마세요. '밥'이라든가 하는 이름 말이에요. 손발을 잘라서 열쇠고리로 만들어도 안 됩니다. 집에 데려가 엄마한테 소개시키는 건 절대 안 돼요."

학생들은 웃었고, 월리는 한 박자 늦게 동참했다.

월리는 앤지에게 무슨 일이 생긴 것인지, 시신은 왜 바뀌었는지 궁금하다.

앤드루 유가 그에게 메스를 내민다. 얼굴이 약간 창백하다. 그는 해부학 실습을 견디지 못해 결국 의대를 그만두는 많은 학생들 중 한 명이 될 수도 있다.

"네가 할래?"

"좋지, 친구."

월리는 살짝 고개를 숙이며 메스를 건네받는다. 날카롭고 반짝이는 메스다. 오랜 시간 수백 구의 시신을 해부하는 데 사용되었을 것이다. 날은 새것이라, 손가락을 스치기만 해도 피부가 아가미처럼 쩍 벌어질 것 같다.

데이브가 의료용 매직펜으로 등 중앙에 보라색 점선을 그려 놓았다. 피부를 벗기기 위해 메스가 지나가야 할 길을 표시한 것이다.

월리는 장갑 낀 손을 시신의 어깨뼈 사이에 놓는다. 그리고 그 손으로 시신의 등을 단단히 누른 채, 첫 번째 갈비뼈 위에 메스를 위치시킨다. 나중에는 척추도 절단하게 될 것이다. 그러면 이 시체는 다시는 걷지 못하게 되겠지. (하하하!)

"생각보다 세게 밀어줘야 합니다."

교수가 말한다. 월리가 손에 힘을 더 주자, 피부가 벌어지는 게 느껴진다. 순간 주말의 기억이 또다시 떠오른다. 그가 밀었을 때… 그가 밀었던가? 메스가 쑥 들어간다. 원래 들어가야 하는 깊이보다 깊은 것 같다. 벌어진 피부 사이에서 코티지치즈처럼 하얀 지방이 쏟아져 나온다.

이제 기억난다. 그때 그는 무언가에 닿았다. 그녀 안에 스펀지 혹은 탐폰 같은 것이 있었다. 당시를 떠올리자, 그는 웃음이 터질 것만 같다. '진짜야. 내가 진짜 그 짓을 하고 있어!' 하는 의미의 웃음이다. 그가 웃기 시작한 순간, 사타구니에 다시 찌르는 듯한 통증이 찾아온다. 월요일 병리학 수업 때보다 심한 통증이다.

브랜든 캐럴이 실습실 이곳저곳을 돌아다니고 있다. 분홍색 얼룩이 묻은 흰 거즈 한 조각을 들었는데, 시체는 피를 흘리지 않으니 아마도 살점 일부일 것이다. 그가 월리 옆으로 와 고개를 들이민다.

"잘해놨네, 친구."

말을 멈춘 그가 한 걸음 물러선다.

"냄새 뭐지? 야, 뭔가 이상해."

월리는 시체 냄새일 것이라고 생각하며 코를 킁킁거리지만, 곧 깨닫는다. 그것은 포름알데히드가 아니다. 다른 무언가가 악취를 풍기고 있다. 어쩌면 상한 치즈나 썩은 음식 혹은 곰팡이처럼 어딘가 변질된 월리 자신에게 나는 냄새인지도 모른다. 월리는 혹시 화장실에 있을 때 무슨 냄새가 나지 않았는지 생각해 보지만, 기억나지 않는다. 어쨌든 지금 나갈 수는 없다. 하던 일을 끝내야 한다.

수업이 끝나자마자 월리는 휘트먼 홀 샤워실로 향한다. 대학원생들이 많이 사는 곳이다. 그는 다른 사람이 너무 가까이 다가오지 못하도록, 오션브리즈 향 바디 스프레이를 잔뜩 뿌렸다.

샤워실로 가는 길에 그는 시벌리를 마주친다. 그녀는 마치 그를 알아보지 못하는 듯, 이상한 눈으로 그를 바라보고 있다.

"토요일 밤엔 어떻게 된 거야?"

그녀가 묻는다. 그녀의 눈 밑에 다크서클이 드리워져 있다. 월리 걱정에 잠이라도 설친 것일까?

월리는 진심으로 시벌리를 좋아한다. 그녀를 순수하게 지켜주고 싶기에 자위할 때에는 떠올리지도 않는다. 그런 저질 이미지에 그녀를 포함시켜 둘의 만남을 더럽히고 싶지 않다. 그는 어릴 때부터 포르노를 너무 많이 봐서, 이제는 자신도 걱정될 만큼 자극적인 영상을 봐야만 흥분할 수 있다. 거대한 딜도를 삽입하거나 자신이 키우는 버나드들과 관계하는 노부인의 영상 같은 것들 말이다. 최근에는 어린 소녀들이 재갈을 물고 묶여있는 영상을 보는

데, 때로는 그들이 정말 납치된 것이 아닐까, 연기가 아니라 진짜 우는 게 아닐까 하는 생각이 든다. (솔직히 그런 생각이 그를 절정으로 몰아간다. '이것들이 정말로 고통받는 몸이라면 어떨까?' 하는 생각 말이다.)

시벌리가 너무 가까이 서있다. 그녀 얼굴의 작고 둥근 모공들이 보인다. 계피 향이 묻은 숨결도 느껴진다. 문득 그녀 역시 그의 냄새를 맡는 것 아닌가 하는 생각이 든다. '그 냄새'가 나면 어떡하지?

이건 너무 과하다. 예전에 여동생 못 먹게 하려고 초콜릿 바 열다섯 개를 한 번에 입에 쑤셔 넣었던 때와 비슷하다. (그러니 고래라고 하지!)

월리는 한 걸음 물러선다.

"아무 일 없었는데, 아가씨."

그가 대답한다.

"모든 게 오케이야."

그는 윙크를 하고는 순간 자기 행동에 놀라 종종걸음으로 자리를 떠난다.

샤워실에 들어간 월리는 성기를 만지다 깜짝 놀라 뒷걸음질 친다. 그는 하마터면 타일 바닥에서 미끄러져 넘어지면서 머리를 부딪칠 뻔한다. 데이브나 앤드루가 그를 발견하는 장면을 상상해 본다. 피가 소용돌이치며 하수구 구멍으로 흘러가고 있겠지. 그는 손끝으로 성기 가장자리를 더듬다가 갈라진 틈을 발견한다. 압력 때문에 피부가 벌어져 홈이 생겼다. 돌기들은 피를 머금은 소혈종이 되었다. 그는 참지 못하고 하나를 꼬집어 터뜨린다. 피가 터져 나와 벽에 별 모양으로 부딪친다. 그는 재빨리 피를 씻어낸다. 그리고 미끄러운 벽에 위태롭게 몸을 의지한 채 나머지 혈종들도 같은 방식으로 처리한다. 일을 모두 마치자 역겨움과 만족감이 동시에 느껴진다. 다시 성기를 더듬어 보니 부기가 많이 빠졌다. 감염을 다 짜냈기 때문일까?

월리는 컴퓨터를 사용하기 위해 마이클 콜린스 의학 도서관으로 간다. 노트북에 검색 기록을 남기고 싶지는 않다. 그는 그곳에서 엄청난 양의 정보를 찾는다. 충격적인 내용도 있다. (암, 매독, 에이즈 같은 것들이다.) 가능성 있는 후보들이 꽤 많이 나왔지만, 가장 그럴듯한 건 헤르페스 또는 임질이다. 치명적인 병은 아니다. 별일 아니다. 치료할 수 있다.

그는 월그린에 들러 발진 크림과 항히스타민제인 베나드릴을 산다. 부기를 가라앉히기 위해 치질약인 프레퍼레이션H도 구입한다.

방에 돌아와 문을 잠근 그는 다시 상태를 확인한다. 그 부위를 보자 제일 먼저 이런 생각이 머리를 스친다.

'고기 삶을 때랑 비슷하네.'

귀두 주변의 흰 돌기들은 붉게 변했고, 끄트머리에서는 녹색 액체가 질질 흐른다. 확실한 감염의 신호다. 반점들이 단단하게 굳어서, 성기 기둥의 불뚝 솟은 부분을 따라 작은 리마콩을 붙여 놓은 것 같다. 3번 메스를 사용하면 될 것이다. 전에도 메스를 써서 옆구리에 난 점을 혼자 깨끗하게 잘라낸 적이 있다. (점은 다시 났다.) 하지만 지금은 열도 나고 손도 떨린다. 자칫 끔찍한 일이 벌어질 수도 있다. 성기 기둥을 따라 뻗은 동맥을 자르기라도 하면 정말 큰일이다. 도서관에서 조사한 내용 중에는 심각한 감염에 대한 것도 있었다. 방치할 경우 산호처럼 계속 자라고 번식해서, 성기 전체가 따개비로 뒤덮인 꼴이 될 것이라는 내용이었다.

그는 다음 날 수업에 들어가는 자기 모습을 상상한다. 태연한 척하지만, 바지 다리통으로 살점이 흘러내려 바닥에 철퍽 떨어진다. B급 공포영화라면 그 순간 프리스비를 쫓던 개가 달려와 살점을 집어먹고 주인에게 돌아가 얼굴을 핥을 것이다.

열이 올라 머리가 뜨겁다. 월리는 이런저런 계산 끝에 결정을 내린다. 항생제를 먹으면 다음 해부학 수업 전까지 다 없어질 수도 있다.

템플 대학병원 응급실을 찾은 그는 키가 큰 인도 출신 남자 의사를 만난다. 정중하지만 잡담은 하지 않는 스타일이다. 그는 월리에게 최근과 과거의 성 경험을 구체적으로 묻는다. 월리는 솔직하게 대답하지 않는다. 무슨 일이 일어났는지 정확히 모르겠고, 파티에서 만난 어떤 여자에게 옮은 것 같다고 대충 둘러댄다. 의사는 다시 월리에게 최근 해외에 간 적 있는지 혹은 다수 사망자가 발생한 재난 현장에서 일한 적이 있는지 묻는다.

"이런 감염은 보통 대참사 현장에서 일할 때 볼 수 있거든요."

월리가 대답한다.

"전 가장 멀리 가본 곳이 아이다호 북부인데요."

이 역시 터무니없는 거짓말이다. 그는 아이다호 근처에도 가본 적 없다.

의사는 안경을 고쳐 쓰고, 월리가 의대 입학시험을 볼 때 쓴 것과 비슷한 작은 연필로 차트에 무언가 기록한다. 그는 월리의 몸에 생긴 딱지를 면봉으로 문질러 검사실로 보내고, 월리에게 혹시 독감 증상이 있는지 묻는다. 순간 월리가 재채기를 한다.

"혈액 검사 결과가 나오면 더 자세히 알게 되겠지만, 이건 아주 희귀한 감염입니다. 인간 사이 접촉으로 발생한 사례는 저도 처음 봐요."

의사는 감탄을 멈추지 않는다. 25년 의사 생활을 하면서 감염이 이렇게 빠르고 공격적으로 진행되는 것을 본 적이 없단다.

"감염 부위에 손댄 적 있나요?"

월리는 이번에도 거짓말을 한다.

"아니요, 선생님. 전 의료 전문가에게 맡기는 게 최선이라고 생각하는 편이거든요."

의사는 다시 차트에 뭔가 적는다.

"어릴 때 수두 앓았나요?"

월리는 그렇다고 대답한다. 이것만큼은 사실이다.

"너무 이상해요. 놀라울 정도입니다. 동료 의사들을 불러서 의견을 들어보고 싶군요."

월리는 자신을 둘러싼 여러 얼굴들이 자기 사타구니를 유심히 들여다보는 모습을 상상한다. 이가 딱딱 부딪히고 얇은 환자복 아래에서 무릎이 달달 떨린다. 감기에 걸리고 있는 게 분명하다.

의사는 단어를 신중하게 선택하며 치료 과정을 설명한다. 감염 확산을 막기 위해 죽은 피부를 제거해야 하는데(창상 절제! 이 용어를 이렇게 다시 접하다니 재밌는 일이다.) 그러기 위해 전문의를 불러야 하고, 월리에게는 도뇨관을 삽입하고 진정제를 투입해야 한다. 검체 체취도 필요하다.

솜으로 감싼 윌리의 음경이 소리 없이 욱신거린다. 쉴 새 없이 땡그랑거리는 종 같다. 이 순간도 그놈은 늘 원하던 것을 원한다. 적절한 자극만 주어지면 그는 금세 사정까지 할 수 있다는 사실을 잘 알고 있다. 병원 바닥에 쏟아낼 수도 있다. 이건 고통스러운 병이다.

의사가 입원 절차를 밟으러 자리를 뜬다. 윌리는 그가 전화기를 들어 경찰에 신고하는 모습을 상상한다. '수상한 행위'를 목격했다고 하겠지. 그는 병원의 쌍여닫이문을 밀치고 밖으로 나온다. 환자라면 언제든 이렇게 할 수 있다. 이것이 바로 AMA 즉 의사 권고에 반한 퇴원이다.

그는 그녀가 또 보고 싶다. 뭘 하겠다는 게 아니다. 그저 보기만 해도 좋겠다. 그녀의 몸에 손을 얹고, 이 일이 그가 꾸는 악몽이 아님을 확인하고 싶다. 학부 때 그는 기절한 적이 있다. 그래서 의과대학원에서는 그러지 않으리라 다짐했다. 하지만 이번은 달랐다. 그것은 기절이 아니었다. 그는 그녀를 또렷이 기억한다. 그녀의 피부, 안으로 밀고 들어가기 힘들었던 순간, 저항과 그 뒤의 해방감 모두 생생하다. 그는 굵고 서툰 손가락으로 그녀를 더듬었다.

그는 다시 그렇게 하고 싶다. 그녀가 변했더라도 상관없다.

그는 정상이 아니다. 반드시 치료를 받아야 한다. 정신과 상담이 필요하다. 고1 때도 그는 정신과 치료를 받았다. 엄마가 그의 침대 밑에서 여동생 인형을 발견했는데, 인형은 발가벗겨진 채 끈적하고 냄새나는 점액으로 뒤덮여 있었다. 하지만 이번에는 그녀에게 아무 짓도 하지 않을 것이다. 그럴 생각은 눈곱만큼도 없다.

토요일 밤, 그에게는 이런 일이 있었다.

육안 해부 실습실은 테넌트 빌딩 지하에 있다. 워커스레인을 따라 세 블록에 걸쳐 펼쳐진 캠퍼스 중심에 위치한 건물이다. 건물 정면에는 으르렁대는 커다란 곰이 새겨져 있다. 학교 마스코트다. 그날 밤 건물 로비는 텅 비어있었다. 브랜든이 매수한 경비원이 그들을 건물 안에 들여보내 주었다. 그래, 괜찮다. 윌리는 기분이 좋다. 그럭저럭 나쁘지 않다. 그는 이들과 잘 어울려 볼 생각이다. 여기 있는 애들은 진짜 학자들이다. 이건 학부 시절 멍청한 동아리 파티가 아니고, 이 사람들은 부모가 사준 차나 몰고 다니는 철부지가 아니다. 똑똑하고 성실한 학생들이다.

쌍여닫이문을 밀고 들어가기 전, 그는 잠시 생각한다.

'아닌 것 같아. 이건 아니야. 이런 위험을 감수할 필요는 없어. 그냥 집에 가서 포르노 보고 왕좌의 게임이나 보면 되잖아.'

하지만 문득 아버지가 떠오른다. 이 상황에서 아버지라면 어떻게 행동했을까? 아버지는 어떤 것도 두려워하지 않았다. 윌리는 아버지가 자신을 걱정한다는 것을 알았다. 그는 특이한 아이였고, 좀 더 사교적이어야 하지만 그러지 못한 아이였다. 그는 좀 달랐다. 편하게 웃고 활짝 미소 짓는 유전자가 그의 몸에는 없었다. 대신 그는 불안할 때 몸을 씰룩거리고, 무언가의 아래를 지날 때면 몸을 웅크리는 습관이 있었다. '고래'라는 별명처럼 뚱뚱하긴 했어도 키가 크진 않았는데 말이다.

해부 실습실에 들어선 그는 데이브 존슨을 마주친다. 그곳은 마치 바처럼 꾸며져 있다. 플라스틱 컵과 보드카, 진, 정체 모를 초록 액체가 담긴 병들이 보인다. 데이브는 맑은 액체가 담긴 컵을 그에게 내민다. 윌리는 잠시 망설인다. 설마 방부액을 마시는 건 아니겠지?

"넌 뭐 받았냐?"

데이브는 뭔가에 취했는지 눈동자가 커져있다. 흥분으로 동공이 확장돼 눈 전체를 덮을 정도다. 코카인 같은 걸 흡입한 것 같았다. (옥시코돈은 아니겠지?) 그는 이를 악물었다가 입을 벌리고, 다시 입을 꼭 다문 채 혀를 깨물기를 반복한다.

"무슨 말이야?"

"몸 전체 다 받았어? 어떤 애는 머리만 받았는데, 입을 억지로 비틀어 벌렸대. 완전 미치지 않았냐? 웃겨 죽겠어. 넌 뭐 받았는데?"

윌리는 그저 멍한 표정으로 그를 바라본다.

"아, 너 아직 안 갔구나. 브랜든! 브랜드, 얘 아직 안 갔다!"

파워포인트 화면에는 무성의 흑백 영화가 재생되고 있다. 의사와 간호사가 수술대 위에서 관계하는 장면이다. 같은 수업을 듣는 여학생은 한 명도 보이지 않는다. 남자들뿐이다. 그것도 선정된 몇몇뿐이다. 화면 속 남자가 하얀 간호사 제복을 입은 여자를 묶는다. 뒤이어 말 한 마리가 등장한다. 윌리는 혹시 스너프 영화를 틀고 있나 잠시 생각한다.

그때 브랜든이 나타나, 남자 대 남자 스타일로 그의 등을 철썩 친다.

"네 차례야. 5분 천국 갈 준비 됐지?"

그건 중학교 때 애들이 하던 놀이 이름이었다. 여자애랑 옷장에 들어가 키스를 하는 건데, 그를 제외한 다른 남자애들은 모두

이 놀이를 했고, 나올 때는 하나같이 교복 칼라를 풀어 헤친 흐트러진 모습이었다.

그는 이미 투명한 액체 두 컵을 들이켠 상태였다. 이걸 멈추려면 어떻게 해야 할까? 그냥 뒤돌아서서 '난 안 할래, 애들아'라고 말하면 되는데 왜 안 되지?

브랜든이 그를 향해 몸을 기울인다.

"이건 전통이야. 우리 아빠도 했어. 여기 열쇠도 아빠가 주신 거야."

그는 다시 월리의 등을 철썩 쳤다.

"씹구멍처럼 굴지 마."

월리가 움찔한다. 그는 그 단어가 싫다. 여자를 해부학적 대상으로 축소하는 표현이라는 점이 마음에 들지 않는다. 의학을 좋아하는 이유 중 하나도 바로 이것이다. 해부학 용어는 라틴어로 되어있다. 외음부는 벌바, 자궁은 유터러스, 음핵은 클리토리스라고 부른다. 이 단어들은 의학적 차가움보다는 인체에 대한 존중을 담고 있다. 운동부 남자애들이 쓰는 저속한 표현보다 덜 모욕적이다.

원래 제일 큰 강의실에 시체 해부대가 쭉 놓여있지만, 오늘 밤은 아니다. 안전하게 보관하기 위해 모두 치워졌다. 강의실 가장자리에는 작은 모의 실습실이 몇 개 있는데, 신입 남학생들이 마치 성찬을 기다리듯 그 앞에 줄을 서있다. 브랜든은 방에 들어가려는 남학생 입에 주사기로 무언가를 짜 넣는다.

걱정스러운 얼굴은 보이지 않는다. 걱정은커녕 오히려 즐기는 표정들이다. 월리는 브랜든을 향해 돌아선다.

"좋아. 해봅시다!"

그가 입을 벌리자, 브랜든이 목구멍 안으로 액체를 찍 내뿜는다. 그는 숨이 막히고 헛기침이 난다. 액체가 넘어가며 목을 태우는 것 같다. 하지만 익숙한 맛이다. 독한 술일 뿐 독극물은 아니다.

"그래, 얼마나 버티는지 보자. 안에 들어가서 자위하고 증거를 가지고 나오면 돼. 어떤 상황에서도 쌀 수 있다는 걸 보여주는 거지."

브랜든이 월리에게 플라스틱 약병을 건넨다. 대소변, 가래 등 검사 샘플을 담을 때 사용하는 용기다.

"집중해, 친구. 네가 어떤 놈인지 보여주는 거야!"

그가 모의 실습실 중 한 곳의 문을 연다. 월리는 말없이 안으로 들어간다.

그 방은 환자 모의 실습실이어서, 다양한 크기의 인체 모형이 보관돼 있다. 의과대학원 홍보 책자에도 실렸던 시설이다. 최고의 모의 실습실로 최첨단 시설을 갖추어 실제 환자를 다루는 것처럼 수련할 수 있는 곳이라고 했다. 플라스틱 모형 환자가 통증 반응을 보이면 학생은 체온이나 증상을 바탕으로 진단을 내린다.

처음에 월리는 진찰대에 누운 것도 인체 모형 중 하나라고 생각한다. 너무 진짜 같고 생각보다 크긴 하지만 말이다. 그런데 아니다. 그것은 해부학 실습용 시신이다.

조금 전 데이브가 한 말이 이제야 이해된다.

"넌 뭐 받았냐?"

다른 방에도 시신이 있을 것이다. 머리만 있는 방도 있겠지. 안과나 성형외과를 전공할 학생들은 잘린 머리로 연습을 시작한다. 안구를 제거하고 이마에 보톡스를 넣거나 입술에 콜라겐을 주입해 보는 것이다. 어쩌면 옆방에서는 어떤 학생이 눈이 반쯤 감긴 여자 머리를 바라보며 열심히 그곳을 문지르고 있을지도 모른다.

눈이 어둠에 익숙해지자, 월리는 다시 시체를 바라본다. 앤지다. 해부학 실습실에서 보았던 것처럼, 허리 위만 비닐로 덮여있다. 그녀는 부인과 실습을 위한 진찰대에 등을 대고 누워있다. 발은 받침대에 올려져 있고, 다리는 약간 벌려진 상태다. 그녀의 발은 작고 발바닥은 깨끗하다. 아치가 꽤 높은 발이다. 월리는 그녀의 발톱에 칠해진 검은 매니큐어를 보는 순간, 보호 본능 같은 것을 느낀다. 그녀도 한때 살아있는 사람이었고, 아이스크림을 먹거나 매니큐어를 칠하는 등 평범한 일들을 했을 거라는 생각이 든다. (물론 헤로인도 맞았겠지.)

밖에서 쿵쾅대는 음악 소리가 들린다. 그는 시벌리가 자기 방에서 혈액 매개 항원 시험공부 하는 모습을 상상한다. 그는 그녀가 좋다. 어쩌면 그녀도 그를 좋아할지 모른다.

그는 시체를 바라본다. 파란 방수포를 걷어내고, 다리에 손을 올린다. 대리석처럼 차갑고 단단하다. 마치 그리스 조각상 같다.

캐비닛 위에 거대한 병에 담긴 의료용 윤활제와 사용 설명서가 놓여있다.

그는 그녀의 무릎을 만진다. 골반뼈가 도드라져 있다. 너무 말라 치골이 보일 정도다. 죽은 지 얼마나 됐을까? 시신은 몇 주든 몇 달이든 보존될 수 있다. 앤지는 6년째 보존되었을 수도 있다.

문밖에서 누군가 소리치지만, 단어가 뭉개져 알아들을 수 없다.

압박감이 밀려오지만, 그는 해낼 것이다.

그는 윤활제를 한 번 짜낸다. 미끄럽고 차갑지만, 금세 따뜻해진다. 그는 눈을 감고 먼저 시벌리를 떠올린다. 도움이 되긴 하지만 부족하다. 음경 기둥은 반쯤 발기했고, 귀두는 시들한 버섯처럼 초라하다.

이건 연습이다. 죽은 몸은 원래 연습용 아닌가? 실제 사람을 대비한 연습 말이다.

그는 다시 시벌리를 떠올린다. 그녀가 그의 귀에 대고 속삭인다.

'오, 다시 해줘, 너무 좋아. 맙소사, 끝내준다.'

그의 상상은 이제 크리스털로 바뀐다. 가만히 누운 그녀의 몸, 낮은 숨소리를 떠올린다. 다음은 앤지다. 그녀가 좁은 골목에 웅크리고 앉아 그를 올려다본다.

'선생님, 저 좀 도와주세요. 작은 돈이라도 좋아요, 선생님.'

그녀는 생전에 이런 부탁을 했을지 모른다. 슈퍼마켓 뒷골목에서 거래를 했을 것이다.

이것도 아니다. 아직도 충분하지 않다.

그는 그녀의 다리 사이로 자리를 옮긴다. 똑바로 바라보지는 않을 것이다. 이것은 실제 그녀의 몸이다. 진짜 음모다. 살아있는 동물처럼 짙고 매끄럽다. 아기처럼 깨끗하게 면도한 포르노 속 여자들과는 다르다. 그녀의 다리는 검사를 받는 사람처럼 받침대에 올려져 있다. 그녀는 이 자세를 좋아할지도 모른다. (만약 살아있다면, 그럴 수도 있다.)

그는 이제 완전히 발기했다. 고통스러울 정도다.

그는 다른 남자들과는 다르다. 그저 구멍만 생각하고 집착하는 사람이 아니다. 그는 여자의 몸이 삽입만으로 만족하지 않는다는 사실을 알고 있다. 거칠게 들이박아도 그저 좋아 죽겠다는 표정을 짓는 여자는 포르노에만 존재한다. 여성의 쾌락은 클리토리스를 자극해야 얻을 수 있다. 클리토리스는 라틴어로 질의 왕관이라는 뜻이다. 그는 떨리는 손가락으로 음순을 벌리고 차갑게 식은 클리토리스를 찾는다. 수백 개의 신경 말단이 모인 곳이다. 남자의 성기보다 수가 더 많다.

앤지. 그는 부드럽게 움직이며, 소망한다. 이것이 그녀에게 생명을 불어넣기를, 그녀가 동화처럼 되살아나기를!

그가 안으로 몸을 밀어 넣자, 무언가 밀려나는 느낌이 든다. 뭔가 무너져 내린 것 같다. 순간 그의 일부가 몸 밖으로 빠져나가 그를 바라본다. 브랜든과 무척이나 닮은 또 다른 그의 자아였다.

'이렇게 총각 딱지 떼는 거지. 안 그러냐?'

알코올 냄새와 헐떡이는 그의 입 냄새 그리고 희미하긴 하지만 포름알데히드 냄새가 난다. 하지만 그의 눈앞에는 분명 그녀의 음모가 있다. 조명이 어두워 피부도 누렇게 보이지 않는다. (껍질 벗긴 닭 같은) 죽은 사람 피부가 아니다. 그녀의 피부는 영화 〈아바타〉에 등장하는 생명체처럼 은빛으로 반짝인다. 그러면 느낌은 어떤가? 그가 이미 시도해 본 많은 것들과 비슷하다. (너무 많아 다 언급하긴 힘들고, 소파 쿠션, 음식, 봉제 인형 같은 것들이다.) 다만 앤지는 차갑고 뻣뻣하다. 그녀에게서는 저항감이 느껴진다. 마치 '안 돼, 제발 하지 말아요'라고 말하는 것 같다. 그 상상이 그를 절정으로 몰아간다. 그는 마침내 발작을 일으키듯 강하게 몸을 들썩이며 그녀 안에 자신을 쏟아낸다.

잠시 후 그는 약병을 들어 그녀의 음부에 대고 흘러나오는 증거를 담는다. 이것은 의학 용어로 배설이라고 부른다. 그는 뚜껑을 닫아 병을 옆에 두고, 종이 타월로 조심스럽게 그녀를 닦는다. 그녀를 그대로 내버려 둘 수는 없다. 너무 품위 없는 짓이다. 그는 잠시 그녀의 얼굴 곁에 서있다가, 그녀의 입술에 가볍게 입을 맞춘다. 머릿속에 시 한 구절이 맴돈다.

'오, 나의 몸이여.'

노크 소리에 놀란 그가 입술을 뗀다.

브랜든이 문을 열더니 곧장 그에게 다가온다.

"너무 힘들지 않았길 바란…"

그가 약병을 보고 말을 멈춘다.

"기념품 챙겼어? 아니, 잠깐만… 너 설마 진짜로…"

그가 월리의 얼굴을 뚫어지게 바라본다. 그의 표정에서 뭔가 잘못된 기색을 읽어낸 듯하다.

"너 미쳤냐? 애들아!"

그가 모여있는 남자애들을 향해 소리친다.

"월리가 시체랑 섹스했다!"

하지만 그들은 너무 멀리 떨어진 데다가, 두 여자가 마치 하나의 생명체처럼 뒤얽혀 구강 성교하는 영상을 보느라 중앙에 바글바글 모여있어 그의 말을 듣지 못한다.

월리는 임시로 만든 바 근처 선반에 줄지어 놓인 약병을 바라본다. 모두 비어있다. 그는 브랜든에게 다가가 자신의 약병을 건네려다 떨어뜨린다. 뚜껑은 열리지 않았지만, 병이 바닥에 떨어져 하나, 둘, 세 번 튀어 오르더니 캐비닛 아래로 도르르 굴러 들어간다.

"제길."

월리가 중얼거린다.

"너 진짜 미친놈이구나."

브랜든이 여전히 그를 뚫어지게 바라보며 말한다. 하지만 그의 목소리에는 전과 다른 무언가가 담겨있다. 존경심인가? 그렇다. 월리는 이제 아버지가 좋아하던 80년대 영화 속 괴짜들처럼 될 수 있다. 〈신비의 체험〉이라는 영화 속 주인공처럼, 인기 있는 아이들이 결국 일원으로 받아들이는 별난 놈이 된 것이다. 브랜든이 그에게 하이파이브를 한다.

"자식, 잘했어!"

브랜든의 말에 월리는 안도감이 밀려들어 무릎이 후들거린다.

자정이 다 되어가는 시각이다. 육안 해부학 실습실에는 아무도 없다. 월리는 쌍여닫이문을 지난 뒤 잠시 자리에 서서 어두운 방 안을 바라본다. 불을 켜자, 조명이 잠시 깜빡거리다가 곧 실습실을 환하게 비춘다. 그는 하강 직전의 롤러코스터에 탄 것처럼 속이 뒤틀린다. 흥분과 두려움이 뒤섞여 있다. 그는 그녀를 다시 한번 봐야만 한다. 그녀 몸에 무슨 문제가 있는 것 아닌지 직접 확인해야 한다.

밤이 되면 시신은 번호가 매겨진 통에 담겨, 냉장 보관실에 보관된다. 월리는 보관실에 들어가 옆벽에 붙은 차트에서 이름을 찾는다. 뚱뚱한 남자 조지프 P.가 보이고 다음은 앤지다. 번호는 645번. 그는 그녀가 있는 선반으로 간다. 가지런히 쌓인 보관 통들이 마치 커다란 사슴고기 덩어리를 저장한 창고처럼 정돈되어 있다. 지난 수업 때 그녀를 차지했던 조가 등 피부를 벗겨냈을 테니, 월리는 그녀의 몸을 뒤집어야 할 것이다. 순간 날카로운 통증에 그가 움찔한다. 그는 그녀의 몸을 생각하는 순간 다리 사이에 피가 쏠렸다는 사실을 깨닫는다.

645번 시신을 꺼낸다. 낯선 얼굴이다. 목에 볼록 솟은 흉터가 있는 금발 여자다. 아마 스스로 목을 그은 것 같다.

"원래 있던 시체는 이제 없어."

월리가 화들짝 놀란다. 심장이 튀어나올 듯 두근거리고 관자놀이에는 땀이 맺힌다. 열도 다시 난다. 전보다 더 심하다.

목소리 주인공은 앤드루 유다. 그는 해부학 교재를 가슴에 끌어안고 서있다.

"다음 주 실습 준비하러 왔어. 림프계에 대해 할 거잖아. 나 진짜 잘하고 싶거든."

월리는 시신을 서랍에 밀어 넣는다.

"이봐, 친구, 넌 잘할 거야."

그가 목을 한 번 가다듬고 다시 말한다.

"너 혹시 알아? 왜… 혹시 누군가한테 들은 거 있어? 왜 시신을…"

"나도 몰라. 실습 재료 오염이라던가? 브랜든이 하는 말을 지나가다 얼핏 들었어. 안전 문제 때문에 시신 하나를 태워야 했대."

월리는 사타구니에 또다시 날카로운 통증을 느끼지만, 허리를 살짝 굽혀 마치 인사하는 것처럼 위장한다.

"이상하네."

그는 너무 강하게 밀어붙이지 않으려고 노력 중이다.

"왜 그랬을까? 너무 극단적인 조치 같은데."

앤드루 유가 그를 이상한 눈으로 바라본다. 월리는 가랑이를 손으로 가린다. 혹시 바지에 피가 스며 나오고 있는 것 아닐까?

"확실하진 않은데, 바이러스래."

그가 뭔가 생각하는 듯 이마를 긁적인다.

"위험하고 전염되는 거라더라고."

그는 돌아가려는 듯 걸음을 뗀다.

"아, 맞다. 그 이상한 신종 바이러스, 걱정할 건 없어. 우린 장갑도 꼈고, 접촉도 거의 없었으니까."

월리가 그를 멈춰 세우려고 팔을 붙잡는다. 그런데 그의 팔이 놀랄 정도로 뜨겁다.

"그러니까 네 말은…"

앤드루가 재빨리 손가락을 튕긴다.

"아, 바보같이! 원숭이두창이다. 원숭이두창이라고 했어."

그가 월리의 표정을 한 번 살핀 뒤 다시 말한다.

"넌 괜찮아. 성적인 접촉이 있을 때만 치명적이니까. 우리는 기껏해야 팔에 발진 정도 생기겠지. 아니면 뭐, 뇌염?"

그가 월리의 등을 두드린다.

"농담이야!"

월리가 고개를 끄덕인다. 현기증이 인다. 그의 계획은… 계획이 뭐였지? 앤지와 잠시 단둘이 있고 싶었는데… 실습 재료라고? 오염물질?

월리는 텅 빈 사각 안뜰을 가로지른다. 빨리 움직이면 고통이 심해진다. 주말에 집에 가야 할지도 모르겠다. 기차로 두 시간만 가면 된다. 가서 의대를 그만두기로 했다고 말해야 할 것 같다. (이 실패자! 넌 망했고, 곧 죽을지도 몰라. 현장에 정액을 남겨놓고 온 것도 모자라서, 제 발로 의사를 찾아갔지. 자기를 샘플로 제공한 거냐? 넌 중범죄를 저질렀어. 흉악 범죄라고. 넌 교도소에 갈 거고, 거기서 강간당하고 고문당할 거야. 그런 일 당해도 싸지. 살아만 남아도 다행이라고 생각해야 할 판인데!)

그는 달리기 시작한다. 출혈이 심해지고 어쩌면 어딘가 찢어질 수도 있지만, 당장 확인하는 게 더 중요하다. 뭔가 조치를 취해야만 한다.

월리는 마침내 방에 도착한다. 이제 움직이기만 해도 아프다. 귀두 안에 씨앗이 박혀있는 것 같은 느낌이다. 어쩌면 이 감염이 싹을 틔워 성기 끝에서 검은 장미처럼 활짝 피어나고 있는지도 모르겠다.

방문 뒤에 그의 넥타이가 걸려있다. 앤지와 함께했던 날 맸던 넥타이다. 그는 방법을 생각해 본다. 저 넥타이로 식도 둘레를 단단히 묶고 스테인리스 스틸 조명에 매듭을 만들어 건 뒤, 의자를 걷어찬다. 그거면 충분하다. 수치심은 사라질 것이다. (그렇게 해, 이 아무짝에 쓸모없는 멍청아!)

아니, 이 방법은 안 되겠다. 부모님이 그가 자위 질식을 즐기다 죽었다고 생각하면 안 되니 말이다.

그는 이니셜 WAM이 앞면에 새겨진 메스 세트를 꺼낸다. 가죽 케이스 속에 잘 정돈된 도구들을 보니 기분이 좋다. 누구의 손도 닿지 않아 깨끗하고 순결하다.

월리가 가장 좋아하는 책은 늘 《그레이 해부학: 임상의학을 위한 해부학의 기초》였다. 보통 아이들이 폭력적인 비디오 게임에 푹 빠지듯, 어린 시절 그는 이 책에 홀딱 빠져있었다. 그는 특히 정밀한 삽화를 좋아했다. 피부가 한 겹씩 벗겨지면 그 아래 근육이 드러나고, 근육 아래는 순환계, 다음에는 뼈와 골수가 나타난다.

그는 459쪽을 펼친다. 생식계 관련 부분이다. 그는 남성 생식기 해부도를 유심히 바라보다가 면도 거울을 꺼내 의자 위에 올려놓는다. 음낭의 죽은 피부를 잘라내면 감염의 뿌리를 캐낼 수 있을지도 모른다. 성공한다면 그의 첫 번째 창상 절제술이 될 것이다.

그는 3번 긴 손잡이 메스를 집어 든다. 마음속 어딘가에서 속삭임이 들린다.

'드디어 때가 됐구나.'

그는 손이 떨리지 않게 고정하고, 메스 날을 수술 부위에 올린다. 그리고 절개한다.

숨쉬기 연습

레이븐 레일라니

레이븐 레일라니

레이븐 레일라니는 내셔널 북 파운데이션에서 선정한 '35세 이하 주목할 작가 5인' 중 한 명으로, 2020년 〈커커스상〉, 〈VCU 캐벨 신인 소설가상〉, 〈NBCC 존 레너드상〉, 〈딜런 토머스상〉, 〈클라크 픽션상〉, 〈센터 포 픽션 신인 소설가상〉 등을 수상했다. 그녀는 현재 뉴욕대학교에서 강의하고 있고, 《러스터(Luster)》가 그녀의 첫 장편소설이다.

숨쉬기가 힘들어졌지만 미리암은 그냥 기다려 보기로 했다. 그녀는 매일 꽃가루 수치를 확인하고, 코 세척용 주전자를 샀다. 그리고 더 이상 그녀의 전화를 받지 않는 갤러리스트들에 대해서는 생각하지 않으려고 노력했다. 새 작품 전시회 첫날, 관람객은 단 세 명이었다. 덴마크 관광객 한 쌍과 화장실이 무료인지 묻는 여자 한 명이 다였다. 그날 밤 그녀는 포킵시에서 열린 파티에 갔다가, 한 조각가에게 참담한 격려 멘트를 들었다. 스물세 살 이상은 조수로 쓰지 않는 사람이었다.

'자긴 아직 젊잖아.'

그날 밤 내내 사람들은 그녀의 커리어에 대해 비슷한 위로를 건넸다. 분위기가 무르익을 때쯤 파티 주최자가 오래된 브라운관 TV가 있는 방으로 사람들을 몰아넣었다. 전원을 켜자 음극관 지직거리는 소리가 들렸다. 그는 안테나를 조정하고, 다큐멘터리 한 편을 보여주겠다고 말했다. 간지럼 태우기 대회에 관한 것이었다.

영상을 보는 동안 방 안은 조용해졌다. 한 남자가 카메라를 똑바로 바라보며, 몸이 묶인 채 간지럼당한 경험을 자세히 설명했다.

'인내심을 테스트하는 거라고 했어요. 그때 전 열세 살이었죠.'

미리암은 그곳이 불편해졌다. 그녀는 파티장에서 나와, 시내행 메트로노스 열차를 찾았다. 그리고 그 시간에 탈 수 있는 가장 이른 열차에 올라탔다.

열차에 오르자마자 그녀는 무릎 사이에 머리를 파묻고 심호흡을 해보았다. 엄마에게 전화를 걸어 다정하게 대화를 나눴지만, 그녀의 일에 대한 이야기가 나오자 분위기는 달라졌다. 그녀는 11년 전 집을 떠나, 8년 전 중간 수준의 미술학교를 졸업했다. 그 후 그녀는 인간의 몸이 얼마나 많은 학대를 견딜 수 있는지 보여주는 작품으로 유명세를 타게 되었다.

'오래 할 수 있는 일은 아니잖아.'

엄마가 말했다. 솔직히 틀린 말은 아니었다. 미리암이 그 열차에서 내리는 순간, 첫 이메일이 도착했다.

'가짜 예술가 년!'

이렇게 시작된 이메일은 놀랍게도 그녀의 최근 작품 중 하나를 정교하게 분석하기 시작했다. 말총으로 만든 치마 틀, 상아색 코르셋 뼈대, 반투 매듭 머리 등 장식적인 빅토리아 시대 복장을 한 흑인 여성을 부드럽게 묘사한 작품이었다. 그녀의 전체 작품 중 절제된 편에 속해, 결과적으로 자기 학대적 요소도 훨씬 적었다.

'그냥 죽지 그래?'

이메일 작성자는 둥근 지구 음모론에 대해 장황한 설교를 늘어놓은 뒤, 이 문장으로 글을 마무리했다.

집에 돌아온 그녀는 페퍼민트 오일과 수증기로 숨길을 열어보려 했다. 신경안정제를 한 알 먹고, 두 팔을 머리 위로 든 채 방 안을 빙빙 돌기도 했다. 길 건너편에서 한 남자가 트럼펫을 불고 있었다. 그녀는 창문을 열고 그만하라고 소리쳤다. 처음 있는 일은 아니었지만, 또다시 아파트가 너무 좁게 느껴졌다. 그녀의 집은 빈틈없이 꽉꽉 찬 15평 아파트로, 침실 하나에 거실 하나뿐이었다. 브루클린의 베드스터이 지역이지만 가장 가까운 지하철역이 열 블록 떨어져 있기에 그나마 집세를 감당할 수 있었다. 그녀는 파티에 간 것을 후회했다. 하지만 초대장이 예전만큼 많이 오지 않았기에 어쩔 수 없었다. 스물다섯 살의 그녀는 목화 조면기에 참마와 돼지 내장을 밀어 넣는 퍼포먼스를 선보이고, 누군가의 '나이 차 많이 나는' 여자 친구도 될 수 있었다. 그 시절 그녀는 투표 집계기에 호스를 연결하고, 스스로 유리 수조에 들어가 관객에게 투표를 하게 했다. 흠잡을 데 없는 골반과 강렬한 데뷔작의 조합으로 그녀는 브루클린에 거주하는 괴물, 방탕하고 제어할 수 없는 존재가 되었다. 그런 시절이 있었다. 당시 엄마는 그녀에게 전화를 걸어, 왜 백인들 앞에서 자기 몸에 그런 짓을 하냐고 물었다.

미리암은 제대로 대답하지 못했다. 다만 자기 몸에 대한 강렬한 믿음, 그 힘에는 뭔가 순수한 것이 있었다. 그 순수함을 언어로 요약하면, 정신이 육체를 지배한다든가 고통 없이는 얻는 것도 없다는 식의 진부한 격언이 되어버린다. 미리암은 자기 마음속에서 어둡고 차갑고 고요한 장소를 찾아냈다. 그리고 도미노 슈거 팩토리에서 전시를 열어, 스스로 계단에서 반복적으로 굴러떨어지는 퍼포먼스를 선보였다. 스물아홉 살이 된 지금, 그녀의 커리어는 계획대로 흘러가지 않고 있다. 〈미리암이 말한다, 릴랙스〉라는 전시에서 그녀는 곱슬한 머리를 펴는 화학약품을 머리에 바르고 두 시간 동안 앉아있었는데, 반응은 좋지 않았다. 한 시간이 지나자 약품 속 수산화나트륨이 두피를 갉아먹기 시작했고, 그녀는 병원으로 이송되었다. 리뷰는 굴욕적이었다. 그녀의 작품이 위선적 흑인 중심주의를 모호하게 함의하고, 90년대 서유럽 미의 기준이라는 구시대적 기준을 위해 순교자가 되기를 자처한다는 내용이었다. 처음엔 피상적이라고 느꼈지만, 충격과 경악만으로도 충분히 칭찬받던 나이를 넘어선 순간부터 그녀를 괴롭히는 비평도 있었다. 그녀가 흑인의 고통을 구경거리로 만들었고, 그토록 증오하던 그 시스템을 오히려 강화했다는 비판이었다.

그녀는 이 문제를 바로잡으려고 노력했다. 작지만 진보적인 갤러리들과 비밀리에 협업해, 백인 관객 입장을 금지하거나, 그들에게 입장료를 두 배로 받거나 혹은 '불청객'이라는 팻말을 목에 걸도록 했다. 그들은 법적 논란을 개의치 않았고 기꺼이 그 위험을 감수하고자 했다. 〈조지 워싱턴의 이빨〉에서는 백인 관객들의 치아를 모아 맞춤형 은제 치아 장식을 만들기도 했다. 하지만 엄마에게 설명할 때 이런 이야기를 할 수는 없었다. 그녀는 어쩌다 보니 그다지 환영받지 못하는 분야에 발을 들여놓았고, 그 안에서 살아남기 위해 할 수 있는 일을 할 뿐이라고 말했다. 그녀는 루브 골드버그 장치를 만들기도 했다. 도미노 50개, 둥근 껌 18개, 고무줄 70개 그리고 합성 처녀막 위에 놓인 따뜻한 소금물 한 잔을 지나 최종 단계에 이르면, 흑인을 비하하는 금지 단어를 발화하는 것으로 장치는 끝이 난다. 그녀는 《허클베리 핀》의 일부 문장을 이

용한 지우기 시를 자기 몸에 새겼다. 백인들은 예술에 대해 토의한다는 명분하에 금지된 단어를 말할 수 있다는 사실에 흥분해 장치 앞으로 몰려들었다.

포킵시 파티 며칠 후, 또 다른 메일이 왔다. 주소를 보니 전과 같은 사람이 보낸 것이었다. 단체명 뒤에 org를 붙인 일반적인 주소였는데, 그런 단체는 찾을 수 없었다. 다만 이번에는 그의 서명이 붙어있었다.
'비극놀이 하는 흑인 년.'
이번 메일은 이렇게 시작했다.
'당신이 ○○과 한 인터뷰를 읽었는데, 몇 가지만 지적하겠다.'
그녀는 그가 평범하고 눈에 잘 안 띄는 사람일 거라고 생각했다. 기괴한 사람을 상정하는 것은 비현실적으로 느껴졌다. 마음과 얼굴이 완벽히 일치하는 악은 어린아이의 세상 속에나 존재한다. 이 사람은 오히려 능력 있고 지역 사회 활동에도 적극적인 사람일 것이다. 이제 막 아빠가 된 사람일 수도 있고, 집에서 기다리는 건 반려견뿐인 우울증 환자일 수도 있다. 물론 히틀러도 자신의 개에게는 사랑받았을 것이다. 확실한 것은 하나뿐이었다. 그가 이 지역 사람이라는 점이다. 그는 첼시의 하우저앤워스 갤러리에서 본 최근 전시에 대해 집요하게 언급했다. 그녀는 답장을 썼다.
'리처드 씨, 당신은 나를 미워한다고 생각하지만, 사실 내게 집착하고 있어요. 그리고 바로 그 점을 당신은 미워하는 거예요.'
여기까지 쓰자 이미 숨이 가빠왔다.
그녀는 도움이 될까 하는 마음에 헬스장에 갔지만, 러닝머신에 올라간 지 2분도 안 돼 멈춰야 했다. 그녀는 적잖이 놀랐다. 그녀의 몸은 몇 년간 철저하게 혹사당한 탓에 이제 이렇게 간단한 요구조차 수행하지 못하게 되었다. 그녀는 다시 러닝머신을 켰지만, 역시나 너무 버거웠다. 목 안에 단단하고 녹지 않는 무언가가 걸려있는 느낌이었다. 다이아몬드 혹은 뉴욕 수돗물 속 미세 플라스틱이 단단하게 뭉친 덩어리가 목구멍을 막고 있는 것 같았다. 트레이너가 그녀를 한쪽으로 데리고 가, 괜찮은지 물었다. 그는 스태튼 아일랜드에서 태어난 해병대 출신으로, 변명 따위 통하지 않는 사람이었다. 그녀의 복부에 남아있는 지방층을 손으로 꼬집으며 그녀가 울 때까지 운동을 시키곤 했다. 하지만 이번에는 그녀의 어깨에 손을 얹고, 숨을 고르라고 말했다. 그녀는 어깨를 으쓱해 그의 손을 털어내고, 말했다.

'못 하겠어요.'

다음 날 아침, 그녀는 열차를 타고 선셋파크의 병원으로 향했다. 그리고 주치의에게 폐 속에 양털이 들어있는 느낌이라고 말했다. 그녀가 증상을 설명하는 동안, 그는 계속 손목시계를 흘끗거렸다. 이런 그의 행동에 그녀는 좀 안심이 되기도 했다. 심각한 상황이라면 그가 좀 더 집중해서 들었을 테니 말이다. 그래서 그녀는 집에 돌아가 잠을 좀 자라는 의사의 말에 오히려 안도했다. 하지만 일주일 뒤, 상황은 더 심각해졌다. 가슴 속의 모든 중요한 장기들이 어두운 도시의 공기로 부풀어 오른 느낌이었다. 그녀는 의료보험 포털에 접속했다. 예술가 조합을 통해 가입한 환자들을 위해 자바스크립트로 만든 조악한 사이트였다. 그녀는 그곳에서 주치의에게 자신의 건강 상태에 대한 메시지를 보냈지만, 답은 오지 않았다. 한편 리처드는 계속 연락을 해왔다. 예상대로, 그녀의 답장은 그를 단념시키지 못했다. 오히려 부추겼다.

'난 당신을 찾을 것이다. 주소를 알아내는 건 일도 아니다. 혹시 이런 이유 때문에 당신 작품이 뜨뜻미지근해진 건가? 너무 안전하다고 느껴서?'

그녀는 이런 말들에 전혀 상처받지 않은 척할 수는 없었다. 성기에 대한 언급이나, 머리를 장대에 꽂아버리겠다는 협박은 그냥 무시할 수 있다. 하지만 작품에 대한 평가는 하루 종일 그녀의 머릿속을 떠나지 않았다. 사실 리처드 혼자만의 의견은 아니었다. 그와 같은 비판적 반응은 이미 익숙했다. 그녀의 자기 노출 수준은 그녀가 느끼는 안전함의 수준에 반비례한다는 평가 말이다.

'대체 누구를 위한 거니?'

엄마는 이렇게 물었다. 비난이 담긴 질문이었다. 그녀의 작업이 흑인 특히 흑인 여성을 위한 게 아니라는 뜻이었다. 이미 충분히 무력한 존재가 더 큰 힘으로 지배당하는 모습을 전시하는 것은 불필요하고 악의적이기 때문이다. 미리암은 해명하려 했지만, 말이 뒤엉켜 나왔다. 그녀는 무력하다고 느끼지 않았다. 이 세상 속에 뜨겁게 존재한다고 느꼈고, 오히려 가끔 자신의 존재가 축소되기를 바랐다.

그녀가 이메일에 답하지 않자, 리처드는 곡선 검 사진을 보내고, 그다음엔 글록 권총 사진을 보냈다. 그녀는 그를 신고하려 했다. 옷장에서 가장 덜 위협적인 옷을 찾아 입고, 그의 이메일을 인쇄한 뒤 라파예트 관할 경찰서로 갔다. 하지만 그가 실제 어떤 행동을 한 것이 아니기에, 경찰은 아무것도 할 수 없었다. 이틀 뒤 경찰에서 사건 종결했다는 이메일이 왔고, 그녀는 감시 카메라를 세 대 구입해 방마다 하나씩 설치했다.

　며칠 뒤 그녀는 호흡기내과를 찾았다. 예약 시간이 지나고도 45분을 대기실에서 기다린 후, 마침내 간호사가 그녀를 안으로 안내했다. 그녀는 쓰레기통이 꽉 차 흘러넘치는 방에서 몸무게를 쟀다. 의사가 들어왔지만, 그녀와 시선을 마주치지 않았다. 그는 그녀의 이름을 틀리게 발음하고, 항히스타민제를 처방했다. 진료비 본인부담금은 200달러였고, 보험 적용을 받기 위해 도달해야 하는 기준 금액은 까마득히 먼 네 자릿수 금액이었다. 예술인 조합 건강보험은 알아보기도 힘든 세부 조항들로 가득했고, 그나마 실제 보장되는 건 정기 검진과 지정 산부인과 진료 정도였다. 지정 병원은 자궁 초음파 검사를 하면 '참 예쁘네요' 같은 소리나 하는 수준이었다.

　그녀는 알약을 삼키고 엄마에게 이메일을 몇 통 썼지만 보내지는 않았다. 그중 하나는 이렇게 시작했다.

　'난 괜찮은 어린 시절을 보냈어요. 엄마는 아무 잘못 없어요.'

　그녀는 메일을 임시보관함에 저장했다. 약이 아무 효과가 없자 그녀는 이베이에서 네뷸라이저를 구입해, 일주일 내내 하루 두 번씩 기계를 사용했다.

　'너한테 이렇게 똑같이 해주겠다.'

　리처드가 불쾌한 포르노 사이트를 그녀에게 보내왔다.

　'그러시든가요.'

그녀가 대답했다. 한 시간이나 네뷸라이저를 달고 있느라 축 늘어진 상태였다. 그녀의 얼굴을 덮은 마스크는 여전히 털털거리며 분무를 뿜어내고 있었다.

당연한 일이지만, 그녀의 답장에 그는 더욱 분노했다. 이성애자로 살아온 불행한 인생에서 그녀가 배운 점이 하나 있다면, 남자들은 무엇보다 놀라는 것을 싫어한다는 사실이었다. 그들은 여자의 내면에 자신이 닿을 수 없는 부분이 존재하는 것을 싫어했다. 그들은 세상 모든 것에 대해 확신해도 되는 존재였기에, 여자에 대해서도 확신할 수 있기를 기대했다. 그녀의 전남편은 심각한 자해 퍼포먼스를 하는 행위 예술가였는데, 그런 그조차도 결혼 후에는 그녀의 행실에 대해 나름의 기준을 들이대기 시작했다. 연애 시절 두 사람은 공동 프로젝트를 수행했다. 일본 회사에서 개발한 합성섬유 머리카락으로 만들어진 방 안에서 24시간 감시를 받으며 살기도 했고, 흑인 커뮤니티의 책임 의식을 강조했던 빌 코스비의 '파운드 케이크' 연설을 틀어놓고 서로의 엉덩이를 때리는 퍼포먼스를 선보이기도 했다. 하지만 결혼 후 그는 달라졌다.

'너의 몸은 신전이야.'

이 말을 하고 3일 후, 그는 자기 음낭을 구겐하임 미술관 바닥에 못 박았다.

그녀가 다시 밖으로 나와 일상을 회복하려는 즈음, 리처드에게서 또 다른 메시지가 왔다.

'당신이 보인다. 당신 뒤에 있다.'

그녀는 자기가 입을 옷을 말해보라고 답장했다.

'파란색 드레스.'

그의 대답은 정확했다.

'그리고 샌들.'

그건 틀렸다. 그녀는 핸드백에 칼을 두 자루 넣어 다니기로 했다. 어두운 거리는 피했고, 사람이 드문 지하철 칸에는 타지 않았다. 남편과 함께 산다면 그녀가 집에 돌아오지 않았을 때 그 사실을 알아챌 사람이라도 있었을 텐데! 아침에 일어나 자기 몸이 폐의 작동을 방해하는 것 같은 느낌이 들 때면, 그녀는 자신이 손쉬운 표적이 될 수 있음을 절감했다. 그녀는 집 안을 둘러보았다. 숨을 아껴 쉬기 위해 감내해야 했던 모든 게 그곳에 있었다. 에너지를 아끼기 위해 포기한 것들, 처리하지 못한 것들이었다. 햇볕에 달궈진 엄청난 양의 쓰레기, 생활용품을 개조해 만든 무기들, 세균으로 미끄덩해진 싱크대와 샤워실, 의식적으로 숨을 쉬기 위해 고군분투하는 동안 땀에 절어버린 잠옷과 속옷들이 보였다. 그녀는 카메라를 떼어 영상을 확인했다. 화면 속 인물이 자신이라는 사실을 믿을 수 없었다. 그녀는 영상을 복사해 매니저에게 보냈고, 며칠 뒤 매니저에게 답장이 왔다.

'더 있어요?'

청구서도 쌓여가기 시작했다. 보험회사는 일주일에 한 번 전화를 하더니 나중에는 하루 두 번씩 전화를 걸었다. 그녀는 음성사서함 인사말을 바꿔버렸다. 베이징에서 전시회 참석 중이라 미국 전화는 받지 않는다는 내용이었다. 이게 사실이라면 얼마나 좋을까? 마약에 취한 듯 어둑한 꿈속에서 그녀는 다 자란 흑표범과 함께 중국 담배 공장 안을 걸었다. 사람들이 몰려들었고, 전시장은 곧 중국어로 가득 찼다. 꿈에서 그녀는 다시 숨을 쉴 수 있었다.

예전에 그녀는 뉴욕의 여름을 손꼽아 기다렸다. 햇빛 아래 일 렁이며 악취를 풍겨대는 거리, 지하철 안에서 열기에 익은 사람 들, 태양의 새하얀 팔에 저항하는 몸뚱이들, 이 모든 것이 좋았다. 하지만 이제 여름은 지옥이 되었다. 사람은 너무 많고 공기는 부 족했다. 아무리 조심스럽게 숨을 들이마셔도 가슴이 타들어 갔다. 이제 그녀는 또 다른 전문의를 찾아가 바륨을 삼키고 X선 촬영기 앞에 섰다.

'다 정상입니다.'

실시간 화면으로 그녀의 목을 진찰한 의사가 말했다. 그 후 이 틀 동안 그녀가 먹는 모든 음식에서 비누 맛이 났다. 다음은 내시 경이었는데, 그녀는 신용카드 두 장으로 비용을 나누어 내야 했 다. 의사는 그녀의 목 안으로 카메라를 밀어 넣었지만, 아무것도 발견하지 못했다. 그녀는 보호자가 없었기에 검사 후 택시를 잡아 타려 했는데, 택시 세 대가 그녀를 지나쳤다.

무소식이 희소식이라지만 늘 그런 건 아니었다. 답을 기다리 는 시간이 길어질수록 나쁜 결과가 나올 것이라는 확신만 커졌다. 보이지 않는 것에 대해 이렇게 확신한다는 건 그녀에게 꽤 의미 있는 일이었다. 왜냐하면 그녀는 여성이었고, 여자는 늘 자신을 의심하라고 배우기 때문이다. 여성이 무언가에 대해 확신하면, 세 상은 그것을 고질적인 여성 특유의 귀여운 착각으로 치부했다. 그 러니 무언가 잘못되었다고 강력하게 주장하기 위해서는 그 전에 모든 다른 가능성을 철저하게 검토해야 한다. 이것은 순응하고, 미친 사람으로 보여도 그냥 넘겨버리는 몸에 밴 본능을 거부하는 행위였다. 그래서 그녀는 옳아야만 했다. 그녀는 뉴스에서 부유하고 강한 흑인 여성들의 이야기를 본 적 있다. 검고 빛나는 피부를 가진 그들은 늘 얼굴 전체를 드러내지 않았다. 그들은 신중하고 잔혹한 장기전을 통해 이룰 수 있는 삶의 상징이었다. 하지만 이런 여성들도 뇌출혈로 병원에 실려 가면, 아스피린 정도 처방받는 것으로 끝이다.

그녀는 주치의에게 이메일을 보냈다. 도시 스모그와 호흡기 질환에 관한 기사도 첨부했다.

'제가 해야 할 일은 다 했어요. 제발 도와주세요.'

단순히 숨을 못 쉬는 게 문제가 아니었다. 그 와중에도 여전히 살아가야 한다는 것이 문제였다. 이런저런 볼일도 봐야 하고, 전기요금도 내야 하고, 길거리를 어슬렁거리는 남자들의 성적으로 폭력적인 즉흥시들도 견뎌야 했다. 아픈 상태로 산다는 건 이상한 일이었다. 폐에 피가 가득 찬 것 같은데 그 상황에서도 여전히 남자들을 경계해야 하고, 죽어가는 기분을 느끼면서도 자기 가슴에 대한 발언을 받아내야 하니 말이다. 그녀가 가래 완화제를 사러 나갔을 때, 한 남자가 7번가에서 디캘브까지 그녀를 따라왔다. 그녀가 멈춰 서서 따지자, 주변에 있던 다른 남자들이 그 모습을 지켜보며 비웃었다. 집으로 올라가는 계단에서 그녀는 또 한 통의 메시지를 받았다.

'곧 당신을 찾아갈 것이다.'

리처드가 보낸 것이었다. 밖에서는 여전히 트럼펫 부는 남자가 전통 동요를 연주하고 있었다.

이틀 동안 그녀는 잠을 자지 않았다. 아파트를 청소하고 몇 주

동안 쌓인 재활용품을 내놓고, 배수구에 쌓인 머리카락도 모두 뽑아냈다. 그런 다음 그녀는 자신의 부고를 써서, 그녀의 작품을 가장 혹독하게 비판했던 평론가에게 보냈다. 좋은 말이라고는 할 줄 모르는 유명 블로거였다. 그녀는 그가 무책임하다고 평가한 몇몇 작품을 옹호하려 했는데, 쓰다 보니 오히려 그의 말이 옳았던 게 아닌가 하는 의심이 들었다. 한 사람에 5센트 동전 하나를 받고 그 사람만을 위해 춤을 춰주는 퍼포먼스는 솔직히 스물여섯 살 젊은 여자의 성욕 과시에 지나지 않았다. 관객이 그녀에게 장미를 줄지, 아니면 장전되지 않은 권총을 그녀 머리에 들이댈지 선택하는 작품 역시 애초의 냉소적 의도에도 불구하고 심각한 판단 착오였다. 그 평론가는 자신이 22구경 총을 선택한 익명의 남성 관객 중 하나라고 밝히고, 흑인 여성이 죽음과 가까이 있다는 사실은 급진적일 것도, 아방가르드 할 것도 없다고 평가했다.

그녀는 이런 생각에 잠긴 채 이번에는 전신 엑스레이를 찍으러 갔다. 그녀가 납 앞치마를 두르자, 간호사는 공간이 좀 좁을 수 있다고 경고했다. 그녀는 기계 안으로 들어갔다. 방사선 전문의는 그녀가 한동안 배변 활동을 하지 않았다는 사실을 한눈에 알아채고, 그녀의 대장에 방울토마토 하나가 그대로 들어있다며 농담을 건넸다. 그녀는 억지로 웃는 척했다. 촬영은 40분 동안 이어졌고 그녀는 안에서 잠이 들었다. 잠시 후 촬영 기사가 그녀를 깨웠고, 의사는 그녀를 다른 방으로 데리고 가서 결과를 말해주었다. 그녀의 몸에는 아무 이상도 없었다. 그녀는 울음을 터뜨렸다. 의사는 그녀의 어깨를 토닥이며 말했다.

'그래요, 정말 다행이에요.'

한 시간 동안 도시는 완벽하게 고요했다. 계단, 회전식 문, 동전을 자꾸 뱉어내는 매트로카드 기계까지 모든 것이 고된 노동이었다. 그날은 그해 들어 가장 습한 날이었고, 도시조차 더위를 모른 척하지 못했다. 브루클린 곳곳에서 전선이 녹아 전기가 나갔다. 화재와 뇌졸중 환자가 속속 발생했고, 여자들은 양산을 쓰고서도 축 늘어졌다. 그녀는 도시를 걸으며 사람들을 유심히 관찰했다. 그리고 집에 돌아오자마자 다시 카메라를 설치했다.

한 대는 현관 옆, 다른 한 대는 침실이었다. 그녀는 멍든 부분이 밖을 향하도록 놓은 사과 바구니와 책등이 낡아 갈라진 책 한 권을 화면에 보이도록 놓고, 창을 열었다. 그리고 가지고 있는 것 중 가장 좋은 드레스를 꺼내 입었다. 은은하게 반짝이는 지르코니아 장식이 박힌 얇은 파란색 시폰 드레스였다. 4년 전, 개인전으로 데뷔하던 날 밤에 입었던 옷이다. 그 후 한 번도 세탁을 하지 않았는데, 이제 그녀에게는 두 사이즈나 커졌다. 그녀가 옷핀으로 가슴 부분을 조이는 동안, 보험회사에서 전화가 왔다. 그들은 음성 메시지로 채무징수 대행업체 연락처를 알려주었다. 그녀는 머리를 손질하며 엄마에게 전화를 걸었다.

'더 이상 어떻게 해야 할지 모르겠어요.'

자동응답기에 이런 메시지를 남기고, 그녀는 리처드에게 집 주소를 보냈다. 두렵지 않은 것은 아니었다.

그녀가 예상했던 대로, 도시는 그녀가 떠나려는 바로 그 순간 다시 그녀를 향해 활짝 열렸다. 그리고 그녀에게 낙관을 불어넣었다. 그녀가 곧 수행할 프로젝트와는 어울리지 않는 감정이었다. 하지만 낙관과는 또 다른 감정도 있었다. 새로운 프로젝트를 앞두고 언제나 느꼈던 흥분, 침착함 그리고 모든 조각이 완벽히 맞아 떨어진다는 묘한 확신이었다. 이것들은 가슴 깊은 곳에서 시작되어 숨쉬기만큼이나 불가피한 감정이 되었다. 그리고 이 감정은 자기 몸을 수없이 여러 번 예술로 바꾸려 애썼던 그녀에게 이제 그 몸을 넘어서서 살아보라는 결의를 불러일으킨다. 결코 이룰 수 없는 일이건만, 그녀는 지금 그것을 해보려 한다. 마지막으로 한 번만 더.

입마개

카산드라 코

카산드라 코

카산드라 코는 여러 상을 수상한 게임 시나리오 작가다. 최근 발표한 《검게 그을린 이빨뿐(Nothing but Blackened Teeth)》은 〈영국 판타지상〉, 〈월드 판타지상〉, 〈셜리 잭슨상〉 그리고 〈브램 스토커상〉 최종 후보에 올랐다. 첫 단편집 《부서지기 쉬운 것들(Breakable Things)》도 출간되어 판매 중이다.

나는 이를 세어본다. 앞니 위로 잇몸 안쪽에 뭔가 단단한 것이 왕관 모양으로 자라고 있다.

'대체 뭐지?'

난 깜짝 놀라 생각한다. 루이지애나 전승의 늑대인간 루가루에 대해 사람들이 뭐라고 했더라? 짊어진 게 너무 무거우면 늑대성을 전염시킬 수도 있다고 했나? 사랑하는 사람에게 스며들 수 있다고? 이 기생충, 영혼의 병 같으니! 그 누구의 잘못도 아니다. 그저 상황을 탓할 뿐. 갇힌 짐승은 그 감금 상태를 잘 견디지 못한다. 특히 잠을 못 자게 하면 더욱 그렇다.

나는 주변 사람들에게 양해를 구하고 테이블에서 일어난다. 뼈가 드득거리고 등뼈를 감싼 피부는 팽팽해진다. 척추는 오랫동안 짧게 구겨져 있었던 것처럼 뻣뻣하게 느껴진다. 아프다. 온몸이 아프다. 근육은 불타는 것 같고, 뼈에서는 날카로운 돌기가 자라나 살을 찌르고 관절을 둘러싼다. 뼈를 덮은 살을 다 긁어내 버리고 싶다. 그리고 이도 많다. 너무 많다. 마치 백만 년의 추위를 지나고 처음 찾아온 봄에 꽃이 피듯 계속해서 돋아난다. 입술이 말려 올라가고, 볼은 움푹 꺼진다. 위턱이 길어지는 순간, 축축하게 젖은 것이 툭 부러지는 소리가 들린다.

"젠장."

나는 급히 두 손으로 얼굴을 가리고 다른 손님을 팔꿈치로 밀치며 욕실로 들어간다.

'쾅.'

분노한 주먹이 문을 두드린다.

'쾅.'

다시 한번, 그리고도 몇 번을 더 두드린다. 누군가가 나에게 욕을 퍼붓지만 내 귀에는 들리지 않는다. 나는 흐릿하게 얼룩진 거울 속 내 얼굴 모습에 완전히 사로잡혀 있다. 낙서는 별 흥미로울 게 없다. 매직으로 휘갈겨 쓴 음란한 욕설, 전화번호 한두 개가 전부다. 하지만 그들이 남긴 냄새, 화학약품과 누군가의 좌절과 또 다른 누군가의 욕망이 타일에 엉겨 붙어 욕실에 남겨진 그 냄새는, 오, 맙소사! 지금 내게 냄새는 폭동 진압 명령처럼 요란한 언어다. 이게 얼마나 미친 일인지 잘 알지만 사실이다. 냄새는 연철 프레임을 감싸고, 낮은 조명을 받아 뒤틀린다. 거울 속 나는 필사적으로 인간인 척하고 있다.

하지만 내 뼈들이 순식간에 칼슘, 지방, 액화된 단백질이 뒤섞인 걸쭉한 수프가 되면, 그것도 끝이다. 혈액이 혀끝을 따뜻하게 감싸고 입안을 가득 채운다. 나는 젤라틴처럼 굳은 그 피를 벌컥벌컥 삼킨다. 거울 속 내 몸은 완전히 새로운 형태를 만들어 내고 있다. 키가 1미터쯤 자라고 어깨는 넓어진다. 견갑골을 둘러싼 근육이 부풀어 오르자, 몸이 자연스레 굽고 뼈는 점점 넓어져 휘어지고 더 휘어지고 마침내 툭 소리를 낸다. 척추가 터질 때마다 기관총 소리가 들린다. 폐도 팽창한다. 늑대가 피부를 뚫고 나오는 자리에서 피가 터져 나온다. 내 몸은 알아들을 수 없는 방언이 되고, 신처럼 이질적인 것이 된다. 붉은 피가 하얀 세면대를 보석처럼 화려하게 물들인다. 피가 너무 많아 더 이상 색의 경계가 보이지 않는다. 나의 늑대가 울기 시작한다. '그'가 아닌 나 자신의 늑대다. '그'는 비록 이 모든 것을 시작한 존재이고 감염의 매개이지만, 이제 내 인생사의 이 시점까지 파충류 뇌에 둘러싸여 잠들어 있던 나의 늑대가 낮은 소리로 울기 시작한다.

나는 몸을 떤다. 숨이 찬 사슴처럼, 다리를 살짝 벌리고 서서 온몸을 떨고 있다. 피가 너무 많아 산후 잔여물 같다. 쏟아져 나온 피가 점점 끈적하고 짙어진다. 난 엄마가 되려고 한 적이 없다. 과학자들이 세상이 불타버릴 것이라고 예언했을 때 그런 생각을 모두 버렸다. 그런 내가 지금 피를 뿜어내며 신음하고 있다. 난 아래를 내려다보았다. 붉은색 속에 희미한 노란 빛이 보인다. 거의 끓기 직전의 지방이 피에 쓸려 나오며 남긴 자국이다. 난 배가 고프다. 말도 안 되게 배가 고프다. 허기가 뼛속까지 파고든다. 이렇게 욕망에 휩싸인 상태에서는 제대로 생각을 할 수가 없다. 게다가 밖에서, 바깥에서는…

"안에 괜찮아요?"

난 대답하지 않는다. 할 수가 없다. 주둥이를 벌리면 다시는 닫을 수 없을 것이다. 저 목소리의 주인을 내 입에 밀어 넣지 않는 한은 말이다. 저 여자를 삼켜 엉덩이가 내 턱관절에 부딪히면 여자는 가느다란 다리로 허공을 차며 버둥거리겠지. 그러면 난 마침내 주둥이를 닫아 무릎을 탁 부러뜨릴 것이다.

'쾅.'

"저기요, 괜찮아요?"

내 배는 동굴처럼 휑하다. 마을 하나가 다 들어갈 정도다. 저 여자쯤은 통째로 삼켜버릴 수 있다. 난 몸을 돌린다. 새로운 다리로 서는 게 불안정하지만 괜찮다. 그래도 내가 더 빠를 테니까. 깜빡 잊고 잠그지 않은 문이 삐걱거리며 열린다. 문틈으로 염색한 금발이 보이고, 타일이 깔린 욕실 바닥에는 황금색 빛줄기가 쏟아져 들어온다. 마음만 먹으면 저 여자를 잡을 수 있다. 당장 먹어 치울 수도 있다. 난 재앙처럼 허기지고, 막 육식동물이 된 내 혀는 저 여자의 달콤한 향에 이끌리고 있다.

"저기요, 괜찮냐고요?"

그녀에게서 망한 인생의 냄새가 난다. 너무 많이 탐했으나 어떤 것에도 헌신하지 않은, 변변치 않은 죄로 병든 인생의 냄새다. 교외에 사는 중년 여자의 평범함이 어쩐지 발사믹처럼 입에 침을 고이게 한다. 누가 알았겠는가? 빛이 그녀의 짧은 머리를 후광처럼 보이게 하고, 조심스럽게 다문 초췌한 입과 도깨비같이 생긴 얼굴을 성화할 줄이야! 그녀의 왼쪽 눈썹에 들쭉날쭉한 피어싱 흔적이 남아있다. 자기 본성에서 벗어나려 꿈틀거리던 시절의 유물이다. 그 결과가 재미있지 않은가? 무엇을 하든 사람은 결국 자기 자리로 돌아오게 되어있다. 저 여자의 자리는 진정한 자기중심적 불평꾼이었나 보다. 내 이름을 부르며 투덜거리는 목소리에 다 담겨있다. 세상이 굴복할 때까지 불평하라. 불리할 땐 굴복하는 대신 거짓 눈물을 쏟아내라.

그녀의 입은 정육점 대형 도마 위에 놓인 심장처럼 새빨갛다. 그녀와 나의 시선이 마주치자, 그 입이 슬며시 벌어진다. 입술 사이로 드러난 혀의 끝은 손을 기다리는 문고리 같다. 자신을 비틀어 열어, 비밀을 드러내 달라고 애원하는 것 같다.

대체 왜 저런 여자가 나이를 먹어가고 있지? 더 나은 사람에게도 허락되지 않은 기회인데, 저 여자는 왜 살아남은 것인가? 순간 나의 허기가 정당한 명분으로 변한다. 여자의 편도체는 뇌의 다른 부분들로부터 통제권을 빼앗는다. 의식은 안전한 곳으로 격리되고, 본능이 자기 곁의 포식자를 천천히 살핀다. 그녀와 눈이 마주치는 순간 나는 인사를 건네듯 미소를 짓는다. 망가진 내 얼굴이 그녀의 눈동자 속 검은 점 안에서 두 겹으로 비친다. 나의 부서진 턱에서 침이 흘러내린다. 주둥이의 세부 형태가 아직 만들어지는 중이기 때문이다. 내 생각은 제어할 수 없는 연속 사격처럼 계속 이어진다. 저 여자가 사라지면, 이 굶주린 세상에서 입 하나가 줄어드는 셈이다. 낭비의 지렛대 하나가 줄어든다. 세상은 더 좋은 곳이 될 것이다. 늑대는 무리를 솎아내기 위해 존재한다. 저 여자를 그냥 먹어버려야겠다. 머리부터 꿀떡 삼켜야지. 그래, 먹어야겠어. 맙소사! 정말 그러고 싶다. 그래야 한다.

난 털 덮인 뺨을 그녀의 얼굴에 문지른다. 애완동물과 주인의 관계를 조롱하는 섬뜩한 모습이다. 순간 요동치는 그녀의 심장 박동이 전해진다. 그녀는 겁에 질려있다. 불쌍한 여자, 불운한 새끼 양, 은신처에서 쫓겨난 비참한 토끼다. 그녀는 꼼짝하지 않는다.

사실상 등뼈라는 갈고리에 매달려 축 늘어진 고깃덩이다. 그녀의 파충류 뇌가 어떤 결정을 내렸는지 우린 둘 다 알고 있다. 도망칠 곳은 없다. 죽은 척하는 편이 나을 것이다. 한 번에 목이 부러지기를 기도해라. 꼼짝 못 하게 붙잡힌 채 서서히 죽어가는 것보다 나을 것이다. 내장이 파헤쳐진 채 아홉 코스짜리 식사가 진행되는 것을 견딜 수 있겠는가? 그녀는 두 눈을 질끈 감는다. 공포의 전율이 등줄기를 타고 흐른다.

"아니, 아니, 아니야, 이건 진짜가 아니야. 진짜일 리 없어."

그녀가 속삭인다.

정말 한 입 거리밖에 안 되는데!

"안 돼!"

이 말을 뱉어낸 건 그녀가 아니라 내 목소리였다. 울부짖음이 중간쯤에서 갈라지며 다시 인간의 언어가 되었다. 내 분노의 크기 때문인지 아니면 그 속에 담긴 설득력 때문인지 모르겠다. 먹고 삼키고 찢고 벌리고 사람을 고기라는 단어로 단순화하려는 충동을 열렬히 거부한 그 의지 때문이었을까? 내 외침 속에 담긴 무언가가 내게서 늑대를 벗겨낸다. 잔해들이 욕실 바닥에 쏟아진다. 물집처럼 부풀어 터진 지방과 검게 그을린 단백질이 두꺼운 필름처럼 바닥을 덮고 악취를 풍긴다.

"이게 뭐예요?"

나는 얼굴에 묻은 피를 닦는다.

"대체 뭐냐고요?"

여자가 다시 말한다.

"무슨 말씀인지 모르겠는데요."

"당신…"

그녀의 시선이 어둑한 욕실 이곳저곳을 빠르게 오간다.

그녀가 조금 전 있었던 일에 대한 자신의 기억을 수정하는 중이라는 사실을 이미 난 알고 있다. 그녀는 초자연적인 요소를 지우고 좀 더 과학적인 설명을 끼워 넣어 기억을 교정하고 있다. 빛에 의한 착시, 싸구려 약물, 무엇이든 좋다. 조금 전 떨리는 그녀의 뺨에 닿았던 포식자의 숨결만 아니면 된다.

"변기 터졌어요? 제길, 누가 탐폰이라도 쑤셔 박아 놨나? 이게 웬 난리람! 설마 이거 똥이에요?"

난 손을 보는 데 정신이 팔려, 어깨만 으쓱한다. 손가락에 여전히 산후 잔여물이 번들번들 묻어있기 때문이다. 아니, '사후' 잔여물이라고 해야 하나? 아직 축축하게 젖은 근육 매듭들이 손가락 사이를 그물처럼 엮고 있다. 난 계속 바라보며 깨닫는다. 이 세상은 불가역적으로 달라졌다. 오늘 아침 내가 눈을 떴던 몸과 지금의 이 몸은 같지 않다. 인간 과학의 측정법은 추정이고 나침반일 뿐이다. 로마의 유모로 신격화된 카피톨리노의 암늑대만큼이나 허상에 가깝다. 난 모두 기억한다. 늑대인간의 원리를 해명한다고 주장하던 뉴스 기사와 30분짜리 특집 방송들이 넘쳐났다. 저명한 과학자들은 토크쇼에 출연해, 그 과정이 혁신적인 것은 사실이지만 안전하며 통제된 환경과 국가 위기 상황에서만 시행된다고 대중을 안심시켰다. 수많은 데이터와 표, 전설적인 학자들과 공저한 논문 발췌문은 모두 하나같이 임상적인 어조였고, 철저하게 정제된 설명만을 합창하듯 세상에 퍼뜨렸다. 하지만 그 무엇도 어떻게 이런 일이 벌어질 수 있는지 설명하지 못한다. 자유롭게 된 첫날, 아침에 눈을 뜨듯 너무나 쉽게 이런 일이 생길 거라고는 아무도 말해주지 않았다.

"이거 당신이 한 거예요?"

난 그녀가 내 어깨를 잡고 있는지도 몰랐다. 그녀는 이미 30초 전부터 내 어깨를 잡고, 이 망가진 밤을 이해해 보려 애쓰고 있었다. 그녀의 얼굴이 너무 가까이 있다. 저 광대뼈에서 피부를 벗겨내는 일은 별로 힘들지 않을 것이다. 인두가 조여오는 느낌이 든다. 난 두 턱뼈가 맞닿는 부분을 손가락으로 누른다. 손 아래에 느껴지는 단단한 돌기의 정체를 난 금세 알아챈다. 이빨이다.

"안 돼요."

난 손바닥 아래 넓은 부분을 그녀의 흉골 끝에 대고, 세게 밀어낸다.

"나 건드리지 마요."

그녀가 손을 뗀다.

"무슨 일이 벌어지는 건지 도저히 모르겠어요."

그녀의 자세에서 투지가 빠져나갔다. 그녀는 제자리에서 휘청거린다. 혼란에 빠져 정신을 못 차리는 것 같다. 동공이 너무 커져, 눈 전체가 검은 기름처럼 번들거린다. 다른 색은 보이지 않는다. 이런 권투 선수를 본 적이 있다. 이미 KO 상태지만 아직 두 발로 서있는 사람 말이다. 두 다리는 아직 전투가 끝났다는 신호를 받지 못했다. 모두 끝났고, 이제 남은 것은 쓰러지는 것뿐이라는 사실을 모른다.

"당신 그들 중 하나군요. 전쟁에 나갔어요?"

기억 속 어디에선가, 내 루가루의 웃음소리가 들린다.

'전쟁은 전쟁이지. 이름이 다를 뿐.'

"아니요."

"제발 날 해치지 말아요."

"당신 환각제 좀 줄이는 게 좋을 것 같아요."

내가 생각했던 것보다 훨씬 부드러운 목소리가 나에게서 나온다. 그녀는 나보다 나이가 많고 더 불안정하다. 도자기처럼 깨지기 쉽다. 이런 일에 아무런 영향을 받지 않고 삶을 살아낼 만큼 유연하지 않다. 하긴 내가 그런 판단을 할 자격이나 있나? 나도 천천히 미쳐가고 있는데 말이다.

"물 좀 마셔요."

"무슨 일이 있었는지 말해줘요."

난 이빨이 줄지어 난 주둥이 속 긴 공간을 혀로 훑는다.

"말하지 않는 게 좋을 거예요. 우리 둘 다를 위해서요."

입마개

그녀의 심장이 멈출 때

유미 디닌 시로마

유미 디닌 시로마

유미 디닌 시로마는 럿거스대학교에서 영문학 박사 과정을 밟고
있는 학생으로 탈식민주의와 퀴어 이론 및 문학을 연구한다.
그녀의 시는 《밤(BOMB)》, 《하이퍼알러직》, 《피치 매그》,
《냇.브루》 등에 실렸다. 현재는 고양이 시뇨라 네로니와 함께
필라델피아에 살고 있다.

미나는 루시의 머리카락에 마늘꽃을 엮는다. 두피에서부터 프렌치 브레이드로 머리를 땋아, 교차점마다 줄기를 끼워 넣으면 꽃봉오리만 삐죽 튀어나온다. 작은 보라색 구름 같은 꽃봉오리들이 바이러스처럼 보라색 돌기를 뾰족 내세우고 있다. 루시의 머리카락은 검고 숱이 많아, 물린 상처가 있는 미나의 손에 자꾸 걸려 감긴다. 피부는 추위에 벗겨지고 손톱은 이로 물어뜯어 들쭉날쭉하다.

"며칠 전 밤에 창밖에서 그 여자를 본 것 같아."

루시가 거리를 내려다보며 말한다. 인도 바닥을 뚫고 자라난 은행나무 한 그루가 악취를 풍기는 고름집처럼 생긴 열매를 떨어뜨리고 있다. 잎은 오후 햇살을 받아 금빛으로 반짝인다. 미나는 잎 사이로 사람들의 실루엣이 어렴풋이 보인다. 그들은 데님과 울을 입고 길을 걷고 있다.

"나한테 전화를 했어야지."

미나가 말한다.

"그럼 내가 성체를 확인하거나 아니면…"

"아니."

루시가 말을 자른다.

"그럴 필요가 없었어. 그 여자가 아니었거든. 그 사람이 돌아선 순간 얼굴을 봤는데, 전혀 다른 사람이었어. 머리 한쪽을 짧게 밀었더라고. 개 산책시키는 중인 것 같았어."

미나가 루시의 남은 머리카락을 모아 들어 올리자, 창백한 목 뒷덜미가 드러난다. 거기에는 하얗고 약간 솟아오른 자국들이 있다. 아직 다 아물지 않아 팽팽하고 윤이 난다.

"몇 시였어?"

미나가 묻는다.

"오후 네 시쯤? 그것도 좀 이상했어. 아직 어두워질 시간이 아니었거든."

"그 여자는 분명 이 계절을 좋아할 거야."

미나가 말한다.

"항상 어둡고 무덤처럼 차갑잖아."

루시가 작은 소리를 내며 어깨를 으쓱한다. 순간 미나의 손이 미끄러지며, 꽃봉오리 하나를 으깨버린다. 손에 꽃가루가 묻고, 은은한 마늘 냄새가 퍼진다.

"그 사람은 항상 봄에 제일 행복한 것 같았어."

루시가 말한다.

"증상도 좀 덜했고…"

"응."

미나가 짧게 대꾸한다.

루시가 의자에 앉은 채 몸을 꿈틀거린다. 그녀는 허벅지 위로 손을 쓸어 치마 매무새를 정돈한다.

"그래서 생각해 봤는데… 우리가 조심해서 하면, 그니까 내가 이걸 계속 차고 말이야…"

그녀가 십자가 목걸이를 만지작거린다.

"또 네가 그 동그라미를 그리고, 우리 둘이 큰 가방에 마늘을 가득 채워가서 흔들고 다니면…?"

루시는 최근 '정리'하고 싶다는 의사를 표현했다. 미나가 반대할수록 그녀의 결심은 더욱 굳어지는 것 같았다. 미나는 더 이상 그녀를 설득하지 않는다. 그저 둘의 공간을 유지하는 데 집중할 뿐이다. 매주 토요일 아침, 그녀는 농산물 시장에서 마늘꽃을 모두 사와 창가에 줄 세워두고, 밤이 되면 두 사람의 목과 손에 그 꽃들을 감는다. 성경책도 있다. 47번가와 스프링필드가 교차로에 오래된 돔형 교회가 있는데, 벽에서 금박이 벗겨져 떨어지는 그곳에서 훔쳐 온 책들이다. 미나는 두 사람 베개 밑에 하나씩, 낡은 거실 탁자 위에 하나 그리고 욕실 창턱 위에도 한 권을 두었다. 또 한 권은 겨울 습기 때문에 뒤틀렸는데, 화재 대피용 비상계단에 내놓은 루시의 화분 사이에 끼워둔 탓이다. 그리고 마늘이 있다. 언제나 마늘이 있어야 한다. 기름과 허브와 함께 오후 내내 오븐에 구운 뒤, 감자나 버터넛 호박 수프에 으깨 넣는다.

"응. 그렇게 해볼 수 있지."

미나가 대답한다.

"그 정도면 어쩌면…"

"그러니까, 난 혹시 모르니까 그래도 대비책 같은 건 준비했으면 하는 거지."

"그래, 물론이지. 나도 당연히 확실하게 해야 한다고 생각하고…"

"…왜냐하면 모르는 일이잖아. 그 여자가 아직도…"

"…맞아. 네가 걱정하는 거 이해해…"

"…만약 그 여자가 아직도…"

"…그런데 그 여자 나한테 더 이상 그런 식으로 영향을 미치는 것 같지 않아. 네가 걱정하는 이유는 알아. 하지만 나 진짜 많이 좋아졌어. 요즘은 정말 괜찮아. 전처럼 꿈도 많이 꾸지 않고."

미나는 그 정도로 충분한지 확신이 서지 않는다. 과연 충분하다고 느끼는 날이 오기는 할까? 십자가와 마늘 한 통으로 현관에서 D를 쫓아내도, 다음 날 밤이면 그녀는 다시 루시의 창에 나타나 달처럼 창백한 얼굴을 들이밀 것이다. 성체는 부스러져 바퀴벌레와 쥐를 불러들이고, 창턱에 줄지어 세워둔 마늘꽃은 시들어 간다. 필라델피아에서는 축성된 흙을 어디서 구해야 하는지도 그녀는 몰랐다.

아무것도 통하지 않으면, 이사를 가는 방법도 있다. 젠트리피케이션 된 동네에 가면 오래된 교회를 개조해 만든 고급 아파트를 찾을 수 있을 것이다. 이제 신을 믿는 사람은 없다. 미나도 마찬가지다. 이 도시에는 신자 수에 비해 교회가 너무 많다. 침실 두 개짜리 아파트면 한 달에 2,400달러 정도 들 것이다. 나무 아치 천장과 냉장고 위에 둘 십자가에 매달린 그리스도의 스테인드글라스 한 조각 정도만 있으면 된다. D는 그곳에서 절대 루시를 찾지 못할 것이다. 문 안으로 들어서는 순간 불길에 휩싸일 테니 말이다.

"다 됐다."

미나가 말한다.

루시가 머리를 만지며 고개를 돌린다. 그녀는 마치 5월의 여왕 같다. 디오니소스의 여사제 같고, 어느 숲에서 열린 음악 축제에서 만난 분위기에 취한 참가자 같다. 그녀의 목에 난 흉터가 빛을 받아 반짝인다.

어느 밤이다. 언제인지 알 수 없는 밤. 미나가 깜짝 놀라 잠에서 깨어난다. 아래 거리에서 전차가 요란한 소리를 내며 지나간다. 어둡다. 도시가 허락하는 가장 짙은 어둠이다. 가로등 불빛은 희미하고, 공원에는 짙은 그림자가 드리웠다. 벽 너머에서 이웃집 개들이 짖어댄다. 미나는 그들을 본 적은 없지만 매일 밤 소리를 듣는다. 누군가를 향해 짖는 것인지, 무언가를 지키는 것인지 아니면 그저 존재감을 알리기 위한 것인지는 모르겠다.

휘청거리며 화장실로 향하던 미나는 창문 너머 루시를 발견한다. 그녀는 헐렁한 반바지에 커다란 티셔츠 차림으로 화재 대피용 난간에 서있다. 쇄골 사이 움푹한 곳에서 십자가 목걸이가 반짝인다. 그녀가 또 그 멍한 표정을 하고 있다. 몽유병 환자가 꿈을 꾸는 것 같은 자세다. 그녀의 시선은 깊은 밤을 향하고 있다. 그녀는 미나가 볼 수 없는 무언가를 응시하고 있다.

루시는 매일 묘지를 산책하곤 했다. 마음이 편안해진다고 했다. 미나는 이 계절의 묘지 산책을 더 좋아한다. 초록과 빨강이 맞붙어 각각 잎의 반 정도를 차지한 계절이다. 최근 갑자기 추위가 몰아닥쳤으니, 일주일 후면 모두 떨어져 바스락바스락 밟히게 될 것이다.

어떤 묘지들은 보기 좋은 화분이다. 붉은 솜털 같은 꽃, 삐죽하게 솟은 보라색 꽃, 데이지 등이 흙 위로 고개를 내민다. 마치 죽은 이의 몸이 싹을 틔우는 것 같다. 언덕 비탈에는 비탈면을 깎아 움푹한 공간을 만든 무덤들이 줄지어 있다. 그중 하나는 1년 전 미나가 이곳을 걷기 시작했을 때부터 살짝 열려있었다. 물론 문에 묶인 구리 사슬은 녹슬었을지언정 건재하다. 사슬 틈새에는 절대 썩지 않을 플라스틱 장미 한 송이가 꽂혀있다. 묘지와 병원 사이, 작은 숲 한쪽에 노숙자의 물건으로 가득 찬 쇼핑 카트 한 대가 버려져 있다.

미나는 구불구불한 작은 길을 따라 걷는다. 어린아이의 얼굴이 돌에 새겨진 무덤들이 있다. 세월의 흐름과 산성비 때문에 이 목구비는 닳아 흐려졌다. 청동 무덤이 보인다. 반짝이는 승리의 청동 천사가 한 발로 까치발을 들고 그 꼭대기에 서있다. 첨탑이 솟은 고딕 성당 같은 무덤, 햇빛을 받아 밝은 초록색으로 빛나는 스테인드글라스가 있는 무덤, 괴물 석상으로 장식된 무덤 그리고 성곽처럼 만들어져 위에 올라서면 강 너머 센터시티의 깜빡이는 불빛을 볼 수 있는 무덤도 있다. 한 무덤은 겉으로는 평범해 보이지만, 안을 들여다보면 파란 유리를 끼운 채광창이 있어 빛이 쏟아져 들어온다. 엿보는 자와 죽은 자만 볼 수 있는 광경이다.

미나는 차가운 금속 문을 손끝으로 쓰다듬는다. D는 이 무덤들 중 하나에 잠들어 있다. 어느 무덤인지 알아내면 그녀는 D의

목을 찢어놓을 것이다.

저녁이다. 마늘 마흔 쪽과 셀러리, 파슬리, 타라곤이 들어간 닭 요리 그리고 베르무트가 약간 들어간 소스를 준비했다. 루시는 음식으로 장난을 친다. 접시 위에서 음식을 이리저리 굴리고, 버터나이프로 뼈에서 살을 긁어낸다. 그녀는 오늘 화장을 하지 않았다. 난 매번 그 이유를 생각하게 된다. 더 이상 거울로 자기 얼굴을 볼 수 없기 때문일까? (루시는 예전에 자기와 D의 모습을 연필로 그린 그림을 지갑에 넣어 다녔다. 그리고 사진 대신 보여줬다. "얘가 사진 찍는 걸 별로 안 좋아해서." 그녀는 그렇게 말했다.)

오늘은 아파트에 찬바람이 좀 들어온다. 낡은 라디에이터가 전력으로 가동 중이다. 루시는 얇은 블라우스를 입고 있다. 그녀가 목 부분 매무새를 가다듬는 순간, 피부 위에 발진이 생긴 것이 보인다. 두 쇄골 사이, 한때 십자가가 걸려있던 자리가 붉은 자국으로 가득하다.

그녀의 심장에 말뚝을 박아야 한다. 하지만 말뚝은커녕 그 비슷한 물건도 없다. 혹시 만들 방법이 있을까? 나무 숟가락 손잡이를 깎아내면 가능하려나? 하지만 생각해 보니 망치도 없다. 상체 힘도 충분하지 않다. 루시는 생기가 넘쳐 보인다. 몇 달 만에 처음이다. 피부는 윤이 나고 뺨에는 핑크빛 혈색이 돈다. 그녀가 활짝 웃자, 앞니가 빛을 받아 반짝인다.

III

몸에서 벗어나 영원으로

평온의 의자

**(1853년, 뉴저지 트렌턴,
토마스 필 부인의 일기 중에서)**

조이스 캐럴 오츠

조이스 캐럴 오츠

조이스 캐럴 오츠는 다수의 소설, 시 그리고 논픽션 작품을 발표한 작가다. 그녀는 《뉴저지 누아르(New Jersey Noir)》, 《프리즌 누아르(Prison Noir)》, 《커팅 엣지: 여성 작가들의 새로운 미스터리와 범죄 이야기(Cutting Edge: New Stories of Mystery and Crime by Women Writers)》 등의 앤솔러지를 편집했으며, 〈전미도서상〉, 〈펜 아메리카 평생공로상〉, 〈국립 인문학 훈장〉, 〈월드 판타지상〉 단편 부문상 등을 수상했다. 현재는 뉴저지 프린스턴에 거주하고 있다.

그가 따뜻한 젖은 시트로 나를 감쌌다. 그 손길이 너무나 부드러워 처음에는 힘이 잘 느껴지지 않았다.

머리에는 모슬린같이 얇은 천으로 만들어진 두건이 씌워졌다. 천 너머로 형태는 보이지 않았지만, 빛은 감지할 수 있었다. 눈을 감고 해를 향하면 '볼 수 있는' 붉은 기운 같은 것이었다.

머리둘레에는 좀 더 두꺼운 천이 감겨있었고, 입도 같은 천으로 덮여있었다. 꽉 조이진 않았지만, 경우에 따라 더 조일 수도 있다는 암시가 담겨있었다. 내가 만약 이 친절함을 악용하고 어린아이처럼 관심을 받으려고 울부짖으면, 예전에 그랬듯 다시 벌을 받아야 할 테니 말이다.

이 모든 것, 그러니까 나를 평온의 의자에 앉히고, 따뜻한 젖은 천으로 내 팔을 옆구리에 묶고, 양다리를 붙여 묶는 것은 나의 격한 감정을 달래고 쓸데없이 눈물 흘리는 버릇을 고치기 위해서다. 나의 이런 성향이 남편에게 얼마나 큰 조바심과 상처와 분노와 절망을 주었던가! 결국 남편은 나를 트렌턴 정신병원에 데려올 수밖에 없었다. 이곳은 나 같은 환자를 치료할 수 있다고 알려져 있었기 때문이다.

옛날 같으면 이런 병은 절대 치료받을 수 없었다. 사탄에게 사로잡혀 '악마의 병'에 걸렸다고 믿었으니 말이다. 하지만 시대가 바뀌었다. 여성의 정신병도 도덕적 치료를 받을 수 있는 새 시대가 된 것이다.

도덕적 치료란 '악마'가 아니라 질병을 공격하는 치료라는 뜻이다. 지도 의사의 주도하에, 상식적인 방법으로 병을 극복하기 위한 활동이 진행된다.

평온의 의자는 아주 튼튼하다. 보통 의자보다 조금 크고, 등받이 높이는 대부분의 남자 키보다 훨씬 높다.

평온의 의자는 쿠션 처리가 잘 되어있다. 부드럽고 폭신한 천이 온몸을 감싸 꽉 움켜잡는 느낌이 든다. 숨이 막힐 정도다.

평온의 의자는 깊은 휴식 즉 '깜빡 졸기'를 위해 설계되었다.

내가 나 자신에게 해를 끼친 것은 사실이다. 난 머리카락을 쥐어뜯고, 얼굴을 할퀴고, 옷을 찢었다.

내가 내 '아름다움'에 해를 끼친 것도 사실이다. 내 '아름다움'은 남편의 소유이기에 내 마음대로 파괴하면 안 된다는 사실을 난 배워야 했다.

'히스테리'는 자궁이 몸 안에서 움직이거나 자궁에서 떨어져 나간 일부가 동맥을 따라 몸 안을 떠돌며 뇌에 치명적인 영향을 미칠 때 발생하는 병이다.

우리는 정신병원의 다른 환자들처럼 가난하지 않았다. 양가 모두 부유한 집안이었고, 집은 트렌턴 남부 명망 높은 지역에 있었다. 남편은 일반의였는데, 트렌턴 여성 전용 정신병원의 새 원장 실라스 위어 박사가 여성의 광기를 치료하는 '혁신적인' 치료법을 개발했다는 소문을 들었다.

우리 두 사람에게는 (공동의) 바람이 있었다. 아이를 갖는 것, 후손을 남기는 것이었다.

트렌턴 제일장로교회 제단 앞에서 남편과 결혼할 때 난 서약을 했다. 말로 했다는 것은 아니지만, 그리한 것이나 다름없었다.

사랑하고, 존경하고, 복종하리라. 아플 때나 건강할 때나, 죽음이 우리를 갈라놓을 때까지.

하지만 내 안에서 미친 웃음이 끓어올랐다. 광분한 발길질이 터져 나왔다. 잠옷 차림의 필 씨가 무릎과 두 손으로 바닥을 짚고 헐떡이는 짐승처럼 내게 다가오면, 난 차고, 차고 또 찼다. 아랫입술을 너무 세게 깨물어 우리 부부 침대의 새하얀 침대보에 빨간 핏방울이 떨어졌다.

해결책이 마련되었다. 남자들 사이의 합의였다. 남자들 사이의 합의 외에 다른 종류의 합의는 존재하지 않았다.

아버지 또한 손주를 간절히 바랐다. 대를 이을 후손을 원했다.

후손이 없으면 삶은 의미가 없다.

후손에게 물려줄 게 아니라면, 재산을 모으는 게 무슨 의미가 있겠는가?

신께서 정하시고, 신께서 명하셨다. 많이 낳고 번성하라!

아버지와 필 씨 그리고 위어 박사가 참여했다. 합의는 이루어졌고, 난 그곳에 있을 필요가 없었다.

비용만 제대로 지불하면 사설 진료를 받을 수 있다. 트렌턴 주립 정신병원에도 사설 진료를 위한 병동이 있었다. 노스홀 3층이었다. 실라스 위어 박사의 감독 아래 특별 치료를 받는 환자들만 들어갈 수 있는 곳이다.

사설 치료를 받는 우리들은 식당에서 미친 여자들 무리를 마주칠 필요가 없었다. 세탁실이나 주방이나 변소에서 혹은 대걸레와 양동이를 들고 바닥을 닦으며 도덕적 치료를 받는 일도 없었다.

우리는 그들을 보지 못했다. 그들의 비명도 듣지 못했고, 그들의 악취도 맡아보지 못했다. 우리는 사설 진료 환자 전용 통로로 시설에 들어가고 시설에서 나왔다.

우리의 운명은 남편과 아버지에 의해 결정되었다. 우리의 운명은 악수에 의해 결정되었다.

남자들의 악수는 닫힌 문 뒤에서 이루어진다. 하지만 당신에게도 상상할 자유는 남아있다.

당신의 손은 너무 부드럽고 그 속의 뼈는 참새 뼈 같아서, 남자와 악수하는 순간 으스러지고 부서진다. 그런 위험을 감수할 것인가?

필 부인! 가만히 누워 계셔야 합니다.

콧소리가 섞인 부드러운 목소리로 그가 내게 명령했다. 난 모슬린 두건을 쓰고 있어 그의 얼굴을 볼 수 없다.

당신은 '저항'해선 안 된다. '복종'하는 것이 여성의 의무다. 당신은 꽃이 명상하듯 마음을 집중해야 한다. 꽃잎 하나하나가 그러하듯 완벽히 고요해져야 한다.

바늘이 멈춰버린 시계의 문자반이 돼야 한다. 평온의 의자에 앉는 순간, 시간의 존재는 사라지기 때문이다.

생각하지 말고, 기억하지도 마라. 활자가 인쇄된 종이들… 책에서 본 내용을 떠올리지 마라. 당신이 학교에서 배운 교과서는 잘못된 것이다. 여자아이는 책이 필요 없다. 좋은 집안에서 자란, 아름다운 금발의 여자아이는 더욱 그렇다.

운율이 있는 시는 (때때로) 허락된다. 여성을 흥분시키거나 불안하게 만들지 않는, 신중하게 선별된 시는 괜찮다.

(운율이 없는) 단어들이 당신의 의식 속에 들어오지 못하게 하라. 숲속 연못에 함부로 돌을 던지지 않고, 새하얀 눈밭에 숯덩이를 던지지 않고, 교회 안에서 무례하게 소리 지르지 않는 것과 같은 이치다.

생각하지 마라. 생각은 여성에게 자연스러운 일이 아니다. 생각하지 마라. 생각은 여성에게 해롭다.

불행한 이브는 자유롭게 생각한 탓에 금지된 열매를 따 먹었고, 남편인 아담에게 그것을 먹게 하여 그까지 불복종의 죄에 빠뜨렸다.

규정에 따르면, 당신은 진전 상태에 따라 8주에서 10주 동안 치료를 받아야 한다. 낮에는 평온의 의자에 매우 고요히 앉아있어야 하고, 밤에는 평온의 침대에 매우 고요히 누워있어야 한다.

당신의 몸은 항상 따뜻한 젖은 시트로 감싸져 있어야 한다. 눈은 감고 입은 다물어라. 광기에 찬 사지는 뜻대로 움직이지 못하고 이내 포기할 것이다. 심장도 거칠게 미쳐 날뛰지 못하고 곧 굴복할 것이다.

그래도 여전히 신경질적인 자궁이 자리를 벗어나고 병의 입자를 여성의 몸 곳곳에 퍼뜨려 뇌까지 치명적 위험에 빠뜨리면, 좀 더 과감한 치료를 추가해야 한다. 평온의 물 치료다.

평온의 의자에 묶인 몸이 구리로 만든 1.5미터 욕조에 담긴 따뜻하게 찰랑거리는 물속으로 아주 조심스럽게 들어간다. 물은 피부에 닿을 때 쾌적함을 주는 온도다. 몸 전체가 물에 잠기는 사고를 막기 위해 간병인이 늘 곁에 머무른다.

수치료라고 불리는 이 치료법은 평온 치료의 연장선에 있으나, 그보다 더 위험하다. 벌은 아니지만, 반항적인 자궁을 진압하기 위해 불가피한 경우도 있다.

아니, 당신은 결코 익사하지 않는다! 그런 운명을 걱정해 조바심치는 것은 어리석고 우스꽝스럽고 유치하고 쓸데없는 짓이다. 실라스 앨로이시어스 위어의 주의 깊은 시선 아래에 있는 한, 그런 일은 절대 일어나지 않는다.

이름 없는 평범한 정신병자라면 걱정하는 것도 이해가 되지만, 당신은 평범한 사람이 아니다. 당신 남편이 거액의 치료비를 위어스 박사에게 (개인적으로) 지불하고 있기 때문이다. 평범한 정신병자는 보호받지 못하지만, 당신은 보호받는다.

남성이 활동의 정신에 의해 보호받듯, 당신은 평온의 정신에 의해 보호받을 것이다.

여성의 영혼은 수동적이고 온화하고, 남성의 영혼은 활동적이고 끊임없이 움직인다.

여성의 영혼은 휴식 속에서 가장 잘 실현되고, 남성의 영혼은 움직임 속에서 가장 잘 표현된다.

여성의 육체는 부드럽고 순응적이고 풍만하고 뼈가 없는 듯 유연하다. 남성의 육체는 근육이 단단하고 뼈가 강하고 반사 반응이 빠르다.

남성이 평온함 속에서 기쁨을 느끼는 것이 부자연스러운 것처럼, 여성이 움직임 속에서 자신을 표현하는 것 또한 부자연스럽다.

여성은 침대에 있거나 침대에 눕혀지거나 침대에 머물러야지 걷기, 등산, 승마, 사냥 등을 해선 안 된다.

평온의 의자에 앉으면 당신은 하루 여덟 번의 식사를 하게 될 것이다. 차분하게, 서두르지 않고, 위어 박사의 방식대로 음식을 씹어야 한다. 고형의 음식은 서른두 번 이상 씹어 액화된 후 삼키는 것이 박사의 방식이다.

결코 '고형'의 음식을 삼켜서는 안 된다. 오직 액체만 목으로 넘긴다.

진한 육수와 크림수프가 제공될 것이다. 버터, 우유, 특별히 조리된 달걀 그리고 영양분이 풍부한 빵과 과자도 먹게 될 것이다. 그때는 두건을 벗기고, 입을 감싼 천을 풀어줄 것이다. 시중드는 사람이 음식을 먹여줄 것이므로 당신은 손을 쓸 필요가 없다.

당신은 심각한 저체중에 출산 가능성이 있으므로, 15킬로그램 증량을 처방한다.

당신은 (다시) 자궁 속 아기가 될 것이다. 영양을 공급받고, 완벽한 고요 속에서 기쁨을 누리는 동안 당신의 (여성) 영혼은 당신을 감싸듯 부풀어 오를 것이다.

당신은 약을 먹어야 한다. 위어 박사가 자신의 약초 혼합물 중 오직 당신을 위해 처방하고 직접 조제한 약이다.

히스테리 치료에는 하루 여러 차례 칼로멜(수은)을 섭취하는 방법이 권장된다. 칼로멜은 작은 알갱이 형태로 빵 위에 뿌려 제공될 것이고, 버터나 꿀로 얇은 막이 씌워져 있을 것이다.

여성의 불감증과 불임 치료를 위해서는 세인트 존스 워트, 블랙 코호시, 피마자유, 밀크시슬이 정확히 조절한 용량만큼 투여될 것이다.

팔다리가 아무 이유 없이 경련하듯 들썩이는 현상 치료에는 매일 일정량의 로더넘 복용을 처방한다. 근육 불안증이 계속되면 복용량을 늘린다.

복용하는 약이 너무 쓰지 않을까 걱정할 필요는 없다. 당신이 받게 될 모든 약에는 달콤한 팅크가 섞여있을 것이다.

당신은 특권을 누리는 사람이다. 당신은 축복받은 존재다. 신의 섭리가 당신을 실라스 앨로이시어스 위어스에게 인도했다.

자, 이제 소리 내어 따라 한다.

나는 앞으로 6주에서 8주 동안 아무것도 읽지 않을 것이다. 나는 앞으로 6주에서 8주 동안 아무것도 쓰지 않을 것이다. 나는 사촌이나 친구, 어머니께 편지를 써서 온몸을 감싼 속박과 질식의 공포에서 풀어달라고 간청할 생각조차 하지 않겠다.

나는 앞으로 6주에서 8주 동안 말하지 않을 것이다. 나는 자비를 베풀어 풀어달라고 애원하거나 간청하거나 소리 지르지 않을 것이다.

나는 앞으로 6주에서 8주 동안 나의 뇌를 혼란하게 하지 않을 것이다.

나는 스스로 배설 문제를 해결할 필요가 없을 것이다. 언제든 필요할 때면 간호사가 침대 옆 변기를 비우고 깨끗하게 씻어줄 것이다.

네, 나는 너무너무 잘못했습니다. 내 얼굴을 할퀸 것을 후회합니다. 그 얼굴은 내 마음대로 할퀼 수 있는 내 얼굴이 아니었습니다.

네, 나는 너무너무 잘못했습니다. 성스러운 부부의 잠자리에서, 미친 듯 발작하여 비명을 지르고, 웃고, 몸부림치고, 발길질한 것을 후회합니다.

평온 속에서 나는 언어를 넘어선 곳으로 흘러갈 것이다. 평온 속에서 나는 기쁨을 느낄 것이다.

평온 속에서 나는 하얗고 속이 꽉 찬 살 20킬로그램을 얻게 될 것이다. 그 살은 턱 밑에 붙고, 배를 불룩하게 하고, 허벅지와 젖가슴에서 암소의 젖통처럼 늘어질 것이다.

나는 언제나 돌봄을 받게 될 것이다. 간호사가 늘 곁에서 내게 필요한 모든 일을 해결해 줄 것이다.

언제나 당신 자신에게 되뇌라.

나는 특별한 존재다. 나는 여성 정신의학계 개척자이자 비범한 의사인 실라스 앨로이시어스 위어의 치료를 받고 있다.

병이 완전히 나으면 난 남편이 있는 집으로 돌아갈 것이다. 그때가 되어야만 난 남편이 기다리는 집으로 돌아가 우리의 첫 아들, 첫 계승자를 낳을 수 있다.

그때까지 나는 신의 섭리와 실라스 앨로이시어스 위어 의학 박사에 대한 믿음을 지킬 것이다.

이것은 1853년 4월, 트렌턴 레이크뷰 드라이브 228번지에 거주한 토마스 필 부인의 개인 소지품 속에서 발견된 일기의 일부다. 그녀는 한 주 전 트렌턴 정신병원에서 퇴원하고 갑자기 사망했다.

사망 원인은 밝혀지지 않았다. 체중이 20킬로그램 늘면서 복부, 몸통, 팔뚝에 살이 붙고 턱살은 거대한 갑상선종처럼 늘어졌으며, 몇 주간 아무런 활동을 하지 않은 탓에 이미 약해진 장기들이 체중 증가로 압박을 받았기 때문인지 아니면 이 불행한 여자가 의사가 처방한 로더넘의 하루 복용량을 여성다운 교묘한 방식으로 초과 복용해서 스스로 삶을 마감하는 데 성공한 것인지는 알 수 없다.

일곱 번째 신부
또는
여자의 호기심

엘리자베스 핸드

엘리자베스 핸드

엘리자베스 핸드는 스무 편의 수상작 소설과 다섯 권의 단편집을
펴낸 작가다. 그녀는 오랜 기간 《워싱턴포스트》를 비롯한 다양한
매체에 서평과 에세이를 기고했다. 2023년에는 셜리 잭슨의
고전 《힐 하우스의 유령(The Haunting of Hill House)》의 설정을
이어받은 《언덕 위의 유령(A Haunting on the Hill)》을 출간했다.
현재 그녀는 남부 메인 대학교(University of Southern Maine)의
창작 글쓰기 석사 프로그램 스톤코스트 MFA에서 강의하고,
메인주 해안과 영국 런던 북부를 오가며 생활하고 있다.

라이비는 일곱 번째 신부 역을 맡았다. 이전 신부들은 로열 캠든 극장 무대 위에 섬뜩한 마네킹으로 표현되었다. 셋은 해골이고, 나머지 셋은 종이 반죽, 천 그리고 밀랍으로 만든 인형들로 각기 다른 시체 부패 단계를 형상화했다. 조지 파이는 매일 밤 그녀의 상대역인 푸른 수염을 연기했다. 하지만 그가 맡은 푸른 수염은 위압적이고 피부가 어두운 공포의 인물이 아니었다. 대부분의 〈푸른 수염〉 희곡 속에서 그는 떨리는 손에 황금 열쇠를 움켜쥔 채 몸을 웅크린 연약한 아내 앞에서 칼을 높이 들어 그녀의 하얗고 매끈한 목을 내리치는 괴물이었다.

"사악한 여인! 너에게 요구한 것은 단 하나, 이 방에 들어오지 말라 했는데… 너는 나를 거역했다!"

그렇게 이야기가 이어지다가, 마지막 순간 순종적인 아내는 구출된다. 언니(혹은 오빠 혹은 어머니 그리고 어떤 판본에서는 지나가던 한 용감한 음유시인)가 무대에 뛰어들어 이 사악한 살인마를 단검으로 찌른다.

조지 파이가 연기하는 푸른 수염은 고함을 지르지 않았다. 심지어 체구가 위압적이지도 않았다. 그는 일곱 번째 신부 역을 맡았던 여배우들과 키 차이가 별로 없었다. (라이비 이전에 다른 배우들이 있었다.) 호리호리한 체격에 키를 보태기 위해 키 높이 부츠를 신은 그의 모습은 무대 바로 앞 1등석에서 바라보면 거대한 오크 나무라기보다 빳빳한 묘목 같았다. 이런 점을 고려할 때 그가 이 배역으로 성공을 거두었다는 사실은 매우 신기한 일이었다. 늘씬하고 팔다리가 긴 몸, 섬세하면서 잘생긴 얼굴 그리고 다른 배우들이 이 역할을 하기 위해 즐겨 쓰던 검은 가발이 아닌 자신의 짙은 색 곱슬머리로 파이는 지금까지와는 전혀 다른 매력적인 살인자 캐릭터를 창조해 냈다. 그는 눈가에 검은 가루를 잔뜩 바르고, 볼에는 붉은 볼연지를 발랐으며, 한쪽 귀에 커다란 금 귀걸이를 달았다. 여기에 (가짜) 수염까지 더해지면서, 그는 푸른 수염의 해적 버전이 되었다. 그가 선택한 수염은 작고 부싯돌 화살촉처럼 뾰족했다. 색깔도 다른 배우들이 썼던 짙은 남색이 아니라, 믿기 힘들 정도로 밝은 공작 빛이었다. 그는 검은 바지에 공작새 색깔의 새틴 안감이 덧대진 연미복을 입고, 같은 해 팬터마임 공연에서 장화 신은 고양이를 연기한 여배우에게 빌린 공작 깃털 달린 모자를 썼다. 이런 특이한 외모는 분명 조지 파이의 매력을 더욱 높여 주었고, 특히 여성 관객에게는 더욱 잘 통했다. 푸른 수염은 보통 무대에 등장하자마자 새 아내를 위협하는 난폭한 인물로 그려지지만, 조지 파이가 해석한 푸른 수염은 수줍고 심지어 다정하기까지 했다. 이전 아내들이 왜 그에게 반했는지 알 것도 같고, 어쩌면 지하 감옥에서 그가 휘두르는 곡검에 찔려 죽는 일이 그렇게 나쁜 일만은 아닐지도 모르겠다는 생각이 들기도 했다.

일부 사람들(대부분 남자들)은 그가 무대 밖에서는 동성애자일 거라고 생각했다.

하지만 그것은 사실이 아니었다.

"오늘 밤은 잔느가 하던 역할 자네가 좀 하지."

극장 매니저가 출근한 라이비를 발견하고 말했다. 그녀는 보통 〈푸른 수염 혹은 여자의 호기심〉이 시작되기 전 막간극인 〈아를르캥의 허니문〉에서 춤추는 꽃 역할을 맡았다.

라이비는 매니저를 바라보았다. 갑작스럽긴 했지만 놀랄 일은 아니었다.

"도리스는요?"

"도리스는 몸이 안 좋아. 한동안 회복하기 어려울 거야. 임금은 올려줄 테니 걱정 말게."

설명을 마친 매니저가 덧붙일 말이 있는 듯 다시 입을 열었다.

"그리고 그 남자랑 단둘이 있지는 말게. 새 배우 뽑을 여력도 없고, 그 의상 맞는 배우는 이제 자네뿐이야."

"대사도 다 모르는데요."

"비명 지르고 한숨이나 좀 쉬면 된다네, 라이비. 그게 다야. 일 끝나면 친구 로저한테 집까지 데려다 달라고 하게."

도리스가 사라진 건 그녀가 임신했기 때문이었다. 조지 파이의 아이였다. 로열 캠든 극장 사람들은 조지 파이가 동성애자가 아니라는 사실을 잘 알고 있었다. 그는 '불량 은화'처럼 믿을 수 없는 인간이었다. 지금까지 세 여배우가 미심쩍은 상태가 되어 떠났고, 다른 두 명은 조지 파이의 관심이 과도해 폭력성에 이르렀기 때문에 극장을 그만두었다. 극장 지배인은 모르는 척 눈을 감아버렸다. 어차피 늘 있는 일이었다. 사실 도리스도 처음에는 자발적으로 조지의 분장실에 들어갔다. 옷장보다 조금 크고 거울이 하나 있는 공간이었다.

"도리스, 그 사람 유부남이야. 블랙히스에 아내와 아들이 있다고."

라이비가 경고했다.

"지금은 아들이 둘이래."

도리스는 비밀이라도 알려주는 양 장난스러운 표정으로 손가락을 꿈틀거렸다.

"지겨워 죽겠다고 하더라. 나한테 델랜시가에 아파트를 하나 얻어주겠대."

하지만 도리스는 라이비는 물론 다른 누구에게도 작별 인사조차 남기지 않고 떠났다. 로저는 무대 장치 담당으로, 막과 배경을 옮기고 커튼 개폐와 푸른 수염이 등장할 때 사용하는 비밀 출입구를 조작하는데, 그가 라이비에게 몰래 들려준 말이 있었다. 도리스가 특별한 의사를 찾고 있더라는 것이다.

"안 그러면 좋겠는데."

라이비가 굳은 표정으로 말했다. 조지 때문에 이곳을 떠난 여자들 중 한 명이 그런 의사를 찾아갔다가 죽은 적이 있었다.

"현명하게 판단할 거야. 물론 진작 현명한 판단을 내렸으면 더 좋았겠지만."

로저가 라이비를 위로했다.

"현명하고 말고의 문제가 아니야."

라이비가 발끈해 말했다. 그녀는 조지를 증오했다. 겉만 번지르르한 싼 티 나는 매력이며 꼭대기 좌석에서 그에게 데이지와 핑크색 꽃들을 던지도록 청소부 아주머니들을 매수하는 얄은수며, 모든 것이 역겨웠다.

로저가 그녀의 손을 잡았다.

"내가 있잖아, 라이비. 그 사람 무서워할 필요 없어."

그녀는 첫 공연을 앞두고 그를 만나기 위해, 사다리를 타고 무대 상부 장치 공간으로 올라갔다. 두 사람은 가을에 결혼할 계획이었다. 로저에게는 돈을 좀 더 모을 시간이 필요했고, 라이비는 그때까지 언니와 형부에게 결혼 사실을 알려야 했다. 그녀는 프랫가에 있는 언니 부부 아파트에 얹혀살고 있었다.

"그 사람 진짜 싫어."

라이비가 무대를 내려다보며 말했다. 마네킹 여섯 개가 굵은 마닐라 밧줄에 매달려 있었다.

"무섭진 않아."

무서운 것은 마네킹들이었다. 그 섬뜩한 형상들은 그녀가 본 진짜 시체들보다 더 무서웠다. 그녀는 리젠츠 운하에서 익사한 남자의 시체를 본 적이 있었다. 몸은 상한 소시지처럼 부풀었고, 힘없이 늘어진 입술 사이로 노란 크림처럼 변한 혀가 삐죽 튀어나와 있었다. 또 다른 시체는 플레전트 로우에서 발견된 아주 젊고 잘생긴 남자였다. 동성애자거나 아니면 재수 없게 그런 오해를 받은 사람인 것 같았다.

생전에 알고 지내던 사람의 시체도 본 적이 있다. 라이비의 엄마는 그녀가 어렸을 때 돌아가셔서 기억이 없지만, 할아버지, 아빠, 삼촌의 경우 응접실에 안치됐던 모습이 똑똑히 기억난다.

하지만 그중 여자 시체는 없었다. 장치 공간에 매달린 푸른 수염의 아내들을 보던 라이비는 공포심에 손이 간질거렸다. 그녀는 장갑을 벗어버리고 손을 긁고 싶었다. 해골 세 구는 진짜인 것을 알기에 더 끔찍했다. 실제 살아있던 여자들의 뼈인 것이다. 올드 세인트 팬크라스에서 시신을 거래하는 한 시체 도굴꾼에게서 거액을 주고 구입했다는데, 그게 바로 첫 번째 해골이었다. 그녀는 붉은 페인트가 굳어 뻣뻣해진 누더기 드레스를 입고 있다. 두 번째 해골 역시 진짜 뼈지만, 서로 다른 여자들의 것이 섞여있었다.

"저건 그렇게 비싸지 않았어요."

언젠가 그녀가 그 소름 끼치는 형체를 재빨리 지나쳐 가는 모습을 발견한 조지 파이가 말해주었다. 당시 그녀는 늦게 도착해 아직 춤추는 꽃 의상을 갈아입지 못한 상태였다. 그는 그녀가 두려워하는 것을 눈치채고, 그녀에게 다가갔다. 그녀는 글리세린과 카민 염료로 만든 붉은 액체에 먼지와 죽은 파리가 둥둥 떠있는 무대용 피 웅덩이를 둘러, 종종걸음으로 움직이고 있었다. 마네킹뿐 아니라 조지도 피하고 싶었기에 마음이 급했다.

"그런데 서로 다른 사람한테 나온 뼈를 조합하는 게 쉬운 일이 아니었죠. 아주 큰 여자한테 나온 것도 있었거든요. 하지만 이건…"

그가 긴 손가락으로 두 번째 해골의 다리뼈 하나를 집어 들었다. 갈색과 검은색이 대리석 무늬처럼 섞여있었다.

"보이죠? 이건 훨씬 작은 사람 거예요. 당신 정도 체격의 소녀였겠죠. 죽은 지는 꽤 오래됐을 거예요. 그래서 색이 이렇게 지저분해진 거거든요. 굳이 표백도 안 했네요. 그런데 이걸 봐요…”

그가 라이비의 손을 잡아끌고 갔다. 부드럽지만 거부할 수 없는 손길이었다.

“이건 엄청 하얗죠? 이건 표백한 다음에 다시 조합한 거예요. 이건 말뼈 같기도 한데…”

그의 말이 계속 이어졌다. 그는 얼굴을 찌푸린 채 다른 한 손으로 해골의 팔을 만지다가 거기에 감긴 파란 리본을 손가락으로 탁탁 건드렸다.

“하지만 갈비뼈는 사람 게 분명해요.”

“저 어서 가봐야 해서요.”

라이비가 숨을 몰아쉬며 말했다. 그녀는 그에게 붙잡힌 손을 빼내 탈의실로 달아났다. 등 뒤에서 즐거워하는 조지의 목소리가 들려왔다.

“티모르 모르티스!”

그녀는 첫 단어는 몰랐지만, 모르티스가 죽음을 의미한다는 건 알고 있었다. 아빠가 돌아가셨을 때 누군가 사후경직을 리거 모르티스라고 말하는 것을 들었다. 아빠한테 입관용 양복을 입히기 위해 굳어버린 팔을 부러뜨려야 하는 상황이었다.

나머지 형체들은 더 끔찍했다. 밀랍 얼굴들 중 하나는 유리 눈알이 꽂혀있는데, 눈꺼풀도 없는 눈구멍에 느슨하게 올려진 이 눈알은 뱀장어 껍질 같은 회청색 눈동자로 그녀를 바라보았다. 불은 움푹 패서, 코치닐로 붉게 물들인 밀랍 덩어리가 뺨에서 턱까지 흘러내려 있었다. 다음 마네킹은 신부 드레스를 입고 있었는데, 하얀 레이스에 빨간 얼룩이 흘어져 있었고, 찢어진 상의 사이로 얼음처럼 흰 살결이 슬쩍 보였다. 밀랍이 아니라 자기로 만든 것이지만, 객석에서는 진짜 피부처럼 보였다. 피부는 목에서부터 리본 모양으로 벗겨졌는데, 너덜너덜한 분홍색 새틴 조각이 목에서부터 나선형으로 벗겨져 나간 모습이 너무 진짜 같아 깜짝 놀랄 정도였다. 피부가 벗겨지며 드러난 목뼈는, 비명을 지르듯 쩍 벌어진 채 철사로 고정된 턱뼈까지 하얀 사다리처럼 이어졌다.

마지막 여섯 번째 신부는 다른 모든 마네킹을 합친 것보다 더 무서웠다. 얼마 전까지 살아 숨 쉬던 진짜 여자 같았기 때문이었다. 커다란 인형 혹은 쇼윈도 마네킹에서 가져온 얼굴은 뺨이 발그레하고 두 눈은 잠자는 듯 감겨있었다. 사람 크기의 인형 머리 위에는 짙은 색 곱슬머리 가발이 덮여있고, 그 위에는 검은 보닛이 씌워져 있었다. 마네킹이 입고 있는 회청색의 소박한 드레스는 라이비가 가지고 있는 제일 좋은 드레스와 매우 비슷했고, 드레스 아래에는 속옷을 입은 것처럼 보이기 위해 낡은 시트를 여러 겹 덧대었다. 로열 캠든 극장은 이름과 어울리지 않게도 의상 예산이 무척 부족했기 때문이다.

라이비는 이 인형이 왜 그렇게 무섭게 느껴지는지 딱 꼬집어 말할 수 없었다. 언젠가 로저와 둘이 그 이유를 알아내려 해본 적도 있었다.

"옷이 네 드레스랑 비슷해서 그런가? 다른 옷 하나 사면 되잖아."

로저가 어리벙벙한 표정으로 말했다.

"그것 때문이 아니야."

그녀는 이렇게 대답했지만, 사실 완전히 틀린 말은 아니었다.

"내 생각엔 아직 피부가 남아있어서 그런 것 같아. 아직 썩지도 않았어. 꼭 그 사람이 저 여자를 진짜 죽인 것 같은 생각이 자꾸 들어."

"그 사람은 널, 아니 잔느를 죽이지 않아. 네 배역 말이야."

로저가 재빨리 대꾸했다.

"반대로 남자가 죽지. 결말은 아주 행복하다고."

"그건 그래. 그래도 나 옷 갈아입자마자 데리러 와줘."

그녀가 잔느 역할을 맡고 〈아를르캥의 허니문〉의 꽃 역할은 다른 배우가 이어받은 지 겨우 일주일밖에 되지 않았지만, 조지 파이는 이미 무대 위에서 그녀와 슬쩍 몸을 부딪치며 그녀의 다리를 쓰다듬기 시작했다.

"당연하지. 꼭 갈게."

로저는 그녀에게 손 키스를 날리고 무대 뒤로 사라졌다.

하지만 그녀가 마침내 탈의실에서 나왔을 때, 그는 자리에 없었다. 다른 여배우들은 이미 집에 간 지 오래였다. 남자 배우와 관객도 마찬가지였다. 로저 밑에서 일하면서, 〈아를르캥의 허니문〉 속 마술사가 사용하는 비행 장치와 널빤지를 올리고 내리는 일을 담당하는 소년 두 명도 이미 떠난 뒤였다.

라이비는 문틈으로 밖을 내다보며 초조하게 그를 기다렸다. 로저가 약속을 잊었을 리 없다. 매니저가 갑자기 호출했거나, 아니면 비행 장치에 문제가 생겼기 때문일 것이다. 그날 공연 중 스페일 씨를 거의 떨어뜨릴 뻔했으니 말이다. 127킬로그램의 마술사가 하늘로 솟아오르는 장면은 관객에게는 인상적이지만 조작하는 사람에게는 힘든 일이었다.

라이비는 매니저의 사무실로 향했다. 무대 뒤로 가는 게 제일 빠른 길이니 가는 도중 로저를 찾아볼 수도 있을 것이다.

"로저?"

그녀가 어둠 속을 들여다보며 그의 이름을 불렀다. 관객이 떠난 뒤 객석 샹들리에는 모두 꺼졌지만, 지하 감옥 세트 위에는 가스등 하나가 아직 깜빡이고 있었다. 로열 캠든 극장은 무대가 깊기로 유명했다. 깊이로만 따지면 로열 메릴본 극장에 필적할 정도였다. 이런 구조는 장면 전환이나 비행 장치 사용에 이상적이었다. (날아다니는 양탄자를 연출하기에도 안성맞춤이었다. 로열 캠든 극장은 어느 해 크리스마스에 멋진 〈알리바바〉 공연을 선보이기도 했다.) 하지만 늦은 밤 혼자 그 지저분한 판자를 가로질러야 하는 젊은 여자에게는 전혀 이상적이지 않았다.

"로저, 거기 있어?"

"로저 말고 난 어때요?"

누군가 그녀를 감싸 안으며 손으로 그녀의 입을 가볍게 누르고, 그녀를 그림이 그려진 무대 장치 뒤쪽 파노라마식 배경막으로 끌고 갔다. 조지 파이였다. 그는 무대의상을 벗고, 파란색과 초록색이 섞인 요란한 체크무늬 재킷과 바지를 입고 있었다. 옷을 대충 서둘러 입었는지, 넥타이도 없고 셔츠 깃은 비뚤어져 있었다. 라이비가 항의하거나 질문할 틈도 없이, 그는 그녀를 극장 뒷벽에 밀어붙였다. 그리고 한 손으로 여전히 그녀의 입을 막은 채, 다른 한 손으로 바지 앞을 더듬기 시작했다. 라이비는 그를 발로 차려했지만, 치마가 가로막았다. 그러는 사이 그는 그녀의 치맛자락을 거칠게 잡아당기기 시작했다. 그녀가 소리를 지르려 하자, 그는 손바닥을 쫙 펼쳐 그녀의 입뿐 아니라 코까지 덮어버렸다. 그녀는 숨을 쉴 수 없었다. 그의 손은 이제 그녀의 허벅지 사이를 더듬고 있었다. 어떻게 이 많은 옷을 헤치고 딱 원하는 곳을 찾을 수 있었을까?

많이 해봤기 때문이었다. 그녀는 확신했다. 도리스와 아멜리아와 리디아와 클라라 그리고 브리짓에게도…

그의 입이 벌어지고, 그녀의 입을 누르던 손이 움직였다. 키스하려는 것이다. 라이비는 그 틈에 그에게 침을 뱉었고, 그는 웃었다. 화가 치민 그녀는 그를 밀쳤다. 순간 그의 몸이 중심을 잃고 휘청이는 것이 느껴졌다. 그녀는 온 힘을 다해 그를 한쪽으로 밀쳐내고 그의 손아귀에서 빠져나왔다. 그의 몸은 빙그르르 돌더니 벽돌 벽에 부딪혔다.

그런데 그것은 벽이 아니었다. 두 벽돌 벽 사이에서 튀어나온 30센티미터 길이의 쇠못이었다. 평소엔 라이비 몸무게만큼 무거운 마닐라 밧줄을 감아 두는데, 지금은 다 치우고 못만 남아있었다. 그리고 조지 파이의 머리가 그 뾰족한 끝에 강하게 부딪히는 순간, 못이 두개골을 관통한 것이다. 라이비는 못이 그의 한쪽 눈을 뚫고 나오는 모습을 지켜보았다. 금속 표면에 분홍빛 살점과 반투명한 젤리가 엉겨 붙어있었는데, 피가 못 전체를 물들이자 이것들 역시 점차 어둡게 변했다. 다른 한쪽 눈은 라이비가 (또다시) 대사를 잊어 짜증을 낼 때처럼 눈동자가 위를 향했다. 입은 쩍 벌어졌고, 붉은 피가 이빨을 적셨다. 피는 입 밖으로 흘러넘쳐 턱으로 이어지며 그의 얼굴에 빨간 줄을 그었다. 그 모습이 마치 그녀가 언젠가 코벤트 가든 앞에서 본 아이 키만 한 꼭두각시 인형 같았다. 인형은 깡충깡충 뛰며 가느다랗고 다급한 목소리로 외쳤다.

"봤다, 내가 너 봤어!"

라이비는 양손으로 귀를 틀어막아야 했다.

조지 파이는 뛰지도 않았고, 소리를 내지도 않았다. 그는 꼼짝도 하지 않았다. 죽은 것이다.

"티모르 모르티스."

라이비가 속삭였다.

"라이비! 너…"

그녀는 숨을 깊이 들이마셨다. 로저가 그녀 곁으로 달려오고 있었다.

"맙소사!"

그의 얼굴이 캔버스처럼 새하얘졌다.

"저 사람이 날 덮쳤어."

그녀가 마치 시간표를 읽듯 감정 없이 말했다.

"하지만… 저 사람 죽었잖아."

"내가 죽인 게 아니야. 저기 넘어지는 바람에…"

그녀가 조지를 가리키며 말했다. 그의 머리는 못에 꽂혀있었고, 몸은 무게 때문에 점점 늘어지고 있었다.

로저는 시체를 바라보다가 다시 라이비에게 시선을 돌렸다.

"경찰을 불러야 해."

"왜? 경찰은 나를 체포할 거야. 너도 체포될지 몰라."

"네가 죽인 거 아니라며. 네 입으로 말했잖아."

"그건 그렇지만 경찰은 믿지 않을걸."

그녀는 불쌍한 리디아를 생각했다. 그녀가 팔다리를 벌리고 바닥에 누운 채 에테르에 적신 천을 입에 대고 숨을 쉬는 동안, 의사는 그녀의 다리 사이에서 작은 인간을 끄집어냈다. 다시 얼스터로 돌아가 세탁소에서 일하게 된 브리짓도 떠올랐다.

"그럼 어떻게…"

라이비는 손가락을 입술에 대 그를 조용히 시킨 뒤, 지하 감옥 세트 배경으로 걸어갔다. 그곳에서 그녀는 걸음을 멈추고, 매달린 여섯 여자를 바라보았다. 운이 좋은 여자들이다. 다시 죽을 일은 없을 테니 말이다. 그녀는 자신이 가장 무서워하는 인형에게 다가갔다. 축 처진 검은 드레스를 입고 후줄근한 보닛을 쓴 인형이었다. 그녀는 장갑을 벗고, 인형의 드레스 단추를 풀기 시작했다. 단추용 갈고리가 있으면 좋았을 텐데! 탈의실에 하나가 있긴 하지만, 거기까지 갈 시간은 없었다.

"이리 와, 로저."

그녀가 낮은 목소리로 그를 불렀다.

그에게는 일일이 설명할 필요가 없었다. 그 점이 바로 그녀가 그를 사랑하는 많은 이유 중 하나였다. 두 사람은 마네킹의 옷을 벗겼다. 라이비는 드레스와 보닛이 어디로 떨어지는지 유심히 살폈다. 그녀는 치마 속을 채워놓았던 시트 뭉치와 더러운 담요를 한쪽으로 치웠다. 땀 냄새와 쉰 우유 냄새에 저절로 얼굴이 찡그려졌다. 이것들이 인형 치마 속에 들어오기 전 또 다른 삶에서 묻어온 것이리라. 그녀는 로저에게 자기로 된 머리를 떼어내게 했다. 눈도 없고 입도 없이 볼연지만 얼룩진 머리의 한쪽 관자놀이에 거미 한 마리가 짓이겨져 있었다. 라이비는 몸서리를 치며, 조금 전 치운 천 뭉치 옆에 머리를 두게 했다.

　그런 다음 두 사람은 조지 파이를 벽에서 떼어냈다. 라이비는 두 손으로 그의 머리를 단단히 붙잡고, 두 눈을 질끈 감고 이를 악물었다. 그리고 커다란 구운 사과를 꼬챙이에서 빼낸다고 상상하며 머리를 자기 몸 쪽으로 잡아당겼다. 머리는 부드럽게 빠지지 않았다. 깨진 두개골 조각이 못에 걸린 것 같았다. 그녀는 다시 한 번 세게 당겼다. 눈에서 눈물이 주르륵 흘렀다. 로저는 몸을 끌어안아 받치고 있었다. 라이비는 남자들이 술에 취한 친구를 그런 식으로 부축하는 모습을 본 적이 있었다. 마침내 안에서 무언가 찢어지는 소리가 나며 머리가 툭 떨어져 나왔다. 약간 옆으로 비뚤어지긴 했지만 대부분 형태는 유지되었다. 라이비는 두개골 뒤쪽은 보지 않았다. 앞쪽만 봐도 충분했다. 딸기잼이라고 생각하자. 그렇게 다짐하는 순간, 구역질이 올라왔다. 하지만 그녀는 자기 치마 속으로 파고들던 그의 손을 떠올렸다. 그래, 잘된 일이야. 그녀는 마음을 다시 고쳐먹었다.

　그들은 배경막 뒤 컴컴한 어둠 속에서 그의 옷을 벗겼다. 누구한테 발각될 걱정을 할 틈도 없었고, 말을 할 여유도 없었다. 그녀는 코로만 숨을 쉬었다. 미신인 줄은 알지만, 나쁜 기운이 몸에 들어올까 봐 걱정되었다. 하지만 그곳에서 나는 냄새는 그녀 자신의 체취와 로저의 담배 냄새 그리고 천장 높은 곳 가스등에서 새어 나오는 매캐한 냄새뿐이었다. 그녀는 조지의 겉옷을 한데 말고, 그의 울 내의를 바라보았다. 조금 전 나온 듯한 소변 냄새가 났다.

　라이비가 역겨워 몸을 움찔하자, 로저가 서둘러 내의를 벗겨냈다. 그녀는 잠시 조지의 사타구니에 달린 벌레 같은 살덩이를 바라보았다. 그 양옆에는 둥근 털 뭉치 두 개가 달려있었다. 저딴 것 때문에 그런 짓을 해? 그녀는 얼굴을 찌푸리고 자리에서 일어섰다.

시체에 옷을 입히는 일은 좀 더 오래 걸렸다. 대부분은 단추 때문이었다. 그들은 여섯 번째 신부가 신고 있던 부츠를 그의 발에 끼워 넣었다. 부드러운 가죽이라 가능했다. 오히려 끈을 끝까지 묶을 필요가 없어 좋았다.

"얼굴은 어떡하지?"

로저가 물었다. 둘 중 누군가 입을 연 건 그때가 처음이었다.

라이비는 아무 대답 없이, 치맛자락을 걷고 탈의실로 달려갔다. 그리고 아를르캥의 화장대에서 얼굴 분장용 크림과 분가루를 가지고 돌아왔다. 그녀는 조지 파이의 얼굴 위에 하얀 크림을 펴 바르고, 그 위에 두껍게 분을 덮었다. 볼과 입술에는 붉은 연지를 발라주었고, 입 안에는 솜뭉치를 밀어 넣었다. 피를 흡수할 용도였는데, 사실 피가 그리 많지는 않았다. 뇌는 피를 흘리지 않기 때문일 것이라고 그녀는 짐작했다.

그녀는 곱슬곱슬한 검은 가발을 조지의 머리에 씌웠다. 뚫려 버린 눈구멍과 그 아래 날고기처럼 매달려 펄럭이는 살점은 손쓸 방법이 없었다. 하지만 그것들은 오히려 그들이 원하는 효과를 더해줄 뿐이었다.

"너무 진짜 같다."

라이비가 말했다.

"그러게 말이야."

로저가 동의했다.

15분 후, 여섯 번째 신부는 다시 자기 고리에 매달렸다. 라이비와 로저는 한 걸음 물러서서 신중한 눈으로 바라보았다.

"티 나?"

그녀가 먼저 물었다.

"아니. 아무도 모를 거야. 썩는 냄새가 나기 전까지는."

"그게 언제쯤일까?"

로저가 어깨를 으쓱하고, 넓은 무대를 휙 둘러보았다. 길게 늘어진 장막과 아를르캥의 반짝이는 커튼, 깔끔하게 정돈된 커다란 밧줄 더미와 도르래 장치들이 보였다. 궁전, 지하 감옥 혹은 달빛이 비친 운하처럼 꾸며진 배경판과 그림이 그려진 거대한 캔버스 중에는 집채만 한 것도 있었다.

"추운 게 좀 도움이 될 거야. 최소한 며칠은 버티겠지. 눈이라도 오면, 조금 더 오래 갈 테고."

그가 손을 뻗어 그녀의 손을 잡았다.

"미안해. 내가 시간 맞춰 가질 못했어. 로비가 토해서 내가 치우고 세트도 혼자 철거해야 했거든."

"로비는 괜찮아?"

"그런 것 같아. 감기일 거야."

"조지가 로비한테 감기 옮아서 공연에 못 나온다고 하면 되겠다. 자기가 쪽지 써서 매니저 사무실에 놔둬줄래?"

로저가 얼굴을 찌푸렸다.

"우린 어떡해?"

"아직 모르겠어."

그들은 무대 뒤로 돌아가 현장을 정리했다. 로저는 두꺼운 마닐라 밧줄을 다시 못에 감고 툭툭 두드렸다. 라이비는 빌려온 화장품들을 제자리에 돌려놓은 뒤, 자신의 이동 경로를 따라 걸으며 싸움의 흔적이 남아있지 않은지 살폈다. 바닥에 피가 몇 방울 떨어진 것을 제외하면, 못에 걸린 검은 머리카락 한 뭉치가 전부였다. 그녀는 그것을 손수건에 쌌다. 나머지는 모두 무대 장치의 일부로 보일 것이다. 이 정도면 됐다.

로저가 조지 파이의 필체를 흉내 내어 쪽지를 쓴 뒤 매니저 방에 남겼다. 몸이 좋지 않아, 다음 날 〈푸른 수염〉 공연은 취소하고 좀 쉬어야 할 것 같다는 내용이었다. 모든 일이 끝나고, 두 사람은 평소 자주 그랬던 것처럼 나란히 극장을 나섰다. 하지만 라이비의 숄 아래에는 낡은 시트들이 숨겨져 있었다. 두 사람은 운하 길을 따라 걸었다. 이 역시 그들이 자주 다니던 길이었다. 하지만 그날은 여러 번 걸음을 멈추고 더러운 물속에 천 조각을 하나씩 던져 넣었다.

"이리 와, 야옹아!"

라이비가 길옆 벽 위에 앉아있는 길고양이를 발견하고 부드럽게 불렀다. 고양이는 경계심 가득한 노란 눈으로 그녀를 관찰했다. 라이비는 검은 머리카락이 촘촘히 붙은 두피 조각을 벽돌 위에 내려놓았다. 그리고 다시 걷기 시작했다. 잠시 후 뒤돌아보니, 고양이는 재빨리 먹잇감을 입에 물고 제 갈 길을 떠났다.

다음 날 오후 늦게 라이비가 극장에 도착했다. 매니저는 문 앞에 서서 그녀를 맞이했다.

"오늘은 쉬게. 조지가 아프다네."

"저런, 많이 안 좋대요?"

"매독이겠지, 뭐."

매니저가 얼굴을 찌푸리며 말했다

"다음 달엔 〈알리바바〉 연습을 다시 시작했으면 한다네. 나도 가정이 있는 사람인데, 이런 태도는 딱 질색이거든. 자네한테 임금을 못 주는 건 미안하게 됐어. 하지만 자네 남자 친구 로저가 이번 주 토요일에 결혼한다고 말해주더군. 베드퍼드셔에 일자리도 이미 구했다고. 로저한테 차비 정도 줬네. 참 좋은 청년이야."

"그럼요, 좋은 사람이죠!"

라이비가 얼굴을 붉히며 외쳤다.

"감사합니다. 〈알리바바〉 공연 시작하면 보러 올게요."

라이비와 로저가 결혼한다는 것은 거짓말이 아니었다. 다만 그 주 토요일은 아니었다. 두 사람은 베드퍼드셔가 아니라 리온시로 이사했다. 로저는 그곳에서 바지선 선원으로 일했고, 라이비는 무대 발성법을 가르쳤다. 10개월 뒤 두 사람은 다시 스트라우드 그린 근처의 작은 농가로 이사했다. 조지는 그 후로도 몇 주가 더 지나서야 발견되었다. 그 무렵 실제로 혹한이 찾아오기도 했고, 배우들은 조지의 배역을 대신하게 된 배우를 연습시키는 데 몰두해 있었기 때문이다. 결국 〈아를르캥〉 극의 코러스 가수 한 명이 악취를 호소하면서 마침내 시체가 발견되었다.

"그거 네가 나왔던 연극 아니야?"

라이비의 언니가 물었다. 그다음 해에 라이비가 언니 집을 방문했을 때였다.

“푸른 수염 말이야.”

라이비는 고개를 끄덕이고 몸서리를 쳤다.

“맞아.”

그녀는 대답한 뒤 품속 아기를 더욱 꼭 끌어안았다.

“근데 나 같은 사람한테는 너무 끔찍한 이야기였어.”

네메시스

밸러리 마틴

밸러리 마틴

밸러리 마틴은 장편소설을 열한 권 낸 작가로, 그중
《메리 라일리(Mary Reilly)》는 〈카프카상〉을 수상했고,
《소유(Property)》는 〈여성문학상〉을 수상했다. 가장 최근작은
《너에게 줄게(I Give It to You)》이고, 이 외에도 네 권의
단편집과 성 프란치스코 전기 한 권을 출간했다. 그녀는
전미예술기금과 구겐하임 재단에서 창작 지원금을 받았고,
현재는 코네티컷 매디슨에 거주하고 있다.

그해 여름, 모리스는 대학 친구 에릭 제프리와 함께 집에 돌아왔다. 긴 방학을 우리 집에서 같이 보내자고 초대한 것이다.

막내딸 시시가 오빠를 맞이하러 나왔다. 어린 짐승처럼 활기차고 다루기 힘들며, 자기 뜻대로 하는 것을 좋아하는 아이였다. 관심사도 일정치 않아 여기에 정신을 쏟았다가 곧장 다른 쪽에 시선을 돌리곤 했다. 하지만 에릭 제프리가 말에서 내려 손가락 등으로 승마복 앞자락 먼지를 털어내는 동안, 시시는 말 한마디 하지 않고 얼음처럼 굳어있었다.

그는 순금으로 만든 사람 같았다. 풍성한 곱슬머리는 금실 같았고, 얼굴빛은 종이처럼 얇게 편 금박 같았다. 그의 눈동자는 동판에 생긴 녹청처럼 약간 푸른빛이 도는 금빛으로, 윤이 나면서도 불투명한 것이 마치 사자의 눈동자 같았다. 체격에서도 어딘가 사자 같은 느낌이 풍겼다. 넓은 어깨, 좁은 허리 그리고 탄탄한 근육질의 몸매는 구겨진 코트와 노루 가죽 바지 속에서도 우아함을 뿜어내고 있었다. 그는 시시를 흘끗 보더니 활짝 미소를 지었다. 다행히 이는 금색이 아니었다. 매우 하얗고 고른 이였다.

"네가 시시구나."

그가 말했다.

시시는 당황해서 눈을 내리깔고, 아이처럼 뒷걸음질 쳤다.

"여동생이 부끄럼쟁이란 말은 안 해줬잖아."

에릭이 말을 마구간지기에게 맡기고 다시 곁으로 돌아온 모리스에게 말했다. 그는 아직 긴장을 풀지 못한 시시에게 다시 말을 붙였다.

"너희 오빠가 너 표범처럼 천방지축이라고 그랬단다."

시시는 오빠를 원망하듯 날카롭게 쏘아보았다. 하지만 모리스는 개의치 않는 듯 웃으며 입을 열었다.

"여긴 내 친구 에릭이야. 버지니아에서 오는 내내 네 얘기만 했거든."

이렇게 에릭 제프리는 우리 삶에 들어왔다. 그의 태도는 여유로웠고, 그의 말투는 자신감에 차있었다. 모리스는 그를 자신보다 우월한 존재로 생각하는 것이 분명했다. 그 생각에 굳이 반대할 마음은 없지만, 그의 다정하고 예의 바른 겉모습 아래에는 어떤 거리감 같은 것이 있었다. 난 그 부분이 마음에 걸렸다. 그는 마치 우리를 매료시키는 자신의 모습을 바깥에서 바라보는 사람 같았다. 남편에게 이런 생각을 털어놓았지만, 한눈에 이 젊은이에게 반해버린 그는 우리 가족이 워낙 수도 적고 서로 친밀하다 보니 그가 소외감을 느낄 수밖에 없었을 것이라며 그를 두둔했다.

저녁 식사 자리에서 에릭은 자신이 열정적인 사냥꾼이라고 말했다. 모리스가 우리 집 근처에 사냥감이 널렸다며 열심히 광고를 해댄 탓에, 아버지가 '소유한 은행'이 있는 보스턴 집에서 멀리 떨어진 이곳에서 방학을 보내기로 결심했다는 설명도 덧붙였다. 그는 은행과 관련된 모든 것이 역겹다고 말했다. 그래서 회계학을 포기하고 의학 공부를 시작했다는 것이다.

"인체에 대한 건 뭐든 다 흥미롭더라고요."

그가 이야기를 마무리했다.

이 말을 들은 남편은 눈썹을 치켜올리고, 입술을 꼭 다물었다. 젊은 아가씨들이 있는 자리에서 하기에는 부적절한 말이었기 때문이다. 하지만 내게 그 말은 자신을 드러내는 고백처럼 느껴졌다. 철없기로는 둘째가라면 서러울 열다섯 살 시시는 포크를 내려놓고 이렇게 말했다.

"진짜 그래요. 사람의 몸이라는 건 정말 매력적이거든요. 오늘 오후만 해도, 저는 두 손이 있다는 게 얼마나 즐거운 일인가 생각했어요."

그녀는 예쁜 두 손을 눈앞에 들어 올리고 손가락을 팔랑팔랑 흔들어 댔다.

에릭은 온화하지만 상황을 이해하지 못한 표정으로 시시를 바라보았다. 앞으로 몇 주 동안 우리가 자주 보게 될 바로 그 표정이었다. 남편의 얼굴에는 불쾌한 기색이 그대로 드러났다.

"시시, 그만해라."

남편은 다시 모리스에게 고개를 돌렸다.

"그래, 내일은 어떤 총을 쏠 생각이니?"

그리하여 대화의 주제는 인체의 경이로움에서 동물 살육으로 바뀌었다. 그것이 젊은 아가씨들이 있는 저녁 식사 자리에 더 적절한 주제이기 때문이었다.

그날 밤 시시는 드레스룸까지 나를 따라왔다. 매끈한 오크나무 바닥을 걷는 그녀의 발걸음은 마치 춤을 추듯 가벼웠다. 방 안에 들어오자, 그녀는 조심스럽게 문을 닫고 숨을 헐떡이며 말했다.

"오, 어머니, 그 사람 너무 훌륭하지 않아요?"

"아주 매력적인 청년이더구나. 그런데 너보다 나이가 한참 많지."

"그렇지 않아요, 어머니."

시시가 대답했다.

"아버지 앞에서는 그 청년 넋 놓고 바라보지 말거라. 모리스 곤란하게 만들지도 말고."

"저 안 그래요."

딸이 다시 대답했다.

"아까 식탁에서 입 헤벌리고 앉아있지 않았니? 게다가 손에 대한 그 바보 같은 얘기는 또 뭐니?"

"바보 같은 거 아니에요. 그 사람 말 진짜 맞아요. 오늘 오후에 제가 그런 생각을 한 것도 진짜고요. 비글이 앞발로 뼈를 잡으려고 낑낑대는 모습을 보다가, 이 두 손이 얼마나 멋진 선물인지 생각하게 됐거든요."

난 화장대 거울 앞에 앉아 머리를 풀기 시작했다.

"그런 멋진 선물을 아무 데도 쓰지 않고 놀리면, 그건 확실히 멋지지 않을 것 같구나."

"제가 한 말 바보 같지 않았다고요."

딸이 우기듯 같은 말을 반복했다.

"그 사람이 저를 바라보는 표정 보셨어요? 젊은 아가씨가 할 수 있는 가장 흥미로운 말이라고 생각하는 것 같았어요."

그 순간 나는 깨달았다. 내 딸은 곧 자신을 웃음거리로 만들 것이다. 그리고 바로 코앞에 있는 사실도 보지 못할 것이다. 에릭 제프리는 자신 외에 그 누구에게도 진심으로 관심을 가지지 않는다는 사실 말이다.

나는 내 아이들과 달리, 결코 아름다운 편이 아니다. 한창때도 그냥 평범한 수준이었다. 어렸을 때 나는 천연두를 앓았고, 그 탓에 움푹 팬 흉터가 턱과 턱선을 가로지르는 선처럼 남아있다. 더 슬픈 사실은 이 어린 시절의 유물이 내 신체 기형 중 가장 사소한 것이라는 점이었다. 5년 전 뇌염을 앓고 난 후 난 오른쪽이 부분적으로 마비되었다. 입은 한쪽으로 처지고, 오른쪽 눈 주변 근육은 움직이지 않아 내 표정은 늘 섬뜩한 느낌을 준다. 내 몸은 세 아이를 낳으면서 탄력을 잃고 퉁퉁해졌다. 게다가 나는 코르셋, 레이스 같은 끔찍한 속옷에 더 이상 신경도 쓰지 않는다. 젊은 여성들은 당연히 그런 것을 해야 한다고 생각하고 또 그 불편함을 기꺼이 감수한다. 하지만 나는 각 계절에 맞는 천을 이용해서, 주머니가 많고 헐렁한 드레스를 직접 만들어 입는다. 훌륭한 나의 남편은 그런 나의 근면함과 창의성을 칭찬한다. 그가 가장 중요하게 생각하는 것은 나의 안락함과 평온함이기 때문이다. 그에게 축복이 있기를! 그는 여전히 변함없는 애정으로 나를 지켜본다.

하지만 아름다움은 오직 아름다움만을 사랑한다. 에릭 제프리

가 겉으로는 세련된 매너를 구사하지만, 속으로는 내 모습에 불쾌
감을 느꼈다는 사실을 난 눈치챘다.

첫날 저녁 식사 자리에서 그의 시선은 조심스럽게 나를 피해
지나갔다. 애쓰는 게 안쓰러울 정도였다. 그는 분명 우리 모두를
매료시키고 싶어 했고, 당연히 그렇게 될 것으로 기대했지만, 내
얼굴을 똑바로 바라보지는 못했다. 그 덕분에 나는 대화에서 벗어
나 그를 관찰하는 데 집중할 수 있었다. 많은 생각이 머릿속을 오
갔지만, 난 거의 입을 열지 않았다. 시시가 에릭이 칭찬한 머리 장
식의 유래에 대해 늘어놓을 때, 난 그의 시선이 시시의 머리 장식
에서 그녀의 오른쪽 귀 옆 창문으로 옮겨가는 것을 발견했다. 처
음에는 그가 창밖에서 무언가 움직이는 것을 보고 시선을 빼앗겼
다고 생각했다. 좋아하는 무언가를 찾아낸 듯 표정이 부드러워졌
기 때문이었다. 마치 사랑하는 아기가 아장아장 걸어오는 모습을
발견한 엄마의 얼굴 같았다. 하지만 잠시 후, 그가 그런 표정을 지
은 진짜 이유는 창에 반사된 자기 모습 때문이라는 사실을 알게
되었다. 무의식적으로 드러나 버린 그 자아도취의 순간이 너무 놀
라워서 나는 나도 모르게 피식 웃음을 터뜨렸다. 에릭이 그 소리
를 듣고 갑자기 나를 향해 고개를 돌렸다. 그리고 우리는 마침내
처음으로 시선을 마주했다. 짧은 순간이었지만, 그 속에는 분명
적대감이 존재했다.

"난 저 청년 못 믿겠어요."
그날 밤 침실에서 내가 남편에게 말했다.
"사교적인 젊은이 같던데."

이런 순진한 남자 같으니!

"내 말 명심해요."

내 말에 그가 싱긋 웃었다. 이건 우리 사이에서 장난스럽게 쓰는 말이었다. 찰스는 교활한 사업가 친구들에게 자주 속아 넘어간다. 하지만 난 그가 속았다는 사실을 깨닫기 한참 전에 이미 그들의 부정직함을 알아차린다. 그래서 항상 걱정이 된다. 나 없이 남편 혼자 우리 딸들을 보살펴야 하는 상황이 생기면 과연 어떻게 될까? 모리스도 보호가 필요하다. 그는 아버지를 닮아, 주변 사람들이 모두 선의로 자신을 대한다고 믿는 경향이 있기 때문이다.

남편은 내 어깨에 손을 올리고 이마에 입을 맞추었다.

"아이리스, 그렇게 의심하지 말아요."

그가 말했다.

"내 말 명심해요."

내가 다시 한번 말했다.

에릭이 도착하고 며칠이 지난 어느 날, 그에게 편지가 한 통 도착했다. 그의 아버지가 보낸 것 같았다. 보낸 사람 이름이 앨턴 제프리였고, 보스턴 소인이 찍혀있었기 때문이다. 난 접은 냅킨 안에 편지를 끼워 아침 식탁에 두었다. 에릭이 발견할 때 어떤 표정을 짓는지 보기 위해서였다.

모리스는 나처럼 아침형 인간이다. 그 아이가 어릴 때부터 우리는 이른 아침 햇살 속에서 함께 카페라테를 마셨다. 밖에서 새 지저귀는 소리가 들리고, 공기는 하루 중 가장 청량할 때였다. 이제는 그가 집에 있는 시간이 얼마 안 되기 때문에, 나는 그런 다정한 시간이 그립다. 그는 자기가 읽은 책 이야기를 자주 들려주었는데, 아이가 자라면서 책의 종류도 연애담이나 우화에서 식물학과 생물학으로 달라졌다. 가끔은 역사책을 읽기도 했다.

잠시 후 남편이 일어나고, 그다음 앙리에트와 시시 그리고 마지막으로 손님이 일어났다. 에릭은 잠이 덜 깬 얼굴로 들어와 바로 커피포트를 향해 걸어갔다. 그는 내 딸들한테 그랬듯, 치커리를 넣은 우리 집 커피에도 금세 빠져들었다. 컵에 우유와 커피를 채우고 설탕 한 스푼을 넣어 섞은 그가 마침내 우리를 돌아보며 특유의 매력적인 미소를 지어 보였다.

"좋은 아침이에요, 여러분!"

그가 말했다.

시시는 바게트를 한 조각 뜯어 그의 앞접시에 놓아주었고, 앙리에트는 잼 단지를 들어 그의 손이 닿기 편한 곳으로 옮겼다. 에릭은 의자를 당겨 꺼내고, 자리에 앉은 뒤 커피와 컵 받침을 식탁보에 내려놓았다. 그가 냅킨을 향해 손을 뻗는 순간, 손끝에 바스락거리는 종이가 느껴졌다. 예상치 못한 일이었다. 나는 그를 유심히 지켜보았다. 잠이 덜 깬 그의 시선이 값비싼 크림색 종이 위에 강한 남성적 필체로 쓴 자기 이름으로 향했다. 순간 불쾌한 기색이 그의 입술을 스치고 콧구멍이 넓어지면서 눈빛이 싸늘해졌다. 하지만 그는 식탁에 앉은 사람들이 모두 자신을 바라보고 있다는 사실을 의식하고는(남편은 제외다. 그는 빵에 버터를 바르느라 정신이 없었다.) 미소를 지으며 편지로 접시 가장자리를 두드렸다.

"드디어 아버지한테 편지가 왔네요."

그날 아이들은 내 사촌 아델이 개최하는 무도회 준비로 분주했다. 하지만 오후에는 내 설득으로 모두 정원에 나왔다. 꽃을 꺾어 여자애들 머리 장식에도 쓰고, 아델에게 선물도 해야 하기 때문이었다. 아델은 장미를 너무나 좋아하지만, 불행히도 잘 기르지는 못한다. 시시는 막판에 수선할 곳이 생긴 드레스 때문에 제정신이 아니었고, 모리스는 희귀한 나비 한 마리를 발견하고는 표본을 만들기 위해 그것을 잡는 데에 정신이 팔렸다. 채집병은 늘 휴대했지만 정작 채집망이 없어 곤란한 상황이었다. 결국 나와 함께 정원 끝 연못가에 도착한 사람은 에릭과 앙리에트뿐이었다. 그곳은 매우 아름다운 장소였다. 매끈하고 짙은 물이 찰랑이는 직사각형 연못의 한쪽은 평평한 돌이 반원 모양으로 둘러싸고 있었고, 반대편 둑에는 물망초와 알리숨이 화려한 카펫처럼 뒤섞여 펼쳐져 있었다. 에릭이 연못의 내력에 대해 묻자, 앙리에트가 대답했다.

"보물 연못이라고 부르는데, 이유는 잘 모르겠어요."

"이 안에 보물이 있나?"

에릭이 물었다.

"그럴지도 모르죠."

내가 대답했다. 사실 나는 연못 안에 보물이 없다는 사실을 알고 있었다. 이 땅의 원래 주인은 알폰소 트레조인데, 트레조가 보물이라는 뜻이라 연못 이름이 그렇게 된 것이었다.

"전해지는 이야기에 따르면, 은행 강도들이 금이 든 가방을 숨기려고 연못에 던졌는데, 연못이 너무 깊어서 다시 건지지 못했다고 해요."

에릭이 번득이는 눈빛으로 나를 바라보았다. 하지만 그는 관심을 감추려는 듯 곧 억지스러운 미소를 지었다.

"처음 듣는 이야기네요."

앙리에트가 말했다.

"아주 오래전 일이란다."

내가 대답했다.

에릭은 평평한 돌 위를 몇 걸음 걸어가 잔잔하고 어두운 물속을 들여다보았다. 그는 고개를 살짝 기울이더니 손으로 머리카락을 쓸어 넘겼다.

'자기 얼굴을 보고 있군.'

나는 생각했다.

"모리스는 여기에서 수영하는 걸 좋아해요."

앙리에트가 손님에게 또 다른 정보를 알려주었다.

"하지만 샘물이 흘러드는 연못이라 저한테는 물이 너무 차가워요."

그때 모리스가 길에 나타나, 채집병을 머리 위로 들어 올렸다. 병 안에서는 포획된 나비가 몸부림을 치듯 날개를 퍼덕이고 있었다.

"내가 손으로 잡았어!"

그가 자랑스럽게 말했다.

잠시 후, 꽃을 한 아름 안고 집으로 돌아가는 길에 에릭은 걸음 속도를 늦추고 앙리에트와 나란히 걸었다. 그는 그녀에게 장난스러운 말을 건네고 가볍게 추근대기도 했다. 앙리에트는 웃음과 한숨을 쉴 새 없이 터뜨렸다. 나는 잠시 보닛을 고쳐 쓰려고 걸음을 멈춘 틈에 흘끗 뒤를 돌아보았다. 에릭이 앙리에트의 허리에 팔을 두르고 있었다.

아델 집에서 열린 무도회는 거의 새벽까지 이어졌지만, 난 그 시간이 즐겁지 않았다. 에릭 제프리가 내 두 딸은 물론 아델의 예쁜 조카 리제트까지 모두 유혹하려 애쓰는 모습을 내내 지켜봐야 했기 때문이다. 아델이 나를 한쪽으로 불러 그에 대해 물었다.
"매력적인 청년이네."
그녀가 말했다.
"언니 저 사람 집안에 대해 좀 알아?"
"별로."
난 솔직히 대답했다.
"아버지가 은행 나가신대."
"꽤 괜찮은데!"
아델이 말했다.
"글쎄, 그냥 사무원일 수도 있잖아."
"모리스랑 같은 대학 다닌다면서. 평범한 사무원한테는 힘든 일이지."
"장학생일 수도 있으니까."
우리는 이 미지의 청년 품에 안겨 빙그르르 회전하는 리제트의 유연한 몸짓을 바라보았다.
"좀 알아보는 게 좋겠어, 언니."
아델이 제안했다.
나도 전적으로 찬성이었다. 에릭은 가족에 대해 입을 꾹 다물었다. 그의 가족들도 그에게 연락을 취하지 않았고, 유일하게 한

번 온 그때 그 편지는 그를 불편하게 만든 것 같았다. 그는 편지를 들고 방으로 올라가 한참 동안 나오지 않았다. 나는 그가 답장을 쓰나 보다고 생각했지만, 후에 편지 보낼 것 있냐고 물었을 때 그는 없다고 대답했다.

무도회 다음 날 아침에는 모두 늦잠을 잤다. 그리고 모두가 한자리에 모였을 때, 모리스가 피크닉을 제안했다. 지붕 없는 마차를 타고 옛 요새에 가서 폐허 사이에서 점심을 먹자는 것이었다. 앙리에트와 시시는 부엌으로 가 피크닉 바구니를 꾸리기 시작했고, 모리스는 마구간에 가서 마부에게 나들이 계획을 알렸다. 식탁에는 나와 에릭만 커피잔을 앞에 둔 채 남게 되었다. 난 에릭이 그럴듯한 핑계를 대고 자리를 빠져나갈 것이라고 예상했지만, 뜻밖에도 그는 컵에 커피를 더 채운 뒤 식탁으로 돌아와 내 맞은편에 앉았다.

“피크닉 가기 좋은 날씨네요.”

내 말에 그가 웃음을 지어 보였다. 그는 고통스러운 속박을 벗어던지듯, 두 손가락으로 옷깃을 홱 열어젖혔다.

“그러게요. 적당히 흐려서 외출하기 더 좋은데요.”

나는 그에게 몇 가지 질문을 건네며 대화를 시도했다. 그는 고분고분하고 정중한 태도로 대답했지만, 그의 진지함은 사실 가식이라는 사실을 난 한눈에 알 수 있었다. 난 아들의 학교생활에 대해 걱정하는 척했다. 사실 모리스는 학과에서 최상위권을 놓치지 않았다. 난 좀 더 깊이 파고들어, 에릭의 아버지가 그의 전공에 대해 어떻게 생각하는지 물었고, 그는 은행업과 의학을 대조시키며 대답했다. 그는 나처럼 불쾌한 몸뚱이 근처에 있는 것만으로 너무 기가 질려서, 그 불편한 마음을 감추는 데 집중한 나머지 자기도 모르게 가끔 솔직한 대답을 내뱉었다.

"은행업은 삭막한 사업이에요, 르클레르 부인. 모든 걸 투자 아니면 거래로 환원하죠. 그건 사람의 영혼을 죽이는 일입니다. 그렇게 생각하지 않으세요?"

그가 말했다.

"동감이에요. 의학은 정신적으로나 도덕적으로나 훨씬 더 큰 도전 과제를 안겨주죠."

내가 대답했다. 그는 잠시 내 말에 대해 생각하는 듯했다.

"이건 비밀입니다만, 사실 전 의학에도 그다지 흥미가 없어요."

"특별히 인체에 매료된 건 아니라는 뜻이군요?"

그가 멍한 표정으로 나를 바라보았다. 조금 전 자신이 무심히 던진 말과 나의 질문이 어떤 관계가 있는지 이해하려고 애쓰는 것 같았다. 잠시 후 그는 내가 지난번 저녁 식사 자리에서 나눈 대화를 언급했다는 사실을 깨달았다. 무슨 이유에서인지 그는 이 사실을 기분 좋게 받아들였고, 표정도 부드럽게 누그러졌다.

"글쎄요, 아가씨들은 그런 말을 하면 좋아하더라고요."

난 손바닥을 펼쳐 턱을 괴고 다른 한 손을 뻗어 그의 소매를 살짝 두드리며, 은밀한 비밀을 나누는 친구를 대하듯 말했다.

"걱정하지 마요. 비밀 꼭 지킬게요."

내 손가락이 닿자, 그는 움찔하며 재빨리 팔을 뺐다.

"피크닉 가려면 옷을 갈아입어야겠네요."

그가 의자를 뒤로 밀어내며 말했다.

일행은 즐거운 기분으로 피크닉을 떠났다. 다만 시시는 진입로를 가로질러 마차로 달려가면서, 불안한 표정으로 나를 바라보았다. 에릭이 앙리에트 옆에 앉아있었기 때문이다. 나는 미소를 지으며, 그들이 모퉁이를 돌아 사라질 때까지 손을 흔들었다. 그들이 없는 동안 난 해야 할 일이 있었다. 에릭의 방을 샅샅이 조사하고 그의 아버지가 보낸 편지를 읽는 일이었다. 남편이 사무실로 출근하고 나면 계획을 실행에 옮길 수 있을 것이다.

에릭의 방은 어수선했다. 옷이 침대에 어지럽게 널려있었고, 옷장 문은 반쯤 열려있었다. 진흙이 잔뜩 묻은 승마 부츠는 한쪽 구석에 아무렇게나 내동댕이쳐져 있었다. 세면대 주변만은 깔끔하게 정돈되어 있었지만, 물 항아리는 세면기 밖에 놓여있었다. 책상 위에도 책들이 어지럽게 흩어져 있었는데, 의학 서적은 하나도 없었다. 그중 한 권은 프랑스 귀족 사회를 다룬 청소년 소설이었고, 다른 한 권은 말의 번식에 관한 논문이었다. 편지는 보이지 않았다. 서랍 안에도 없었다. 나는 방 안을 두리번거렸다. 면도 도구, 화장대 위에 뒤죽박죽으로 헝클어진 남성용 스카프, 그의 실크 가운 등이 보였다. 주인보다 이틀 늦게 도착한 여행용 트렁크는 활짝 열려있었는데, 물건이 너무 많아 가방 밖으로 흘러넘치고 있었다. 난 그 앞에 무릎을 꿇고 앉아, 몇몇 물건 아래를 더듬어 보았다. 공책, 모자 그리고 그 아래엔 또 옷이었다. 그러다 내 시선이 트렁크 뚜껑 안쪽에 느슨하게 덧대진 가죽 주머니로 향했다. 길쭉한 필기구 상자가 삐죽 튀어나와 있었다. 난 재빨리 손으로 주머니 안을 더듬어, 깔끔하게 반으로 접어둔 빳빳한 편지 봉투를 찾아냈다. 난 그것을 꺼내 자리에서 일어섰고, 빛이 들어오는 창가 쪽으로 걸어갔다. 편지는 길지 않았지만 내가 알아야 할 모든 것이 담겨있었다. 난 그것을 여러 번 읽으면서 중요한 문장을 암기했다.

친애하는 조카에게

시간이 지나면 네 아버지의 분노도 가라앉겠지만, 지금은 너무 심란한 상태라 나에게 대신 편지를 써달라고 부탁했다. 넌 어떤 경우에도 아버지 집에 발을 들일 수 없다는 말을 전하라고 하시는구나. 널 반기는 사람은 아무도 없을 거다. 너를 숨겨주는 건 당신 스스로 네 범죄의 공범이 되는 길이라고 믿으신단다. 너는 대학에서 영구적으로 퇴학당했고, 그 결정은 번복되지 않을 거다. 불행한 일을 당한 그 젊은 여성은 고소를 제기했지만, 그 여성의 어머니가 과부이기에 네 아버지가 합의금을 제안할 가능성은 남아있다. 그렇게 되면 법정까지 가는 일은 피할 수 있겠지. 당분간은 그곳에 머무르는 게 최선일 듯싶구나.

"그 아이는 파렴치한이에요!"

내가 소리치자, 신문을 읽던 남편이 올빼미같이 싸늘하고 맥빠진 눈으로 나를 바라보았다.

"불명예스러운 일을 벌여놓고 우리 집에 숨은 거라고요! 이미 한 젊은 여성의 인생을 망쳐놓고, 이제 우리 딸 중 한 명 아니 어쩌면 둘 모두를 그 수치스러운 명단에 추가할 심산이라니까요."

하지만 실망스럽게도 남편은 그 타락한 청년이 순진한 소녀를 유린한 죄로 집에서 쫓겨났다는 사실보다 내가 아들 손님 방을 뒤져 사생활을 침해했다는 사실을 더 놀라워했다.

"당신이 방을 뒤졌다는 사실을 드러내지 않고서는 그에게 나가달라고 청할 수가 없지 않소."

이성적으로 따지는 남편의 대답을 듣자, 나는 머리가 터져버릴 것 같았다.

"그가 어떻게 생각하든 우리가 대체 왜 신경을 써야 하죠?"

내가 반박했다.

"그 아이가 어떻게 생각하느냐를 걱정할 필요는 없지. 하지만 모리스가 어떻게 생각할지는 신경 써야 하지 않소? 솔직히 나도 썩 마음이 편하지는 않구려. 어떻게 그런 일을 할 수가 있소? 손님을 대접하는 사람의 도리가 아니지 않소. 당신 말대로라면 지금 합의가 진행 중이고, 그래서 그의 숙부가 이 집에서 조용히 지내라고 조언한 것일 수도 있는데, 그런 경우라면 그는 곧 명예를 회복하고 이 아찔한 경험을 통해 더욱 현명한 사람이 될 수도 있지 않겠소? 젊은이라면 누구나 실수를 한다오. 특히 에릭처럼 잘생기고 성격까지 쾌활한 청년이라면 더욱 그럴 기회가 많지. 모리스와의 우정이 그를 구원할 수도 있을 거요."

나는 그의 궤변에 대답할 가치조차 느끼지 못했다.

"좋아요. 아무 말 하지 않을게요. 하지만 유비무환이라고 했으니, 경계심을 늦추지는 마요. 내 말 명심해요."

내가 자리에서 일어서자, 이 어리석은 남자는 아무 일 없다는 듯 다시 신문으로 눈을 돌렸다.

아이들은 저녁 식사 시간에 맞춰 돌아왔다. 모두 기분이 좋아 보였지만, 앙리에트만은 조금 풀이 죽어있었다. 그녀는 마차를 오래 타서 지쳤다며 제일 먼저 방으로 올라갔다. 오가는 길이 너무 울퉁불퉁해 힘들었다는 점에는 모두 동의했다. 에릭이 단 한 번이라도 나를 쳐다보았다면 내 태도가 바뀌었다는 것을 금방 알아차렸을 것이다. 난 험악한 눈빛으로 그를 지켜보았지만, 그는 시시를 애태우듯 감질나게 대화를 이어가느라 내 시선은 전혀 의식하지 못했다. 그들은 무도회 때 그녀의 댄스 카드가 얼마나 가득 찼었는지 이야기하고 있었다. 시시는 얼굴을 붉히며 키득거리느라 식사는 거의 하지도 못했다.

식사가 끝난 후 찰스는 젊은이들에게 파리에서 들여온 고급 코냑을 같이 시음해 보자고 청했고, 두 사람은 기꺼이 초대에 응했다. 난 남편의 전략은 이런 식인가 보다 생각했다. 침입자를 늘 곁에 두는 것 말이다. 남편은 자리에서 일어서면서 내 얼굴을 살피듯 가볍게 눈짓을 보냈고, 난 확고한 동의의 표현으로 고개를 끄덕였다. 남편은 바보가 아니었다. 그저 사람을 너무 잘 믿을 뿐이다.

다음 날 아침, 난 모리스와 짧지만 유익한 대화를 나누었다. 내가 그에게 친구가 집에 와있으니 어떠냐고 묻자, 그는 에릭이 좋은 친구이며 주위에는 늘 젊은 여자들이 많이 모인다고 대답했다. 그래서 친구 옆에 서있기만 해도 평소보다 훨씬 더 많은 관심을 받게 된다는 점과 에릭은 춤추는 것을 너무 좋아하고 파트너를 선택하는 데에 자유로운 편이라 예쁜 여자라면 누구와도 춤을 춘다는 사실도 덧붙였다.

"재미있구나."

내가 대답했다.

아들은 커피잔 너머로 나를 유심히 바라보았다.

"어머니는 에릭이 마음에 안 드시죠?"

그의 솔직한 말에 나는 깜짝 놀랐다.

"난 어떤 아이인지도 잘 모르는걸."

그가 다시 말할 사이도 없이, 복도에서 발걸음 소리가 들렸다. 그리고 그가 나타났다. 그는 나른한 표정으로 문틀에 기대 우리를 향해 미소 지으며 아침 인사를 건넸다.

"일찍 일어났네."

모리스가 말했다.

에릭은 너그럽고 유쾌한 표정으로 우리를 바라보았다. 자신의 존재를 모두가 기뻐할 것이라는 자신감에서 비롯된 여유였다.

"시골 공기 덕분인가 봐."

그가 말했다.

시골 공기는 이미 뜨겁게 달궈지는 중이었고, 아침 식사 후 두 청년은 몸을 식히러 연못에 갔다. 에릭이 제안한 것이었다. 시시는 피아노로 향했고, 앙리에트는 뜻밖에도 나를 따라 바느질방으로 들어왔다. 그녀는 레이스 뭉치와 여름 평상복을 한 벌 들고 있었다.

"아델 이모가 주셨어요."

그녀가 말했다. 옅은 파란색 리본으로 가장자리가 장식된 하늘하늘한 레이스였다.

“이 드레스에 붙이면 예쁠 것 같아서요. 어때요, 어머니?”

우리는 레이스를 덧댈 최적의 바느질법에 대해 의논하고, 드레스 색깔과 가장 비슷한 색의 실을 고른 뒤, 나란히 앉아 바느질을 하기 시작했다.

‘다 괜찮아.’

난 생각했다.

‘우리 딸들은 안전하게 자기 일에 몰두하고 있고, 잔뜩 달아오른 그 젊은이는 차가운 물에서 열기를 식히고 있으니까.’

하지만 평화로운 시간은 오래가지 않았다.

“시시가 걱정이에요.”

앙리에트가 불쑥 입을 열었다.

난 실을 당기며 계속 바느질을 했지만 관심은 온통 딸에게 향해 있었다.

“뭐가 걱정된다는 거니?”

“시시가 너무…”

그녀가 말을 멈추고, 레이스를 무릎에 내려놓았다.

“에릭한테 빠져있어요.”

“그 사람이 시시를 유혹하는 것 같아 걱정이란 말이지?”

“네.”

“그 유혹이 진심은 아니라고 생각하는구나?”

“그 정도가 아니에요. 더 나빠요.”

“더 나쁘다니, 무슨 뜻이니?”

“시시한테 같이 도망가자고 했어요.”

이 말에 나 역시 바느질감을 무릎에 내려놓아야 했다.

"시시가 그렇게 말했니?"

"꼭 그런 건 아니지만, 그런 식으로 말했어요."

"그렇구나."

머릿속에서 불이 붙은 듯 분노가 치밀어 올라 난 감정을 억누르는 데 온 힘을 집중했다.

앙리에트는 눈물이 그렁그렁한 눈으로 나를 바라보았다.

"제발요, 어머니, 시시한테는 제가 말했다고 하지 마세요. 비밀 지킨다고 약속해 주세요."

"사랑하는 우리 딸."

내가 아이의 손을 잡고 말했다.

"걱정하지 마라. 시시는 네가 내게 이런 말 했다는 걸 절대 알 수 없어."

앙리에트가 레이스로 눈가를 닦았다.

"고마워요, 어머니."

"도망갈 날짜는 정했다고 하든?"

"아니요. 아직 아닌 것 같아요. 에릭이 아버지한테 허락을 구하는 게 낫지 않겠냐고 제가 시시한테 말했거든요. 그랬더니 시시가 에릭이 반대했대요. 아버지는 시시가 너무 어리니 기다리라고 말씀하실 게 뻔하다고요."

"에릭은 기다릴 생각이 없다는 거구나."

내가 말했다.

"맞아요."

"넌 네 동생이 인생을 망칠 뻔한 실수에서 그 아이를 구해준 거야. 하지만 이제 이 일은 잊어야 한다. 넌 할 일을 다 했어. 그것도 아주 잘 해냈지."

앙리에트의 얼굴이 붉게 물들었다. 안쓰럽던 딸아이의 표정에 마침내 안도감이 번졌다.

"어떻게 하실 거예요, 어머니?"

"나도 잘 모르겠구나. 방법을 생각해 봐야지."

대답은 이렇게 했지만, 머릿속에는 이미 끔찍한 계획들이 몇 가지 떠올랐다. 그 불한당을 쫓아내거나, 경찰을 부를 수도 있을 것이다. 하지만 조금 전 딸에게 그토록 이성적인 조언을 했으니, 나 또한 복수의 충동을 억누를 필요가 있다는 생각이 들었다. 난 바느질거리를 한쪽으로 치우고, 우리 집 요리사와 식사 준비를 상의하기 위해 방을 나섰다.

아래층에 내려오자, 연못에서 돌아온 두 사람이 레모네이드가 담긴 긴 유리잔을 들고 거실에서 느긋하게 쉬고 있었다. 에릭은 긴 의자에 힘없이 늘어져 있었는데, 옷깃을 활짝 젖히고 소매를 걷어 올린 채 두 눈을 감고 있었다.

"어머니께서 말씀하신 보물을 찾으려고 잠수하다가 진이 다 빠졌어요. 금을 본 것 같다고 하네요."

모리스가 말했다.

"솔직히 뭘 봤는지도 모르겠어요."

보물 사냥꾼이 짜증을 내듯 대꾸했다.

시시는 등을 곧게 세우고 손을 가지런히 모은 채 그의 곁에 앉아, 어루만지듯 다정한 눈길로 그를 바라보았다. 나는 속이 뒤틀리는 것 같았다.

“그렇게 깊이 잠수하면 위험해요.”

그녀가 말했다. 그때 앙리에트가 거실에 나타났다. 시시는 피아노 의자에 걸터앉는 언니의 모습을 말없이 바라보았다.

“모리스 말로는 거의 2분 동안 물속에 있었대요!”

‘익사할 수도 있었을 텐데.’

이런 생각을 하자, 내가 직접 그 일이 일어나도록 만드는 몇 가지 생생한 장면들이 반짝이는 깃발처럼 머릿속에 펼쳐졌다.

다음 날 아침, 모리스와 나는 그가 받은 뱃놀이 사교 모임 초대장에 대해 의논했다. 장소는 보른 호수였다. 그는 호수 위는 시원하니까 에릭에게도 잘 맞을 것이라고 말했다. 시시와 앙리에트가 슬며시 식탁에 합류했고, 잠시 후 남편도 자리에 앉았다. 대화는 점점 뜸해졌고, 다들 커피도 한 잔씩 더 마셨지만 에릭은 나타나지 않았다.

“어젯밤 몸이 안 좋다고 하더라고요. 괜찮은지 한번 가볼게요.”

모리스가 말했다.

“오, 그게 좋겠어요.”

시시가 말했다.

자리를 떠난 모리스가 금방 다시 돌아왔다. 그는 에릭이 밤에 잠을 못 자 몸이 너무 안 좋다며, 방에서 쉬는 게 좋을 것 같다고 말했다.

시시가 목을 길게 늘어뜨린 채 고개를 푹 숙였다.

“심각한 건 아니겠죠?”

그녀가 내 뒤에 있는 그의 방을 향해 고개를 쭉 뽑으며 말했다.

모리스는 다시 나를 향해 돌아섰다.

"많이 안 좋아 보이긴 했어요."

"내가 한번 가볼게."

내가 대답했다.

방에 가보니, 그가 긴 의자에 쓰러져 있었다. 옷을 차려입으려 애는 썼지만 실패한 모양이었다.

"어떤지 좀 볼게요."

내가 말했다. 그는 기운이 없는지 고분고분했다. 손바닥을 그의 이마에 올리자 뜨거운 열기가 느껴졌다. 그의 얼굴은 벌겋게 달아올랐고, 피부는 바싹 말라있었다. 나는 그를 부축해 침대로 옮기고, 항아리를 들어 세면기에 물을 따랐다. 그리고 셔츠를 벗기는데, 그는 팔을 드는 것조차 힘겨워했다. 창문의 덧문이 반쯤 닫혀 있어 방 안은 어두웠지만, 그가 베개에 머리를 내려놓는 순간 한줄기 햇빛이 그의 눈을 비추었다. 흰자위가 벌겋게 충혈된 것이 보였다.

"편히 있어요. 곧 의사를 부를게요."

내가 그에게 말했다.

"당장 불러주세요."

그가 다급한 목소리로 말했다.

"너무 아파요. 머리도 지끈거리고 목도 따갑고요. 혀도 이상해요."

그는 내가 물수건을 이마에 얹고 얼굴과 목을 닦아주는 동안 꼼짝도 하지 않았다.

“혀 한번 볼까요?”

내가 말하자 그는 아무 저항 없이 입술을 벌리고 혀를 내밀었다.

한쪽 옆면에 검은 점 두 개가 보였다. 목구멍 근처에는 이미 헐어서 벌어진 상처가 있었다.

난 가슴이 벅차올랐다. 복수의 세 여신이 그를 내 손에 넘겨준 것이 분명했다.

‘이제 넌 내 거야.’

난 생각했다.

“요리사가 아몬드 시럽 물을 가져올 거예요. 남기지 말고 다 마셔요.”

내가 말했다.

난 방에서 나가 남편을 찾았다. 그는 마구간에서 말이 나오기를 기다리는 중이었다. 마을로 일을 보러 가야 했기 때문이다.

“우리 손님이 몸이 좀 안 좋아요.”

내가 말했다.

“열이 약간 나네요. 랜드리 선생님께 왕진 중에 들러달라고 전해줄래요?”

“그러겠소.”

남편이 대답했다. 그가 떠난 뒤 나는 요리사를 찾아 주방으로 갔다. 그리고 에릭에게 반숙 계란과 빵 그리고 아몬드 시럽 물 한 주전자를 가져다주라고 지시했다. 그런 다음 나는 위층으로 올라가, 리넨 제품들을 분류했다. 수요일마다 세탁부가 오기 때문이다.

점심 무렵 요리사가 에릭의 소식을 전해주었다. 그는 음식을 전혀 먹지 않았고, 두통과 메스꺼움을 호소하며 한시라도 빨리 의사를 만나고 싶어 한다고 했다.

"그렇군요."

내가 말했다.

"선생님은 이미 왕진 중이실 테니 곧 여기도 오시겠죠. 다만 남편이 마을에서 선생님을 만나지 못하면 내일 아침에 오실 수도 있어요."

"학생이 아주 집요하게 의사를 요청하더라고요."

요리사가 말했다.

"그래요?"

우린 서로 미소를 지어 보였다.

점심 식사 후 모리스가 잠시 친구를 보러 갔다. 에릭은 그에게 낚시 모임에 늦지 말고 다녀오라고 말했다.

"난 어차피 아무것도 못 해."

아들이 낚싯대, 바늘, 납으로 된 무게추 등을 챙겨 떠난 뒤, 난 커피를 진하게 한 주전자 내려서 환자에게 가지고 갔다. 그는 침대보에 등을 대고 똑바로 누워 힘없이 신음하고 있었다. 그는 나를 보자 대뜸 이렇게 말했다.

"도대체 어디 계셨어요? 얼마나 오래 기다렸는지 아세요? 의사 선생님은 안 오시나요?"

난 쟁반을 내려놓고 그에게 다가갔다.

"좀 쉬는 게 좋을 것 같았어요."

내가 말했다. 그의 얼굴은 축축했고, 이마와 윗입술에는 거칠거칠한 발진이 돋아있었다.

“몸은 좀 나아졌어요?”

“더 안 좋아졌어요.”

그가 쉰 목소리로 대답했다.

“움직이는 것도 힘들어요. 관절이 아프고 몸은 불타는 것 같고요. 견딜 수가 없어요.”

나는 손바닥으로 그의 이마를 짚었다. 열이 꽤 높았다.

“요리사 말이 아무것도 안 먹었다던데.”

“입이 너무 쓰려요.”

“커피 좀 마셔볼래요? 도움이 될지도 몰라요.”

“의사 선생님은요? 왜 이렇게 늦으시는 거예요?”

“여긴 시골이잖아요.”

내가 차분하게 대답했다.

“선생님 한 분이 넓은 지역을 돌아다녀야 해요. 하지만 이미 사람을 보내 연락드렸으니, 곧 오실 거예요. 확실해요. 아몬드 시럽 물 좀 줄까요?”

“네, 그건 좀 도움이 될 것 같네요.”

내가 그의 등 뒤에 베개를 받쳐주자, 그가 스스로 몸을 기대고 앉았다. 그는 물을 한 잔 마셨고, 커피가 식자 그것도 한 잔 마셨다. 난 그의 이마와 가슴, 팔을 식초로 닦아주었다. 그는 조금 진정이 되는 것 같았다.

“모리스는 어디 있어요?”

그가 물었다.

“낚시 모임 갔잖아요.”

“맞아요. 기억났어요.”

"이제 푹 쉬어요. 곧 의사 선생님 오실 거예요."

내가 말했다.

"어차피 쉬는 것 말고는 할 수 있는 것도 없어요. 움직일 힘도 없는걸요."

그가 씁쓸하게 대답했다.

랜드리 선생은 하루 종일 말을 타고 왕진을 다니다가 오후 늦게야 도착했다. 나는 그에게 샌드위치와 커피를 대접한 뒤 손님이 있는 곳으로 데려갔다. 그리고 에릭이 의사의 등장에 안도하는 표정을 확인하고 나서 바로 방에서 나왔다. 방을 나설 때 등 뒤에서 에릭의 목소리가 들렸다. 그는 태어나서 이렇게 아픈 것은 처음이고, 이 지역의 지옥 같은 날씨가 자기 몸을 망친 것 같다고 말했다.

의사는 금세 병의 정체를 알아냈다. 그의 진단명을 듣고, 난 고개를 끄덕였다.

"그런 것 같았어요. 주변에 이런 환자가 많은가요?"

내가 말했다.

"내커터시에서 작은 규모로 감염이 발생했지만, 통제되고 있습니다."

"모리스랑 둘이 집에 오는 길에 거길 들렀을 거예요."

"아이리스, 이게 무슨 뜻인지 아시죠?"

그가 물었다.

"격리가 필요하겠네요."

"부인은 면역이 있을 겁니다."

"네, 전 어렸을 때 앓았어요."

내가 말했다.

"다음으로 아버지가 저한테 옮으셨죠. 전 가볍게 지나갔지만, 아버지는 심각했어요. 그때 아버지 모습이 얼마나 끔찍했는지 기억나네요. 고름이 흘러나올 땐 특히 그랬죠. 그러고 나면 딱지가 앉았고요."

"아버님은 회복하셨나요?"

의사가 물었다.

"네, 하지만 외모는 완전히 망가졌어요."

"이번에도 비슷할 겁니다. 안타깝네요. 잘생긴 청년인데."

"허영심 많은 아이기도 하죠."

내가 말했다.

"치료는 복잡하지 않습니다. 환자를 편안하게 해주는 게 가장 중요해요. 경과를 보러 다시 들르겠습니다. 며칠 동안은 구토할 수도 있으니 물 외엔 아무것도 주지 마세요. 열이 떨어지면 기운이 좀 돌아서 음식을 먹을 수 있을 겁니다. 그래도 부드럽게 으깬 음식만 주셔야 해요. 수포가 생기면 가능한 한 깨끗하고 건조하게 유지하시고요. 기침이 시작되면 바로 저를 부르세요. 호흡기 감염이 가장 위험한 합병증입니다."

"알겠습니다, 선생님."

내가 대답했다.

"아직 하루나 이틀 정도는 여유가 있습니다. 발진이 번지기 전까지는 전염되지 않으니까요. 격리에 필요한 조치는 제가 알아서 하죠. 자녀분들은 집에 있나요?"

"딸들은 뉴올리언스에 있는 언니 집에 보내면 돼요."

내가 대답했다.

"빠를수록 좋습니다. 모리스는요?"

"보른 호수에 낚시하러 갔어요. 그 아이는 사촌 아델 집에 있으라고 할게요."

"남편분은요?"

"지금 마을에 가있는데, 저녁엔 돌아올 거예요."

"저도 이제 마을로 돌아갈 테니, 전할 말씀을 적어주시면 제가 남편분 사무실에 가서 전해드리겠습니다."

의사가 말했다.

"그렇게 해주세요. 잠깐만 기다리세요. 얼른 써 올게요."

나는 책상으로 가서 남편에게 집에 돌아오지 말라는 내용의 짧은 편지를 썼다.

랜드리 선생은 봉투를 받아 코트 주머니에 넣었다.

"남편한테 격리 중이니 집에 오지 말라고 했어요."

내가 말했다.

"잘하셨습니다. 저는 금요일에 다시 올게요. 그때쯤이면 환자의 상태를 좀 더 명확히 판단할 수 있을 겁니다."

"회복할 수 있겠죠?"

"아직 단언할 수는 없습니다. 젊고 체력이 좋으니 견뎌내긴 하겠지만, 천연두 환자치고는 열이 지나치게 높은데다가 눈이 충혈된 것도 마음에 걸리네요. 치명적인 변종일지도 모르겠습니다. 그런 경우라면 버티지 못할 수도 있죠."

나는 랜드리 선생을 현관까지 배웅했고, 우리는 그 자리에 잠시 서서 가족들의 안부를 주고받았다. 그는 떠나기 전 현관 계단에서 걸음을 멈추고 한 가지 더 당부했다.

"그 젊은이 방에 전신 거울이 있던데, 치우는 게 좋을 것 같습
니다."

그 후 몇 주 동안 난 우울한 나날을 견뎌야 했다. 에릭 제프리
의 영혼 깊은 곳을 응시해야 했기 때문이다. 그곳에는 고결함이라
고는 눈곱만큼도 없었다. 용기나 인내, 자제심도 전혀 없었다. 그
가 불순한 의도를 가지고 우리에게 왔다는 사실에는 의심의 여지
가 없었다. 그러니 그 잘생기고 자신감 넘치는 외양 아래에 비겁
한 짐승이 숨어있는 것을 보았다고 해서 놀랄 필요는 없었다. 열
이 내리자, 의사가 예상했던 대로 악성 변종 천연두가 그의 얼굴
과 몸통, 팔과 다리 그리고 손발에 퍼져 나갔다. 그의 고통을 더 악
화시킨 것은 이상한 망상과 집착이었는데, 그중 하나는 바로 내가
그를 죽이려 한다는 생각이었다. 그는 기력이 없어 혼자 걷지도
못하면서 격리 구역에서 나가겠다고 고집을 부렸다. 랜드리 선생
의 설득도 그의 무모한 결심을 꺾지 못했다. 타인의 안전이나 공
공의 이익에 대한 호소는 그에게 아무 의미가 없었다. 우리는 어
쩔 수 없이 창문 덧문을 널빤지로 고정하고, 방문을 잠가야 했다.
그는 의사의 팔에 매달려 나에 대한 비방을 속삭였다. 내가 믿을
수 없는 사람이고, 그를 미워해 독살하려 한다는 내용이었다. 그
는 의사에게 마을에서 가져온 음식과 물을 달라고 애원했고, 내
손을 거친 음식은 절대 입에 대지 않겠다고 맹세했다.

"그는 부인을 네메시스라고 부릅니다."

환자와 한바탕 실랑이를 하고 나온 랜드리 선생이 내게 말했다.

"이런 광기 때문에 병이 더 악화하고 있어요. 그는 부인이 자기 가족에게 연락도 하지 않았다고 믿습니다."

"저 아이 아버지에게 편지를 보냈어요. 에릭이 저한테 주소를 알려줬고, 자기 눈으로 편지도 확인했는데요."

내가 말했다.

"부인이 그 편지를 부치지 않았다고 말하더군요."

에릭은 내가 있을 때는 그런 망상을 드러내지 않았다. 그는 랜드리 선생이 나보다 자기를 더 신뢰한다고 믿는 것 같았다. 내가 방에 들어가면, 그는 보통 긴 의자에 누워 눈을 감고 두 손으로 관자놀이를 감싸고 있었다. 두통이 심했기 때문이다. 무슨 질문을 하든 대답은 늘 한마디였고, 음식은 모조리 거부했다. 그는 속이 안 좋아서 뭘 먹든 토할 것 같다고 중얼거렸지만, 난 진실을 알고 있었다. 나는 요리사에게 삶은 달걀 한 그릇을 준비하라고 지시했다. 그리고 달걀과 샴페인 한 병을 그의 방으로 가지고 갔다. 나는 그가 지켜보는 데서 달걀 껍질을 벗기고, 와인의 코르크 마개를 제거했다. 그는 아무리 마녀라고 해도 껍질을 벗기지 않은 달걀에 독을 넣거나 마개가 닫힌 병 속 술을 변질시킬 수는 없다고 생각한 듯, 그제야 조금씩 먹고 마셨다.

랜드리 선생에게 이 이야기를 들려주자, 그는 웃음을 터뜨렸다.

"훌륭하십니다. 기발한 방법을 쓰셨네요."

그가 말했다.

나는 그에게 카이사르 아우구스투스 사례를 상기시켜 주었다. 남편만큼이나 의심이 많았던 그의 아내는 정원 나무에 매달린 무화과에 독을 넣어 남편을 살해했다고 한다.

의사가 눈썹을 찌푸렸다.

"아내가 살해한 게 정말 맞나요?"

나는 매일 작은 수레를 끌고 진입로 입구까지 나가 남편을 만났다. 우리는 몇 걸음 정도 거리를 유지한 채로 짧게 이야기를 나눴고, 남편은 내가 가져간 수레에 갖가지 생필품과 편지를 실어주었다. 딸들이 에릭을 위로하기 위해 정성스럽게 쓴 편지들이었지만, 난 그것들을 환자에게 읽어주지 않았다. 편지에는 신중하게 절제된 태도가 담겨있었다. 과도한 애정 표정이나 미래에 대한 기대는 없었다. 그저 친구로서 빠른 회복을 바라는 마음이 있을 뿐이었다. 그들은 이 잘생긴 청년이 잔혹한 병마와 싸워 이긴다 해도, 예전처럼 잘생긴 모습은 아닐 것이라는 사실을 이미 알고 있었다. 나도 마찬가지였다.

발진은 빠르게 진행되어 온몸으로 번졌고, 수포가 생기자 그 안에 불투명한 액체가 차올랐다. 수포는 겉보기에는 부드러워 보였지만 손으로 만지면 자루 속 완두콩처럼 단단했다. 나는 차가운 습포로 그 부위를 가라앉혀 보려 했지만, 효과는 거의 없었다. 그는 허리와 머리가 참을 수 없이 아프다고 불평했고, 자신이 시력을 잃어간다고 확신했다. 의사는 그에게 로더넘을 투여해 잠시나마 그를 조용하게 만들었다.

둘째 주가 되자 농포가 온몸을 뒤덮었는데, 그중에서도 특히 심한 손바닥, 발바닥, 얼굴 같은 부위는 피부의 가장 바깥층이 투명한 막처럼 떨어져, 들려있는 것처럼 보였다. 두피는 벌건 상처 투성이였는데, 그보다 더 그를 공포에 몰아넣은 것은 바로 한 움큼씩 빠지는 그의 금빛 머리카락이었다. 입은 퉁퉁 부은 하얀 선 같았고, 하얀 농포로 뒤덮여 벌겋게 부풀어 오른 눈꺼풀 밑에서는 금빛 섞인 초록 눈이 사납게 번뜩였다.

나는 의사의 말을 기억했지만, 전신 거울을 치우지는 않았다. 다만 타원형 거울의 방향을 돌려, 나무 등판이 침대를 향하게 바꾸어 놓았다. 어느 날 아침, 그가 아직 잠들어 있을 때, 나는 가만히 서서 만신창이가 된 그의 몸을 자세히 바라보았다. 특히 농포로 가득 찬 그의 얼굴을 유심히 보았다. 아직 단단한 것도 있고, 고름이 흘러나오는 것도 있었다. 피가 섞인 것도 있고 벌써 딱지가 잡히기 시작한 것도 몇 개 보였다. 그의 숨은 물집 때문에 원래 크기의 두 배로 부어오른 입술 사이를 통과하느라 가느다란 휘파람 소리를 냈다. 의사도 나와 같은 의견이었다. 이 바이러스는 극도로 사나운 변종이고, 뼈만 남을 때까지 모든 조직을 먹어 치울 기세로 덤비고 있었다. 환자가 살아날 수 있을지도 확실하지 않지만, 설사 살아난다 해도 그의 얼굴은 훨씬 더 일그러질 것이 분명했다. 난 침대에서 한 걸음 물러서서, 전신 거울의 반사면이 다시 침대를 향하도록 뒤집었다.

몇 분 뒤, 창문을 열어놓고 세면기에 붕대를 헹구고 있을 때, 등 뒤에서 그가 깨어나는 소리가 들렸다. 그가 몸을 움직이자, 시트가 바스락거렸다. 낮은 신음도 들려왔다. 그리고 한동안 정적이 흘렀다.

"안 돼!"

마침내 그가 비명을 질렀다. 죽음의 고통과 공포가 담긴 외침이었다.

난 가만히 미소를 지었다.

"그냥 죽게 해줘요."

그가 우는 소리로 말했다.

"제발 죽게 놔둬요."

하지만 난 절대 그를 죽게 두지 않을 것이다.

셋째 주가 되자 농포가 모두 터져 고름이 흘러나왔다. 그리고 랜드리 선생이 우려한 대로 기침도 시작되었다. 마른기침에 소리도 날카로웠다. 폭발하듯 강렬하기까지 해서, 에릭은 기침을 할 때면 침대에 누운 상태로 허리를 반으로 접듯 몸을 웅크렸다. 우리는 상처 부위를 거즈로 감쌌지만 금세 고름이 스며들어 몇 시간마다 갈아줘야 했다. 나는 끊임없이 일했다. 그를 깨끗하게 유지하고 먹이기 위해 휴식도 포기했다. 하지만 그는 계속해서 나를 증오했고, 감사 인사 한마디 하지 않았다. 랜드리 선생은 내 건강을 걱정하기 시작했다.

에릭의 가족에게서는 아무 연락도 오지 않았다. 우린 모두 이 사실에 분개했다. 남편은 너무 늦지 않기를 바라며, 두 번째 편지를 보냈다.

점차 상처가 아물며 딱지가 생겼고 환자는 드디어 회복하기 시작했다. 기침은 잦아들고 부드러운 음식 정도는 삼킬 수 있게 되었다. 우린 하루 몇 시간씩 붕대를 풀어 상처를 말렸다. 예상했던 대로 그의 몸은 머리부터 발끝까지 두꺼운 검은 딱지로 뒤덮였다. 그가 움직이면 이 딱딱한 껍질이 갈라져 피가 스며 나왔다. 이제 남은 건 회복뿐이었고, 랜드리 선생은 더 이상 격리가 필요 없다고 선언했다. 가족들이 돌아와도 된다는 뜻이었다.

딱지가 떨어지기 시작했을 무렵 에릭의 아버지에게 답장이 왔다. 그는 우리가 아들의 상태를 제때 알리지 않은 것에 대해 불만을 표시했다. 첫 번째 편지는 전달 과정에서 분실된 것이 분명했다. 그는 당장 아들을 데리러 오겠다고 했다.

아버지가 도착했을 때 에릭은 혼자 옷을 입고 방에서 나올 수 있을 정도로 회복돼 있었다. 딱지가 군데군데 떨어졌지만, 가장 두꺼운 것들은 여전히 깊은 상처에 들어붙어 있었다. 그는 혼자 있을 때는 붕대를 풀었지만, 사람들 앞에서는 얼굴을 가렸다. 눈, 코, 입에만 작은 틈을 남겨두고 머리 전체를 거즈로 감싸는 방식이었다. 그런 다음 그는 음울한 기운을 풍기며 거실에 나타나, 브랜디 한 잔을 감싸 쥔 채 아무 말 없이 앉아있었다.

그가 뽐내던 모든 매력은 사라졌고, 그는 음침하고 신경질적인 사람이 되었다. 시시와 앙리에트는 그를 피했고, 심지어 언제나 그에게 다정했던 모리스조차 그가 가족들 품으로 돌아가야 마음이 놓일 것 같다고 말했다.

나는 에릭이 자신과 가문의 명예에 먹칠을 했다는 사실을 이미 알고 있었지만, 존 제프리는 그런 말은 입에도 올리지 않았다. 그는 우리가 그의 삶의 가장 큰 희망을 짓밟은 미개한 짐승이라도 되는 것처럼 끝없이 불평을 늘어놓았다. 그는 귀향 준비에 딱 필요한 시간만큼만 우리 집에 머물렀다. 며칠 동안 에릭의 짐가방을 부치고, 그의 말을 팔고, 뉴올리언스까지 가는 마차를 예약했다. 그곳에서부터는 증기선을 타고 보스턴으로 갈 예정이었다.

그들이 떠나는 날, 하늘은 맑고 공기에는 상쾌한 기운이 돌았다. 타오르던 여름의 열기가 마침내 누그러지고 있었다. 난 마차가 도착했다는 사실을 알리기 위해 에릭의 방으로 갔다. 하지만 방문을 두드려도 아무 대답이 없었다. 난 조심스럽게 문을 열었다.

그는 옷을 다 차려입고 긴 의자에 앉아있었다. 팔꿈치를 무릎에 올리고 두 손으로 머리를 감쌌는데, 옆자리에는 여름용 밀짚모자가 놓여있었다. 그는 고개를 들었지만 나를 바라보지는 않았다. 그의 표정은 불안하고 방어적이었다. 정신이 나간 듯 혼란스러운 눈빛은 허공을 향했고, 그의 얼굴은 마치 자세히 봐주기를 원하듯 내 쪽을 향해있었다.

죽을 때까지 그가 지니고 살아야 할 얼굴이었다.

그의 왼쪽 눈 둘레에는 마치 화가가 붓으로 칠한 듯, 혈관을 따라 붉게 부풀어 오른 살이 원을 이루었다. 오른쪽 뺨에는 콧대에서부터 입꼬리를 지나 귀 뒤쪽까지 보라색의 깊은 곰보 자국이 쐐기 모양으로 자리를 잡았다. 아랫입술은 두꺼운 하얀 흉터가 정 가운데에서 살을 밀어내서, 입안에 있어야 할 분홍빛 속살이 밖으로 드러났다. 왼쪽 콧방울을 꼬집듯 불룩 솟아오른 또 다른 붉은 흉터는 아래로 이어지다가 윗입술에서 흉측한 매듭을 지으며 끝이 났다. 황금빛 머리카락은 거의 다 빠져, 귀 옆과 이마에서 한참 뒤로 넘어간 곳에만 짧게 남아있었다. 훤히 드러난 분홍색 두피는 마치 화상을 입은 듯 쪼글쪼글 구겨져 있었다.

"당신 작품이에요. 마음에 들어요?"

그가 비꼬듯 말했다.

"어떻게 그런 말을 하죠? 내 자식처럼 돌봤는데."

내가 대꾸했다.

그는 더 이상 아무 말도 하지 않았다. 대신 차가운 눈빛으로 나를 꿰뚫을 듯 바라보았다. 그의 시선 아래에서 난 갑자기 내 모습이 어떤지 의식하게 되었다. 일그러진 얼굴, 뒤로 단단히 묶어 목뒤로 늘어뜨린 성긴 회색 머리카락, 죽은 한쪽 눈과 한쪽으로 비뚤어진 입, 나이로 무거워진 몸과 그 몸만큼이나 낡고 후줄근한 옷. 누적된 피로는 나에게도 상처를 남겼다. 이 괴물을 살려두기 위해 모든 것을 쏟아부었으니 말이다.

"맙소사, 당신은 정말 흉측하네요."

그가 말했다.

난 한 걸음 뒤로 물러섰다.

'그럼 그렇지. 당연히 그래야지.'

난 생각했다. 그는 이렇게 추락한 순간에도 여전히 나를 경멸할 수 있는 사람이었다. 나는 움직일 수 있는 한쪽 입꼬리를 끌어올려 미소를 지었다.

"마차가 도착했어요."

내가 말했다.

그는 모자를 집어 들고, 앞쪽으로 살짝 기울어지게 머리에 올렸다.

"내려간다고 전하세요."

나는 아래로 내려가, 마차에 묶인 말 때문에 안절부절못하고 있는 그의 아버지에게 그의 말을 전했다. 그런 다음 부엌으로 가서, 요리사와 완두콩 껍질을 벗기기 시작했다. 잠시 후, 진입로 자갈길 위로 마차 바퀴가 굴러가는 소리가 들렸다.

"청년은 좀 어떤가요?"

요리사가 물었다.

"제정신이 아니에요. 내가 자기한테 천연두를 옮겼다고 생각하거든요."

내가 대답했다.

"네? 그렇게 정성껏 돌봐줬는데요?"

시간이 흐른 뒤 남편이 부엌으로 들어와, 제프리 부자가 보스턴으로 돌아가는 긴 여행을 시작했다는 소식을 전해주었다.

딸들은 한때 너무나 잘생기고 매력적이었던 구혼자가 끔찍한 모습으로 변해 떠나버렸다는 사실에 당연히 침울해했다. 모리스는 마음이 잘 맞았던 친구가 우리 집에 있는 동안 그런 혹독한 고통을 겪게 되어 슬프고 안타깝다고 말했다. 하지만 시간은 흘렀고, 우린 더 이상 에릭 제프리에 대한 소식을 들을 수 없었다. 아이들은 다른 일에 관심을 돌렸고, 곧 생기발랄하고 혈기 왕성한 모습을 되찾았다. 젊음과 아름다움이란 마땅히 그래야 하지 않은가!

시드니

실라 콜러

실라 콜러

실라 콜러는 소설 열한 편, 단편집 세 권 그리고 회고록 《우리는
한때 자매였다(Once We Were Sisters)》의 저자로, 그녀의 작품은
여러 언어로 번역되어 세계 각국에서 출간되었고, 그녀는
컬럼비아대학교와 프린스턴에서 창작 글쓰기를 가르치고 있다.
그녀의 소설 《크랙(Cracks)》은 조던 스콧 감독, 리들리 스콧 총괄
프로듀서, 에바 그린 주연으로 영화화되었고, 2023년 오픈로드
출판사에서 재출간되었다.

I

　작가로서 나는 내가 인식한 그대로 현실을 묘사해야 한다는 의무감을 느낀다. 그러려면 당연히 상당한 위험을 감수해야 한다. 누군가의 명성을 훼손하는 정보를 누설해, 그들의 마음을 상하게 할 수도 있기 때문이다. 이 글의 경우 한 학술적인 남자, 더 정확히는 내 전남편이었던 한 의사의 명예를 실추시킬 수도 있다. 그럼에도 불구하고 난 이 글을 시작하려 한다. 내가 잃어버린 것을 붙잡을 수 있는 곳은 이 종이 위뿐이기 때문이다.

II

　나는 거의 서른 살이 다 되어 결혼했다. 그 당시 나를 포함한 누구도 내가 결혼할 거라고 예상하지 못했다. 어쩌면 바라지 않았는지도 모르겠다. 내가 특별히 못생기거나 멍청했기 때문은 아

시드니

니었다. 부모님은 너무 가난했고, 난 열일곱 살에 학교에서 쫓겨나 교육을 제대로 받지 못했다. 우리는 짐바브웨와 남아프리카 공화국 국경 근처에 있는 외딴 사냥 농장에 살았다. 농장 경계를 따라 림포포강이 흘러, 물소리와 매미 울음소리는 내 어린 시절 꿈의 일부가 되었다. 그곳은 거의 늘 해가 빛나는 아름다운 곳이다. 짧지만 거센 비가 퍼부을 때도 있는데, 그럴 때면 요란한 천둥이 울리고 번쩍이는 번개가 하늘을 가른다. 가끔 번개에 맞은 나무나 집이 불타버리는 일도 있다. 우리 집 베란다에 서면 저 멀리 푸른 언덕들이 보이고, 집 근처에는 큰 저수지가 있어 수영도 할 수 있다. 강에서는 아무도 수영을 하지 않는다. 악어가 있기 때문이다. 레몬 나무가 집 주변을 둘러싸고 있는데, 잘 익은 레몬이 땅에 떨어지면 누구나 자유롭게 주워갈 수 있다.

이 지역 학교들은 같은 지역이라고는 해도 워낙 거리가 멀어서, 난 처음에 요하네스버그의 한 기숙학교에 가게 되었다. 하지만 고등학교 졸업 직후 엄마가 돌아가셨고, 아빠는 나를 집으로 불러들이셨다. 아빠와 연로하신 할머니를 도와 집안일을 돌볼 사람이 필요했기 때문이다. 그래서 같은 반 친구들은 대부분 대학에 갔지만 난 그러지 못했고, 일자리를 구하지도 않았다.

아빠는 사냥 농장을 운영하셨다. 키가 크고 마른 몸에 말수는 적은 분인데, 하루 중 대부분의 시간을 들판에서 보내셨다. 어깨에 소총을 둘러메고 밀렵꾼을 감시하거나 덫에 걸린 동물을 풀어주거나 혹은 울타리를 고치는 게 아빠의 일이었다. 때로는 사슴 수를 조절하기 위해 도태시켜야 했고, 반대로 사냥감 수가 너무 줄어들면 표범을 총으로 쏴야 할 때도 있었다. 농장 주인은 거의 보지 못했지만, 우리 가족에게 물결 모양으로 골이 진 지붕이 덮인 작은 집을 제공해 주었다. 집은 여름에는 찜통이었고 겨울엔 냉골이었다. 부엌 벽난로와 침실의 작은 라디에이터 몇 개 외에는 난방 도구가 전혀 없었기 때문이다. 다행히 겨울은 짧았다.

현지인 일꾼들의 도움을 받긴 했지만, 난 하루 종일 부지런히 집안일을 해야 했다. 아침 일찍 일어나, 사냥개 두 마리와 말, 닭장 속 닭들과 돼지를 돌보고 채소밭과 화단도 가꿨다. 난 말을 타고 손질하는 법, 닭의 털을 뽑고 목을 비트는 법을 배웠다. 빵을 굽고 잼을 만들고, 오이와 양파를 절여 저장하는 법도 익혔다. 저녁이 되면 할머니와 난 잘 쓰지 않는 식탁보나 시트에 수를 놓았다.

"이건 네 혼수로 가져가게 넣어두자."

할머니는 종종 이렇게 말씀하시며 웃으셨다. 내 결혼이 가능하다는 환상을 놓지 않은 사람은 할머니뿐이었다. 할머니는 쭈글쭈글해진 떨리는 손으로 영국풍 서랍장 맨 아래 칸에 천을 고이 넣어두셨다. 고되고 단조로운 삶이었지만, 그곳에서 난 쓸모 있고 소중한 존재였다.

III

내 남편이 될 사람이 우리 농장에 온 것은 순전한 우연이었다. 의학 학회 참석차 하라레로 가던 길에 그가 몰던 흰색 재규어가 고장을 일으킨 것이다. 도로에서 우리 집을 발견한 그는 모자도 없이 한낮의 뙤약볕을 받으며 흙길을 따라 한참을 걸었다. 마침내 그가 우리 집 앞에 도착했을 때 그의 야윈 뺨에는 굵은 땀방울이 흘러내렸고, 고운 하늘색 셔츠는 가슴에 들러붙어 있었다. 1980년대 후반 11월, 1년 중 가장 더운 시기였다.

부엌으로 통하는 망사문 너머에서 그는 내게 전화 좀 써도 되겠느냐고 물었다. 가까운 정비소에 전화를 걸어 도움을 청하기 위해서였다. 그는 50대 초반쯤 되어 보였지만, 머리는 이미 하얗게 셌고 이는 작고 들쑥날쑥한 데다 약간 누런빛이 돌았다. 곤란한 상황 속에서도 그는 어딘가 품위 있어 보였다.

전화를 마친 그는 자신을 의사라고 소개했다. 금방이라도 쓰러질 것 같은 그에게 나는 집에서 만든 레모네이드 한 잔과 이 지역 전통 꽈배기 도넛을 내놓았다. 그는 정중히 감사를 표했지만, 햇볕을 오래 쬐서인지 너무 어지럽다고 했다. 장거리 운전으로 이미 많이 지친 상태이기도 했다. 난 그를 작은 내 침실로 데리고 가 침대에 누울 수 있게 도와주었다. 그리고 먼지투성이가 된 그의 고급 영국제 구두를 벗기기 위해 몸을 숙였다. 그때 마침 그가 두꺼운 거북이껍질 테 안경을 벗어 침대 머리맡 탁자에 올려놓았는데, 흘끗 보니 그의 약지에 반지가 없었다. 나는 그의 이마에 차가운 수건을 올려주고, 조용히 쉴 수 있게 문을 닫았다. 그리고 정비소에서 사람이 오기를 기다렸다.

정비공은 저녁이 다 되어서야 도착했지만 의사는 여전히 잠에 빠져있는지 방에서 나오지 않았다. 나는 저녁 식사에 쓸 당근을 뽑느라 밭에 나와있었다. 그때 집에 막 도착한 아빠가 정비공에게 집을 잘못 찾아왔다고 말했다. 의사가 우리 집에 왔다는 얘기를 못 들으신 것일까? 할머니는 의사가 우리 집으로 걸어오는 모습을 분명 보셨을 텐데, 굳이 아빠 말을 바로잡지 않으셨다. 한때 학교 교사였던 할머니는 상황 판단이 뛰어난 분이셨다. 그리고 할머니가 생각하는 올바른 여자의 역할은 좋은 아내, 좋은 엄마가 되는 것이었다. 언젠가 머리에 지푸라기가 붙은 채 닭장에서 달걀 바구니를 들고 나오는 내 모습을 보시고, 이렇게 물으셨다.

"여성 해방이 너한테 도움 준 게 뭐냐? 뭐 하나라도 나아진 게 있니?"

다음 날 내가 다시 정비소에 전화를 했고, 정비공이 집에 도착했을 땐 의사도 기운을 회복한 상태였다. 나는 할머니에게 배운 대로 바삭하게 익힌 맛있는 양고기와 구운 감자를 식탁에 내놓았다. 내 나름의 방식으로 만든 민트 젤리도 곁들였다. 다음 날 의사는 학회에 참석하기 위해 떠났다.

하지만 며칠 뒤 그가 돌아왔다. 아무도 예상하지 못한 일이었다. 그는 그 자리에서 내게 청혼을 했다. 키스를 하거나 내 손을 잡지도 않았고, 하다못해 꽃다발을 안겨주지도 않았다. 그는 그저 붉게 반짝이는 우리 집 베란다 바닥을 밟고 서서, 저 멀리 푸른 언덕을 바라볼 뿐이었다.

"당신과 결혼하고 싶습니다."

그는 마치 신 혹은 저무는 해와 주황빛 하늘과 레몬 나무 등 우리를 둘러싼 이 아름다운 자연을 향해 속삭이듯 부드러운 목소리로 말했다.

난 뭐라고 해야 할지 몰랐다. 오히려 그에게 묻고 싶었다. 왜 나와 결혼하려는지 말이다. 나에게 어떤 신비로운 매력이라도 느꼈던 것일까? 성질 급한 암말에 올라타 두 무릎으로 말을 단단히 조여 잡는 내 모습을 그는 유심히 바라보았다. 내가 밭에서 일할 때 내 얼굴과 몸을 뚫어지게 응시하기도 했다. 그때 난 새 길을 내기 위해 돌을 가득 실은 무거운 외바퀴 손수레를 밀고 있었다. 나의 밝은 파랑색 눈동자가 마음에 들었을까? 밝은 갈색의 머리카락 아니면 긴 다리와 넓은 골반이 좋았나? 난 궁금했다. 어쩌면 요리 솜씨가 그의 마음을 움직였을지도 모른다. 이유가 무엇이든 그는 이상할 정도로 확신에 차있었고, 그런 태도는 묘하게 내 마음을 흔들었다. 내가 보기에 그는 어느 정도 오만함이 몸에 밴 사람이었다. 어쩌면 자신감이 넘친다고도 할 수 있을 것이다. 환자들에게 무엇이 잘못되었는지 단호하게 말해주는 의사였을 것 같다. 그는 아마도 부유한 집안의 장남이거나 혹은 의학뿐 아니라 예술과 음악에 관한 교육을 충분히 받고 고전 문학에도 익숙하며 다른 사람들에게 지시를 내리고 원하는 것을 얻는 것이 일상인 사람일 것이다. 자기 결정에 대해 설명할 필요가 없다고 생각하는 것만큼은 분명했다.

난 그를 사랑하지 않았다. 사실 거의 알지도 못했다. 그는 나보다 최소한 스무 살은 많아 보였다. 아빠 또래일 것이다. 하지만 매력이 없는 것은 아니었다. 그는 키가 크고 늘씬했다. 매부리코, 가까이 붙은 갈색 눈, 보기 좋은 입매도 나쁘지 않았다. 그는 요하네스버그의 큰 집에 산다고 했다. 부모님이 독일에서 넘어오실 때 함께 온 부부를 고용했는데, 부인은 가정부로 일하고 남편은 정원을 돌보며, 두 사람은 부지 내 작은 오두막집에 산다는 사실도 말해주었다. 집 안에는 책이 많고, 정원에는 수영장도 있다고 했다. 그는 나에게 편안한 삶을 약속했다. 나는 돈도 없고 전문적인 자격도 없다고 했지만, 그는 아무 상관 없다고 말했다.

그는 웃으며 나를 자신의 구세주라고 불렀다. 오랜 시간이 지난 지금까지도 이 말은 내 기억 속에 남아있다. 그리고 이 말을 떠올릴 때면 난 깊은 슬픔을 느낀다. 결혼식은 조촐했다. 가족들과 아직 짐바브웨를 떠나지 않은 학교 친구들 몇 명이 참석했다. 난 짧은 베이지색 드레스를 입고, 정원에서 꺾은 꽃으로 화관을 만들어 썼다. 난 할머니와 아빠에게 작별 인사를 하고, 눈물을 흘리며 곧 찾아오겠다고 약속했다.

"홀몸으로 올 거면 오지 마라."

할머니가 웃으며 말씀하셨다. 우리는 차에 올라탔다. 그를 나에게 데려다준 바로 그 차였다. 모든 게 운명처럼 느껴졌다.

IV

첫날밤은 하라레의 고급 호텔 메이클스에서 보냈다. 우리는 식당에서 샴페인과 푸아그라 그리고 필레미뇽으로 이어지는 훌륭한 식사를 마친 뒤, 객실로 들어갔다. 나는 욕실로 가서, 결혼식 날을 위해 골라둔 투명한 흰색 잠옷으로 갈아입었다. 머리는 윤기가 나도록 빗질하고, 볼에는 크림을 살짝 발랐다. 거울 속 내 모습을 보니 아름답진 않아도 꽤 괜찮았다. 큰 키에 늘씬한 몸매 그리고 어깨 위에서 살짝 붉은 빛을 띠는 풍성한 갈색 머리는 어쩌면 매력적일 수도 있을 것 같았다. 나는 첫날밤 부부 관계를 남편이 이끌어 주기를 바랐다. 난 처음이었기 때문이다. 하지만 나의 바

시드니

람은 이루어지지 않았다.

내가 욕실에서 나왔을 때, 의사는 이미 객실 안 두 개의 침대 중 하나에 누워있었다. 그는 나를 바라보지도 않은 채, 우리가 서로를 좀 더 알아가야 한다고 말하더니 불을 끄고 그대로 잠을 청했다.

V

요하네스버그에 있는 의사의 집은 웅장했고, 음울한 분위기도 아니었다. 19세기에 지어진 하얀 남아프리카 네덜란드 양식의 집으로, 지붕은 양쪽 끝에 삼각형 박공이 있는 초가지붕이었다. 집은 나이 많은 오크나무들이 줄지어 선 긴 진입로 끝에 있었는데, 부겐빌레아 덩굴이 벽을 타고 올라가며 밝은 보라색 꽃을 흐드러지게 피우고 있었다.

가정부인 잉그리드와 그녀의 남편 요한이 계단에 나와 우리를 맞이했다. 검은 옷을 입은 잉그리드는 체격이 좋고 엄격한 여자였는데, 내 남편에게는 교활할 정도로 공손한 미소를 짓고, 억양이 강하게 들어간 영어를 사용했다. 그녀는 내게도 집을 안내해주겠다고 말했다. 나는 그녀를 따라 위층으로 올라가, 앞으로 내가 머물게 될 방에 들어갔다. 네 개의 기둥과 덮개가 달린 대형 침대와 커다란 옷장 그리고 프릴 달린 천으로 장식된 화장대가 보였다. 창 아래에는 작은 책상이 있었고, 한쪽 구석에는 전신 거울이 있었다. 그리고 커다란 욕조를 갖춘 개인 욕실도 있었다.

"필요한 건 이 안에 다 있습니다."

그녀가 구깃구깃해진 내 여행복을 위아래로 훑어보며 말했다.

"의사 선생님께서는 바로 옆방에서 주무실 거예요."

말을 마친 그녀는 다시 나를 식당으로 안내했다. 천장에 들보가 드러난 그 공간에는 길고 반짝이는 마호가니 식탁과 치펜데일 양식의 의자들이 있었고, 프랑스식 창문은 정원을 향해 나있었다. 카펫 깔린 계단을 몇 개 내려가자 서늘하고 그림자가 진 거실이 나왔다. 다음은 의사의 개인 사무실이었다. 집 뒷문에서 연결된 아주 큰 방이었는데, 벽에는 여러 언어로 된 많은 다른 나라의 책들이 바닥에서부터 초가지붕이 노출된 천장까지 빼곡하게 들어차 있었다.

"이 넓은 책장 먼지를 다 털어야겠네요?"

내가 동정 섞인 말투로 가정부에게 말했다.

"다는 아니에요. 저 위쪽에는 안 올라갑니다."

그녀는 갑자기 목소리를 낮추고, 곁눈질로 나를 보면서 다시 입을 열었다.

"당신도 가지 않는 게 좋을 거예요."

그녀가 방 전체를 둘러싼 발코니를 가리켰다. 나선형 나무 계단으로 올라갈 수 있는 곳이었다.

잉그리드는 남편이 아침 식사 전 새벽 시간 혹은 늦은 오후에 개인 환자들을 진료하고, 가끔은 저녁 식사 후에도 환자를 본다고 설명했다. 그 외 시간에는 환자들의 집을 방문하거나 병원 진료실에서 일을 본다는 사실도 말해주었다.

"바쁜 분이세요."

그녀는 집주인이나 지을 법한 미소를 지으며, 다음 장소로 이동했다.

정원은 넓었고 오래된 오크나무와 잘 손질된 화단으로 채워져 있었다. 뒤쪽에는 자카란다 나무 그늘 아래 긴 수영장이 있었다.

내가 부엌과 식료품 저장실을 보고 싶다고 하자 그녀는 나를 안내했지만, 한편으로는 그녀가 이 집을 꾸려가는 데 내가 어떤 식으로도 관여하지 않길 바란다는 점을 분명히 했다. 식자재 구입, 요리, 청소 등은 앞으로도 계속 그녀가 도맡아 하겠다는 뜻이었다. 곧 알게 된 일이지만, 그녀는 내 남편 입맛에 맞는 묵직한 독일 음식을 잘 만들었다. 사우어크라우트와 부어스트라고 부르는 커다란 흰 소시지, 두툼하게 슬라이스한 독일식 햄과 치즈, 고기에 빵가루를 입혀 튀긴 슈니첼과 사과를 넣은 페이스트리라고 할 수 있는 아펠슈트루델 등이었다. 우리는 긴 식탁이 놓인 식당에서 식사를 했고, 잉그리드의 남편 요한이 식사 시중을 들었다. 말수가 적은 그는 은식기를 닦고 정원을 돌보는 일도 맡아 하고 있었다.

내가 케이크를 굽거나 와인을 주문하는 것처럼 아주 작은 일이라도 해보겠다고 나서면, 잉그리드는 단호하게 나를 만류했다. 그녀는 내게 정 할 일이 없으면 꽃을 꺾어 꽃병에 예쁘게 꽂아보라고 말했다.

VI

처음엔 허둥지둥 깨어나는 날이 많았다. 내가 어디 있는지 잊고, 어서 일어나서 농장 동물들을 돌보거나 할머니 아침을 챙겨야 한다고 생각했기 때문이다. 농장에 있을 땐 늘 할머니 침대에 쟁반째로 식사를 가져다드리곤 했다. 그러다 정신이 들면, 이 새 삶에서 난 아무것도, 완벽하게 아무것도 할 일이 없다는 사실이 가슴을 파고들었다. 난 시계도 보지 않고 느긋하게 옷을 갈아입었다. 식당에 가면 식탁 위에 푸짐한 아침 식사가 준비되어 있었다. 난 할 일 없이 집 안을 어슬렁거리다가, 낮이 되어 더워지면 긴 수영장으로 갔다. 그곳에서 배영으로 끝에서 끝을 오가며 솜털 같은 자카란다 나뭇잎을 바라보면, 어린 시절을 보낸 커다란 저수지가 떠올랐다.

처음에는 이 완벽한 자유가 좋았다. 평생 단 한 번도 이렇게 살아본 적이 없었다. 나는 하얀 하늘 아래에서 눈부신 고원 지역의 햇살을 받으며 정원의 꽃밭 사이를 거닐었다. 모든 것이 멈춘 듯한 그 고요와 정적이 좋았다. 하지만 시간이 지나자, 아빠가 그리워졌다. 할머니는 더욱 그리웠다. 사고방식이 구식이긴 해도, 할머니는 세상을 비꼴 줄 아는 유쾌한 대화 상대였다. 텅 빈 날들이 끝없이 이어지며 나를 짓눌렀다. 이런 내 삶이 무슨 의미가 있을까?

남편에게 이제 여유가 생겼으니 대학에 가서 공부를 더 하고 새로운 친구도 사귀어 보고 싶다고 말했지만, 남편은 반대했다.

"필요한 책은 여기 다 있어요. 그리고 친구라면 나 하나로 충분하지 않나요?"

그는 서재에 있는 독일 작가의 책 중 몇 권을 추천했다. 서재 높은 선반 위에는 하얀색 석고상이 있었는데, 그의 우상인 괴테와 실러였다. 그는 내게《젊은 베르테르의 슬픔》,《식물의 변형에 대하여》,《파우스트》 그리고 《빌헬름 마이스터의 수업시대》를 내밀었다. 헤세의 소설 몇 권과 실러의 시집도 있었다. 그는 또한 톨스토이, 도스토옙스키, 고골 등 19세기 러시아 작가들과 란돌피, 긴즈부르그, 단테 같은 이탈리아 작가 그리고 몇몇 프랑스 작가와 기숙학교 시절부터 내가 가장 좋아했던 영국 작가들의 책을 추천했다.

난 가끔 시내에서 어릴 적 학교 친구를 만나 점심을 같이 먹었다.

그중 나만큼이나 수학을 못하던 피파라는 통통한 친구가 있는데, 어느 날 요하네스버그의 오아시스 레스토랑에서 와인을 몇 잔 마신 뒤 나에게 뜬금없는 질문을 했다. 행복하냐는 것이었다.

"행복하냐고?"

내가 대꾸했다.

"물론이지. 행복하지 않을 이유가 없잖아. 멋있는 집에 정원도 있고 하인도 있고, 너그럽고 친절한 남편까지 있는데. 왜 그런 걸 물어?"

"사람들이 이런저런 얘길 하니까."

그녀가 나를 뚫어지게 바라보며 말했다.

"얘기? 뭐라고 하는데?"

그녀는 잠시 생각하다가 다시 입을 열었다.

"첫 번째 부인이 있었는데 갑자기 사라졌대."

난 와인을 한 모금 마셨다. 무슨 말을 해야 할지 떠오르지 않았다. 나 이전에 다른 부인이 있었다는 말은 그 자리에서 처음 들었다. 난 피파가 더 얘기해 주기를 기다렸다.

하지만 그녀는 고개를 저으며 이렇게 말했다.

"헛소문일 거야. 얼마나 훌륭한 분이신데!"

실제로 남편은 언제나 완벽하게 예의 바르고, 사려 깊고, 너그러웠다. 용돈도 넉넉하게 주었는데, 난 그 돈을 거의 쓸 일이 없었다. 내 옷을 사 입어본 적이 없었기 때문이다. 꽤 오랫동안 난 교복을 입었고, 그 후 농장에 가서는 늘 작업복 차림이었다. 청바지와 멜빵바지, 앞치마 정도면 충분했다.

"점잖은 옷 좀 사 입어요."

남편은 핀잔을 주듯 나를 위아래로 훑어보며 말했다.

"이제 의사 아내잖아요."

저녁 식사를 할 때면 그는 내 하루가 어땠는지, 무엇을 했는지 물었다. 그리고 내가 읽은 책 작가의 삶과 시대상에 대해 길게 설명했다. 하지만 자기 얘기는 거의 하지 않았다. 그가 환자들의 사생활에 대해 침묵하는 것은 이해하지만, 난 그의 과거에 대해서 좀 더 알고 싶었다. 특히 전 부인에 대해 왜 한마디도 하지 않는지 궁금했지만, 감히 물을 수는 없었다. 그 사람에 대해 내가 알게 된 사실을 종합하면, 그는 매우 총명한 학생이었고, 어린 나이에 고등학교를 졸업해 스물한 살에 이미 의사가 되었다. 그는 또한 대학원 시절 뮌헨의 막스 플랑크 연구소에서 잠시 공부했고, 연구 과학자가 되려고 생각했던 적도 있었다. 그는 세상 모든 책을 읽은 사람 같았다.

그에게 왜 의사가 되었냐고 묻자, 그는 어린 시절 불규칙한 심장박동 때문에 고생했기 때문이라고 대답했다. 심장이 때에 따라 너무 느리거나 너무 빠르게 뛰었고, 무엇보다 피를 뿜는 펌프 역할을 효과적으로 하지 못했다는 것이다. 그는 어느 순간 심장이 멎을지도 모른다는 두려움을 안고 살았고, 결국 몸을 통제하기 위해서는 우선 잘 알아야 한다는 결론에 도달했다. 사실 그는 늘 생명의 본질에 관심이 많았다. 무엇이 최초의 불꽃을 만들었는지, 우리가 생명을 유지하는 이유는 무엇인지 알고 싶었다. 그는 수학과 과학에 뛰어났고, 우리 몸을 작동하게 하는 전기의 역할에 매료되었다.

"유기화학은 남들보다 잘했어요. 다른 사람들은 어려워하더라고요."

그가 미소를 지으며 말했다.

난 그에게 시체 해부하는 게 심적으로 힘들지 않았는지 물었다.

"전혀요. 사실 힘든 점이 있긴 했어요. 포름알데히드 냄새가 꽤 불쾌하거든요. 하지만 인간이 어떻게 만들어졌는지 배우려면 다른 방법이 있나요? 여러 장기를 직접 연구할 기회가 많았다는 사실에 그저 감사해야죠. 심장, 폐, 신장 심지어 뇌까지 볼 수 있었거든요."

그는 19세기였다면 연구를 위해 묘지에서 시체를 파내야 했을 것이라고 설명했다.

"지금은 자신의 몸과 뇌를 기증할 수 있잖아요. 과학을 위해 생산적으로 활용할 수 있도록 말이에요. 나도 그럴 생각이에요."

그가 나를 뚫어지게 바라보았다. 나 역시 같은 결심을 하기를 기대하는 것 같았다.

하지만 난 그의 말들이 잘 와닿지 않았다. 난 과학에 전혀 흥미가 없었고, 과학 수업 중 토끼를 해부하라고 했을 땐 울음을 터뜨렸다. 내가 이 의사의 삶에 대체 왜 필요한 존재인지 난 여전히 날 수 없었다. 결혼식을 올린 지 몇 달이 지났지만, 난 여전히 처녀였다. 내가 가진 기술은 집안일을 돌보고, 요리하고, 정원을 가꾸고, 동물을 보살피고, 옷을 수선하는 게 전부인데, 이 집에서는 이 모두가 금기였다. 내가 양말이나 셔츠를 집어 들면 가정부가 즉시 내 손에서 낚아채 갈 정도였다. 가끔 남편 동료들을 위한 저녁 모임이 열리면, 난 식탁에 놓을 꽃을 준비하고 미용실에서 머리를 손질한 뒤 모임에 어울리는 어두운 색 드레스를 차려입고 그 자리에 참석했다. 하지만 그 자리에서도 난 아는 사람이 아무도 없었고, 누구도 나에게 개인적인 관심을 보이지 않았다.

일요일은 일주일 중 유일하게 하인들이 쉬는 날이었다. 그들은 부지 내 오두막집에서 조용히 휴식을 취했다. 오후가 되면 남편은 집에서 꽤 멀리 떨어진 곳에 사는 어머니를 찾아갔다. 처음엔 나도 초대를 받았지만, 어머니는 영어를 거의 못했고, 나에게 별로 관심도 없었다. 결국 나는 집에 혼자 남게 되었다. 난 온 집을 독차지할 수 있는 이 시간이 좋았다. 내 손으로 스크램블드에그나 구운 콩을 준비해 저녁을 먹었고, 남편이 돌아오면 내놓을 케이크를 굽기도 했다.

VII

어느 일요일 오후, 남편에게 전화가 왔다. 그는 어머니 건강이 좋지 않아 저녁때까지 그곳에 머물러야겠다고 말했다. 난 그날 왜 그가 나를 아내로 택했는지 알게 되었다. 그는 어느 정도 나이가 있고, 건강하고, 평판이 나쁘지 않고, 보기에도 무난하며, 요구가 많지 않고, 가난한 여자가 필요했다. 그게 다가 아니었다. 나는 왜 그가 나와 굳이 가까워지려 하지 않고 거리감을 유지했는지도 알게 되었다. 그는 이미 다른 곳에서 만족을 얻고 있었고, 그 만족감이 너무나 완벽해 더 이상 아무것도 필요가 없었다. 그 만족감의 원천은 어쩌면 그가 스스로 마련하여 집에 둔 것인지도 모른다. 그 일요일 오후, 난 남편 사무실의 발코니 책장 뒤에서 우연히 그것을 발견했다.

난 재미있는 읽을거리를 찾는 중이었다. 잉그리드가 발코니 책장에는 올라가지 말라고 했던 말이 떠오르자, 내 걸음은 자연스레 그곳으로 향했다. 그런데 샌들 끈을 고치려고 책장에 몸을 기댄 순간 난 하마터면 뒤로 넘어질 뻔했다. 책 뒤에 숨겨져 있던 문이 활짝 열렸기 때문이다. 난 지붕 처마 밑 어두운 공간에 들어와 있었다.

고개를 돌려 보니, 경사진 초가지붕 천장과 나무 들보 그리고 작은 창문이 보였다. 안쪽 벽에는 침대가 있었고, 한쪽 구석 둥근 테이블 위에는 무엇인가 놓여있었다. 처음에는 기울어진 천장 아래 침대에 누군가 누워있는 것처럼 보였다. 커튼이 닫혀있어 명확하진 않지만 여자 같았는데, 한 손으로 머리를 괴고 비스듬히 누운 채 커튼 틈 사이로 밖을 내다보려 하는 모습이었다. 그녀의 풍성한 검은 머리카락이 옷을 입지 않은 아름다운 등 위로 넘실넘실 흘러내리고 있었다. 내가 본 것은 그녀의 머리카락과 등, 탄탄한 엉덩이와 매끈한 다리 뒤태 그리고 교차한 두 발의 발바닥뿐이었다. 하지만 난 그 순간 완벽하게 빚어진 나신의 여자를 만났다고 확신했다. 남편의 환자 중 한 명인지도 모른다. 정신병이 심각해서 남편이 그곳에 가두어 놓았을 수도 있다. 아마도 탈출할 기회를 노리고 있겠지. 나는 나도 모르는 사이, 샬롯 브론테의《제인 에어》에 나오는 그 아내를 생각했던 것 같다.

"아, 죄송해요!"

난 다급히 사과를 하고 뒤로 물러섰다. 그리고 떨리는 손으로 문을 닫으려는 순간, 무언가 마음에 걸리는 게 있었다. 그 형체가 전혀 움직이지 않는다는 게 너무 이상했다. 나는 숨겨진 공간 속으로 조심조심 들어가 커튼을 걷고 침대 위 형체의 어깨에 손을 올렸다.

그제야 난 그것이 여자도 남자도 아니라는 사실을 알아챘다. 그것은 동물도 아니고, 식물도 아니었다. 그것은 인공적인 존재 즉 고무 같은 물질로 만들어진 일종의 인형이었다. 그 물질은 마치 안에서 빛을 뿜어내는 창백한 피부 같았다. 인형을 돌리자 아름다운 얼굴이 드러났다. 크고 짙은 눈동자는 애절하게 나를 올려다보았고, 코는 약간 늘어져 있었으며 입술은 도톰했다. 가슴은 보기 좋은 모양이었고, 골반은 풍만했으며, 밝은 털 아래에는 음순이 자리 잡고 있었다. 단 하나 어색한 점이 있다면 바로 그녀의 머리 뒤쪽에서 나온 가느다란 전선이 테이블 위 컴퓨터에 연결되어 있다는 사실이었다.

이곳저곳을 더듬거린 끝에 난 기계를 켜는 데 성공했다. 화면에 메뉴가 나타났는데, 음성으로 명령을 내리거나 키보드로 직접 '시드니'에게 명령어를 입력할 수도 있었다. 시드니는 그녀의 이름이었다. 설정 항목도 보였다. 남성 모드와 여성 모드가 있었고,

하이브리드라고 쓰인 것도 있었다. 호기심이 앞선 나는 남성 모드를 선택했고, 그 즉시 눈앞에서 마법 같은 일이 벌어졌다. 시드니의 가슴이 천천히 녹아내리고, 어깨가 부풀어 올랐으며, 골반은 좁아지고, 허벅지는 두껍고 길어졌다. 음순이 아래로 내려앉더니 울퉁불퉁한 형태로 변했고, 그 사이에서 클리토리스가 점점 부풀어 올라 균형 잡힌 모양의 남성 성기가 되었다. 길고 검은 머리카락은 짧아지고 색깔도 밝아졌다. 얼굴 또한 달라졌다. 피부는 카페라테처럼 짙어졌고, 윗입술 위에는 옅은 콧수염 자국이 생겼으며 뺨 위에도 솜털이 보이기 시작했다. 이제 남자가 된 인형의 목에는 울대가 튀어나와 위아래로 움직였다. 하지만 그의 눈만은 그대로였다. 짙고 애절한 그의 눈은 여전히 고독과 갈망을 가득 담고 있었다. 마치 '당신이 날 찾아와 줘서 정말 기뻐요. 이제 날 좀 도와줘요!'라고 말하는 것 같았다.

이제 뭘 해야 하지? 다시 뒤를 돌아 화면을 보니, 또 다른 선택 항목들이 제시되어 있었다. 남성 모드에는 여러 가지 새로운 기능이 있는데, 그중 하나는 발기였고, 원하면 성교로 이어지게 할 수도 있었다. 난 시드니를 바라보았다. 마치 나를 향해 미소를 짓는 것 같았다. 입술은 살짝 벌어졌고, 두 눈에는 다정함과 욕망이 담겨있었다. 그리고 그 순간, 오후의 적막한 공기를 타고 외로운 한숨 소리가 들려왔다. 한숨을 쉰 것은 시드니가 아니라 나인지도 모른다. 너무나 오랫동안 나를 따뜻하게 안아준 사람이 아무도 없었다. 엄마가 돌아가신 후 난 한 번도 그런 온기를 느껴보지 못했다.

잠시 망설이다가 난 성교 항목을 선택했다. 시드니가 천천히 자리에서 일어섰다. 그에게도 기본적인 골격 구조가 있는 게 분명했다. 고래 뼈로 만든 것일까? 그에게는 몸을 곧게 세워주는 척추와 단단한 골반 그리고 두개골이 있었다. 두 발로 선 그는 나보다 키가 컸다. 하지만 표정은 그대로였다. 깜빡이지 않는 그의 두 눈에는 이해와 공감 그리고 나를 만난 기쁨이 담겨있었다. 적어도 나는 그렇게 믿었다. 그의 입술이 나를 초대하듯 살짝 벌어졌다. 그의 왼쪽 뺨에는 반짝이는 주근깨 혹은 시퀸 장식 같은 점이 있었는데, 난 그마저도 마음에 들었다.

그가 내게 천천히 다가왔다. 수줍은 듯 뒤꿈치를 들고 발을 조금씩 고르게 움직여 내 앞에 온 그는 두 팔로 단단히 나를 끌어안았다. 그의 가슴이 나와 맞닿는 순간 그의 심장박동이 느껴지는 것 같았다. 좀 더 아래쪽에서는 부풀어 오른 그의 성기가 내 다리 사이를 파고들었다. 난 서둘러 팬티를 내리고 스커트를 들어 올렸다. 그리고 매끄럽고 단단한 그의 성기를 내 몸속에 받아들였다. 그의 성기가 부드럽게 앞뒤로 움직이는 동안, 그는 쾌락에 잠긴 듯 두 손으로 내 엉덩이를 쓰다듬었다.

하지만 이 순간에도 난 작은 창에서 시선을 뗄 수 없었다. 창밖으로 오크나무가 줄지어 선 진입로가 보이기 때문이었다. 요하네스버그에서는 순식간에 밤이 찾아온다. 나는 나뭇잎이 우거진 어둠 속을 뚫어지게 바라보았다. 남편이 집에 도착해 진입로에 들어서는지 보고 있어야 했다. 마침내 내가 따뜻한 물 같은 쾌락 속으로 깊이 빠져들어 낮은 탄성을 지르는 순간, 하얀 재규어의 헤드라이트가 어둠을 뚫고 나타났다. 그 이후로는 흔히 책에서 나오듯 아무것도 기억나지 않는다. 처음인 동시에 안타깝게도 유일한 오르가즘이 너무도 격렬해, 난 완전히 의식을 잃고 말았다.

VIII

눈을 떴을 때, 나는 내 방 침대에 누워있었다. 불빛이라고는 머리맡 작은 램프 하나뿐이었기에, 난 어둠 속에 두 형체가 있다는 정도만 어렴풋이 알 수 있었다. 앞뒤로 겹친 두 형체는 어둑한 불빛 속으로 들어와, 나에게 다가왔다. 잉그리드와 나의 남편이었다. 그들은 고개를 숙여 나를 내려다보았다. 나는 그들이 나를 비웃고 있다는 인상을 받았다. 확실했다. 누런 이가 빛을 받아 번들거리고 있었다. 아니면 좀 전에는 나를 비웃었지만, 지금은 단순히 미소를 짓고 있는 것일까?

나를 어떻게 찾았지? 시드니는 어떻게 됐을까? 의식을 잃은 지는 얼마나 됐지? 정신이 들자 이런 생각들이 머릿속을 어지럽혔다.

"어떻게 된 거죠?"

내가 물었다. 심장이 미친 듯 쿵쾅거렸지만, 곧 진정한 듯 느려졌다.

"발코니 서재에서 책을 찾고 있었던 모양이에요."

남편이 말했다. 입은 미소 짓고 있었지만, 그의 말투에는 냉소가 섞여있었다.

"거기 가는 건 별로 좋은 생각이 아니었어요."

잉그리드가 부드러운 목소리로 말했다. 그녀는 매서운 표정으로 나를 보며, 침대보를 가지런히 펴주었다.

"거기서 실신한 것 같아요."

다시 남편이 말했다.

나는 그를 빤히 바라볼 수밖에 없었다. 내가 진짜 궁금한 것은 시드니가 어떻게 됐는지이기 때문이었다.

"이제 좀 쉬어요. 잉그리드가 수프를 가져올 거예요."

남편이 말했다.

"생각 없어요."

내가 대답했다. 방이 빙글빙글 도는 것 같았고, 속은 토할 것처럼 울렁거렸다.

"그래도 좀 먹어요. 그래야 해요, 여보."

남편이 말했다.

"그래야 하고말고요."

잉그리드가 엄격한 목소리로 말했다.

IX

며칠 동안 나는 방 안에 갇혀 지냈다. 축 늘어져 무력했고, 아무 의욕도 없었다. 비틀거리며 화장실 가는 일조차 힘겨웠다. 밤이 되면 난 잠들지 못한 채 누워있었다. 잠이 든다 해도 얕은 잠이라 제대로 쉬지 못했고, 새벽이 되면 속이 메스꺼워 잠에서 깼다. 입안으로 쓴 액체가 올라오면 난 화장실로 달려가 변기를 끌어안았다. 땀이 비 오듯 쏟아졌다. 구역질은 멈추지 않았다. 역겨운 일이지만 대소변도 제어할 수 없었다. 결국 난 변기 가까이 머물기 위해 욕실의 차가운 타일 바닥에 누워야 했다. 그리고 내 몸의 모든 구멍에서 끝없이 흘러나오는 누런 액체를 버리고 또 버렸다. 입에서는 끔찍한 맛이 났고 잇몸은 검게 변했다. 내 몸은 마치 그 안의 무언가를 어떻게든 제거하려는 듯 본능적으로 저항하고 있었다. 잉그리드가 나에게 음식을 먹이려고 필사적으로 노력했지만 난 나날이 약해졌다. 그녀는 회색빛이 도는 걸쭉한 귀리죽을 가져와 내 입에 떠 넣어주기도 했다. 하지만 그것도 구역질을 피해 가지는 못했다. 내 위장은 저항을 멈추지 않았고, 모든 음식을 거부했다. 사실상 나는 아무것도 먹지 못했다. 음식을 보거나 음식 얘기를 듣기만 해도 속이 울렁거렸다. 머리도 아팠다. 고개를 들려고만 해도 세상이 빙글빙글 돌았고 귀에서는 윙윙 소리가 들렸다. 눈도 자꾸 흐려져 거의 볼 수 없는 지경에 이르렀다.

이 글을 쓰고 있자니 당시의 공포가 생생하게 되살아난다. 안락하던 내 방과 창밖으로 보이는 아름답던 정원은 모두 죽음의 장소로 변해버린 것 같았다. 비둘기의 구구 소리, 까마귀 울음소리, 찌르레기의 재잘거리는 노랫소리, 늙은 오크나무 이파리를 흔드는 부드러운 산들바람 등 정원에서 들리던 소리도 모두 사라졌다. 그럼에도 무정한 태양은 매일 떠올라 끊임없이 빛났고, 하늘은 투명할 만큼 푸르렀다. 그리고 내 마음은 계속해서 시드니를 찾았다. 크고 아름다운 구릿빛 피부의 시드니, 나를 향해 간절히 팔을 뻗는 그의 모습이 머릿속을 떠나지 않았다.

그와 함께한 시간이 얼마나 될까? 그 기쁨의 시간은 얼마나 지속되었을까? 난 얼마나 오랫동안 의식을 잃고 있었지? 시드니는 어떻게 됐을까? 나는 왜 이렇게 아프지? 난 계단을 내려가 남편의 사무실로 가서 발코니 책장 뒤에 숨은 작은 방에 직접 가보고 싶었다. 하지만 몸을 움직일 수가 없었다. 난 평생 느껴본 적 없는 깊은 외로움 속에서, 하루 대부분을 화장실 바닥에 힘없이 쓰러져 보냈다.

내 주변에는 늘 사람이 있었다. 어린 시절에는 사랑하는 부모님이 계셨고, 기숙학교 시절에는 열 명에서 열두 명 사이 수다스러운 소녀들이 있었다. 우리는 다 함께 긴 기숙사 방에서 잠을 자고, 긴 테이블에 앉아 밥을 먹었다. 집으로 돌아온 후에도 난 아빠와 할머니 그리고 농장 동물들과 함께였다. 말, 개, 닭 그리고 돼지도 있었다. 그런데 지금 내 곁에는 아무도 없다. 오직 죽어가고 있다는 두려움, 내 몸에서 생명이 빠져나가고 있다는 공포가 있을 뿐이었다.

남편은 매일 아침, 저녁으로 나를 보러왔다. 정말이다. 그런데 이 짧은 만남은 왠지 나를 더 불안하게 했다. 그는 언제나 쾌활한 말투로 날씨에 대해 이야기했다. 햇살이 좋다든가 바람이 상쾌하다든가 혹은 하늘이 파랗다든가 하는 말들이었다. 그는 또한 소독액이 담긴 유리컵에 체온계를 꽂아서 내 침대로 가져왔다. 가느다란 손목을 능숙하게 툭 꺾어 체온계를 한 번 흔들고는 내 혀 밑에 넣고, 손목시계를 흘끗 확인한 뒤 내 맥박을 쟀다. 3분 뒤 체온계를 꺼내 확인할 때는 만족스러운 미소를 지었다. 그는 내 이마에 찬 수건을 얹어주고, 베개를 불룩하게 고쳐주고 심지어 내 안부를 묻기도 했다.

"오늘은 좀 괜찮아요?"

그의 목소리는 희망에 차있었다. 원래 감미로운 목소리이긴 하지만, 내가 이토록 고통스러워하는데도 불구하고 계속 쾌활한 말만 하는 그의 모습을 보면 난 어쩐지 더 괴로워졌다.

어느 날 아침, 유난히 기운이 없고 속이 울렁거리던 날, 나는 용기를 내어 그에게 의사를 불러줄 수 없는지 물었다. 그는 내 말에 깜짝 놀라더니, 곧 미소를 지었다.

"내가 의사잖아요, 여보. 다른 의사를 부를 필요가 있을까요?"

그가 마치 어린아이나 바보를 대하듯 말했다.

난 무슨 말을 해야 할지 몰랐다. 그저 고통이 점점 더 심해지고 있고, 죽을까 봐 두렵다는 말밖에는 할 수가 없었다. 나는 거의 먹지 못했고, 하루 종일 구역질을 하며 누런 액체를 쏟아냈다.

"우리가 잘 돌봐줄게요."

그가 부드럽게 말했다.

"당신은 우리한테 아주 중요한 사람이에요. 지금은 특히 더 그렇죠. 게다가…"

그는 문을 향해 가다가 반쯤 나에게 몸을 돌리고, 예의 그 자신만만한 태도로 다시 입을 열었다.

"의사가 필요한 상황은 아니잖아요. 증상만 봐도 뻔한데, 아직 모르겠어요?"

"무슨 뜻이에요?"

내가 물었다.

"어지럽고, 구역질 나잖아요. 월경도 없었죠?"

난 물끄러미 그를 바라보았다. 담즙이 입으로 넘어오고 있었다.

"내가 어떻게 임신을 해요?"

그는 한숨을 내쉬었다.

"당신도 답을 알고 있을 텐데요. 다만 당신 자신을 위해서라도 이 일은 비밀로 하는 게 좋겠어요."

“설사 진짜 임신이라 해도, 왜 이렇게 갑자기 아픈 거예요? 이렇게 끔찍하게 아플 수가 있는 건가요?”

그는 미소를 지으며 부드러운 목소리로 말했다.

“과거 어느 시점에는 서로 다른 종 사이의 교합이 가능했는지도 몰라요. 파리와 꽃이 만나 나비를 낳고, 참치와 암소가 돌고래를 만들고, 박쥐는 부엉이와 생쥐의 결합으로 태어났을 수도 있죠. 어쩌면 생물과 무생물의 결합은 그중에서도 가장 생명력이 넘치는 조합일 수 있어요. 이 세상에는요, 여보, 우리의 철학과 이성만으로는 설명할 수 없는 일들이 훨씬 많아요.”

그는 마침내 등을 돌리고 방에서 나갔다.

난 예전에 아빠한테 배운 것을 떠올렸다. 자연에서는 종이 다르면 교배할 수 없다. 당나귀와 말이 만나 노새가 태어난다 해도, 그 노새는 태생적으로 번식할 수 없다. 그런데 어떻게 인간과 인형이 아이를 만들 수 있단 말인가? 자연의 질서를 거스르는 일이 아닌가? 남편의 정액이 그 인형을 통해 내게 전달된 건가? 아니면 남편과 시드니의 아이를 내가 대신 품고 있는 것인가? 대체 난 어떤 역할을 하고 있나?

그 답이 무엇이든 상관없었다. 난 공포에 휩싸였다. 나는 어쩌면 나도 모르는 사이 덫에 걸린 것인지도 모른다. 이 모든 게 애초에 계획된 일이었을까? 이제 난 어떻게 해야 하지? 아빠에게 편지를 쓸까? 아니면 할머니에게? 아니, 차라리 전화를 할까? 하지만 대체 무슨 말을 할 수 있을까? 임신했으니 축하해 달라고 해야 하나? 난 할머니가 웃으면서 하신 말씀이 떠올랐다.

“홀몸으로 올 거면 오지 마라.”

그래서 인형을 데리고 가겠다고? 인체 모형을 데리고? 절반은 인공물인 존재를 품고 집에 갈 수 있을까?

X

그날 밤, 커튼을 걷어놓은 침실 창으로 달빛이 쏟아져 들어왔다. 난 마침내 결심했다. 손발로 기어가는 한이 있더라도, 아래층에 내려가 남편 사무실의 발코니 서재에 가봐야겠다. 난 시드니를 봐야만 했다. 그의 존재는 실제고, 내 정신은 온전하다는 사실을 확인해야 했다. 난 사냥 농장에서의 삶을 떠올렸다. 그때 난 수영도 하고 말도 타고 땅도 파는 활동적이고 근면한 사람이었다.

나는 우선 침대에서 몸을 끌어냈다. 방 한쪽 구석 전신 거울에 비친 내 모습이 시선을 붙잡았다. 옅은 색 잠옷은 곳곳에 노란 얼룩이 들었고, 창백한 얼굴을 감싼 머리카락은 마구 헝클어져 있었다. 달빛 아래 서있는 나는 마치 나 자신의 유령 같았다.

'용기를 내야지!'

난 예전에 엄마가 기차역 플랫폼에서 내 어깨에 손을 얹고 해주었던 이 말을 생각했다. 일곱 살 때였다. 그날 난 태어나 처음으로 혼자 기차를 타고 밤새 달려 기숙학교에 들어갔다.

난 다시 어둠 속에서 몸을 질질 끌고 계단을 내려갔다. 팔을 뻗어 앞을 더듬으며 조금씩 나아가 마침내 남편의 사무실에 들어선 난 먼저 책상 위의 작은 램프를 켠 뒤 발코니로 올라가 전에 그랬듯 몸으로 책장을 밀었다. 하지만 아무 일도 일어나지 않았다.

난 다시 시도했다. 몇 번이고 책장을 밀었다. 심장이 요동치고, 구역질이 거대한 파도처럼 밀려왔다. 내가 너무 외롭고 힘들어서 시드니를 만들어 냈단 말인가? 이 지붕 끄트머리 아래에 숨겨진 방은 애초에 없었던 것일까? 그때 저 멀리에서 아주 희미한 소리가 들렸다. 고통에 찬 목소리였다.

"오, 시드니!"

내가 소리쳤다.

"나 여기 있어요."

눈물이 볼을 타고 흘러내렸다. 토가 목구멍까지 솟구쳐 오르고 배는 쥐어짜듯 아팠다. 난 발코니에서 내려올 수밖에 없었다.

난 간신히 방으로 돌아와 침대에 누웠다. 그리고 가장 깊은 절망에 빠져들었다.

XI

문득 학교 친구 피파와 점심 먹을 때 그녀가 내게 던진 질문이 생각났다. 난 그녀에게 전화를 걸어야겠다고 생각했다. 가능하면 집으로 와달라고 할 셈이었다. 일단 남편에게 얘기를 해봐야 할 것이다.

다음 날 아침 남편이 나를 보러 왔을 때, 난 지난밤 생각한 애기를 꺼냈다. 놀랍게도 남편은 기쁜 표정을 지었다.

"좋은 생각이에요."

남편은 오히려 내게 어서 일어나 전화를 해보라고 권하며, 약

시드니   385

속 장소까지 차로 데려다주겠다고 제안했다.

"일어나서 바깥 공기도 쐬고 좀 움직이면 당신한테도 도움이 될 거예요. 시내에 가서 얼굴도 좀 비추고요. 영원히 침대에만 누워있을 수는 없잖아요. 잉그리드 보내서 준비 도와주라고 할게요."

난 잉그리드의 도움을 받아, 겨우 몸을 씻고 옷을 갈아입었다. 그녀는 욕조에 따뜻한 물을 채우고, 야윈 내 몸을 구석구석 씻긴 뒤 수건으로 닦아주었다. 그런 다음 깨끗한 드레스를 머리 위로 씌워 입혀주고, 팬티스타킹과 구두를 신겨주었다. 그녀는 엉클어진 내 머리를 빗기고, 입술 가장자리를 따라 립글로스도 발라주었다. 난 남편의 부축을 받아 비틀비틀 계단을 내려갔다. 그는 조수석에 나를 앉히고, 빠른 속도로 운전해 시내로 들어갔다. 그리고 피파와 만나기로 한 레스토랑에서 나를 내려주었다. 야자나무 야외 정원이 있는 근사한 곳이었다. 남편은 곧 다시 데리러 오겠다고 약속했다. 난 의자 등받이를 하나씩 짚으며 천천히 정원으로 걸어 들어갔다. 얼굴에 닿는 바람이 기분 좋았다. 난 숨을 깊이 들이마셔 보았다. 저 멀리 야자나무 옆 테이블에 앉아 있는 피파의 모습이 보이는 순간, 내 안에서 용기가 되살아났다. 그녀는 포동포동한 핑크빛 얼굴을 돌려 내가 걷는 모습을 바라보았다.

그녀는 자리에서 일어나 내게 다가왔다. 그리고 내 팔을 잡아주었다.

"이게 대체 무슨 일이야?"

그녀가 놀라는 사이, 난 그녀 맞은편 의자에 털썩 앉았다.

"나 말이야?"

내가 말했다.

"유령처럼 창백하잖아."

난 메뉴판을 밀어내고, 그녀의 손을 잡았다.

"점심 먹자고 부르긴 했지만 사실 나 아무것도 못 먹어."

"무슨 일이 있었어?"

그녀가 물었다.

"좀 아팠어. 아직도 아파. 하지만 널 꼭 봐야 했어."

난 그녀의 손을 더욱 꼭 쥐었다.

"그래, 어떻게 도와줄까? 집에 데려다줄까?"

"남편 첫 번째 부인에 대해 말해줘. 전에 네가 그랬잖아. 들은 얘기가 있다고."

"남편이 너한테 말 안 해줬나 보구나."

난 고개를 끄덕였다.

"한마디도 안 했어. 어떤 사람이야? 어느 지역 출신이래?"

"이탈리아 사람이라고 들었어. 영어는 잘 못했대. 나도 칵테일 파티에서 잠깐 본 게 전부야. 젊고 아주 미인이었지. 길게 달랑거리는 진주 귀걸이를 했던 게 기억나. 그 여자가 웃을 때마다 앞뒤로 흔들렸거든."

"그 사람한테 무슨 일이 있었던 거야?"

"듣기로는 의사가 어떤 실험에 자기 부인을 이용했다고…"

"실험?"

"불임 치료를 위한 거였는데, 위험한 시도였다고 하더라고."

"치료 효과는 있었대?"

내가 물었다.

"병이 났어. 결국 죽음에 이르는 병…"

"끔찍해라! 불쌍한 여자네."

내가 말했다. 어떤 상황인지 다 알 것 같았다.

"넌 이만 집에 가는 게 좋겠다. 내가 데려다줄게. 나랑 같이 있으면 안전할 거야. 내가 돌봐줄게. 너 이런 모습 속상해서 못 보겠어."

난 고개를 저었다. 이제 나에게 안전한 곳은 없었다. 의사가 정말 불임 문제를 해결하려고 연구 중이었다면, 이번에는 성공한 셈이었다. 난 이미 몸속에서 무언가 움직이는 것을 느낄 수 있었다. 발일까? 손? 아니면 머리? 이것이 어떤 형태의 생명체든 이제 내 몸 안에 단단히 자리를 잡았다. 처음에 내 몸이 그토록 거부했음에도 아무 소용 없었던 것이다.

때마침, 정원 안으로 걸어 들어오는 남편의 모습이 시야에 들어왔다.

"남편이 왔어."

내가 말했다.

XII

시간이 흐르면서 나는 천천히 기운을 회복했다. 남편은 놀라울 정도로 다정하고 세심했다. 그는 나의 사소한 변덕까지 다 맞춰주려 노력했다. 전에는 볼 수 없던 장난스러운 태도로 나에게 농담을 던지고, 사탕, 브로치, 머리 리본 같은 작은 선물도 가져왔다. 저녁이 되어 공기가 선선해지면 함께 정원을 산책하자고 했고, 걷는 내내 대화를 이어갔다. 그는 새와 나무 이름뿐 아니라 꽃의 라틴어 학명도 알고 있었다. 델피니움이라는 꽃 이름은 돌핀 즉 돌고래라는 단어에서 유래했다는 사실도 알려주었다. 밤이 되면 남쪽 하늘에서 밝게 빛나는 별자리를 가리키며 이런저런 이야기를 들려주기도 했다. 난 다시 수영을 시작했다. 등을 아래로 하고 누우면 배가 물 위로 불룩 솟아올랐다.

구역질은 점점 사라졌고, 줄었던 몸무게도 다시 늘어났다. 그즈음 난 끝없는 허기에 시달리기 시작했다. 저녁 식사 때 잉그리드가 차려준 독일식 음식으로 아무리 배를 빵빵하게 채워도, 돌아서면 다시 배가 고팠다. 밤이면 난 잠에서 깨 조용히 계단을 내려가 부엌을 뒤졌다. 냉장고를 열고 보이는 것은 무엇이든 꺼냈다. 잉그리드가 만든 독일식 소시지를 먹어 치우고, 슈니첼을 한입에 삼키고, 커다란 아펠슈트루델 조각을 베어 물고, 호밀 빵 덩어리에 진한 치즈를 두툼하게 발라 꿀꺽 삼켰다. 난 굶주린 야생 동물처럼 음식을 허겁지겁 입안에 밀어 넣었다. 그러고는 맥주를 큰 잔에 따라 벌컥벌컥 마시거나, 독한 네덜란드 진을 작은 브랜디 잔에 따라 한 번에 목구멍에 털어 넣었다. 이렇게 배를 채운 후에야 비로소 나는 다시 잠을 잘 수 있었다.

전에도 밝혔듯 남편은 내게 용돈을 넉넉하게 주는 편이었는데, 이제 금액을 더 늘려주었다. 난 전과 달리 거침없이 돈을 썼다.

"이제야 안목이 좀 생겼네요."

남편이 내가 산 밝은색의 헐렁한 드레스를 보고 말했다. 난 머리를 짧게 자르고 금색 하이라이트를 넣었다. 손톱은 밝은 핑크색으로 칠하고 입술에는 늘 글로스를 발랐다. 로즈뱅크의 스파에서 마사지와 얼굴 관리를 받는 것도 내 일과가 되었다.

"눈이 부실 정도예요."

남편이 말했다. 사실이었다. 거울로 본 내 피부는 속에서부터 광채가 올라와 반짝거렸다. 시드니처럼 거의 투명한 피부였다. 볼은 둥그스름해지고 반질반질 윤이 났으며, 주근깨도 살짝 보였다.

우리 집 저녁 파티는 늘 북적였다. 문단과 의학계 저명인사들이 초대를 받으려 안달했다. 파티에 온 손님들은 내게 칭찬을 아끼지 않았지만, 난 종종 피곤하다는 핑계로 파티가 끝나기 전 자리를 떠났다.

난 남편의 관점을 이해할 수 있게 되었다. 그에게 난 여러 면에서 가치 있는 자산이었다. 결혼 후 그는 의사로서의 명성이 더욱 공고해졌고, 자신의 품격을 더하기 위해 투자한 이 아내라는 상품은 이제 임신까지 해 더욱 제값을 하고 있다. 피파도 집에 왔을 때 나에게 좋아 보인다고 말했다.

"두 사람 다 너무 좋아 보인다. 둘이 닮아가는 것 같아."

그녀가 내 금빛 하이라이트와 남편의 백발을 번갈아 보며 말했다.

이렇게 시간이 흐르는 동안에도 난 내 안에서 무언가 끊임없이 자라고 움직이는 것을 느낄 수 있었다. 손과 발 그리고 아마도 머리인 것 같은 부분과 입이 있었다. 중요한 것은 이 탐욕스러운 생명체가 만족할 줄 모른다는 점이었다. 흔히 임신하면 '두 사람 몫을 먹는다'고 하지만 난 작은 군대를 먹이고 있는 기분이었다.

시간이 갈수록 출산에 대한 두려움도 커졌다. 무엇이 세상에 태어날지 그리고 그 일이 내게 어떤 결과를 가져올지 감히 상상조차 하기 힘들었다.

XIII

어느 날 저녁 식사 자리였다. 내가 두 번째 맥주잔을 비우는 순간 남편이 다정하게 손을 뻗어 내 윗입술에 묻은 거품을 냅킨으로 닦아주었다. 난 그에게 누가 내 출산을 도와줄 것인지, 시내 병원에 내 출산 일정을 통지했는지 물었다.

"그럴 필요 없을 것 같아요."

남편이 대답했다.

난 말없이 그를 바라보았다. 그가 무슨 생각을 하는지 알고 싶었다. 뱃속 생명이 시드니의 아이든 그의 아이든, 대체 어떻게 하려는 것일까? 내가 임신 과정을 다 마치고 주어진 임무를 완수하고 나면, 나는 또 어떻게 할 셈이지? 난 쓸모없는 존재, 심지어 너무 많은 것을 알고 있는 목격자가 되겠지?

그때부터 난 나만의 계획을 세우기 시작했다.

난 사냥 농장에서 여러 동물의 출산을 도운 경험이 있다. 출산도 죽음과 마찬가지로 자연스러운 삶의 과정으로 생각하면 된다. 상황이 좋을 때는 큰 고통 없이 끝나기도 했다. 아무 도움 없이 혼자 출산을 해내는 여자들도 많다. 조용히 수풀에 들어갔다가, 아이를 품에 안고 나온 여자들의 이야기를 들은 적이 있다. 농장 말들 중 하나가 망아지를 낳았을 때가 기억난다. 그 조그만 생명체가 비틀거리며 자기 발로 일어서는 모습 그리고 그 여린 몸을 정

시드니

성껏 핥아주던 어미의 모습이 눈앞에 선하다. 엄마가 해주신 말도 떠올랐다. 출산이 고통스러운 건 사실이지만, 자연은 제 할 일을 끝까지 해낸다고 하셨다. 태어난 아이를 보는 순간 산모는 고통을 잊게 된다는 것이다. 그래서 난 결심했다. 남편 없이 혼자 이 일을 해낼 것이다. 그리고 아기를 시드니에게 데려갈 것이다. 그에게 주는 나의 선물이다.

처음에는 모든 게 계획대로 진행되었다. 다행히도 진통이 한밤중에 시작된 것이다. 자정이 한참 지나, 어두운 방에는 나 혼자였고 집 안은 고요했다. 나는 침대 옆 램프조차 켜지 않고, 극심한 통증이 밀려올 때도 소리 한 번 지르지 않았다.

책에서 본 바에 따르면, 출산은 길고 진이 빠지는 과정이라고 했다. 처음이라면 더욱 그래서, 며칠이 걸리기도 한다. 진통은 처음에는 비교적 부드럽고 간격도 넓지만, 끝에 가까워질수록 잦고 강렬해진다. 그런데 내가 겪은 진통은 간격이 너무 짧고 잔혹할 정도로 강렬했다. 마치 아이가 세상에 빨리 나오고 싶어 발버둥을 치는 것 같았다. 처음부터 고통은 빠르고 매서웠다.

이것은 결코 '자연스러운 삶의 과정'이 아니었다. 너무 급했다. 공기, 공간 그리고 생명을 얻기 위한 쟁탈전 혹은 광기에 찬 탐색이라는 말이 어울렸다. 난 최악의 경우마저 각오해야 했다.

'이게 뭐든 상관없어. 소든 돌고래든 박쥐든, 제발 끝나게만 해줘!'

이 생명체는 내 몸을 찢고 나오려는 것 같았다. 진통은 커다란 파도같이 밀려왔고, 하나가 끝나기 전 다음 파도가 다시 나를 덮쳤다. 난 엄마가 출산에 대해 해준 말을 다시 떠올렸지만, 이 고통을 잊는다는 건 상상도 할 수 없었다. 실제로 난 지금도 그 어둠의 밤을 정확하게 기억한다. 진통의 순간순간이 여전히 생생하게 기억에 남아있다.

하지만 마침내 생명체가 세상에 나왔을 때 내가 본 그 광경은 차마 말할 수 없다. 희미한 새벽빛뿐이라 눈앞이 어둑했지만, 나는 그 형체를 보는 즉시 공포에 질려 시선을 돌렸다. 난 그것의 피를 닦아내고, 재빨리 탯줄을 잘랐다. 이 무거운 짐으로부터 한시라도 빨리 벗어나고 싶었다. 난 담요로 그것을 감싸 최대한 안 보이게 했다. 이 일을 위해 미리 준비해 둔 것이었다. 작은 꿈틀거림으로 생사 확인은 충분히 가능했다.

난 기진맥진한 상태로 이 묵직한 짐을 껴안고 비틀비틀 계단을 내려갔다. 내 팔을 짓누르던 그 무게가 지금도 똑똑히 기억난다. 분명 5kg이 넘는 아이였다. 내 머릿속엔 오직 한 가지 생각뿐이었다. 시드니에게 가야 한다.

하늘이 밝아지고 있었다. 열린 창을 통해 새 노랫소리가 들리고, 달콤한 정원의 향기가 코에 느껴졌다. 나는 남편의 사무실에 들어섰다. 그리고 땀을 뚝뚝 흘리고 숨을 헐떡이며 천천히 계단을 올라갔다. 무릎은 물처럼 흐물거리고 허벅지는 무게 때문에 후들거렸다. 그렇게 발코니에 오른 나는 책장 뒤에 숨겨진 문이 이미 열려있는 것을 발견했다. 나는 완전히 지쳐 책장에 몸을 기댔다. 더 이상 이 생명체를 들고 있을 수가 없었다. 난 그 자리에 선 채 귀를 기울였다.

남편 목소리가 들렸다. 너무나 부드럽고 따뜻한 목소리, 지금껏 한 번도 들어본 적 없는 사랑이 담긴 목소리였다.

"이제 다 됐어요, 여보. 이번엔 반드시 당신 아기를 가지게 될 거예요. 평생 함께할 존재가 생기는 거예요. 이제 당신은 혼자가 아니에요. 약속해요."

그렇게 지치고 무거운 짐을 들고 있는 상황에서도 난 남편의 말투에 대해 생각하지 않을 수 없었다. 나한테는 한 번도 그렇게 말해주지 않았다는 사실이 슬펐다. 그는 자신이 창조해 낸 저 존재를 세상 그 누구보다 사랑하는 것이 분명했다.

그때 깜짝 놀랄 일이 벌어졌다. 솔직히 좀 불편한 일이기도 했다. 처음이자 마지막으로 시드니가 자기 목소리로 말하는 것을 들은 것이다.

"주인님."

그녀가 말했다.

"전 당신을 믿어요. 당신이 얼마나 똑똑한지 또 지금껏 얼마나 노력했는지 다 알아요."

난 잠시 망설였다. 하지만 너무 지친 상태라 방에 들어가는 것 외에 다른 방법이 없었다. 머리는 빙빙 돌고 무릎은 힘없이 꺾였지만 나는 내게 그토록 큰 쾌락을 주었던 지붕 아래 작은 공간으로 비틀비틀 걸어 들어갔다.

커튼이 열려있어 방은 고원 지역의 밝은 햇살로 가득했다. 시드니는 내가 들어오는 것을 알았지만, 여성 모드 그대로 침대에 앉아 기다렸다. 아름다운 짙은 머리카락을 맨 어깨 위로 늘어뜨린 그녀는 하얀 시트로 몸을 감싸고 있었다. 그리고 어두운 한쪽 구석, 전원이 켜진 컴퓨터 앞 의자에 남편이 앉아 나를 기다리고 있었다.

“여기 있어요.”

내가 침대에 앉은 시드니 옆에 아기를 툭 떨어뜨리며 말했다.

줄곧 나에게 향해 있던 그녀의 시선이 아기를 보기 위해 방향을 틀었다. 하지만 내가 그랬듯 그녀는 공포에 질려 즉시 눈을 돌리고 말았다.

“아! 안 돼!”

그녀가 나에게 팔을 뻗으며 말했다.

난 그녀 곁에 쓰러졌고, 시드니는 나를 끌어안았다. 난 부드러운 그녀의 머리카락을 쓰다듬고, 그녀의 입술에 키스를 했다. 그녀의 눈에 눈물이 맺히더니 뺨을 타고 흘러내렸다.

“미안해요.”

내가 말했다.

남편이 일어서서 가까이 다가오더니, 충격에 빠진 표정으로 아기를 내려다보았다. 그는 나에게 고개를 돌렸다.

“이게 당신이 만들어 낸 건가요?”

나는 슬프게 고개를 끄덕였다. 그는 절망에 차 울부짖었다.

“또 실패하다니!”

그는 이미 제정신이 아닌 것 같았다.

“나의 모든 노력과 지식과 기술이 결국 또 고통밖에 낳지 못했단 말인가!”

그는 마치 나를 때리려는 듯 한 손을 들어 올렸다. 하지만 그대로 쓰러지듯 무릎을 꿇었다.

남편은 형언할 수 없는 절망에 빠졌다. 난 그가 어떤 짓을 했는지 다 알면서도, 그 순간만큼은 그가 그저 불쌍하기만 했다. 늘

침착하고 무심하고 냉정하기까지 하던 사람이 이런 극단적인 감
정을 드러낼 줄은 몰랐다. 시드니를 위해 새로운 생명을 창조하려
한 그 노력은 그에게 있어서 그 무엇보다 중요했던 것이다. 그는
두 손으로 머리를 감싸 쥐었다. 눈에는 눈물이 차올랐다.

"이런 일이 생길까 봐 걱정했어! 이제 그만! 다 끝이야!"

그는 나를 향해 소리를 지르더니, 두 발로 일어서서 나와 시드
니와 아기에게 등을 돌렸다. 그리고 컴퓨터에 다가가 키보드를 거
칠게 두드려 전원을 껐다.

시드니의 몸이 침대 위에 그대로 무너져 내렸다. 창백해진 머
리가 그녀의 무릎 위에 풀썩 떨어졌다. 마치 자비를 베풀어 달라
고 기도하는 것 같았다.

의사는 푹 고꾸라진 시드니의 머리 뒤에 연결된 전선을 거칠
게 잡아당겼다. 그리고 그녀의 머리카락을 잡아 고개를 홱 젖혔
다. 그 동작이 너무 과격해 척추의 뼈마디에서 두둑 부러지는 소
리가 들렸다. 순간 전류가 불꽃을 튀기며 시드니의 온몸을 타고
흘렀다. 창백한 형체는 머리부터 발끝까지 환하게 빛났다.

"안 돼요! 안 돼!"

내가 두 팔을 뻗으며 말했다. 남편을 막아 시드니와 아기를 보
호해야 했다. 하지만 너무 늦었다. 이제는 눈앞에서 벌어지는 일
을 그저 두려움에 떨려 지켜볼 수밖에 없었다. 조금 전 내가 그토
록 애절하게 입 맞췄던 입술이 뒤틀리고 녹아내렸다. 양 볼은 시
커멓게 타 움푹 꺼졌고, 피부 아래 하얀 뼈가 번쩍이는 불빛에 윤
곽을 뚜렷이 드러냈다. 어느 순간, 시드니의 몸 전체가 환하게 밝
아졌다. 고향 짐바브웨의 들판 한가운데서 폭풍 속에 벼락을 맞아

불타는 나무나 집을 보는 것 같았다.

"나가요! 나에게서 멀어져야 해요! 이 집에서 당장 나가라고 요!"

남편이 나를 방에서 밀어내고 문을 닫았다. 하지만 문이 완전히 닫히기 전 그 짧은 순간 난 아기의 모습을 볼 수 있었다. 확실하진 않지만, 그것은 작은 남자 아기였다. 그는 커다란 머리를 뒤로 젖히고, 마치 울부짖듯 입을 커다랗게 벌리고 있었다. 피부는 시퀸 같은 작은 비늘로 뒤덮여 반짝였다. 시드니는 불타는 팔로 아기를 끌어안고 있었다.

난 문 바깥에 우두커니 서있었다. 연기가 발코니 쪽으로 쏟아져 나왔다. 난 더듬더듬 계단을 내려와 문을 통해 정원으로 나갔다. 뒤를 돌아보니, 사무실 건물에 불길이 일어나고 있었다. 잠시 후 끔찍한 폭발음이 들렸다. 아마도 시드니일 것이다. 거칠게 박동하던 시드니의 심장이 불길 속에서 터져버린 것이다. 난 휘청거리며 오두막집으로 가, 잉그리드와 요한에게 도움을 청했다. 하지만 이미 늦었다. 초가지붕과 나무, 책과 고급 가구들, 페르시아 카펫과 꽃병에 꽂힌 꽃들, 이 장엄한 집의 모든 문명적 성취가 사라지고 있었다. 그와 함께 인간의 몸과 정신, 인간의 마음과 예술과 음악을 이해하려 했던 남편의 열정과 지식도 파괴되고 불에 타 재가 되었다. 소방관들이 도착했을 땐 이 모든 게 다 사라진 후였다. 남편과 시드니, 시퀸으로 뒤덮인 기묘한 남자 아기 그리고 우리가 품었던 모든 꿈들은 더 이상 세상에 존재하지 않았다.

XIV

그날 이후 난 며칠 동안 오두막집 소파에 피를 흘리며 누워있었다. 부부는 마침내 의사를 불러주었고, 진찰을 마친 의사는 내게 회복은 하겠지만 다시는 아기를 가질 수 없을 것이라고 말해주었다. 정성스러운 간호 덕분에 난 곧 기운을 차리고 자리에서 일어났다. 잉그리드는 내게 갈아입을 옷을 내주었다. 검정 드레스와 카디건 한 벌이었다. 8월이 되어 요하네스버그의 아침 공기가 꽤 싸늘했다.

난 아빠에게 전화를 걸어, 집에 가고 싶다고 말했다. 아빠는 최근 할머니가 돌아가셔서 혼자 지내는 중이고, 내가 돌아와 같이 살게 된다면 더없이 기쁠 것이라고 말씀하셨다. 여행 경비는 부부가 빌려주었다. 난 꼭 갚겠다고 약속하고, 그들과 따뜻한 포옹을 나누며 작별 인사를 했다. 이 집에서 몇 달 동안 생활하면서 난 이 부부에게 감사한 마음을 가지게 되었다. 그들은 의리 있고, 눈치도 빠르고, 성실한 사람들이었다. 남편이 시드니와 함께 보낸 시간에 대해 그들이 얼마나 알고 있는지는 끝내 확인할 수 없었다. 그들이 시드니의 존재를 아는지조차 분명하지 않았지만, 난 아마도 그들이 모든 걸 알면서도 나와는 달리 그의 비밀을 끝까지 지켜주었다고 생각한다.

나는 버스를 타고 기차역으로 향했다. 짐은 이 집에 올 때보다 더 가벼워진 작은 가방 하나뿐이었다. 하라레역에 도착하자, 아빠가 반가운 표정으로 나를 맞이했다. 아빠는 의아한 눈빛으로 나를 잠시 바라보았다.

"완전히 다른 사람 같구나. 결혼하고 많이 변했나 보다."

아빠 말에 난 미소를 지으며 속으로 생각했다.

'아, 시드니 때문일 거예요.'

이후 나는 남편의 재산을 상속받았고, 그 돈으로 가정부와 그녀의 남편에게 퇴직금을 줄 수 있었다. 남은 돈으로는 우리 집 주변 땅을 사들였다. 나는 오래된 건물을 허물고, 우리 두 사람에게 잘 어울리는 집을 새로 지었다. 그리고 그 안에 커다란 서재를 만들고 벽면을 책으로 가득 채웠다. 그뿐이 아니었다. 나는 서재에 발코니를 내고 책 뒤에 작은 비밀 다락방을 만들었다. 현지인을 몇 명 고용해 집안일을 보게 하고, 태어나 처음으로 컴퓨터도 구입했다. 난 이제 푸른 언덕이 보이는 창가에 앉아 이 이야기를 기록한다. 강물 흐르는 소리와 매미 울음소리는 내 머릿속 이야기의 일부가 되었다. 처음에 밝혔듯 이 글은 남편의 비밀을 폭로하는 것이기도 하지만, 내겐 시드니를 영원히 마음속에 간직하는 방법이기도 하다. 누가 알겠는가? 이 문제에 대해 내가 더 깊이 연구하고 독자들이 도움을 준다면, 책장 뒤 작은 방에서 또 다른 시드니가 나타날 수도 있지 않겠는가?

옮긴이 신윤경

서강대에서 영어영문학과 불어불문학을 복수 전공하고, 같은 대학 대학원에서 석사학위를
받았다. 영국 리버풀 종합단과대학과 프랑스 브장송 CLA에서 수학했으며, 현재 프리랜서
번역가로 활동하고 있다. 주요 역서로 《청소부 밥》, 《소문난 하루》, 《마담 보베리》, 《포드
카운티》 외 다수가 있다.

삽화가 로렐 하우슬러

로렐 하우슬러는 워싱턴 D.C. 지역 출신의 혼합 매체 아티스트로, 삶의 어두운 면을 그려낸다.
유령 같은 그녀의 작품은 세계 각국에서 전시되고 수집되고 있다. 조이스 캐럴 오츠가 엮은
앤솔러지 《커팅 엣지 : 여성 작가들의 새로운 미스터리와 범죄 이야기(Cutting Edge: New
Stories of Mystery and Crime by Women Writers)》에는 그녀의 미술 작품이 수록되어 있다.

조각나고 찢긴,

초판 1쇄 인쇄 2026년 2월 18일
초판 1쇄 발행 2026년 3월   4일

엮은이 | 조이스 캐럴 오츠
옮긴이 | 신윤경
발행인 | 강봉자, 김은경
펴낸곳 | (주)문학수첩
주소 | 경기도 파주시 회동길 503-1(문발동 633-4) 출판문화단지
전화 | 031-955-9088(마케팅부), 9530(편집부)
팩스 | 031-955-9066
등록 | 1991년 11월 27일 제16-482호
홈페이지 | www.moonhak.co.kr
블로그 | blog.naver.com/moonhak91
이메일 | moonhak@moonhak.co.kr

ISBN 979-11-7383-033-4 03840

*파본은 구매처에서 바꾸어 드립니다.